Albert,
um jacaré na família

HOMER HICKAM

Albert

um jacaré na família

A história quase verdadeira de um homem, sua esposa e um bicho muito mimado

Tradução
Carolina Caires Coelho

HarperCollins Brasil
Rio de Janeiro, 2016

Título original: Carrying Albert Home

Contatos
Rua Nova Jerusalém, 345 — Bonsucesso — 21042-235
Rio de Janeiro — RJ — Brasil
Tel.: (21) 3882-8200 — Fax: (21)3882-8212/8313

CIP-Brasil. Catalogação na fonte
Sindicato Nacional dos Editores de Livros, RJ

H536a

Hickam, Homer
Albert, um jacaré na família: A história quase verdadeira de um homem, sua esposa e um bicho muito mimado / Homer Hickam ; tradução Carolina Caires Coelho. - 1. ed. - Rio de Janeiro: HarperCollins Brasil, 2016.

384 p. ; 23 cm.
Tradução de: Carrying Albert home
ISBN 9788569809012

1. Romance americano. I. Coelho, Carolina Caires. II. Título.

15-28792 CDD 813
CDU 821.111(73)-3

A Frank Weimann,
que entendeu esta história antes de mim

Albert, um jacaré na família

A história quase verdadeira de um homem, sua esposa e um bicho muito mimado

ESTRELANDO

E

Elsie Lavender Hickam
(que acreditou que o que ela disse motivou a viagem)

Homer Hickam
(o pai)
(que acreditou que o que ele fez motivou a viagem)

CONTADA POR

Homer Hickam
(o filho)

COM A PARTICIPAÇÃO ESPECIAL DE

Albert Hickam
(que, de fato, motivou a viagem)

E

O galo
(cuja presença na viagem não é bem compreendida)

AS PARTES DA VIAGEM

Introdução à viagem

Até minha mãe me contar sobre Albert, eu não sabia que, a fim de levá-lo para casa, ela e meu pai tinham feito uma viagem cheia de aventura e perigo. Não sabia como eles se casaram nem o que os fez se tornarem as pessoas que eu conhecia. Eu também não sabia que minha mãe guardava no coração um amor enorme por um homem que se tornou um ator famoso de Hollywood nem que meu pai conheceu esse homem depois de enfrentar um furacão enorme, de verdade, e também um na alma. A história de Albert me ensinou isso e muitas outras coisas, não só sobre meu pai, mas sobre a vida que eles me deram, e as vidas que todos vivemos, mesmo quando não entendemos o porquê.

A viagem que meus pais fizeram foi em 1935, o sexto ano da Grande Depressão. Na época, pouco mais de mil pessoas viviam em Coalwood e, como meus futuros pais, a maioria delas eram jovens recém-casados crescidos nas jazidas carboníferas. Todos os dias, como seus pais e avós, os homens se levantavam e iam trabalhar na mina, onde perfuravam carvão cru com furadeiras, explosivos, brocas e pás enquanto o teto rangia, estalava e, às vezes, ruía. A morte vinha com tanta frequência que uma certa melancolia pairava entre os rapazes e as moças da pequena cidade de Virgínia Ocidental quando eles faziam sua despedida diária. Ainda assim, pelo lucro e manutenção da empresa, essas despedidas eram feitas e os homens partiam e se uniam aos grupos de mineradores, balançando as marmitas e pisando firme com as botas, todos seguindo em direção às profundezas escuras.

Enquanto os homens trabalhavam na mina, as mulheres de Coalwood ficavam cuidando da limpeza da casa, afastando a interminável poeira. Vagões de carvão lotados desciam os trilhos a poucos metros das casas, lançando nuvens densas de pó preto que causava tosse e que entrava independentemente da proteção nas portas e janelas. As pessoas de Coalwood inspiravam pó a cada respiração e o viam subir na névoa acinzentada quando caminhavam pelas ruas. Surgiam dos travesseiros quando elas deitavam a cabeça cansada para dormir e acordavam numa mancha clara quando afastavam os cobertores depois do sono. Toda manhã, as mulheres acordavam e lutavam contra o pó, e acordavam no dia seguinte e lutavam de novo depois de mandarem os maridos para a mina para criar mais pó.

A criação dos filhos também era tarefa das mulheres. Naquela época, a febre escarlate, o sarampo, a gripe, o tifo e febres não identificadas tomavam as minas de carvão, matando crianças fracas e fortes também. Poucas famílias não tinham sofrido a perda de um filho. A incerteza diária em relação aos maridos e filhos pesava. Eram necessários poucos anos para que a doçura inocente e natural de uma menininha da Virgínia Ocidental fosse substituída pela casca dura que caracterizava uma mulher das minas de carvão.

Era esse o mundo habitado por Homer e por Elsie Hickam, meus pais antes de se tornarem meus pais. Era um mundo que Homer aceitava. Era um mundo que Elsie detestava. Mas claro que ela o detestava. Afinal, havia vivido um tempo na Flórida.

Muito depois de meus pais realizarem a viagem contada neste livro, meu irmão e eu nascemos. Passamos a infância em Coalwood durante as décadas de 1940 e 1950, quando a cidade estava envelhecendo e alguns confortos, como ruas pavimentadas e telefone, surgiam. Havia até televisão e, sem ela, talvez eu nunca tivesse ouvido falar de Albert. Na primeira vez que ouvi sobre ele, estava deitado no tapete da sala de estar, assistindo a uma reprise da série da Disney a respeito da Davy Crockett. O programa havia transformado o protagonista no homem mais popular dos Estados Unidos, ainda mais popular do que o presidente Eisenhower. Na verdade, quase não havia um garoto na América que não quisesse um dos chapéus de pele de racum, que já tinham se tornado sua marca registrada, e eu também queria, apesar de nunca ter ganhado um. Minha mãe gostava demais de animais silvestres para cometer uma tolice cruel desse tipo.

Ela entrou na sala de estar quando Davy e seu amigo Georgie Russell estavam andando a cavalo pela floresta na tela de vinte e uma polegadas em preto e branco. Georgie cantava uma música sobre Davy, o rei da fronteira selvagem que havia matado um urso quando tinha só três anos. Era uma música viciante e eu, como milhões de crianças pelo país, conhecia a letra de cor. Depois de observar sem nada dizer, minha mãe falou:

— Eu o conheço. Ele me deu o Albert.

E, então, virou-se e voltou para a cozinha.

Eu estava concentrado em Davy e em Georgie, por isso demorou um pouco para que o comentário dela entrasse em meu cérebro de menino. Quando um comercial começou, eu me levantei para procurar minha mãe e a encontrei na cozinha.

— Mãe, a senhora disse conhecer alguém do programa do Davy Crockett?

— Aquele homem que estava cantando — disse ela enquanto colocava uma colherada de banha numa frigideira. Ao ver a mistura cheia de bolinhas em uma tigela perto de mim, suspeitei que teríamos bolinho frito de batata no jantar.

— Está falando de Georgie Russell? — perguntei.

— Não. Buddy Ebsen.

— Quem é Buddy Ebsen?

— É o homem que estava cantando na televisão. Ele dança melhor do que canta, muito melhor. Eu o conheci na Flórida quando morei com meu tio rico, o tio Aubrey. Quando me casei com seu pai, Buddy me deu Albert de presente de casamento.

Eu nunca tinha ouvido falar de Buddy nem de Albert, mas sempre ouvi sobre o tio Aubrey, o tio rico. Minha mãe sempre acrescentava o adjetivo "rico", apesar de dizer que ele tinha perdido todo o dinheiro na crise da bolsa de 1929. Eu já tinha visto uma foto do tio rico Aubrey. De rosto arredondado, estreitando os olhos para se proteger do sol forte enquanto se apoiava num taco de golfe, o tio rico Aubrey usava uma boina na qual se lia "Great Gatsby", uma blusa bonita por cima de uma camisa de gola aberta, além de bermuda e tênis marrom e branco. Atrás dele havia um pequeno trailer de alumínio que aparentemente lhe servia como casa. Suspeitei que o tio rico Aubrey não precisasse de muito dinheiro para ser rico.

Procurando esclarecimento, perguntei:

— Então... a senhora conhece Georgie Russell?

— Se Buddy Ebsen é Georgie Russell, conheço, sim.

Fiquei ali, boquiaberto, a animação tomando conta. Mal conseguia esperar para contar aos outros meninos de Coalwood que minha mãe conhecia Georgie Russell, quase conhecia o próprio Davy Crockett. Certamente sentiriam inveja de mim!

— Albert passou alguns anos conosco — continuou minha mãe. — Quando morávamos na outra casa na rua em frente à subestação. Antes de você e seu irmão nascerem.

— Quem é Albert? — perguntei.

Por um momento, os olhos de minha mãe se suavizaram.

— Não contei sobre Albert?

— Não, senhora — falei ao ouvir o comercial acabar e o som de mosquetes ao longe. Davy Crockett estava de volta à ativa. Voltei minha atenção para ele.

Ao ver que a televisão me chamava, ela me afastou balançando a mão.

— Conto sobre ele mais tarde. É meio complicado. Seu pai e eu... bem, nós o levamos para casa. Ele era um jacaré.

Um jacaré! Abri a boca para fazer mais perguntas, mas ela balançou a cabeça.

— Mais tarde — disse e voltou a fazer os bolinhos de batata, e eu voltei para Davy Crockett.

Ao longo dos anos, minha mãe fez o que prometeu e me contou sobre como levou Albert para casa. A pedido dela, meu pai também contou seu lado da história. Conforme as histórias iam sendo contadas, normalmente fora de ordem e às vezes de modo diferente em relação à última vez que as ouvira, elas se tornaram uma história meio sem sentido e certamente mítica a respeito de um casal jovem que, com um jacaré especial (e, sem motivo aparente, também um galo), viveu a maior aventura de suas vidas enquanto seguia para o norte sob o que eu imaginava ser o sol dourado de uma bela paisagem e a lua prateada de um poeta.

Quando meu pai partiu para cuidar das minas de carvão do céu e minha mãe o seguiu para contar a Deus como lidar com o resto de

Suas questões, uma voz baixinha mas insistente em minha mente repetia que eu deveria escrever a história da viagem deles. Quando acalmei essa voz sussurrante e comecei a unir as peças, passei a entender o porquê. Como uma bela flor se abrindo para receber a manhã, uma verdade foi revelada. A história de como meus pais levaram Albert para casa era um pouco maior do que as histórias bonitinhas de sua aventura juvenil. Reunida, ela era o testemunho e a prova do maior e talvez único presente verdadeiro dos céus, aquela emoção estranha e incrível que inadequadamente chamamos de amor.

Homer Hickam
(o filho)

Como a viagem começou

1

Quando Elsie foi ao quintal para ver por que seu marido gritava seu nome, ela viu Albert deitado de costas na grama, com as patinhas abertas e a cabeça jogada para trás. Ela teve certeza de que algo terrível tinha acontecido, mas, quando seu jacaré ergueu a cabeça e sorriu para ela, soube que ele estava bem. O alívio que sentiu foi palpável e quase tomou conta dela. Afinal, amava Albert mais do que qualquer outra coisa no mundo todo. Ajoelhou-se e coçou a barriga dele enquanto o animal mexia as patas animado e lhe mostrava seu melhor sorriso cheio de dentes.

Com um pouco mais de dois anos, Albert tinha mais de 1,20m, o que era grande para sua idade, de acordo com um livro que Elsie lera sobre jacarés. Ele estava coberto com uma pele grossa de escamas cor de oliva com marcas amarelas nas laterais que, segundo o livro, desapareceriam com o tempo. Calombos se erguiam pelas costas, até a ponta de sua cauda, e a barriga era macia e clara. Os olhos expressivos tinham a cor do ouro, mas brilhavam vermelhos à noite. A cara era assustadora, as narinas perfeitamente localizadas acima do focinho para permitir que ele respirasse enquanto descansava na água e a mandíbula cheia de dentes brilhantes de tão brancos. Elsie acreditava que ele era o jacaré mais bonito que existia.

Claro, Albert também era esperto, tão esperto que seguia Elsie pela casa como um cão e, quando ela se sentava, ele subia no colo dela e deixava que ela o acariciasse como um gatinho domesticado. Era bom, porque ela não conseguia mais ter cães nem gatos, devido à tendência de Albert de atacá-los depois de se esconder embaixo da cama ou saindo do pequeno tanque de concreto que o pai dela havia construído para ele. Albert nunca comera um cão nem um gato, mas chegou perto o suficiente para que a casa e o quintal dos Hickam fossem declarados locais proibidos para as duas espécies durante pelo menos um século.

Após sorrir para seu "menininho", como gostava de chamá-lo, Elsie observou seu marido, que tinha parado de gritar e a olhava com uma expressão que ela interpretou como sendo meio irritada. Ela percebeu que ele estava vestido de uma determinada maneira, o que a levou a perguntar:

— Homer, onde estão suas calças?

Homer não respondeu diretamente. Em vez disso, disse:

— Eu ou esse jacaré. — E então repetiu, dessa vez mais baixo e mais devagar. — Eu... ou... esse... jacaré.

Elsie suspirou.

— O que aconteceu?

— Eu estava sentado no vaso sanitário quando seu jacaré saiu da banheira e agarrou minhas calças. Se eu não as tivesse tirado e saído correndo, com certeza ele teria me matado.

— Acho que, se o Albert quisesse matar você, ele já teria feito isso muito tempo atrás. O que quer que eu faça?

— Escolha. Eu ou ele. Pronto.

Pronto. Ela se perguntou há quanto tempo aquilo estava se arrastando, aproximando-se dos dois. Mas ela não soube responder de outra forma além de:

— Vou pensar nisso.

Homer não acreditou.

— Você vai pensar se escolherá entre mim ou esse jacaré?

— Sim, Homer, é exatamente o que vou fazer — disse Elsie, e então virou Albert e fez um gesto para que ele a seguisse. — Vamos, menininho. A mamãe tem um franguinho para você na cozinha.

Homer observou incrédulo enquanto Elsie levava Albert para dentro da casa. Na cerca, Jack Rose, vizinho e minerador, aproximou-se e tossiu com educação.

— Vai pegar uma gripe, filho — disse ele. — Talvez seja melhor vestir umas calças.

O rosto de Homer ficou vermelho.

— Você ouviu?

— Todo mundo nesta vizinhança deve ter ouvido.

Homer sabia que estava numa situação péssima. Os mineradores sempre gostavam de humilhar os outros, e Homer sem calças sendo perseguido no quintal pelo jacaré de Elsie seria um prato cheio para eles.

— Me ajude, Jack — pediu ele. — Não conte a ninguém o que viu.

— Certo — disse Rose, com simpatia. — Mas não posso garantir que as mulheres não contem.

Ele meneou a cabeça em direção à janela onde a sra. Rose exibia um enorme sorriso. Sabendo que estava perdido, Homer baixou a cabeça.

Naquela noite, durante o jantar, ele parou de comer o feijão e o bolinho de milho.

— Você já pensou? Sobre mim e o Albert?

Elsie não o olhou.

— Ainda não.

Homer, claramente, estava péssimo.

— Não vou tolerar as brincadeiras dos outros mineiros se disserem que fui perseguido sem calças.

Elsie continuou sem olhá-lo. Olhava para o feijão como se a comida lhe enviasse uma mensagem.

— Tenho uma solução — disse ela. — Largue a mina. Saia daquele buraco sujo e vamos viver em algum lugar limpo.

— Sou um mineiro, Elsie. É meu trabalho.

Enfim, ela olhou para ele.

— Mas não é o meu.

Durante toda a noite, Elsie dormiu de costas para Homer e, na manhã seguinte, depois de preparar o café da manhã e de entregar a marmita ao marido, ela não o beijou nem desejou que ele voltasse em segurança para casa.

Homer tinha certeza de que era o único mineiro de Coalwood que foi trabalhar naquele dia sem que a esposa lhe desejasse um bom trabalho, e era difícil lidar com aquilo. Para piorar, um mineiro chamado Collier Johns comentou sobre o episódio no quintal. Johns quis se fazer de engraçadinho ao perguntar:

— O jacaré da Elsie é tão assustador assim, Homer?

Os outros mineiros riram a ponto de dar tapinhas nas pernas. A resposta certa e esperada de Homer deveria ter sido engraçada ou sarcástica, mas ele não disse nada, o que fez toda a graça acabar e o assunto morrer. A suspeita era de que Homer havia passado mal, talvez muito mal. Mais tarde, muito se comentou sobre isso na escadaria da empresa. A conclusão foi de que a doença dele era a esposa, uma garota peculiar que, apesar de adorável, era o tipo que podia destruir um homem por querer mais do que ele podia dar.

Mais dois dias se passaram até Elsie ir ao quintal, onde Homer estava sentado em uma cadeira enferrujada que ele havia pegado no lixo da empresa. Ela parou na frente dele e, depois de respirar fundo, anunciou:

— Vou abrir mão do Albert.

Aliviado, Homer disse:

— Ótimo. Obrigado. Vamos colocá-lo no riacho. Ele vai ficar bem ali. Tem um monte de vairões para comer e, às vezes, aparece um cão ou um gato tentando beber água.

Elsie contraiu os lábios, uma expressão que Homer conhecia muito bem e sabia significar que ela não estava satisfeita.

— Ele congelaria no riacho durante o inverno — disse ela. — Ele precisa voltar para casa, em Orlando.

Era uma proposta incrível.

— Orlando? Santo Deus, mulher! Orlando deve ficar a mil e trezentos quilômetros daqui!

Elsie ergueu o queixo em um gesto desafiador.

— Não me importa se são mil e trezentos quilômetros.

— E se eu me recusar?

Elsie respirou fundo de novo.

— Vou levá-lo eu mesma.

Homer quase conseguiu sentir a terra tremer sob suas botas.

— Como?

— Não sei, mas daria um jeito.

Instantaneamente derrotado, ele perguntou:

— Ele precisa ir para Orlando? Não poderíamos deixá-lo na Carolina do Norte ou na do Sul? É quente lá, pelo que soube.

— Até Orlando — respondeu Elsie. — E, quando chegarmos lá, temos que encontrar o lugar perfeito.

— Como saberemos qual é o lugar perfeito?

— O Albert vai saber.

— O Albert é um réptil. Ele não sabe de nada.

— Bem, pelo menos ele tem uma desculpa para isso.

— Está dizendo que eu não sei de nada?

— Estou dizendo que nós dois não sabemos. Estou dizendo que tudo o que pensamos ser verdade provavelmente não é verdade coisa nenhuma. Se eu dissesse um milhão de coisas e você respondesse um milhão de coisas, nenhuma de nossas palavras chegaria perto da verdade.

— Isso não faz o menor sentido.

— É a resposta mais sincera que posso dar.

Quando sua esposa entrou em casa, Homer permaneceu sentado na cadeira do quintal, pensando. Era uma das primeiras e poucas vezes em toda a sua vida que ele sentiu medo. Uma semana antes, o teto da mina tinha rachado e um pedaço grande de rocha passara de raspão, mas não o assustou. Ele não contou a Elsie sobre aquilo, mas sabia que ela sabia. Ela parecia saber tudo o que ele tentava esconder. Por outro lado, Homer confessou a si mesmo que sabia muito pouco sobre a mulher com quem tinha se casado. Ela o assustou muito com a ameaça de ir até a Flórida, com ou sem ele.

Ele percebeu que só havia uma coisa a fazer. Procuraria o conselho do maior homem que ele conhecia, o incomparável William "Capitão" Laird, herói da Primeira Guerra Mundial, engenheiro formado pela Universidade de Stanford e um dos ícones de Coalwood.

E assim, ainda que não soubesse, a viagem havia começado.

2

Depois de trabalhar um período todo embaixo da terra, Homer tomou banho no vestiário da empresa, vestiu um macacão limpo e botas, e pediu à atendente para falar com o Capitão. A atendente fez um sinal para ele, indicando a porta, e o Capitão vociferou “Entre!” quando Homer bateu. Segurando o chapéu, Homer se aproximou da mesa do Capitão. Um homem enorme cujas orelhas pareciam com as de um elefante africano, olhou para cima e franziu o cenho.

— O que diabos está acontecendo, filho?

— É minha esposa, Capitão.

— Elsie? O que aconteceu com ela?

— Ela quer que eu a leve com o jacaré até Orlando.

O Capitão se recostou e observou Homer.

— Isso tem alguma coisa a ver com o dia em que você correu pelo quintal sem calças?

— Sim, senhor, tem.

O Capitão inclinou a cabeça.

— Certo, filho, estou sempre interessado numa boa história e acho que essa pode ser boa.

Depois de se sentar numa cadeira que ele ofereceu, Homer contou ao Capitão que Albert o perseguiu até o quintal e, então, contou o que ele e Elsie conversaram. O Capitão ouviu com atenção, sua expressão mudando aos poucos de susto para interesse.

Quando Homer terminou, o Capitão disse:

— Sabe o que acho, Homer? É sina, ou algo muito próximo.

Homer havia ouvido falar de sina, mas não sabia muito bem o que era, e concordou. O Capitão se inclinou para a frente, aproximando de Homer o corpo grande, como se quisesse apaziguar as dúvidas do funcionário.

— Há momentos que nos ocorrem para que realizemos coisas que não fazem sentido, mas que fazem todo o sentido do mundo. Isso faz sentido?

— Não, senhor.

— Claro que não. Mas o destino é assim. Ela nos faz seguir em direções diferentes nas quais não só aprendemos como a vida é, mas também para que serve. Essa viagem pode não ser nada além de sua chance de descobrir essas coisas.

— Está dizendo que eu deveria ir?

— Estou, sim. Tem suas férias anuais de duas semanas e tem também minha permissão para sacar cem dólares da empresa a fim de financiar a viagem.

— Mas é muito dinheiro! Nunca conseguirei devolver.

— Vai conseguir, sim. Você é o tipo de homem que arruma um jeito de pagar a dívida. Agora, vamos falar de Elsie. Você deixou claro que ela é a pessoa mais importante de sua vida?

— Acho que não, Capitão — respondeu Homer, com sinceridade —, mas ela é, com certeza. — Ele coçou a cabeça. — O problema é que não sei se sou a pessoa mais importante da vida dela.

— Bem, talvez esse seja outro motivo pelo qual você está diante da chance de fazer essa viagem, para que vocês dois entendam que tipo de casal devem ser. Quando vai partir?

— Não sei. Até agora, eu não tinha certeza de que iria.

— Vá de manhã. O que adiamos não é realizado. — O Capitão ficou sério. — Não se deixe enganar. Sentirei sua falta. Você colocou aqueles caras na Três Oeste para trabalhar direitinho, e é possível que eles voltem aos maus hábitos quando você se for. — Ele deu de ombros. — Mas eu vou me virar. Um jovem em busca de aventura em climas tropicais! Queria eu ser você.

— Vou dizer com sinceridade, Capitão — respondeu Homer. — Sinto que essa viagem será uma das experiências mais dolorosas da minha vida.

— Pode ser que seja — concordou o Capitão. — E talvez seja por isso que você deve realizá-la. Assim, em duas semanas, quero rever seu rosto alegre e contente.

Homer se levantou da cadeira, agradeceu ao Capitão, recebeu um cumprimento de despedida e saiu no ar empoeirado, alheio à fila de trabalhadores do turno da noite. No modo sequencial que aprendera com o Capitão, ele tomou algumas decisões rápidas. Chegar à Flórida, saindo de Virgínia Ocidental com uma esposa e um jacaré era uma tarefa difícil. Sua primeira decisão foi eliminar a ida de trem ou de ônibus. Nenhum desses meios de transporte aceitaria um jacaré como passageiro. Não, para chegar lá, teriam que ir de carro. Por sorte, ele tinha um carro bom, um Buick de 1925, quatro portas e conversível que recentemente comprara do Capitão.

A decisão seguinte de Homer o levou a caminhar até a loja da empresa, onde comprou uma bacia grande no crédito, depois foi ao caixa e conseguiu cem dólares, em duas notas de cinquenta. Enquanto voltava para casa, a bacia equilibrada no ombro, ele chamou a atenção de muitas mulheres sentadas em cadeiras nas varandas. O marido de cada uma era mineiro do turno da noite, por isso elas tinham um pouco de tempo para ficarem sentadas observando todo mundo que passasse por ali. A maioria delas lhe dirigiu a palavra quando ele passou, e uma delas, uma mulher recém-casada que acabara de se mudar para a cidade, até perguntou se ele queria parar para tomar um pouco de chá gelado. Apesar de ele ter tocado a testa num gesto de respeito a todas as mulheres, continuou caminhando. Homer Hadley Hickam era um jovem bonito, de quase 1,80m e cabelos pretos e lisos mantidos úmidos com creme. Tinha os ombros largos e os músculos de um mineiro, bem como um sorriso torto e olhos muitos azuis que várias mulheres consideravam interessantes. Mas ele não estava interessado nelas, não desde que conheceu e se casou com Elsie Lavender.

Homer colocou a bacia no banco de trás do Buick, que estava estacionado na frente da casa, e entrou para contar à esposa sobre sua decisão. Depois de espiar no quarto e não a encontrar, ele viu Elsie — cujo nome completo de casada era Elsie Gardner Lavender Hickam — sentada no banheiro de linóleo rachado. Estava encostada na banheira e segurava o jacaré, que a olhava com adoração. Ela estava chorando.

Sem contar filmes tristes e cebolas, Elsie só tinha chorado duas vezes antes, até onde Homer se lembrava: quando aceitou se casar com ele e quando abriu a caixa na qual estava Albert e leu o cartão de um amigo que ela conhecera na Flórida, chamado Buddy Ebsen. Nas duas ocasiões, ele ainda não sabia o que motivou as lágrimas. Sem saber o que dizer em relação a esse terceiro acesso de choro, Homer naturalmente disse a coisa errada.

— Se não tomar cuidado, essa coisa vai arrancar seu braço.

Elsie olhou para a frente, e ver o rosto dela partiu o coração de Homer. Os olhos, normalmente castanhos, estavam inchados e avermelhados, e as maçãs do rosto, altas e proeminentes — que ela dizia serem herança dos Cherokee da família — estavam banhadas em lágrimas.

— Ele não vai fazer isso — disse ela —, porque o Albert me ama. Às vezes, acho que ele é o único ser que me ama neste mundo velho.

Lembrando-se da recomendação do Capitão, Homer disse:

— Você é a pessoa mais importante da minha vida.

— Não, não sou — respondeu ela. — Nem perto disso. A mais importante é o Capitão. Em segundo, vem a mina de carvão.

— A mina de carvão não é uma pessoa.

— No seu caso, é como se fosse.

Homer não queria discutir, principalmente porque sabia que não conseguiria ganhar. Em vez disso, disse o que sabia que a deixaria muito feliz ou que acabaria com o assunto de uma vez.

— Partimos para a Flórida amanhã cedo.

Elsie afastou um filete de lágrimas do rosto.

— Está de brincadeira?

— O Capitão me deu permissão para partir, desde que eu volte em duas semanas. Comprei uma bacia galvanizada na loja da empresa para Albert. Está no banco de trás do Buick. Também saquei cem dólares da empresa.

Ele enfiou a mão no bolso e mostrou as duas notas de cinquenta.

O rosto assustado dela foi a resposta de que Homer precisava. Ela enfim acreditou nele. Afinal, ninguém conseguia duas notas de cinquenta dólares da empresa se não estivesse determinado a usá-las.

— Se ainda quiser ir, acho que deve arrumar suas coisas — disse ele.

Ela olhou para o marido, depois ficou de pé e colocou Albert na banheira.

— Certo — disse ela. — Vou fazer isso.

Passou por ele em direção ao quarto.

Quando ele ouviu a porta do armário ser aberta e em seguida o barulho dos cabides, Homer sentiu um leve pânico tomar suas costas e se alojar nos ombros. Quando olhou para Albert, o jacaré parecia encará-lo.

— Isso é tudo culpa sua — disse Homer. — E também do maldito do Buddy Ebsen.

3

Toda manhã, quando acordava, Elsie se surpreendia ao lembrar que era a esposa de um mineiro. Afinal, para evitar esse fato, ela havia pegado um ônibus para Orlando na semana seguinte a sua formatura no Ensino Médio. Assim que saiu do ônibus, soube que tinha feito uma boa escolha. Era como se tivesse entrado em uma terra maravilhosa, linda e ensolarada. Seu tio Aubrey estava na rodoviária para recebê-la, acomodou-a no banco de trás de seu Cadillac e a levou como se ela fosse uma rainha até a casa dele, a mais linda que Elsie já tinha visto, apesar da placa de "vende-se" na frente. O tio explicou que tinha perdido muito dinheiro na Grande Depressão, mas que tinha certeza de que, enquanto Herbert Hoover estivesse no comando, em breve ele estaria nadando em dinheiro.

Elsie havia conseguido um emprego de garçonete em um restaurante e se matriculado na escola de secretariado, e começou a conhecer jovens muito mais interessantes do que qualquer pessoa que ela já tinha conhecido. Gostava bastante de um garoto alto e esguio chamado Christian "Buddy" Ebsen, cujos pais eram donos de um estúdio de dança no centro de Orlando. Desde o começo, Buddy se interessou por ela. Diferentemente de alguns dos outros, que riam dela devido a seu sotaque da Virgínia Ocidental, Buddy sempre foi gentil e educado, sempre ouvia com atenção o que ela dizia e era muito divertido. Até a convidou para conhecer seus pais e lhe ensinou as danças mais modernas daqueles tempos.

Mas Elsie havia aprendido que as coisas boas nem sempre duravam e, como era de se esperar, Buddy partiu com a irmã para Nova

York, pretendendo fazer fortuna como ator e dançarino profissional. Depois de alguns meses sem receber nem mesmo uma carta dele, Elsie teve de admitir que Buddy não voltaria tão cedo. Solitária, ela começou a sentir saudade de casa e, quando se formou no curso de secretariado, pegou o ônibus de volta à Virgínia Ocidental. Não era para ficar, ela disse ao tio Aubrey, mas só para fazer uma visita, uma visita que já durava três anos e que incluíra, quase inexplicavelmente, casar-se com um colega da escola Gary e mineiro de carvão, Homer Hickam.

No dia seguinte ao que Albert correu atrás de Homer pelo quintal, Elsie se despediu do marido quando este foi trabalhar e, então, voltou ao banheiro para fazer carinho no jacaré, que passava a maior parte do tempo na banheira. Albert foi um presente-surpresa de Buddy e chegou uma semana depois do casamento dentro de uma caixa de sapato com furos amarrada por uma fita. Além de um jacarezinho bonito de menos de treze centímetros de comprimento, havia um bilhete lá dentro.

Espero que você seja sempre feliz. Algo da Flórida para você. Com amor, Buddy.

Elsie leu aquela mensagem tantas vezes! Perguntou-se se Buddy lhe desejara felicidade porque, sem ele, acreditava que ela não seria feliz. E por que enviar algo da Flórida que viveria por anos se não quisesse que ela pensasse nele o tempo todo? E talvez, mais importante, ali estava, em sua cursiva cheia de floreios: *Amor*.

Com ar distraído, ela fez carinho em Albert enquanto pensava no outro homem de sua vida: seu marido. Na primeira vez que viu Homer, estava jogando no time de basquete feminino da escola. Elas estavam no ginásio Gary e as meninas do outro time eram da escola de Ensino Médio de Welch, sede do condado. Durante um intervalo do jogo, Elsie olhou para a fileira mais alta da arquibancada e viu um garoto com traços marcantes que a observava de um jeito que a deixou um pouco inquieta. Uma das garotas da equipe passou a bola por ela, que teve de se esforçar para pegá-la. Então, sem pensar, ela abandonou as regras e bateu a bola de basquete entre as pernas, virou-se, bateu o cotovelo na garota que a marcava e partiu para o arremesso, cada movimento contrário às regras do basquete feminino. O juiz apitou e o técnico do Welch praticamente desmaiou com a audácia de uma garota que tocou outra e roubou a bola. Elsie ignorou a histeria.

Estava procurando o garoto para quem havia se exibido, mas ficou decepcionada ao ver que ele havia partido.

No dia seguinte, o garoto estava esperando perto do armário dela. Ele disse:

— Meu nome é Homer Hickam. Quer ir comigo ao baile na próxima sexta?

Foi quando Elsie notou os olhos dele. Eram os olhos mais azuis que ela acreditava ter visto e havia um tipo de fogo frio dentro deles. Antes de se dar conta, ela disse sim, o que significava que tinha de dizer ao capitão do time de futebol que ela não iria mais com ele.

De modo revoltante, na sexta, Homer não apareceu. Sozinha no baile, Elsie foi forçada a dançar com outra menina sem par enquanto observava o capitão do time de futebol dançar com a principal líder de torcida da escola. Ela ficou abismada. Nos dois meses de aula seguintes, Elsie via Homer nos corredores da escola e em algumas aulas, mas o ignorava. A pior parte disso era que ele a ignorava também. E então, três dias antes da formatura, ele a abordou no corredor da escola.

— Quer se casar comigo? — perguntou ele.

Ela se endireitou, segurando os livros junto ao peito.

— Por que eu desejaria me casar com você, Homer Hickam? Você nem sequer foi ao baile ao qual me convidou!

— Tive que trabalhar. Meu pai quebrou o pé na mina, por isso precisei buscar carvão para nos manter.

— Por que não me contou?

— Pensei que você fosse ficar sabendo.

Elsie balançou a cabeça sem acreditar na teimosia dele, depois se virou para se afastar.

— Vamos nos casar — disse ele. — Estamos predestinados.

Mas Elsie manteve a cabeça erguida e não se virou. Ela achava que nada estava predestinado, exceto sua fuga das minas de carvão assim que pudesse, e foi exatamente o que fez. Durante mais de um ano, ela viveu a vida com que sempre sonhou, respirou ar limpo e tomou sol. Mas, de algum modo, tudo desandou, e ela se viu novamente na Virgínia Ocidental. Antes que pudesse escapar de novo, seu irmão Robert a informou que o superintendente da mina de carvão em Coalwood queria recebê-la na sala dele.

— Por que ele quer me ver?

— Porque quer. Não se deve questionar um grande homem como o Capitão Laird.

Robert levou Elsie para o escritório da mina e saiu quando o Capitão o dispensou com um aceno.

— Por favor, sente-se — pediu o Capitão educadamente.

Elsie se sentou diante da grande mesa de carvalho atrás da qual estava o grande homem. Não disse nada porque não sabia o que dizer. O Capitão sorriu para ela.

— Pedi a você que viesse hoje para que eu pudesse falar a respeito de um jovem que trabalha comigo. Ele é um grande empreendedor e tem tudo para chegar ao topo da carreira de mineração. Acredito que você o conheça bem. Homer Hickam.

Elsie ficou um pouco surpresa. Ela sabia, porque seu irmão Robert havia contado, que Homer trabalhava para o Capitão.

— Eu o conheço — confessou.

O sorriso do Capitão não diminuiu.

— Você é uma jovenzinha adorável. Consigo entender por que Homer a deseja, mas receio que você o tenha magoado. Isso o tornou meio ineficiente no trabalho. Não pode ajudar o Homer, a mim e a esta mina, casando-se com ele? É um pedido simples. Você tem que se casar com alguém.

— Senhor... — começou Elsie.

— Por favor, me chame de Capitão.

— Certo. Bem, Capitão, eu gosto do Homer, de verdade, mas há um rapaz na Flórida... Ele está em Nova York à procura de fama e fortuna no momento, mas eu acho que ele me quer e que pode voltar.

O Capitão se recostou na cadeira, parecendo pensativo, e disse:

— Um homem que se muda para Nova York em vez de se casar com você deve ser muito pouco sério! Na verdade, imagino que seja tão pouco sério que esteja se divertindo por lá. Já estive muitas vezes em Nova York. Há mulheres por lá, Elsie, mulheres como você nunca viu. Algumas dela têm até cabelo platinado. — Quando os lábios de Elsie tremeram e seus olhos ficaram marejados, o Capitão perguntou com delicadeza: — Sabe como foi que me casei com minha esposa?

Quando Elsie disse, com a voz embargada, que não sabia, o Capitão contou como conquistou a adorável senhorita Laird: depois de pedir uma dezena de vezes, ela disse que só se casaria com ele se tivesse um pacote de tabaco mastigável no bolso, e, por acaso, ele tinha!

— Isso se chama destino, Elsie. Foi o que a fez dizer o que disse e que me fez ter o que eu tinha. Compreende? — Ele saiu de trás da mesa e se sentou ao lado dela, dando um tapinha em seu joelho. — Deixe o destino ser seu guia, pois é a vontade do universo.

Elsie tentou entender o destino, mas teve dificuldade. Sempre pensou que Deus fazia as coisas acontecerem. Nunca pensou que havia algo mais flutuando no ar que talvez realizasse coisas.

— Olhe, filha — continuou o Capitão. — Por que pelo menos não concorda em se encontrar com Homer em Welch no sábado à noite? Talvez vocês dois possam se divertir um pouco. Não seria tão ruim, seria?

— Acho que não, senhor — concordou Elsie.

— Ótimo. Ele vai encontrá-la na frente do teatro Pocahontas às sete horas no sábado à noite. Consegue ir?

— Sim, senhor. Um dos meus irmãos vai me levar lá.

E assim foi combinado. O irmão dela, Charlie, a levou de calhambeque até Welch e a deixou lá. Homer chegou na hora, e os dois entraram, depois de conversarem muito pouco, e assistiram ao filme, que era, como ela se lembrava, sobre Tarzan, o homem-macaco. Eles não ficaram de mãos dadas. Depois, ela e Homer esperaram na frente da loja de departamentos Murphy's até que Charlie a buscasse. Foi quando, sem preâmbulos, o homem mais uma vez a pediu em casamento.

— Não — disse ela.

— Por favor — respondeu ele. — O Capitão disse que nos daria uma casa e que eu devo me tornar supervisor em breve. Teríamos uma boa vida.

Desde que conversara com o Capitão, Elsie vinha se sentindo terrivelmente triste em relação a Buddy e deixava a imaginação voar. Ela o via em Nova York saindo com muitas mulheres modernas e se divertindo como nunca, enquanto ela permanecia triste, primeiro na Flórida, e então de volta aos terríveis montes Apalaches. Num impulso, ela decidiu deixar o pedido de Homer nas mãos do destino, como o Capitão aconselhou. Ouviu-se dizer, quase como num sonho:

— Se tiver um pacote de tabaco mastigável Mula Marrom no bolso, vou me casar com você.

Homer pareceu triste.

— Você sabe que não mastigo tabaco.

Elsie sentiu uma onda de alívio.

Homer enfiou a mão no bolso e tirou um pacote no qual havia a foto de uma mula marrom.

— Mas peguei isto do chão do banheiro. Pensei que pudesse ser de um de seus irmãos.

Elsie olhou para o pacote, depois para os olhos brilhantes de Homer e, numa das únicas vezes na vida, simplesmente desistiu.

— Vou me casar com você — disse ela, e instantaneamente começou a chorar.

Teve a impressão de que Homer pensou que fossem lágrimas de alegria, mas eram algo muito diferente. Eram lágrimas por si mesma, por quem era e por quem se tornaria: a esposa de um mineiro. Depois disso, os dias correram até o casamento, que aconteceu e passou. Ela mal se lembrava de ter dito as palavras na frente do padre e de ter colocado a aliança barata, que ficou esverdeada uma semana depois.

Em seguida, escreveu para Buddy para contar que, se ele voltasse para casa, não a encontraria mais em Orlando, mas, sim, casada com um homem em Coalwood, Virgínia Ocidental. A resposta dele foi Albert, que Elsie criou dentro da pia da cozinha até que ele ficasse bem grande, e depois o transferiu para a banheira do único banheiro da casa. Enquanto Homer trabalhava, o que acontecia quase o tempo todo, ela ficava com seu jacarezinho e cantava para ele. Também lhe dava insetos e, quando ele ficou bem grande, pedaços de galinha doados pelo açougueiro da loja da empresa. Ela o levava para fora e passeava com ele pelo quintal com uma coleira, como se o jacaré fosse um cachorrinho, e os mineiros a caminho do trabalho paravam por tempo suficiente para erguer o capacete e observar, maravilhados. O pai dela abriu um buraco no quintal e o forrou com concreto para que Albert pudesse ter um tanque para nadar no verão. Como Homer sempre estava muito ocupado escavando carvão, ela passou mais tempo no primeiro ano de casamento com Albert do que com o marido, e, para ela, parecia que Homer não se importava.

Em pouco tempo, Albert cresceu muito e começou a passear pela casa, às vezes subindo no sofá, batendo a cauda no abajur da mesa. Ele fazia um som alegre quando estava animado. Subia no colo de

Elsie e se aconchegava sempre que podia, virando-se para que ela acariciasse sua barriga cor de creme. A única coisa da qual Albert tinha medo eram trovões. Uma noite, quando o trovão mais parecia um batuque, Albert saiu da banheira, empurrou a porta do quarto com o focinho para abri-la e subiu na cama. Quando Homer se virou e olhou nos olhos vermelhos de Albert, deu um pulo e fugiu correndo, escorregou na escada, voou por cima do corrimão, e sua queda foi amortecida apenas pela mesa de centro de cerejeira da sala de estar. Depois de ouvir o barulho e os gemidos subsequentes, Elsie acarinhou Albert por alguns minutos e só então se levantou para ver como Homer estava.

Do chão da sala de estar, ele disse que estava bem, exceto pelo quadril machucado, mas a mesa de centro não estava e, como era propriedade da empresa, eles teriam de pagar se ela não pudesse ser consertada.

— Não gostava daquela mesa de centro mesmo — disse Elsie e, quando o trovão passou, levou Albert até a banheira e voltou para a cama.

Deitada ali, ouvindo Homer tentando consertar a mesa de centro, um pensamento lhe ocorreu: "Se eu conseguisse levar Homer para a Flórida, talvez ele se transformasse em alguém mais parecido com Buddy."

Agora, com a viagem absurda que Homer propusera, ela abriu o armário para ver o que levaria. Também notou que talvez o que o Capitão chamava de destino estivesse lhe dando uma segunda chance de sair das minas de carvão. Ela não acreditava que Homer concordaria em levar Albert para casa, mas, uma vez que concordara, os dois teriam dias na estrada, tempo suficiente para que ela talvez conseguisse convencê-lo, pelo bem do casamento, a não voltarem para a Virgínia Ocidental.

E, se isso não funcionasse, talvez, quando ele visse como a Flórida era bonita, acabasse percebendo que os montes Apalaches não passavam de armadilhas feias.

E se isso não desse certo?

Bem, ela daria um jeito nas coisas quando o momento chegasse, mas acreditava já saber a resposta.

Quando saísse das minas de carvão, dessa vez, não importava o que o marido fizesse, ela nunca mais voltaria.

4

Homer colocou alguns cobertores no porta-malas amplo do Buick, além de uma caixa de madeira na qual havia uma camisa extra, uma calça cáqui, uma escova de dente e uma caneca, a lâmina e o creme de barbear. Então, subiu para o quarto, onde encontrou Elsie fechando uma mala de papelão, com a manga de uma blusa para fora. Em silêncio, ele enfiou a manga da blusa para dentro, pegou a mala, a única que tinham, e levou-a para o carro.

Em pouco tempo, Elsie apareceu com Albert preso à corda que servia como coleira. Homer fez um gesto em direção à bacia.

— O Albert fica ali.

Elsie olhou para a bacia e franziu o nariz.

— É pequena demais. A cauda dele vai ficar para fora.

— É a maior bacia que encontrei. Vai ter que servir.

Elsie estava segurando um cobertor, que jogou para Homer.

— Coloque isto na bacia para que ele pelo menos tenha algo macio para se deitar.

Homer olhou o tecido e seu bordado complexo.

— Minha mãe fez isto. Levou dois anos.

— Albert gosta dele. Coloque na bacia.

Homer forrou a bacia com o cobertor, virou-se para a esposa e viu que Elsie tinha abraçado Albert por trás, passando os braços pelas patas da frente, e o erguido.

— E então? — perguntou ela. — Pegue a cauda dele.

Homer pegou a cauda de Albert apesar de ter lido que um jacaré podia derrubar um homem com ela e pular em cima dele antes que qualquer coisa fosse feita. Mas Albert permaneceu quieto enquanto Elsie o colocava dentro da bacia.

— Ele cabe bem — comentou Homer, aliviado.

— Bom menino — elogiou Elsie, e deu um tapinha na cabeça dura de Albert. Ele mostrou os dentes para ela. — Você precisa dormir agora.

— Procurei mapas no posto de gasolina da empresa — disse Homer. — Tenho mapas da Virgínia, da Carolina do Norte, da Carolina do Sul e da Flórida. Eles não tinham o mapa da Geórgia.

— O que vai acontecer quando chegarmos à Geórgia?

— Continuaremos seguindo para o sul. O sol vai nascer à nossa esquerda e se pôr à nossa direita. Em determinado momento, vamos encontrar a Flórida.

— Quero visitar meus pais — falou Elsie.

Homer ergueu uma das sobrancelhas.

— Não temos tempo para visitar seus pais. Precisamos voltar a Coalwood em duas semanas ou podemos perder nossa casa. Pode ser até que eu perca o emprego.

Elsie riu alto.

— Seria um desastre!

— Olhe, Elsie...

— Olhe, Homer. Minha mãe e meu pai amam o Albert. Meu pai construiu um tanque para ele e minha mãe manda presentes de aniversário e também cartões de Natal. Se o levarmos para a Flórida sem deixar que se despeçam, eles nunca nos perdoariam.

Por mais que tivessem compreendido o amor que a filha sentia pelo jacaré, Homer duvidava que os pais de Elsie se importassem com o réptil, mas não retrucou. Olhou pela última vez para as montanhas e para a cidadezinha que amava, colocou o Buick rumo à saída de Coalwood e direcionou-se para onde Elsie queria ir.

Os Lavender viviam em Thorpe, um pequeno campo de carvão no condado de McDowell, onde uma poeira cinza envolvia as casas, cobrindo-as com uma sujeira preta. A casa dos Lavender ficava ao lado de um monte íngreme bem acima do nível da mina, o que significava que ficava numa área aberta. Apesar de pertencer à empresa de carvão dona de Thorpe, tinha sido passada a Jim Lavender porque ele era um carpinteiro talentoso. As empresas de carvão sempre iam atrás dele, e a mina de Thorpe o havia conquistado lhe oferecendo uma casa não só no topo da montanha, mas com um celeiro e quase um hectare de área. A esposa de Jim, Minnie, era uma mulher agradável e gentil que havia dado à luz nove filhos e criado sete deles até a fase adulta. Dois filhos tinham morrido, um no parto e o outro aos seis anos. Seu nome era Victor, e Elsie disse que um dia ele adoeceu depois de brincar no riacho que fluía por baixo de Thorpe, morrendo dois dias depois. Ninguém sabia ao certo do que ele tinha morrido. Elsie sempre falava de Victor, tentando imaginar quem ele seria se estivesse vivo. Homer acreditava que ele poderia ter se tornado mineiro como todos os outros irmãos, mas, na opinião de Elsie, Victor seria escritor. Homer não sabia bem de onde ela tirava isso, mas não dizia nada. Ele acreditava que um irmão morto poderia ser qualquer coisa que Elsie quisesse.

Quando Homer parou na frente da casa dos Lavender, Elsie saiu e abriu a porta de trás.

— Me ajude a tirar o Albert — disse ela.

— Deixe-o no carro — respondeu Homer. — Assim, seus pais podem sair e vê-lo, e então partiremos.

Elsie fez carinho no focinho do jacaré e teve seu gesto retribuído quando ele abriu a boca e mostrou os dentes finos e brancos. Ele emitiu seu som de alegria, um tipo de ié-ié-ié.

— Seu pai é um bobo, Albert — disse Elsie —, porque, mesmo com o planejamento, o dinheiro e os mapas dele, não percebeu que não temos comida.

Em silêncio, Homer concluiu que aquela era uma boa ideia de Elsie. Restaurantes eram caros, mesmo na estrada, então, era melhor levar o máximo de comida para uma viagem longa. Se havia uma coisa que os Lavender tinham, era comida. A fazenda que possuíam, ao lado do monte, era bem-abastecida.

Homer e Elsie levaram Albert na bacia e subiram os degraus até a varanda, onde o colocaram entre duas cadeiras de balanço, uma delas ocupada por Jim Lavender. Jim usava botas enlameadas e um macacão, e o braço esquerdo estava apoiado em uma tipoia.

— O que aconteceu com seu braço, pai? — perguntou Elsie. — O senhor caiu?

— Pode-se dizer que sim — respondeu Jim. Ele ergueu as sobrancelhas.

— Por que trouxeram o Albert?

— Vamos levá-lo para a Flórida.

— É mesmo? Pensei que você ficaria com ele até que ele comesse o Homer.

Homer tirou o chapéu.

— Bem, senhor, ele já tem tamanho para isso, pelo menos para me comer em algumas bocadas.

Jim sorriu para Albert, que sorriu de volta.

— Ele é um animal bonito, não?

— É, sim, pai — concordou Elsie. — E muito bonzinho também.

A mãe de Elsie apareceu na porta telada. Franzia o cenho, e usava uma blusa desbotada e um avental com manchas de gordura.

— Olá, Elsie e Homer — cumprimentou ela sem entusiasmo. — É o Albert? Ele cresceu.

— É o Albert, mãe — disse Elsie. — Parece que a senhora andou chorando. O que aconteceu?

— O braço do seu pai não está bom — respondeu Minnie.

— Não vamos falar sobre meus problemas — retrucou Jim de pronto, e então se levantou. — Acho que eu sei por que vocês vieram aqui. Se vão até a Flórida, precisam de alimentos. Bem, vieram ao lugar certo. Por vinte dólares, podemos dar comida suficiente para vocês chegarem ao Texas.

— Jim, não vamos cobrar nada desses dois — repreendeu-o Minnie. — Venha, Elsie, vamos conversar.

— O Albert também deveria entrar — sugeriu Elsie. — Não quero que fique no sol.

Minnie assentiu.

— Jim, vá até o chiqueiro, faça o que tiver que fazer para conseguir um presunto para esses dois.

Homer ajudou Elsie a levar Albert para dentro, então seguiu Jim até a varanda e passou por um galinheiro em direção às árvores secas à beira da propriedade. Ali, sentiu o fedor de porcos.

— Tenho um porco velho e alguns porquinhos — disse Jim. — Alguns porcos selvagens também. Estão soltos na mata.

— O que aconteceu com seu braço? — perguntou Homer.

— Sofri uma queda. Caí da janela do quarto da sra. Trammel. Uma visita na calada da noite, se quer saber.

— Então, você o quebrou — disse Homer, sem se surpreender com a atitude do sogro.

A fama dele não era boa.

— Não. Dilly Trammel atirou em mim quando saí. — Jim fez uma careta ao se lembrar do tiro. — Trudy e eu o ouvimos na porta da frente... uma hora antes do horário em que ele deveria estar em casa, aliás... mas então ele espiou e me pegou com a pistola enquanto eu fazia o melhor que podia para salvar a honra da esposa dele tentando não ser flagrado. Que tipo de homem seria tão baixo para atirar em outro que estivesse cuidando da honra de sua esposa?

— Tenho certeza de que não consigo imaginar — comentou Homer enquanto franzia o cenho.

Jim sorriu.

— Então, me conte, Homer, por que está fazendo isso? Se eu fosse você, jogaria esse réptil no riacho mais próximo e levaria Elsie para casa.

— Gostaria de fazer isso, mas não posso. É o que Elsie quer e eu vou fazer.

Jim balançou a cabeça.

— Só existe uma maneira de controlar uma mulher. Mostre quem manda. Certo, pode ser difícil com Elsie, mas é o que você precisa fazer.

Homer deu de ombros.

— Eu a amo, Jim.

— Amor! Coisa de revista de mulher. De qualquer modo, Elsie é um caso especial. Ela sempre foi voluntariosa. Eu tive que bater nela mais de uma vez na infância. Não resolveu muito, mas ela sabia quando tinha feito coisa errada.

— Mas, ainda assim, você foi a Coalwood e construiu um tanque para Albert — observou Homer. — Por que fez isso?

— Sou o pai dela e ela me pediu.

— Bem, sou o marido dela e ela me pediu para levar o jacaré até a Flórida.

Jim sorriu.

— Um mineiro romântico! Uma espécie rara!

Homer tentou pensar numa resposta, mas não conseguiu.

— E aquele presunto? — foi a melhor coisa que conseguiu dizer.

Jim apontou em direção a um porco enorme em meio à vegetação rasteira.

— É o Bruiser, um de meus porcos selvagens. Dá para passar um ano se alimentando da carne dele.

— É um baita porco — concordou Homer. — Mas parece meio mal-encarado.

— Mal-encarado? Ele é feroz, isso sim. Aposto que comeria o Albert se tivesse chance.

Jim levou Homer a um cômodo com ferramentas onde pegou uma faca, cuja lâmina afiada brilhava à luz fraca, e a entregou ao genro.

— Amarre-os, passe a faca pelo pescoço deles, fim de história. Uma faca afiada é o segredo.

— Os porcos sabem quando serão mortos — disse Homer, virando-se de costas para a faca. — São espertos e sabem.

Jim deu de ombros.

— Todos sabem, Homer. Você acha que uma vaca não sabe? Acha que uma galinha não sabe? Matei um monte delas e posso dizer que todos sabem e não gostam nem um pouco. Mas foi assim que Deus nos fez, para comer. E para comer temos que matar.

Pegando um laço de corda, Jim o guiou até uma tábua pregada entre duas árvores em cujo tronco despontavam pregos grossos.

— É onde eu os penduro — contou ele. — Amarro as patas de trás, penduro todos eles e os prendo. Já ouviu alguém "gritando como um porco amarrado"? É de onde vem essa expressão.

Homer ficou assustado com a descrição de Jim de um porco moribundo e observou enquanto o sogro formava uma forca com a corda e a entregava a ele.

— Isto é para Bruiser — disse ele, apontando com a cabeça na direção do enorme porco selvagem, que observava com cautela de uma moita próxima. — Coloque isto ao redor do pescoço dele.

Homer olhou para a corda fina e depois para o porco selvagem.

— Você está brincando. Aquele porco é seis vezes maior do que eu.

— Olha, rapaz, é o seu presunto.

De fato, era o presunto dele, então Homer pegou a corda e se aproximou de Bruiser. Para sua surpresa, o porco selvagem não se mexeu, apesar de seus olhos escuros e sérios o observarem com atenção.

— Colocar isto no pescoço dele? — perguntou Homer.

— Melhor do que no rabo dele — respondeu Jim.

Homer se aproximou do porco selvagem.

— Calma, porco — disse ele.

— O nome dele é Bruiser — lembrou Jim.

— Calma, Bruiser — corrigiu Homer. Então avançou e conseguiu passar a corda pelo pescoço dele.

A reação de Bruiser, depois de um momento de aparente observação, foi um grito e um movimento brusco das patas. Agarrado à corda, Homer teve a sensação de que seus braços estavam sendo arrancados. Ainda assim, segurou-a e tentou acompanhar o porco, mas este foi rápido demais e, em segundos, Homer se viu caído de bruços, sendo arrastado pelas raízes das árvores e em meio a vários arbustos cheios de espinhos e agulhas pontiagudas de pinheiro. Ele se virou até ficar de costas e começou a girar sem parar até não conseguir mais se segurar. Derrotado, soltou-se e ficou deitado em cima de uma raiz protuberante, analisando mentalmente o próprio corpo à procura de ferimentos, contusões e ossos quebrados. Sem encontrar nada grave, ele ficou ajoelhado e teve dificuldade para se levantar.

Jim se aproximou com um grande presunto rosado sobre o ombro. Ergueu a faca.

— Precisei dela para cortar um dos presuntos que estava curando.

Homer se recostou no grande carvalho.

— Por que você queria que eu pegasse Bruiser?

Jim olhou para a mata. As árvores balançavam nos locais por onde o porco havia passado.

— Não queria. Só queria ver até onde você aguentaria. Você se saiu muito bem.

Homer não era o tipo de homem que gostava de repreender outro, mas naquele caso fez uma exceção. Parecia que a situação não perturbava seu sogro. Na verdade, pela risada dele, foi uma fonte de diversão.

Um pouco depois, enquanto Homer tentava lavar o sangue dos braços na bomba de água no quintal, Elsie se aproximou dele e disse:

— Quero que você bata no meu pai.

Homer balançou a cabeça.

— Não posso fazer isso, Elsie.

— Ele contou o que fez?

— Sim, mas ainda assim não posso bater nele. Ele só tem um braço bom e não seria justo. Além disso, derrubar um idoso não é o tipo de coisa que faço.

Elsie olhou-o com uma expressão de raiva, e então se afastou. Em pouco tempo, ele ouviu Jim gritar. Quando entrou na casa, viu Elsie segurando um galho e Jim apertando o braço ferido, o rosto retorcido de dor. Nada mais foi dito depois, mesmo durante o jantar, quando Jim manteve um silêncio calculado e Minnie e Elsie sorriam de modo enigmático. Homer manteve a cabeça baixa.

Apesar de sentir muitas dores por ter sido arrastado pela mata por um porco enraivecido, Homer se levantou cedo e, com Elsie e sua mãe guiando-o, encheu o carro com pães assados, o grande presunto defumado, pacotes de frango defumado, uma caixa de tomates, vários jarros de feijão verde e um cesto de cebolas. Homer estava feliz porque a comida parecia mais do que suficiente para durar duas semanas na estrada. Com sorte, só precisaria gastar dinheiro com gasolina e, aqui e ali, talvez com uma noite em um hotel. Caso contrário, podiam acampar em algum campo.

Albert também foi levado para fora na bacia e acomodado no banco de trás, onde roncava baixo, com a barriga cheia do café da manhã de frango fresco.

Pela janela, Homer apertou a mão que o sogro lhe estendeu.

— Espero que saiba o que está fazendo — disse Jim.

— Ficaremos bem — respondeu Homer.

A expressão de Jim era de dúvida.

— Eu me diverti com você ontem, Homer, com Bruiser e tudo o mais, mas espero que saiba que me importo com você. É um bom homem, talvez bom demais, então, lembre-se de que há uma Depressão acontecendo no lugar aonde você está indo. Estamos quase protegidos dela aqui, nas montanhas. As pessoas que vocês vão encontrar estão desesperadas. Fique atento.

— Pode deixar, Jim. Obrigado pelo conselho. E pelos hematomas.

Jim sorriu e deu um passo para trás. Elsie beijou a mãe, debruçada na janela.

— Amo você, filha — disse Minnie. — Mande lembranças ao meu irmão Aubrey.

— Pode deixar, mãe. Uma pena não termos espaço para levá-la conosco.

Minnie se endireitou e então se virou para Jim, que havia se aproximado e envolvido o corpo dela com o braço bom.

— Tenho bastante coisa para fazer por aqui — disse ela. — Agora, podem ir.

De repente, um galo vermelho com rabo verde se jogou dentro do carro e permaneceu com uma expressão desafiadora em cima de um cesto de cebolas.

Homer olhou para a criatura.

— É melhor sair daqui, galo — alertou ele. — Albert já está de olho em você.

— Não é meu — disse Jim. — Não sei de quem é, mas eu ficaria com ele, se fosse você. Pode ser que sirva de jantar em algum momento da viagem.

Homer tentou tirar o galo do carro uma última vez, mas o animal reagiu entrando na bacia e postando-se em cima da cabeça de Albert, que revirou os olhos e sorriu.

— Certo, sua coisa de rabo verde, se é o que quer... — disse Homer e, acenando a Jim e a Minnie, virou o Buick cheio de comida, um marido e uma esposa, um jacaré e um galo acomodado, na direção da Flórida.

5

No trajeto pela primeira das três montanhas que havia no caminho até a fronteira com a Virgínia, Elsie permaneceu em silêncio, claramente pensando em alguma coisa. Para a raiva de Homer, ela não passava o tempo falando do clima nem dos buracos na estrada ou de qualquer outra coisa. Ela só olhava para frente. Inquieto e querendo ouvir a voz dela, ele por fim perguntou, apesar de quase se arrepender no mesmo instante:

— Você está brava comigo ou qualquer coisa assim?

Ela respondeu:

— Estou brava comigo mesma por ter pedido para você bater no meu pai. Não é da sua conta. Você não faz parte da minha família.

Magoado, Homer respondeu:

— Você é minha esposa, Elsie, então seus pais também são da minha família.

— Então, por que você não bateu nele como eu pedi?

— Fiquei com medo de feri-lo.

Elsie gargalhou.

— A única coisa que poderia machucar meu pai é um raio caindo bem em cima dele.

— Bem, mesmo assim...

— Você é fraco, Homer — interrompeu Elsie. — Fraco de uma maneira que me surpreende. Mas não importa, já cansei de falar sobre esse assunto.

Homer se sentiu ainda pior do que antes, e o tempo todo em sua mente ocorriam conversas imaginárias entre Elsie e ele que não chegavam a lugar nenhum. No vale entre a segunda e a terceira montanhas, o galo deu um salto e se posicionou no ombro de Homer. Cheirava um pouco à terra. Assustado, Homer tentou afastá-lo, mas o animal afundou as garras e se segurou.

— Você vai deixar esse galo ficar aqui? — perguntou Elsie.

— Acho que vou — respondeu Homer. — Ele parece gostar de mim.

— É mesmo? Por que ele gostaria de você?

Magoado de novo, Homer respondeu:

— Não faço ideia.

Depois de cruzar a fronteira para a Virgínia, as estradas ficaram melhores e as montanhas se afastaram até se tornarem montes que emolduravam vales amplos e verdes. Enquanto Elsie cochilava, Homer fazia o melhor que podia para aproveitar a paisagem. O gado leiteiro, pastando na grama do início do verão, ficava de cabeça baixa, e os cavalos percorriam os campos. Albert estava calado, só suspirava de vez em quando, e em pouco tempo Homer relaxou. Apesar da língua afiada de Elsie, ele percebeu que seria uma viagem fácil. Chegariam à Flórida, deixariam Albert e voltariam bem antes de duas semanas. Depois disso, ele imaginava que os anos passariam e ele e Elsie se lembrariam da viagem rápida que haviam feito a Orlando e de que tinham discutido, mas tudo havia ficado bem. Os dois ririam muito disso.

Quando passaram por uma zona rural da Virgínia, Elsie acordou.

— Que lugar mais velho e acabado! — comentou ela.

Homer concordou que a cidade parecia bem antiga mesmo. Alguns homens indolentes, usando macacões desbotados, estavam sentados nos degraus dos prédios vazios e observavam o Buick passar devagar, com pouco interesse nos olhos. Num semáforo, Homer viu um homem de pé no canto. Usava um terno e parecia seguro de si.

— Que cidade é esta? — perguntou Homer.

O homem tirou o chapéu.

— Tragédia. Somos a sede do condado. Vai nos encontrar no mapa entre Desespero e Desesperança. — Ele parou, talvez esperando que Homer e Elsie rissem, mas, como não riram, acrescentou: — Hillsville é o nome verdadeiro de nosso vilarejo.

— É bonito — disse Homer. — Mas por que tantos estabelecimentos estão fechados?

— A infeliz situação que a imprensa chama de Grande Depressão. Os agricultores não conseguem um preço decente pelas plantações e pelo leite, então não têm dinheiro para comprar coisas.

— Sinto muito — disse Homer.

— Pelo menos, não estamos passando fome nem vamos passar, contanto que as pessoas permaneçam em suas terras. O problema é o atraso dos pagamentos, o que as leva a partir. É por isso que você está na estrada?

— Não, senhor. Estou no negócio de carvão e muito bem-empregado. As pessoas ainda precisam de carvão para aquecer as casas e dos moinhos de engenho para fazer aço.

Elsie deu sua opinião.

— Na verdade, ele é mineiro e trabalha sob cerca de um bilhão de toneladas de rochas, que podem cair em cima dele a qualquer momento.

— Não é tão ruim assim — disse Homer.

Albert esticou o focinho pela janela e farejou o ar. O homem deu um passo para trás.

— É um crocodilo?

— Um jacaré — corrigiu Homer. — Vamos levá-lo para casa, na Flórida. Por falar nisso, estamos na estrada certa?

— Já que esta vai para o sul, eu diria que sim. Vão levar o galo para casa também?

— Não sabemos por que ele está aqui — admitiu Homer.

— Bem, como o pastor desta cidade, abençoo todos vocês. Vocês animaram meu dia e me deram um assunto diferente para conversar com a congregação. Afinal, vocês são a arca de Noé!

Homer agradeceu pela bênção e seguiu dirigindo. Depois de dobrar a esquina seguinte, viu um tribunal diante do qual havia a estátua de um soldado confederado.

— Eles lutaram muitas batalhas na Guerra Civil por aqui — disse Homer. — Irmão contra irmão, segundo os livros de História.

— Irmã contra irmã também — respondeu Elsie. — As mulheres também participaram da guerra.

— Não disse que elas não participaram — retrucou Homer, tentando entender por que Elsie tentava transformar tudo em discussão.

— Vamos parar e almoçar aqui — propôs Elsie. — Parece bem agradável e há alguns bancos.

Homer concordou e o almoço foi servido: fatias de presunto, cebolas, pedaços de pão caseiro e taças de vinho de um jarro que Elsie tinha enchido na casa dos pais. Albert ganhou um pouco de carne de galinha e o galo comeu umas minhocas da terra seca. Era agradável ficar sentado perto do tribunal, e eles tiveram de se esforçar para voltar para o carro e seguir viagem.

Alguns quilômetros depois da cidade, encontraram uma carroça de feno tombada bloqueando a estrada. Um homem magricela com macacão e um bando de cavalos a observavam como se esperassem que a carroça voltasse a ficar de pé a qualquer momento.

— O que aconteceu? — perguntou Homer.

— Uma cobra na estrada assustou meus cavalos. Eles me levaram para o canto. Quando tentei sair, a carroça virou.

— Posso ajudar? — indagou Homer.

— Não precisa. A esposa vai sentir minha falta mais cedo ou mais tarde e mandar meus irmãos e os dela com vários cavalos para me ajudar.

Homer saiu do carro e observou as covas fundas que se estendiam pela estrada.

— Não consigo atravessar — concluiu.

— Para onde está indo? — perguntou o agricultor.

— Para a Flórida.

— Vocês são as primeiras pessoas que encontro que estão indo para a Flórida. Como é lá?

— Quente e cheia de insetos, pelo que li.

— Isso explica por que nunca vi ninguém indo para lá. Se quiserem continuar indo para o sul, subam a estrada por cerca de oito quilômetros e entrem à direita em uma rua de terra. Tem um bordo velho e grande na curva e também um posto de gasolina à vista. Continue por cerca de dezessete quilômetros e sei que a estrada dá em outra que vai até a Carolina do Norte.

Homer agradeceu ao agricultor e virou o Buick. Oito quilômetros se passaram, depois dez e mais um e outro. Passaram por um posto de gasolina, e Elsie viu, de seu lado da estrada, o que acreditava ser um bordo grande. Atrás, ficava uma estrada de terra.

— É ali? — perguntou ela.

Homer parou e olhou para as folhas da árvore.

— Deve ser — disse ele.

— Parece uma estrada de terra — observou Elsie. — Vai fazer o Albert espirrar.

— Vou devagar para não incomodar o Albert de nenhuma maneira — respondeu Homer.

— Você está sendo sarcástico.

— E por isso sinto muitíssimo.

— Você ainda está sendo... ah, siga em frente.

Homer entrou na estrada. Não era uma estrada ruim por ser na zona rural, só muito seca, como Elsie previu, mas Homer foi devagar, conforme prometido. Depois de muitos quilômetros descobriram ser a estrada errada, principalmente porque era sem saída, dando numa casa velha com hectares de kudzu crescendo. Conforme se aproximavam, viram, apesar das janelas quebradas e da tinta descascada, que a casa já tinha sido uma mansão. Elsie disse:

— Essa casa já deve ter se parecido com a casa da fazenda de *Amor rebelde*.

— O que é *Amor rebelde*?

— Um romance que li. Sobre um homem e uma mulher que têm uma fazenda em algum lugar do sul. Então, a Guerra Civil começa e o homem é morto e a mulher tem que administrar tudo sozinha. Então, aparece um jovem oficial rebelde gravemente ferido, ela cuida dele e os dois acabam juntos em cima de um fardo de algodão.

— Juntos?

— Sim. Você entendeu.

Homer teve de pensar para entender, mas quando se deu conta do que ela estava falando, disse:

— Não sabia que você gostava de romances ruins.

— Não era ruim. Aprendi muito sobre a Guerra Civil. Bem, não é da sua conta o que eu leio. Sabia que você é irritante às vezes, Homer?

— Vou me comprometer a ser menos irritante.

— Só o fato de dizer isso é irritante. — Ela olhou a casa antiga. — Gostaria de explorar um pouco este lugar.

— Não temos tempo.

Elsie fez uma careta, depois saiu do Buick e abriu a porta de trás, incentivando Albert a descer da bacia. Ele balançou a cauda, com ansiedade.

— Vamos, meu bem. Pode fazer suas necessidades enquanto eu me aventuro um pouco.

— Quer que eu vá com você? — perguntou Homer.

— Faça o que quiser.

Não era o que ele queria, mas Homer saiu do carro mesmo assim e seguiu a esposa e o jacaré dela na esperança de mantê-los longe do perigo. O galo, como se soubesse exatamente onde estava, saiu do carro e correu na frente.

Lama, mato e plantas desgrenhadas era o que havia restado da propriedade. Quando Homer e Elsie chegaram à parte de trás da casa, viram que o teto de um cômodo tinha caído sob o peso do kudzu.

— O velho sul — comentou Elsie. — Ou o que restou dele.

Homer observou a casa em ruínas e o quintal abandonado.

— A família Hickam abrigou dois irmãos gêmeos que seguiam na cavalaria com um capitão confederado chamado Mosby — contou ele. — Roubaram os cavalos, meu pai dizia, e ficaram com eles depois da guerra. E os Lavender?

— Lutaram dos dois lados — respondeu Elsie. — Meu pai disse que provavelmente trocaram tiros na Campanha de Wilderness.

Homer e Elsie esperaram um momento e pensaram num passado do qual não tinham participado e sentiram tristeza pelos ancestrais que não conheceram.

— Onde será que os escravos viviam? — perguntou Elsie.

— Casas velhas, provavelmente há muito arruinadas.

— Ainda bem que não vivi naquela época de escravidão, guerra e tudo o mais.

— Não sei se aquelas pessoas gostariam de viver na nossa época. Tudo o que conheciam foi destruído pelos ventos da história.

Elsie observou Homer.

— Às vezes, você me surpreende. Sabe ser profundo.

— Bem, sou mineiro.

Elsie tentou não sorrir, mas não conseguiu.

— Sabe o que eu gostaria de fazer?

— Sinceramente, Elsie, não faço ideia.

— Passar a noite aqui.

— O quê? Não. Precisamos continuar.

— Para onde? Estamos perdidos.

— Vou encontrar o caminho.

— Ah, que isso! Está escurecendo. Vamos ter que parar em breve, de qualquer forma. Você não tem um pinguinho de romance na alma?

— Tenho muito, mas não consigo entender o que esta casa tem a ver com romance.

— Poderíamos fazer uma fogueira, cozinhar e talvez até tomar um pouco daquele vinho que meu pai colocou no porta-malas quando não estávamos olhando. Vamos, Homer, vamos nos divertir um pouco, para variar.

Homer se virou para o oeste a fim de ver o sol se pondo acima das árvores. Em breve escureceria, e ele não tinha certeza de onde estaria sem estudar os mapas.

— Certo — disse ele, concordando. — Vamos passar a noite aqui, mas precisamos estar de pé logo cedo.

Elsie sorriu.

— Como recompensa, você pode até me beijar.

A mudança repentina no comportamento dela deixou Homer alegre, mas atento. Ele a beijou com delicadeza nos lábios enquanto tentava ignorar Albert, que tinha mordido a barra da calça dele e a puxava.

Elsie se segurou em Homer enquanto o marido tentava afastar o jacaré.

— Não me leve de volta para aquele lugar — disse ela.

— Que lugar? Albert, pare!

— Para Coalwood. Eu imploro.

Albert enfim soltou e se afastou, meio tímido.

— Mas precisamos voltar a Coalwood — disse Homer. — É onde moramos e eu trabalho.

— É onde você trabalha e nós moramos agora, mas não poderia ser diferente?

— Elsie...

Ela balançou a cabeça e o afastou.

— Acenda a fogueira e eu vou pegar o vinho. Vamos ter uma noite agradável, você querendo ou não.

— Olhe, se quiser falar sobre Coalwood, vou fazer uma lista de todos os motivos que temos para voltar.

— Uma lista, uma ova — disse ela, e pisou duro em direção ao Buick.

Quando Elsie voltou com uma garrafa de vinho e dois frascos vazios de geleia, Homer já tinha reunido um pouco de lenha para fazer uma fogueira.

— Olhei através daquelas portas grandes de vidro ali e vi o que parece ser uma tela de varanda — disse ele. — Pessoas moravam aqui desde a Guerra Civil. Provavelmente a Depressão as expulsou.

— Está trancada?

Homer mostrou uma chave de fenda enferrujada.

— Eu encontrei isto ali. Posso abrir qualquer coisa com uma destas.

Elsie sorriu.

— Você é mais talentoso do que pensei.

Homer balançou a porta e, com a ajuda de Elsie, tirou a tela e a colocou ao lado da fogueira.

— Está mofada, mas se colocarmos os cobertores em cima dela não tem problema — disse Elsie.

Ela pegou o vinho e os frascos de geleia.

— Vamos tomar um pouco disso, depois podemos preparar um dos frangos.

Homer foi pegar os cobertores e também trouxe a bacia de Albert. Em pouco tempo, depois de assar o frango e comer parte dele, os dois experimentaram o vinho caseiro de Jim. Albert e o galo estavam dormindo na bacia. Tudo estava agradável e aconchegante.

— Aqui está bom — disse Elsie, aninhando-se no ombro de Homer.

— Com certeza está — disse ele, bebendo mais um pouco de vinho.

Após alguns minutos de carinho e de vinho, Elsie se sentiu aquecida e relaxada. *Eles estavam viajando!* Era, pelo menos, uma chance para criarem uma vida nova e boa, se ela fosse esperta o bastante. Permitiu que Homer a beijasse de novo, dessa vez um beijo longo e intenso com um toque promissor no fim. Relaxando, ela suspirou e disse:

— Isso me faz lembrar de uma vez quando estava na Flórida. Acendemos uma fogueira na praia e tomamos vinho que não era caseiro. Era vinho de verdade, da Itália.

Ela sentiu Homer ficar tenso.

— Já imagino com quem você estava.

Elsie pretendia mostrar que a Flórida era incrível, mas percebeu que havia cometido um erro. Apressou-se a corrigir.

— Não é o que você está pensando. Estávamos num grupo grande de pessoas. Um bando. Nunca me diverti tanto. Quando chegarmos até a Flórida, vou apresentá-los a você.

— Você vai me apresentar ao Buddy?

Ela hesitou.

— Você sabe que ele não está lá — respondeu, por fim, com a voz baixa.

Uma imagem de Buddy dançando com mulheres de cabelos platinados apareceu em sua mente, e ela pareceu triste.

— Mas sei onde ele está. — Homer se remexeu para afastar a cabeça dela de seu ombro, ficou de pé e apontou para o coração dela. — Ele está aqui, não é? E acho que sempre estará.

Elsie abriu a boca para contar uma mentira que sabia que o marido queria ouvir. *Não amo Buddy. Amo você.* Para sua surpresa, o que saiu foi:

— Sinto muito.

Quando notou o que tinha dito, tentou contar a mentira de novo, mas a mesma coisa saiu:

— Sinto muito.

— Eu também sinto, Elsie — disse Homer. — Acho que nós dois sentimos muito. — Suas últimas palavras antes de partir para a escuridão foram: — Vamos voltar a Coalwood.

Elsie permaneceu sentada por um tempo que não soube mensurar. Repreendeu a si mesma por não conseguir mentir para o marido quando mais precisava. Cobriu-se com um cobertor e estendeu o corpo na tela, observando as estrelas que não piscavam nem se moviam no céu. Sua respiração estava um pouco ofegante. O que Homer faria? Podia até abandoná-la! Mas então ela pensou que não, Homer nunca faria isso. Era honrado demais. Ainda assim, ele disse que voltariam a Coalwood. Toda a esperança dela em relação à viagem sumiu. Nunca conseguiria fazer Homer mudar de ideia. A verdade, confessou a si mesma, era que não tinha certeza de que queria que ele mudasse.

Elsie sentiu um cheiro adocicado e percebeu que era madressilva, o perfume do velho sul sobre o qual lera em *Amor rebelde*. Ela se sentou e respirou o ar adocicado da maneira mais profunda que conseguiu. As minas de carvão onde havia sido criada sempre tinham um cheiro irritante de petróleo, e, quando os fornos eram acesos, a fumaça sempre fazia com que ela começasse a tossir porque sua garganta ardia como uma ferida aberta. Ah, eu poderia sentir esse cheiro para sempre, pensou enquanto a essência de madressilva passava por ela.

Relaxando, Elsie pensou em como poderia mudar as coisas com Homer e decidiu, pelo bem da viagem, que teria de dizer uma mentira. *Buddy não está mais no meu coração e você é meu marido, é só o que importa.* Tem de bastar, ela pensou, para levá-lo até a Flórida com tempo suficiente para convencê-lo a nunca voltar para Coalwood e, talvez, quem sabe, transformar seu marido sem graça em alguém mais parecido com aquele dançarino de pernas compridas por quem ela havia se apaixonado.

Elsie afastou o cobertor e se levantou para procurar Homer, mas ele não estava mais ali. Pensou que ele devia estar no carro, chateado. Será que Buddy ficava chateado? Ela não se lembrava. Ele estava sempre rindo, contando piadas, sendo caloroso no modo como conversava com ela. Imaginando a sombra dele em seus braços, ela começou a se movimentar de acordo com os passos da última vez que dançou com Buddy entre as palmeiras. Dois passos para a frente, dois para trás, um para a direita, um para a esquerda e um giro. Elsie bebeu mais vinho, depois mais um pouco e continuou dançando, lembrando-se e sentindo o cheiro de madressilva no ar.

6

Elsie acordou assustada e se viu olhando para o céu de luz muito clara, suavizada pelo rosto do marido.

— O que foi? — perguntou ela, e fechou os olhos com o máximo de força que conseguiu.

— Nada, acho que só sua ressaca.

Ela se lembrou de parte da noite anterior. Dançou e então... acreditava ter se sentado na tela e bebido mais vinho. Depois, o sono chegou com sonhos malucos. Ela estava de volta a Orlando, dançando muito com Buddy.

— Me desculpe — disse ela, e levou o braço à frente dos olhos para bloquear a luz ainda mais. Sentia muita dor de cabeça. — Me desculpe por... por contar a você aquela história a respeito da praia. Me desculpe por ter me desculpado. Eu quis dizer...

— Tudo bem — falou Homer. — Não importa.

— Importa, sim. E me sinto mal por ter rido quando disse que o galo gostava de você. Claro que gosta. Ele gosta de você porque você é bom e gentil, apesar de ser mineiro.

— Nada como um elogio para começar o dia — comentou Homer. — Fiz café. Posso ajudá-la a se levantar?

Elsie permitiu que ele a ajudasse, mas manteve os olhos fechados, para evitar que a luz entrasse e fizesse sua cabeça doer. Ele deu a ela um copo e ela bebeu o café amargo.

— Minha cabeça está me matando — confessou.

— Tenho aspirina no meu kit — disse Homer. — Vou trazer dois comprimidos para você.

— Obrigada.

Depois de mais alguns goles, ela sentiu a mente entrando nos eixos. Sentiu, então, dois comprimidos sendo colocados em sua mão. Ela os engoliu e conseguiu entreabrir os olhos.

— Onde você dormiu ontem? — perguntou a ele.

— Ao seu lado. Ali.

— No chão? Não ficou com frio?

— Eu quis assim. Mas agora, srta. Lavender, é sua vez de escolher.

Elsie tirou um pouco de pó de café da língua.

— Quem escolhe aqui é você — disse ela, temendo o que ele diria.

A resposta dele foi uma surpresa.

— Certo, então veja o que escolho. Você fica aqui e relaxa enquanto eu levo o Buick para abastecer naquele posto de gasolina pelo qual passamos. Então, volto e continuamos.

Elsie conseguiu abrir os olhos o suficiente para observar o rosto dele.

— Aonde vamos?

— Para a Flórida, claro. Por que estamos viajando?

— Mas você disse que voltaríamos para Coalwood.

Ele olhou-a.

— Vamos. Depois da Flórida. O que você pensou que eu estava dizendo?

— Não sei. Acho que o vinho me confundiu.

— Com certeza. Quando eu voltei, você estava dançando.

Ela olhou para ele e observou seus olhos à procura de raiva, mas só viu mágoa e decepção. Um pedido de desculpas estava na ponta da língua, mas ela afastou as palavras.

— Olha, você ainda me deve uma dança daquela vez que me deixou plantada, no Ensino Médio.

Ele deu de ombros.

— Não sei dançar. Foi outro motivo pelo qual morri de medo e não levei você.

— Aposto que você dança muito bem, Homer, é só tentar.

A mágoa apareceu nos olhos dele de novo.

— Não sei por que, mas acho que viria em segundo lugar nessa categoria.

Elsie permaneceu calada diante da verdade.

— Bem, vou buscar um pouco de gasolina — disse Homer, por fim, com uma voz animada que Elsie sabia ser forçada. — Já tomei o café da manhã, mas separei pão e queijo para você. Estão ao lado da fogueira.

— Onde está o Albert? — perguntou ela.

— Eu o coloquei no carro para que passasse a noite e não sentisse frio. Hoje cedo, eu o levei para passear. Agora, está dormindo de novo no banco de trás. A menos que você queira que eu o pegue, vou deixá-lo ali.

— Você tomou conta dele ontem à noite? E passeou com ele hoje?

— Ele nem tentou me morder.

— Ele nunca quis morder você. Só estava brincando.

Homer não respondeu. Só continuou caminhando. Quando ela ouviu o motor do Buick se deslocando, permaneceu sentada até a dor de cabeça começar a passar. Terminou o café, afastou o cobertor, ficou de pé e se afastou da fogueira. Respirou fundo. A essência de madressilva ainda estava presente, ainda mais fresca com o ar frio da manhã. O café da manhã podia esperar.

E mais uma vez, ainda que muito lentamente, para que a dor de cabeça não voltasse, ela dançou. Um passo para a esquerda, outro para a direita, dois para a frente, dois para trás e um rodopio.

7

Quando Homer comprou gasolina no posto do cruzamento, o atendente, um jovem usando um chapéu de papel, não tinha troco para a nota de cinquenta dólares que ele ofereceu.

— Pode conseguir troco no banco — disse ele, meneando a cabeça em direção à cidade.

Homer agradeceu, disse que voltaria em pouco tempo e dirigiu até a cidade, estacionando na frente do prédio com a placa de "banco e empréstimo a agricultores".

O galo, acomodado em cima de Albert, subiu no banco do carro, olhou ao redor e saiu batendo as asas.

— Você é uma ave esquisita — murmurou Homer quando o galo fugiu como se estivesse em uma missão urgente.

Quando Albert rastejou atrás do galo, Homer deslizou sem demora a coleira ao redor do pescoço do jacaré. Albert puxou com força na direção do galo, raspando as garras nas tábuas da calçada, enquanto emitia o rosnado que comunicava insatisfação. Para os ouvidos de Homer, era como se ele estivesse dizendo "não, não, não".

— Sinto muito, Albert.

Homer disse:

— Ele é rápido demais. Você nunca vai pegá-lo. — De repente, Homer se sentiu um pouco solitário. — Também vou sentir falta dele.

A porta do banco se abriu e o pastor do dia anterior saiu. Tirou o chapéu.

— Bem, você não foi longe — disse ele. — Por que seu jacaré está resmungando?

— O galo dele fugiu.
— Vou orar para que volte.
— Aquele galo tem vontade própria — disse Homer, mais para si mesmo do que para o pastor. — Não sei nem por que ele está conosco.
— Talvez ele seja um anjo que decidiu ajudar você em sua aventura. A propósito, está aqui para roubar o banco?
Homer se surpreendeu.
— Como assim?
— Bem, ouvimos dizer que tem assaltantes de banco na região. Você poderia usar Albert como arma.
— Ah. Não, como eu disse, sou um mineiro. Assalto a banco não é minha linha de trabalho, só estou aqui para conseguir troco para uma nota de cinquenta dólares.
O pastor tocou seu chapéu de novo.
— Bem, muitas bênçãos, rapaz. Diga a sua bela esposa que a abençoo também.
— Obrigado, senhor — disse Homer, tocando a testa em sinal de respeito. — Farei isso.
Antes de sair, o pastor segurou a porta do banco para Homer e Albert, que ainda raspava as garras, desesperadamente, na direção em que o galo tinha sido visto pela última vez.
— Vamos, Albert — disse Homer enquanto o arrastava pelo piso de madeira polida do banco. Com um sibilo e um resmungo, Albert abaixou a cabeça, balançando-a de um lado a outro.
Atrás do balcão, um homem mais velho usando óculos de lente verde olhou para a frente.
— O que temos aqui? — perguntou ele num tom que indicava que já tinha visto quase tudo.
— Preciso de troco para uma nota de cinquenta dólares — disse Homer. Ele puxou Albert para que o animal se aproximasse da janela do atendente.
— Vamos, menino.
O atendente entendeu tudo.
— Trabalho aqui há quarenta anos e acredito ser a primeira vez que vejo um crocodilo no banco.
— Ele é um jacaré.
— Qual é o problema dele? Parece agitado.
— Está sentindo saudade do galo dele.

— Compreendo — disse o atendente, de modo seco. — Ele o comeu?

— O galo fugiu.

— Não me surpreende — retrucou o atendente, ainda mais seco. — Agora, voltemos ao seu dilema. Você disse que precisa de troco para cinquenta? Acho que posso ajudá-lo.

Albert rastejou para baixo da mesa perto da parede, estendeu as patas e fincou as garras no chão, emitindo um rosnado de irritação. Homer puxou a coleira, mas o jacaré se manteve firme.

— Certo, Albert — disse Homer, suspirando. — Continue fazendo isso. Tenho coisas para resolver.

Homer soltou a coleira e deu um passo em direção ao atendente, mas foi o máximo que se aproximou antes de as portas se abrirem de repente e dois homens entrarem depressa, portando armas de fogo.

— Mãos ao alto! É um assalto! — gritou um deles.

Apesar de chocado, Homer ainda assim não deixou de notar que o homem que tinha gritado era muito baixo, não tinha mais do que 1,50m. O outro homem, um negro enorme, saltou na direção de Homer e apontou a arma para ele.

— Não se mexa — disse ele.

O homem pequeno se aproximou do atendente, mirando a arma nele.

— Passe todo o dinheiro. *Agora!*

O atendente piscou, mas tão devagar que Homer pensou que ele tiraria um cochilo, e disse:

— Isso não vai acontecer.

O assaltante pequeno se assustou.

— Por que não?

— Todo o dinheiro está naquele cofre... aquele cofre trancado... e é feito de aço duro, que só poderia ser aberto com três bananas de dinamite. E também porque estou indo embora.

E o atendente se virou e voltou para a porta dos fundos, que estava a menos de dois passos, olhou para trás, deu de ombros e seguiu.

— Por que não atirou nele? — perguntou o homenzarrão.

O homenzinho fez um bico.

— Se você por acaso não notou, Huddie, eu não conseguiria atingi-lo daqui. Agora, venha e me ajude a passar pelo balcão.

O grandalhão, aparentemente chamado Huddie, se virou para o outro.

— Certo, Slick — disse ao homenzinho, de nome Slick, ao que parecia.

Huddie ajudou Slick a passar por cima da janela do atendente. Slick caiu atrás do balcão com um baque. Homer ouviu quando ele murmurou.

— Droga. Está trancado mesmo. O que as pessoas pensam hoje em dia? Não confiam em ninguém?

— O atendente disse que poderíamos arrombá-lo com três bananas de dinamite — lembrou Huddie.

— Se por acaso não percebeu, seu idiota, não temos nem mesmo uma banana de dinamite.

— Então, vamos arranjar algumas.

— A voz de um gênio, senhoras e senhores!

Homer ouviu Slick procurando alguma coisa e então viu uma moeda brilhante passar por cima do balcão, quicar uma vez e parar ao lado do sapato de Homer. Era uma moeda de cinco centavos, com a cara virada para cima.

— É só o que temos — disse Slick.

— O que vamos fazer? — perguntou Huddie.

Slick acenou na direção de Homer.

— Ver se aquele fazendeiro tem alguma coisa.

— Não sou fazendeiro. Sou mineiro — corrigiu Homer.

Huddie bateu a arma perto do nariz de Homer.

— Você vai ser um mineiro morto se não esvaziar os bolsos.

Foi quando Huddie começou a gritar, principalmente porque sua perna esquerda, logo abaixo do joelho, estava, naquele momento, dentro da boca de um jacaré.

Huddie também puxou o gatilho da arma, que disparou, felizmente, em direção ao teto. O gesso caiu enquanto Homer caía no chão.

Huddie continuou gritando ao passo que Homer se sentava e batia o gesso dos cabelos até perceber que Huddie tinha largado a arma.

Homer a pegou e ficou de pé.

— Não se mova — disse ele ao assaltante enorme cuja perna ainda estava dentro da boca de Albert.

Huddie arregalou os olhos para Homer.

— Pode abaixar essa arma, senhor. Slick só me deu uma bala e, como o senhor deve ter notado, eu a desperdicei. Ajude-me a tirar isto de mim. Por favor, estou implorando.

Homer abriu a arma, viu que Huddie dizia a verdade e a abaixou. Também pegou a moeda e a colocou dentro do bolso porque os mineiros consideravam moedas com a cara para cima um sinal de boa sorte, e ele aproveitaria. Olhou atrás do balcão, mas não viu nem sinal de Slick. Ao que parecia, ele havia passado pela mesma porta que o atendente usou para sair. Homer se virou para Huddie.

— Albert, largue o homem. Você fez seu trabalho. É um bom jacaré.

Dois homens entraram no banco, o atendente e o pastor.

— Quem diria? — perguntou o atendente. — Prendeu um ladrão.

— Chame a polícia — sugeriu Homer, enquanto tentava tirar a boca de Albert da perna do homenzarrão.

Albert enfim entendeu e abriu a boca, depois olhou para cima e mostrou os dentes a Homer.

— Bom menino — disse Homer.

— Não temos polícia na cidade — disse o atendente —, mas chamei os homens do Estado.

Do lado de fora, uma picape vermelha e desbotada parou fazendo barulho.

— Vamos, Huddie! — gritou o homenzinho chamado Slick.

Huddie ficou de pé, afastou Homer e passou mancando pelo atendente e pelo pastor, que não tentaram impedi-lo. Ele subiu na parte de trás da picape e partiu, com os pneus cantando e cheirando à borracha queimada.

— Acho melhor ligar para os rapazes do Estado e dizer que devem ficar atentos a uma picape vermelha e velha — disse o atendente. Ele estendeu a mão. — Mas obrigado, senhor.

Homer apertou a mão do atendente.

— Agradeça a Albert.

— Obrigado, Albert.

— Que Deus lhe abençoe, Albert — disse o pastor.

Albert olhou para cima e fez seu ié-ié-ié de alegria.

— Ainda preciso daquele troco para a nota de cinquenta — disse Homer.

O atendente sorriu.

— E vai recebê-lo, senhor.

Com troco não só para uma, mas para as duas notas de cinquenta, Homer levou Albert de volta ao carro do outro lado da rua vazia, colocou-o na bacia e se sentou ao lado. Homer estava num humor estranho.

— Sabe de uma coisa, Albert? Às vezes, é preciso passar por alguma coisa assustadora para perceber algo sobre si mesmo e sobre os outros. Bem, acabamos de levar um susto e eu percebo que talvez tenha me enganado em relação a você. Quero pedir desculpas. Você é um bom animal. Foi muito baixo da minha parte não gostar de você. — Ele pensou por mais um momento e disse: — Se quer saber, sempre senti ciúmes porque Elsie vê Buddy Ebsen em você. — Ele deu um tapinha na cabeça do jacaré. — Me perdoe, por favor.

Homer não esperava que Albert respondesse e não esperava ouvir o ronco do jacaré adormecido. De qualquer modo, seu coração se aqueceu. Ele assumiu o volante do Buick e dirigiu de volta. Depois de pagar ao atendente no posto de gasolina, virou em direção à velha fazenda. No caminho, encontrou Elsie caminhando pela estrada de terra. Ela acenou. Seu rosto estava tomado de preocupação.

— Pensei que você tivesse me abandonado.

— Me desculpe. Eu me atrasei.

Ela entrou.

— O que aconteceu?

— Pode-se dizer que Albert e eu roubamos um banco. — Ele enfiou a mão no bolso e pegou uma moeda brilhante. — Está vendo?

— Droga, Homer, se for mentir para mim, pelo menos, invente uma boa mentira. — Ela o observou. — Por que tem gesso no seu cabelo?

Por ter escapado da morte, Homer estava se sentindo feliz e até um pouco animado. Colocou a moeda no bolso de novo.

— Neve — respondeu ele. — Uma tempestade maluca.

Elsie revirou os olhos.

Eles se viraram na direção da velha fazenda e colocaram a comida, os cobertores e as outras coisas dentro do carro. Homer dirigiu de volta até os cruzamentos e parou a fim de olhar para a esquerda e para a direita. Não havia trânsito à vista. Antes de entrar, viu um bater de asas e o galo de cauda verde voou pela janela aberta e pousou em seu ombro.

Elsie franziu o cenho.

— Onde ele esteve?

— Não sei, mas ainda bem que voltou — disse Homer.

No banco de trás, Albert fez seu ié-ié-ié de felicidade. O galo olhou para ele e cantou. Elsie cobriu as orelhas com as mãos e fechou os olhos.

— Cale a boca, galo idiota! Ainda estou de ressaca!

Rindo, Homer entrou e passou pelo ponto onde a carroça de feno tinha tombado. Ficou feliz ao ver que não estava mais ali. A estrada para a Flórida estava escancarada. O galo, com as penas quentes, estava acomodado perto da orelha dele. Elsie se recostou e fechou os olhos. Albert rastejou até a janela a fim de sorrir para tudo o que aparecesse na estrada.

O velho Buick passou e Homer, com a moeda no bolso dando-lhe a confiança de que tudo ficaria bem, assoviou uma música feliz.

Eu tinha quarenta e três anos e passava um tempo na Carolina do Norte pesquisando um livro sobre a vida e a guerra nas Outer Banks durante a Segunda Guerra Mundial. Depois de algumas semanas sem conversar com meus pais, telefonei e minha mãe atendeu.

— Onde esteve, Sonny? — perguntou ela.

— Na Carolina do Norte, mãe. Eu disse que estava escrevendo sobre embarcações alemãs na costa.

As embarcações não a animavam, mas a Carolina do Norte claramente sim.

— Está gostando daí? As pessoas são bacanas?

Quando contei que gostava bastante e que as pessoas eram muito legais, ela disse:

— Você confia demais nas pessoas. É por isso que sempre se machuca. Precisa tomar mais cuidado.

Eu sabia por que ela estava dizendo aquilo. Pouco tempo antes, eu havia passado por um divórcio doloroso e mães costumam defender os filhos mesmo quando eles estão errados. Ela falou tão baixo que suspeitei que não queria que meu pai ouvisse.

— Seu pai e eu atravessamos a Carolina do Norte, certa vez. Pensamos que nunca conseguiríamos. Enfrentamos muitos contratempos. A primeira vez foi por causa dos radicais. Seu pai os chamava de comunistas. Para dizer a verdade, eu meio que me sentia atraída por eles. Até pensei em me unir a eles.

— Queria ser comunista?

— Não, radical. Porque eu confiava que eles fariam o que diziam que fariam.

Tentei adivinhar.

— Foi quando vocês levaram Albert para casa? Ele também queria ser radical?

— Não tire sarro. Foi uma época séria. As pessoas estavam morrendo de fome. Viviam em acampamentos pela estrada e não conseguiam emprego. Era por isso que os radicais estavam lá. Diziam que iam mudar as coisas, tornar os pobres ricos e os ricos pobres. Parecia bom para mim.

— O que o papai achava?

— Seu pai... vou contar a história, mas você precisa jurar que não vai contar à polícia. — Ela passou a falar ainda mais baixo. — Pode ser que ainda haja um mandado de prisão para nós.

— Mãe, do que está falando?

— Estou falando de uma fábrica de meias, Sonny. E de confiança. E de dinamite.

PARTE II

Como Elsie se tornou uma radical

8

Quando chegaram a uma placa na qual se lia "Bem-vindos à Carolina do Norte, o estado do alcatrão", Homer disse:

— Elsie, estamos oficialmente na Carolina do Norte. Depois daqui, teremos apenas a Carolina do Sul e a Geórgia, e então chegaremos à Flórida.

Elsie estava cochilando, mas, quando ouviu o marido falar, acordou.

— Quanto tempo até chegarmos lá?

— Quatro dias, acho, e talvez mais um dia até Orlando. Ainda poderemos voltar para Coalwood dentro do nosso prazo de duas semanas se apressarmos o passo.

— Ah, que incrível seria.

Se Homer notou o sarcasmo, não comentou.

— O que acha de almoçarmos?

Elsie concordou em almoçar e, em pouco tempo, eles encontraram uma mesa de piquenique à beira da estrada.

— Não diga ao galo — disse Homer —, mas eu gostaria de comer um sanduíche feito com uma das ex-namoradas dele.

— Ele é seu galo, não meu — respondeu Elsie. — Não falo com ele.

Elsie pegou no carro as coisas para fazer sanduíches e estendeu uma toalha na mesa de piquenique, depois deu alguns pedaços de frango a Albert, que tinha saído do carro sozinho, mergulhando bem de barriga na grama e rolando para pedir carinho, o que Elsie, depois de fazer os sanduíches, ofereceu com alegria. O galo também saiu do carro e começou a bicar a terra, claramente sem se preocupar com os restos de suas ex-namoradas entre as fatias de pão, tomate, cebola e queijo e também dentro do estômago de Albert.

Quando ouviu o som de galhos se quebrando, Elsie ficou surpresa ao ver uma dúzia ou mais de crianças passando pelas árvores. Formavam um grupo ridículo de nariz sujo, com roupas desgrenhadas e largas nos corpos ossudos. Olharam para a comida na mesa por muito tempo.

— Deve haver um acampamento de mendigos aqui perto — disse Homer.

O coração de Elsie se derreteu na hora.

— Precisamos dar alguma coisa a eles — disse ela.

Sem esperar caridade, as crianças vieram correndo. Metade delas limpou a mesa de piquenique enquanto a outra metade abria as portas do carro e pegava o resto da comida. Elas foram tão rápidas e profissionais no roubo que Elsie e Homer só conseguiram dar tapas nelas, mas sem qualquer resultado, e observar assustados enquanto elas desapareciam na mata, e a última com uma criatura cheia de penas embaixo do braço.

— Elas levaram tudo — disse Homer, surpreso. — Até o galo!

— O que faremos? — perguntou Elsie.

— Vamos colocar Albert no carro e trancá-lo. Depois, vamos ver se conseguimos reaver nossa comida. E o galo.

Depois de cuidar de Albert, Elsie e Homer atravessaram a mata e viram uma clareira na qual havia tendas e barracas feitas de tábuas velhas. A fumaça subia das fogueiras onde as mulheres mexiam as panelas.

— Nossa comida está ali — disse Homer.

Eles desceram até o acampamento.

— Precisamos de ajuda — disse Homer a quem quisesse ouvir. — Nossa comida foi roubada por crianças que entraram aqui e precisamos reavê-la. Não somos ricos. Também não temos muito.

As pessoas do acampamento se afastaram, com os olhos fundos observando cautelosamente enquanto o casal caminhava entre barracas e tábuas, repetindo o apelo. Não havia crianças à vista.

Um homem disse:

— Eu ouvi alguém pedindo ajuda?

Elsie e Homer se viraram e viram um homem que tinha saído de uma das barracas. Um cara magro com olhos tranquilos, bigode e testa larga. Vestia terno cinza, colete, camisa aberta e usava o que obviamente era um chapéu caro. Ele tinha um ar de homem civilizado e cheio de cultura. Não era mendigo, estava claro.

— Fomos nós — disse Elsie. — Um monte de crianças deste acampamento levou tudo o que temos. — Ela apontou a mata. — Estamos estacionados ali. Paramos para almoçar.

O homem deu de ombros de modo solidário.

— As circunstâncias transformam até mesmo os pequenos em ladrões. Disso eu entendo. O que pegaram de vocês não vai voltar. Essas pessoas estão morrendo de fome.

— Mas era toda a comida que tínhamos — disse Elsie.

— E levaram nosso galo também — acrescentou Homer.

— Como ele era?

— Era vermelho com um rabo verde. Um galo grande. Meio diferente.

— Sinto muito — respondeu o homem. — Eu não o vi.

— Quem é você? — perguntou Elsie.

— Sou escritor. Essas pessoas são nômades americanos, sempre em movimento, tentando alimentar a si mesmas e suas famílias. Estou pensando em escrever um livro sobre elas. Meu nome é John Steinbeck. Talvez já tenham ouvido falar de mim.

Depois de pensar um pouco, Elsie disse:

— Não, desculpe. Como é ser escritor?

Steinbeck sorriu.

— Tem seus desafios.

— Bem, sr. Steinbeck, sou a esposa de um mineiro — respondeu Elsie —, o que também tem seus desafios.

Steinbeck tirou o chapéu.

— Não tenho a menor dúvida, senhora. Ele é seu marido?

Homer estendeu a mão.

— Sou Homer Hickam, sr. Steinbeck. Esta é minha esposa Elsie. Li dois de seus livros, *O milagre de São Francisco* e *O pônei vermelho*. Eu achei excelentes.

— Ele lê muitos livros — disse Elsie, com uma certa inveja na voz.

Steinbeck apertou a mão de Homer.

— Posso perguntar em qual direção estão seguindo?

— Para o sul — disse Homer.

— Para a Flórida — acrescentou Elsie.

— Poderiam me dar uma carona? Quero ver as fábricas têxteis ao sul. Elas têm problemas trabalhistas que me interessam.

— Adoraríamos dar uma carona ao senhor, sr. Steinbeck — disse Elsie.

— É melhor irmos antes que alguém roube nosso carro — sugeriu Homer com nervosismo.

— Obrigado. Só me deem um segundo para pegar minha mala.

Homer guiou o caminho pela mata com Elsie e Steinbeck logo atrás.

No Buick, ele colocou a mala de Steinbeck no porta-malas, então abriu a porta e mostrou Albert.

— É um crocodilo? — perguntou Steinbeck de um jeito polido.

— Albert é um jacaré — disse Elsie. — O senhor nunca viu um desses?

— Cresci na Califórnia — respondeu Steinbeck. — Agora, vivo em Nova York. Não há jacarés em nenhum dos dois lugares.

— Sempre me perguntei como seria viver na Califórnia ou em Nova York — disse Elsie.

— Viver ali é como viver em qualquer lugar, sra. Hickam.

Elsie não estava convencida.

— Acredite, sr. Steinbeck, tenho certeza de que os dois lugares são muito diferentes da vida em Coalwood, na Virgínia Ocidental.

Steinbeck assentiu e disse:

— Quero saber por que vocês têm um jacaré.

— Vamos levá-lo para casa, na Flórida.

— Onde ele estava?

— Estava vivendo conosco — respondeu Homer, e então, mudou de assunto. — Que tipo de problemas trabalhistas estão ocorrendo nas fábricas têxteis?

— Greves, fechamentos, agressões, tiroteios, gritos e assassinatos. Algumas pessoas dizem que os comunistas estão por trás de tudo e eu quero descobrir se é verdade.

— Os sindicatos entraram nas minas de carvão e logo começou uma guerra — disse Homer. — O senhor já ouviu falar da Guerra de Mother Jones e da Guerra da Mina Pine Creek?

— Sim, já. Uma confusão. O exército precisou intervir.

— Antes que a Depressão termine, receio que o exército tenha que intervir num monte de coisas — disse Homer. — Mas é melhor voltarmos para a estrada. Elsie e eu temos prazo para chegar à Flórida e voltar o mais depressa que pudermos.

— Pode ir na frente, sr. Steinbeck — disse Elsie. — Vou atrás com Albert.

— Obrigado. E, por favor, pode me chamar de John.

— É muito gentil de sua parte... John.

Quando Elsie se acomodou ao lado de Albert, ele olhou-a e resmungou como se dissesse "não-não-não".

— Acho que ele sente falta do galo — comentou Elsie.

— Também acho — concordou Homer, e saiu da área de piquenique com o Buick. A menos de dois quilômetros, ele chegou a um cruzamento, pensou um pouco e continuou indo reto.

— Acho que esta estrada vai para o sul — disse ele.

— Por que não tem certeza? — perguntou Elsie.

— As crianças também roubaram os mapas do posto de gasolina.

Apesar de as crianças terem atrapalhado a viagem, Elsie não conseguiu controlar a risada.

— O destino — disse ela.

9

Depois de alguns quilômetros, Steinbeck disse:

— Se passarmos por um mercado, gostaria de comprar um pouco de comida para vocês a fim de compensar sua perda.

— Não, obrigado — disse Homer.

— Não seja tão orgulhoso, Homer — retrucou Elsie. — Obrigada, John, ficaríamos gratos.

Homer controlou o orgulho e disse:

— Estou curioso, John. Por que não tem carro?

— Para conhecer as pessoas, eu decidi viajar de carona. Tenho me virado bem.

— Você se importa se falarmos sobre escrever? — perguntou Elsie.

— Seria bom. O que quer saber, exatamente?

— Bem, estou pensando que talvez pudesse escrever um pouco. Meu irmão Victor ia ser escritor, mas morreu jovem demais.

— Que pena. Ele era talentoso?

— Ele tinha só seis anos quando morreu, mas acho que sim. Gostava de contar histórias.

— Que bom. O truque é transformar uma história em livro. Você acha que poderia fazer isso?

— Bem, estudei secretariado quando morei em Orlando e meu professor admirava minha habilidade como datilógrafa e minhas frases descritivas.

Steinbeck riu.

— É mesmo? Meu Deus! Depois que você domina a arte de datilografar e a das frases descritivas, já é meio caminho andado para se tornar escritora. Que tipo de livros você quer escrever?

— Talvez pudesse escrever livros engraçados. Certa vez, escrevi uma carta para a minha mãe a respeito de Albert e ela disse que achou graça.

— Você tinha intenção de que fosse engraçado?

— Não, mas acho que acabou sendo.

— É o melhor tipo de texto. Conte sua história e não se preocupe se é engraçada ou não. Se tentar escrever um texto engraçado, normalmente não consegue. É por isso que os comediantes do rádio não escrevem romances. Se escrevessem, acabaria sendo um monte de frases de efeito.

— O senhor está me ensinando muito! — Elsie se animou. — E, agora que eu estou pensando nisso, tive uma ideia ótima para um romance. Seria sobre uma jovem que cresce nas minas de carvão e vai morar numa casa chique em Orlando onde conhece muitas pessoas interessantes que a fazem rir muito e se sentir bem sendo quem é.

— Você poderia dar à história o título de *Quando Elsie conheceu Buddy* — disse Homer.

Elsie fez uma careta.

— É ficção, Homer.

— É?

Elsie não respondeu e se calou, magoada, e Homer se sentiu mal por atacá-la. Mas estava sentindo muito ciúme. Tentou pensar em dizer algo que salvasse a situação e acabou dizendo:

— Talvez você devesse escrever sobre Albert.

— Uma ideia excelente — concordou Steinbeck.

— Não vou escrever nada — disse ela.

Homer sabia que não deveria dizer mais nada. Ficou calado e continuou dirigindo, torcendo para que encontrassem um mercado ou uma churrasqueira na beira da estrada. Não encontrou nenhum dos dois, e o sol começou a se pôr, então ele passou a procurar um hotel barato ou um campo decente no qual pudessem passar a noite.

Depois de subir um monte, Homer viu dois cavaletes bloqueando a estrada. Dirigiu até eles e parou. Três homens usando ternos e chapéus, com um ar de autoridade, apareceram na frente dos faróis dele. Um dos homens se aproximou, abrindo o casaco e revelando uma pistola embainhada sobre a qual apoiou a mão. Um dos outros homens se aproximou do lado do passageiro e acendeu uma lanterna, e Steinbeck piscou sob a luz. O terceiro homem passou por trás do Buick quando o primeiro perguntou:

— Este, Claude?

— Placa da Virgínia Ocidental. Sim, só pode ser esse.

O homem mais próximo de Homer se debruçou.

— Saia do carro.

— O que está acontecendo? — perguntou Homer.

— Está acontecendo que é para você sair do maldito carro!

Elsie interveio do banco de trás.

— Só estamos passando a caminho da Flórida.

O homem pareceu surpreso.

— Está levando uma mulher com você? Acho que não é surpresa. As mulheres também podem ser vermelhas.

Homer se sentiu confuso com o comentário.

— Ela tem ascendência cherokee, mas é mais branca — disse ele.

Ao que parecia, o homem não estava preocupado com a ascendência de Elsie.

— Mandei sair e estou falando sério, companheiro.

Ele tirou a pistola do coldre. Homer nunca tinha sido chamado de companheiro antes. Na verdade, nunca vira ninguém ser chamado assim, só nos jornais, normalmente em matérias a respeito de russos, coisas assim. Estava prestes a pedir uma explicação quando dois carros pararam, um de cada de lado do Buick.

Os três homens de terno se reagruparam atrás dos cavaletes enquanto um rapaz de camisa xadrez e boina de pano se inclinou na janela do banco do motorista do carro ao lado de Homer.

— O que é isso? — perguntou ele. — São da polícia?

— Comitê dos cidadãos — respondeu o homem que parecia ser o líder.

Seus companheiros levaram a mão à arma que levavam na cintura, com os dedos nervosamente segurando a coronha.

— Virem o carro e voltem de onde vieram. Não precisamos de gente de seu tipo aqui — disse o líder.

— De que tipo? Homens que querem trabalhar?

— Não, um monte de comunistas sujos. Saiam daqui ou vão se ver com a gente.

— Não vamos ver nada porque, pelo que sei, somos americanos com direito a ficar em uma estrada mantida com dinheiro do contribuinte, e vamos percorrê-la.

Antes que os três reagissem, o homem que usava a boina de pano pisou no acelerador do Ford. Ele avançou, derrubando os cavaletes. O motorista do carro do outro lado meteu a mão na buzina e gritou com Homer.

— Vamos, seu vagabundo!

Obedientemente, Homer pisou no acelerador, desviou do restante do bloqueio e seguiu em frente. O outro carro estava bem atrás dele.

— O que está acontecendo? — perguntou Elsie com a voz baixa.

— É esse o problema trabalhista do qual eu falava — respondeu Steinbeck.

Alguns quilômetros mais à frente, Homer viu o Ford no acostamento. O homem de boina de pano estava do lado de fora, acenando para ele, que seguiu em frente, mas o carro que vinha atrás o cortou e ele não teve alternativa senão parar. O homem de boina se aproximou e acendeu uma lanterna, apontando-a para os olhos de Homer, depois para os de Steinbeck, então para os de Elsie e para os de Albert, que brilharam vermelhos.

— Um crocodilo? — perguntou o homem.

— É um jacaré — explicou Elsie.

— Você é do partido, certo?

— Partido? — perguntou Homer, sem entender.

— Ele é um mineiro — disse Elsie.

— O mineiro? — O homem estendeu a mão. — Fico feliz em vê-lo, irmão! Estávamos esperando.

Homer apertou a mão do homem com educação e então a soltou.

— Esperando o quê?

— Estamos com os produtos. Você soube, certo? Meu nome é Malcolm. Sei como é a coisa. É só chamar você de mineiro, certo? Disseram isso para nós.

— Na verdade, meu nome é...

— Epa, Grimes! — gritou Malcolm. — É o mineiro!

Malcolm sorriu para Homer.

— Me siga até os produtos — disse ele, então entrou no Ford e partiu na estrada.

Quando o homem do carro de trás buzinou, Homer ligou o Buick com relutância e se posicionou atrás do Ford com o segundo carro grudado em seu para-choque. Olhou para o escritor.

— O que você acha?

— Acho que é uma parada de sorte. Eles são os homens sobre quem quero escrever.

Homer ficou incomodado com a jovialidade do escritor.

— Nós o deixaremos com eles, então. Você está bem, Elsie?

— Estou tentando decidir se devo ficar com medo — respondeu ela.

— Vou proteger você — prometeu Homer.

Ficou decepcionado porque Elsie não agradeceu nem respondeu de forma alguma. Com certeza, ela sabia que ele estava falando sério!

Malcolm pegou uma estrada de terra, seguiu em frente por alguns quilômetros e por fim parou num campo com cerca de uma dúzia de barracas iluminadas internamente por lanternas que brilhavam no escuro. As silhuetas de vários homens podiam ser vistas dentro das barracas.

— Gostaria de conversar com você — disse Homer a Malcolm depois de estacionarem os carros.

— Primeiro, me deixe mostrar os produtos — falou Malcolm. E acrescentou, uma vez que Homer hesitou: — Sua mulher vai ficar bem. Os rapazes a colocarão em uma barraca.

— Não precisamos de barraca — disse Homer. — Há um engano a meu respeito. Não sou quem vocês pensam que sou.

O segundo motorista se aproximou.

— Não é o mineiro?

— Sou mineiro, mas não *o* mineiro.

O segundo motorista estendeu a mão.

— Sou Grimes — apresentou-se. — Estou contente por tê-lo conosco.

— Você não entendeu o que acabei de dizer? — perguntou Homer. — Não sou o mineiro, sou...

— Gostaria de ver seus produtos — interrompeu Steinbeck. — Sou escritor e tenho curiosidade a respeito do movimento trabalhista.

Grimes fez uma careta.

— Movimento? Não somos um movimento, senhor, somos a onda do futuro. Um dia, os sindicatos serão mais poderosos do que as empresas. E nós teremos poder sobre os presidentes!

Malcolm pegou uma lamparina à querosene a fim de olhar melhor para Homer e Steinbeck. Para Homer, ele disse:

— Sei que precisam tomar cuidado, mas somos do partido. Talvez não tanto quanto vocês, mas somos. Deem uma olhada nos produtos, é só o que peço. Seu amigo vai ter que ficar para trás. Não é para ninguém ver.

Homer olhou para o rosto de Malcolm. Não era o rosto que vincularia a alguém mau e perigoso. O queixo era meio fino, era mais o rosto de alguém que não tinha muita confiança em si e que procurava aprovação.

— Vai nos liberar se eu olhar o que você tem?

— Claro. Mas vai se surpreender. Eu garanto.

— Vou ver o que você tem — disse Homer —, mas depois disso, vamos embora, entendido?

— Claro, claro — disse Malcolm com um sorriso disfarçado. — Depois que vir meus produtos, se ainda quiser ir embora, não poderei fazer nada.

Depois de fazer um gesto para que Steinbeck ficasse, Homer seguiu Malcolm até uma barraca grande de lona. Havia um guarda musculoso do lado de fora. Malcolm assentiu para ele, então abriu a lona da entrada e fez um gesto para que Homer entrasse. Homer entrou e encontrou quatro caixas de madeira sem pintura com selos de uma empresa mineradora. Uma delas estava com a tampa aberta e Homer ficou um pouco surpreso ao ver os tubos vermelhos do lado de dentro.

— Bananas de dinamite — disse ele. — Daquelas que eram usadas nas minas há cerca de uma década.

— Ainda funcionam? — perguntou Malcolm, pegando uma das bananas.

— Talvez falhem um pouco.

— Como assim?

— Pode ser que lance uma e ela se apague.

Malcolm colocou a banana com cuidado dentro da caixa.

— Como devemos acendê-la?

Homer sentiu um arrepio percorrer suas costas.

— O que está pensando em fazer?

— Está vendo todos aqueles homens ali fora? Eles trabalhavam para a fábrica de meias Stroop Sock Mill antes de o dono colocá-los no olho da rua. Está na hora de mostrar à Stroop que não vamos aceitar tudo calados. Está na hora de fazermos alguma coisa que mostre ao mundo todo que estamos falando sério.

Só para ter certeza de que Malcolm estava falando sério, Homer perguntou:

— Você quer explodir uma fábrica de meias?

— Isso mesmo, mineiro. Está pronto para me ajudar?

— Não! E vou embora. Agora mesmo!

Homer logo saiu da barraca. Quando chegou ao Buick, nem Elsie nem Steinbeck estavam ali, nem Albert. Ele se virou e quase trombou com Malcolm, que obviamente o havia seguido.

— Onde está minha esposa? — perguntou Homer.

— Vá com calma — respondeu Malcolm. — Eu disse que meus rapazes acompanhariam sua esposa até uma barraca. É aquela grande. Está vendo? Pode ficar com ela. Olhe, pense no que estou pedindo.

— Já pensei. A resposta é não.

Malcolm deu de ombros e mais uma vez abriu um sorriso.

— Passe a noite aqui.

Dessa vez, Homer reconheceu que não se tratava de um pedido, mas de uma ordem.

Na barraca, onde havia duas camas cobertas por cobertores finos e uma pequena mesa portátil com uma lamparina à querosene em cima, Homer encontrou Elsie sentada em uma das camas com Albert ao lado na grama.

Ela olhou para a frente quando Homer entrou.

— Tem dois sanduíches de presunto na mesa. Albert comeu um deles e pareceu gostar.

Homer se sentou soltando o corpo na outra cama.

— Esses caras pretendem explodir uma fábrica de meias.

— Por que fariam isso?

— Porque estão se vingando. E porque são malucos. — Ele pegou um sanduíche na mesa e deu uma mordida. — Malcolm disse que tem guardas de olho, por isso estamos presos aqui esta noite. É melhor dormirmos um pouco. Onde está o John?

— Foi levado a outra barraca, eu acho.

Um pouco mais de uma hora depois, Elsie havia adormecido, mas Homer ainda estava acordado, tentando pensar numa maneira de sair daquela situação. Uma coisa era certa: ele não ensinaria aqueles subversivos a explodir a dinamite. Ouviu um passo na entrada da barraca.

— Poderia vir aqui, por favor? — perguntou Malcolm.

Malcolm levou Homer a uma fogueira e fez um gesto com a cabeça em direção a um banco de madeira diante dela.

— Sua mulher está à vontade?

Homer se sentou no banco.

— Ela é minha *esposa* e acho que está bem. Olhe, Malcolm, deixe-me tentar explicar mais uma vez. Não sou quem você acha que eu sou. Sou só um cara comum tentando chegar à Flórida com a esposa e um jacaré e, por ora, um escritor. Só isso. Pode me soltar?

— Você sabe explodir aquela dinamite?

— Claro que sei. Sou um mineiro. Mas não vou mostrar a você como fazer isso.

Malcolm fez uma cara de decepção.

— Nunca suspeitei de que vocês me testariam tanto. Onde está sua peça?

— Peça?

— Sua pistola. Na meia?

— Não tenho pistola. Olhe, quando o dia raiar, vamos embora. Está decidido.

Malcolm respirou fundo.

— A fábrica está trazendo opositores da greve todos os dias. Se acabarmos com isso, vamos mostrar algo que o partido quer.

— Que partido é esse de que você tanto fala?

Malcolm balançou a cabeça sem acreditar.

— Você ainda acha que sou um policial, não?

— Não, acho que você é um agitador e provavelmente comunista.

— Sim, somos farinha do mesmo saco. Agora, olhe... Stroop trancou a fábrica, arrumou alguns capangas e opositores, então a única chance que tenho é explodir o lugar.

Homer tentou imaginar o que o Capitão diria a Malcolm.

— Deixe-me tentar lhe mostrar um argumento lógico — disse ele. — Se você explodir a fábrica, não haverá um lugar onde os operários possam trabalhar.

— Ah, outro teste. Certo. Explodindo a fábrica, vamos mostrar aos outros proprietários que estamos falando sério.

Homer tentou de novo.

— Se vocês explodirem a Stroop, os outros donos podem ficar com medo e fechar. Então, todo mundo vai ficar desempregado.

Malcolm observou Homer e riu.

— Santo Deus, homem! Outro teste? Com certeza eu passei! A propósito, uma banana de dinamite vai acionar as outras ou eu preciso acender todas elas?

Homer não precisou responder porque vários carros e caminhões chegaram, e seus faróis iluminaram o pequeno acampamento.

— Homens, abaixem as armas! — veio um grito do escuro.

Malcolm ficou de pé e gritou a Homer:

— Venha comigo!

Homer não foi atrás de Malcolm. Correu até a barraca e pegou Elsie, que tinha acordado e estava de pé na porta, pela mão.

— Vamos!

— Albert! — gritou Elsie. Ela entrou na barraca e logo apareceu arrastando o jacaré com os braços ao redor da cabeça dele.

Homer pegou a cauda de Albert, e eles correram e se esconderam atrás do Buick enquanto os homens passavam gritando e desapareciam na escuridão. Ouviu-se um tiro de pistola e depois mais gritos seguidos do som de socos. Logo depois, os agressores atearam fogo a algumas das barracas, entraram nos carros e foram embora.

Homer e Elsie esperaram um tempo, só para ter certeza de que os invasores tinham partido, então colocaram Albert dentro do carro e foram ver o que havia acontecido.

Encontraram Malcolm sentado de pernas cruzadas no chão. O rosto, infeliz, mas sem machucados, estava iluminado pelo fogo da barraca em chamas. Um homem estava deitado no chão ao lado dele.

Homer perguntou:

— Quem eram aqueles homens?

— Opositores da greve.

— Ouvi um tiro.

— Acertou um de meus novos voluntários. Ele está deitado no chão. Chegou ontem.

Malcolm esticou a mão e ergueu uma perna das calças do homem, revelando um ferimento.

Homer acreditou que reconhecia o homem e a ferida. Quando o homem se sentou e Homer conseguiu vê-lo melhor, teve certeza.

— Não sei quem ele disse que era, mas o nome dele é Huddie e isso é uma mordida de jacaré, não um ferimento causado por um tiro. Esse cara é um ladrão de banco.

— Não sou, não — resmungou Huddie.

Malcolm deu de ombros.

— Ladrões de banco como John Dillinger são os heróis de nossa época.

— Huddie não é Dillinger. Está mais para um comediante atrapalhado.

Malcolm deu de ombros de novo, fez um gesto para afastar Homer e falou baixo:

— Eu meio que estava esperando algo assim. Depois que você se revoltou, meus companheiros esconderam a dinamite em um monte de feno, por isso ainda estamos na parada. Você está conosco?

— Não!

— Tudo bem. Vou deixar assim. Quando os testes terminam, mineiro?

Homer balançou a cabeça e voltou com Elsie para o carro.

— Você dorme do lado de dentro e eu faço guarda. Partiremos quando amanhecer, não importa o que aconteça.

Elsie dormiu enrolada no banco da frente. Homer pretendia passar a noite acordado para fazer guarda, mas seus olhos logo ficaram pesados demais. Ele se sentou e encostou no volante no lado do passageiro do Buick e foi a última coisa de que se lembrou até a manhã seguinte, quando foi despertado por Steinbeck rastejando de debaixo do carro para se sentar ao lado dele.

— Noite difícil — disse o escritor, estreitando os olhos sob os feixes cor-de-rosa da luz do sol que emanava do lado leste do campo.

— Pegou suas coisas? Vamos partir em dez minutos.

— Não quer ver como isso termina?

— Eu sei como termina. Pessoas serão feridas. Talvez, até morram. É o que sempre acontece quando comunistas começam a causar problema.

— Até onde eu sei, esses comunistas, como você se refere a eles, estavam só ao redor de fogueiras e dormindo em barracas. Foi um capitalista que mandou homens violentos para agredi-los.

— Não tente me confundir — disse Homer.

Malcolm se aproximou. Tinha um trapo manchado de vermelho amarrado na cabeça, apesar de Homer não se lembrar de ter visto nenhum ferimento em sua cabeça na noite anterior.

— Vou enfrentar os homens hoje cedo — afirmou Malcolm. — Quer ver meu estilo?

— Não — respondeu Homer.

— Sim — replicou Steinbeck.

Elsie e Albert saíram do Buick.

— Vamos cuidar das nossas coisas — disse Elsie e, levando Albert pela coleira, caminhou em direção ao anexo atrás das barracas.

— Parece que sua mulher ainda não está pronta para partir — comentou Malcolm. — Ela também vai querer tomar café da manhã. Venha, vou mostrar o que você deve fazer.

Steinbeck olhou para Homer como se implorasse.

— Gostaria de ver isso para meu livro.

Repentinamente curioso, Malcolm perguntou:

— Você é mesmo um autor, já foi publicado e tudo?

— Tenho um ou dois livros — respondeu Steinbeck, um pouco modesto. — Meu romance *A um Deus desconhecido* foi publicado há pouco tempo.

Malcolm parou, pensativo.

— Nunca ouvi falar. Mas, antes que tudo isto termine, vou escrever um livro sobre homens pobres que usam dinamite para explodir fábricas de meias capitalistas.

Steinbeck franziu o cenho.

— Explodir pessoas... não sei como as pessoas poderiam querer ler isso.

— Está brincando? — Malcolm riu. — Um cara chamado Hemingway escreve livros sobre sangue e entranhas e eu aposto que ele vende muito mais do que você.

Steinbeck pareceu ofendido.

— Não sei de nada disso.

— Vamos — disse Malcolm. — Me vejam ferrar com esses caras.

Malcolm os levou a uma elevação de grama no campo, onde estava Huddie ao lado de um homem muito baixo que Homer também reconheceu. Estavam sentados em uma prancha em cima de dois cepos antigos. Os tenentes de Malcolm estavam reunindo os outros homens.

— Está pronto, Huddie? — perguntou Malcolm.

— Ele está pronto — disse o homem baixo.

— Pensei que você ainda estivesse correndo, Slick — comentou Homer.

— Olá, cara — respondeu Slick. — Acho que você está me confundindo com alguém.

— Slick é membro do partido — explicou Malcolm, então sorriu para Homer e balançou a cabeça. — Deveria saber que vocês se conheciam. Todo esse papo a respeito de você não estar no grupo! Passei no teste?

— Passou pela burrice — disse Homer.

Malcolm riu.

— Vou continuar tentando ganhar sua confiança. — Ele se dirigiu a Huddie. — Role a perna de sua calça. Não, a outra.

Quando o homem grande obedeceu, Malcolm colocou a mão no ombro de Huddie e se dirigiu aos homens que tinham se reunido.

— Ouçam, pessoal. Quero que deem uma olhada neste cara e na ferida da perna dele. Por que ele está ferido? Pelo mesmo motivo pelo qual nos agrediram e queimaram nossas barracas ontem à noite. Este cara é um radical, entendem? Foi assim que se referiram a ele antes de atirarem, é como chamam todos nós. *Radicais*! O que é um radical? Alguém que quer caras como vocês e eu com comida na mesa para nossas famílias e com uma casa para morar. Um radical é isso! Por isso aqueles lixos vieram e feriram esse coitado aqui.

— Pelo menos, ele não está morto! — gritou alguém da multidão.

— Não, ele não morreu — concordou Malcolm. — Mas queriam matá-lo. Por quê? Porque ele é perigoso! E querem saber? Só por estarem aqui, vocês também são perigosos. Eles feriram este homem e nos atacaram ontem à noite. Da próxima vez, matarão todos nós. Vocês vão tolerar isso?

— Não, de jeito nenhum! — gritou Grimes.

— Vocês são radicais?

— Com certeza! Somos todos radicais!

— Vão deixar esses merdas nos deterem?

— Não, não, não!

Malcolm ergueu as mãos para pedir silêncio. Foi quando Homer notou Elsie se aproximando, com Albert a tiracolo. Todo mundo se afastou para dar mais espaço ao jacaré. Albert sibilou para eles e abriu a boca.

Sem se deixar afetar pelo réptil, Malcolm baixou a cabeça.

— Por que não rezamos pedindo justiça?

Com a voz rouca, Grimes disse:

— Não queremos rezar! Queremos afastar esses idiotas do condado!

— Certo — prosseguiu Malcolm. — Vamos marchar. Quando quer fazer isso?

— Agora! — Era Grimes de novo.

Malcolm sorriu.

— Você me inspira. De verdade. Certo, vamos marchar.

Quando nem mesmo Grimes respondeu, ele acrescentou:

— Mas primeiro vamos fazer alguns cartazes.

— O que você acha? — perguntou Homer a Steinbeck depois que os grevistas foram guiados para longe dali.

— É emocionante — respondeu o escritor.

Homer passou a mão pelos cabelos.

— John, estou achando que você não viu muitas cabeças ensanguentadas. A noite de ontem foi um aperitivo. De onde eu venho, os donos de minas atacam grevistas com armas e os grevistas respondem e criam emboscadas para os donos das minas ou matam suas famílias à noite. Foi durante uma guerra que vi, pela primeira vez, o ódio no rosto de um homem. O ódio é uma coisa terrível. Entra na pessoa e a faz querer fazer coisas que jurou nunca fazer. Foi por isso que implorei por um trabalho em Coalwood e fiquei feliz quando consegui, e agora não quero perdê-lo. O dono de lá, o sr. Carter, e o superintendente, o Capitão Laird, deram aos homens um salário, casas decentes para morar e uma loja da empresa que não explora. Ele até oferece dinheiro para as escolas da região. Construíram um parquinho com brinquedos novos. Até encheram uma biblioteca com livros. Provavelmente incluíram alguns dos seus, eu acho. Quando os donos fazem isso, os sindicatos não podem desgostar nem odiar.

Steinbeck assimilou o discurso de Homer.

— As fábricas aqui parecem não concordar com a filosofia do sr. Carter.

— Não, desconfio que não.

Steinbeck analisou Homer.

— Gostaria de ver a empresa por dentro e talvez conhecer esse tal de Stroop? Tem um telefone aqui. Sou meio que uma celebridade, sabe? Aposto que posso dar alguns telefonemas e conseguir que nos convidem.

Homer pensou.

— Certo — concluiu. — Talvez eu possa contar ao dono como são as coisas em Coalwood e ele mude o tom e pare com toda essa bobagem. Malcolm está decidido a explodir aquela fábrica. O dono... esse tal de sr. Stroop, enfiou na cabeça que vai agredir as pessoas. A gente colhe o que planta, segundo a Bíblia.

— Tem certeza, Homer? Talvez eu pudesse distrair Malcolm, deixar você e Elsie fugirem.

Homer balançou a cabeça.

— Na minha opinião, se todo mundo fugisse das coisas ruins em vez de tentar impedi-las, só haveria coisas ruins.

— É uma boa linha de pensamento. Talvez eu a roube.

Homer deu de ombros.

— Do telefonema — disse ele.

10

Elsie estava desconfiada. Depois de contar a Malcolm a respeito de suas intenções, Homer e Steinbeck partiram para a fábrica e ela ficou como se fosse uma espécie de refém. Seu estômago a lembrou de que não tinha tomado o café da manhã no mesmo instante em que Malcolm chegou com uma sacola de papel e um copo de café.

— Café da manhã — disse ele.

Elsie não gostava do modo com que Malcolm a olhava. Parecia que ela era um pedaço de carne. Sem dizer nada, aceitou a comida e, para escapar dele, entrou na barraca, uma das poucas que não tinha sido incendiada, e se sentou em uma cama. Tomou um gole grande de café. Era puro, como ela gostava.

Abriu a sacola, pegou um biscoito, que era mais pesado do que qualquer outro biscoito que já tinha visto. Tentou mordê-lo e percebeu que era duro demais. Teve de mergulhá-lo no café para conseguir mastigar tudo.

Malcolm espiou dentro da barraca.

— Sinto muito pelo *hobnob*, mas é só o que tenho.

— O que é um *hobnob*?

— Biscoito de aveia. Eu os peguei de um comedouro de cavalos que encontrei.

Elsie deixou o biscoito de lado, mas terminou de beber o café. Quando olhou para a frente, Malcolm ainda estava ali. Temendo que ele entrasse na barraca, ela pousou o copo e pegou Albert pela coleira e saiu com ele.

— Aonde está indo? — perguntou Malcolm.

— É da sua conta? — respondeu ela.

Ele esticou a mão para tocá-la, mas afastou-se quando Albert sibilou para ele. Sua expressão mudou para um ar de amargura.

— Você tem tudo, não? Um marido que está na liderança do partido e um jacaré arisco.

Elsie olhou-o.

— E o que você tem, Malcolm, além de uma tendência à libertinagem?

Malcolm fez um gesto indicando o campo.

— Tenho todos esses homens e logo os reunirei para marchar e invadir a fábrica.

— De que isso vai adiantar?

— Vamos protestar contra os salários baixos e as más condições de trabalho.

Elsie deu de ombros.

— É uma fábrica de meias. Não é preciso ter estudo para trabalhar ali, por isso não surpreende que os trabalhadores tenham salários ruins. E sem segurança? É uma fábrica. Muitas máquinas em locais apertados. Como você pretende mudar isso marchando e balançando cartazes?

Malcolm empinou o nariz em resposta à audácia de Elsie.

— Karl Marx explicou tudo.

Naquele momento, Elsie pensou que eram os homens quem causavam a maior parte dos problemas do mundo e nisso estavam incluídos o Capitão, Homer, Malcolm, Karl Marx e até Buddy Ebsen. Ficou brava ao pensar que as mulheres tinham de criar os filhos e educá-los, mas também tolerar homens que só viam o mundo pelos olhos masculinos. Essas ideias a levaram a perguntar:

— E as mulheres, Malcolm? O que uma mulher pode fazer além de ser dona de casa, secretária, enfermeira, professora ou trabalhar em saunas como aquela fábrica? Pelo menos, um homem pode tentar ser dono de uma fábrica. Pode até ser médico, dono de negócio ou banqueiro, se ele se dedicar aos estudos.

Malcolm a analisou.

— Isso não tem nada a ver com as mulheres.

— E Mother Jones? Ela não é uma santa sufragista para vocês, comunistas?

— Não sou comunista. Sou um socialista democrata progressista. E Mother Jones era líder de sindicato, não sufragista. Os sindicatos trarão igualdade a todos, até para as mulheres.

Elsie olhou para o campo para onde os homens tinham ido. Deveriam confeccionar cartazes, mas a maioria não estava fazendo muita coisa. Alguns estavam até dormindo e outros bebiam.

— Aquele bando não vai trazer igualdade nem para eles mesmos, muito menos para todos.

Malcolm sorriu.

— Acredito que você poderia conseguir motivá-los. Se eles ouvissem uma mulher.

— Ouviam a mãe deles, não?

Malcolm não respondeu, mas continuou com a risadinha. Então, Elsie caminhou até o campo e se pronunciou:

— Ouçam, homens! Sou Elsie Gardner Lavender. Meu nome de casada é Hickam, mas sou mesmo uma Lavender. Minha família veio para cá em 1712, depois de fugir da Inglaterra para a Irlanda, até que foram expulsos de lá também. Vieram para a América pelo regime de contrato de serviço a termo, que é outro modo de dizer que eram escravos. Mas isso não importou. Eles trabalharam até poderem comprar sua liberdade e então seguiram para oeste e lutaram com os índios e com todo mundo que apareceu para atrapalhar. Tomaram uma terra morta, cultivaram os montes rochosos e, com suor e sangue, fizeram crescer frutas e vegetais, e os encheram de mel. Criaram os filhos em um lugar que ninguém mais queria. Eram livres!

Os homens que estavam acordados olharam para Elsie e acotovelaram aqueles que estavam dormindo, e os homens que seguravam garrafas as largaram. Os rostos suados dos grevistas pareciam brilhar ao sol quando eles se viraram na direção de Elsie.

Elsie olhou para Malcolm, que ainda sorria. Fez uma pose desafiadora.

— Então, homens com chapéus de seda vieram e roubaram a terra de nós e nos fizeram ir para debaixo da terra para escavar carvão e respirar o pó nojento que enche nossos pulmões. Eles nos colocaram em acampamentos onde o único lugar em que meninos podem brincar no verão é numa fenda cheia de sujeira na qual pegam doenças que deixam seus corpinhos ardendo em febre a ponto de morrerem. Eles nos matam e depois não entendem por que dizemos que não vamos mais aceitar, que vamos nos posicionar. Foi o que as pessoas de onde eu venho fizeram, no território de Mother Jones. Lutamos pelos nossos direitos! E agora estou dizendo a vocês, filhos do maldito alcatrão, que levantem o traseiro preguiçoso e façam a mesma coisa. Levantem-se e vamos marchar!

Os homens olharam para ela por alguns instantes em silêncio e, então, como se anjos os erguessem, levantaram-se juntos. Enquanto Malcolm observava boquiaberto, eles seguraram cartazes ridículos e aos berros se dispuseram a marchar até o inferno desde que Elsie Lavender Hickam os guiasse.

11

Homer ficou surpreso ao ver como a fábrica era pequena. Ele esperava encontrar um local enorme com chaminés expelindo fumaça, mas era só uma construção pequena de tijolos aparentes com um cano fino que saía do telhado sem fumaça alguma. Dois fios frouxos de eletricidade, onde havia um bando de pardais empoleirados, se estendiam entre a construção e um poste inclinado. Janelas grandes e retangulares nos dois andares eram uniformemente cinzas. Um cerca de arame farpado rodeava a fábrica. Uma placa menor escrita à mão em um poste avisava: “Estamos contratando”.

Na frente do portão, três homens atarracados com ternos e chapéus de abas largas estavam esperando. Eles abriram os casacos e mostraram as pistolas na cintura. Destemidos, Homer e Steinbeck saíram do Buick e se aproximaram deles. Steinbeck se apresentou, dizendo:

— Liguei para o sr. Stroop e ele nos deu permissão para entrar.

— Ficamos sabendo — disse um dos guardas, e assentiu para outro, que abriu o portão.

A porta da fábrica se abriu e um homem garboso de terno e colete saiu. Atrás, vieram dois homens armados.

— Sr. Steinbeck — disse o garboso.

— Sr. Stroop. — Steinbeck assentiu em direção a Homer. — Meu assistente. O nome dele é Homer.

Stroop olhou Homer de cima a baixo.

— É um trabalhador. Sei pelo modo com que se porta.

— Sou mineiro — disse Homer. — Mas hoje estou trabalhando para o sr. Steinbeck.

— Bem, entrem — chamou Stroop. — Hoje estamos funcionando em meio turno.

— Por causa dos grevistas? — perguntou Steinbeck.

— Não existem grevistas. Se um homem não vem trabalhar, é demitido.

Quando passaram pela entrada, Homer olhou para o dono da fábrica com mais atenção. O casaco que usava era puído, com os cotovelos gastos, e o brilho da calça refletia as inúmeras vezes que foi passada. Os sapatos, que provavelmente já tinham sido elegantes e finos, pareciam ter solas finas. Ou ele havia se vestido com as roupas mais velhas para passar o dia ou a fábrica não andava muito próspera.

A primeira sala na qual entraram era barulhenta, com teares em funcionamento, e uma poeira marrom pairava no ar.

— Eles precisam colocar itens de segurança nessas máquinas — disse Homer a Steinbeck. — Veja como aquela mulher enfia a mão e puxa o fio. Ela poderia se machucar com muita facilidade.

Stroop ouviu o que ele disse.

— Ela tem que fazer isso para evitar que o fio se prenda. Treinamos nossos funcionários para serem sagazes.

— Se a pessoa estiver cansada, pode acontecer — respondeu Homer. — Aquela roda pode decepar um dedo ou um braço tão depressa que a pessoa só se daria conta depois do ocorrido.

— Não faço as máquinas — respondeu Stroop. — Só as uso. Meus funcionários não se machucarão se tomarem cuidado.

— O senhor não vai recontratar os grevistas? — perguntou Steinbeck.

— Claro que não! Estou atento a outros homens e a outras garotas. É a Depressão. Se não notou, as pessoas estão desesperadas por empregos. Pode demorar um pouco, mas vou trazê-las para cá.

— Vai demorar para treiná-las — disse Steinbeck.

Stroop bufou.

— Melhor do que ter que supervisionar um monte de preguiçosos dos sindicatos.

Homer examinou com atenção uma pilha de caixas cheias de meias.

— A quem vende suas meias, sr. Stroop?

— A quem quiser comprá-las.

— Parece que o senhor tem um grande estoque.

— As coisas estão meio lentas, admito — disse Stroop.

Homer puxou Steinbeck num canto.

— Esta fábrica está meio falida, com greve ou sem.

— Como sabe? — perguntou Steinbeck. — A economia das indústrias têxteis é bem complexa.

— Se alguém não vende meias, acaba falindo. Não é complexo.

— Acha que o sindicato está perdendo tempo nesta fábrica?

— Eu acho que Malcolm está tentando fazer um nome para si com o partido, independentemente de quem sejam, e achou que seria fácil. Acabou sendo mais difícil do que ele pensou, por isso está subindo pelas paredes.

— O que isso quer dizer?

— Quer dizer que eu acho que ele pretende explodir este lugar de verdade. Precisamos impedir isso de algum modo.

— Concordo. Mas como?

Homer pensou.

— Ele acha que sou alguém importante no partido. Talvez, se eu jogar direito, possa pegar aquela dinamite e me livrar dela.

— E se ele pegar você no ato? Parece perigoso.

— Sou mineiro, sr. Steinbeck. Perigoso é o que faço.

Steinbeck estreitou os olhos.

— Olha, Elsie tem um grande homem como marido. Não sei bem por que ela não para de falar daquele palhaço da Flórida.

— É difícil lutar contra um sonho — respondeu Homer. — E talvez mais difícil ainda perder um sonho.

— E você, Homer? Qual é seu sonho?

— Só quero morar em Coalwood, extrair carvão e ter uma família.

— Parece bem simples.

— Com Elsie — disse Homer —, nada é simples.

12

Elsie e Malcolm estavam na primeira fileira de grevistas que marchavam até o portão da Stroop Sock Mill. A maioria dos outros estava se controlando. Apesar de terem se mostrado motivados ao sair do acampamento, os ânimos tinham esfriado ao se aproximarem da fábrica. O grito de guerra estava mais fraco; os cartazes, mais baixos. Para reanimá-los, Elsie ergueu o cartaz no qual se lia que "Stroop é um ninho de rattos"! e gritou:

— Fiquem comigo, homens! Fiquem comigo e poderemos vencer!

Ao lado dela, uma carroça puxada por um dos grevistas levava Albert na bacia, libertado do quintal do fazendeiro. Num cartaz preso à carroça estava escrito "Arranque um pedaço da injustiça". Outro homem levava um balde de água para manter Albert refrescado.

— Como conseguiu que fizessem isso? — perguntou Malcolm a Elsie pelo canto da boca.

— Só pedi.

— Elsie, você tem ideia do poder que tem sobre os homens?

— E você tem alguma ideia do poder que vocês, homens, têm sobre todas nós, mulheres? Vou dizer: chegará o dia em que isso mudará.

Antes que Malcolm pudesse responder, se é que tinha uma resposta, os grevistas pararam e os gritos se tornaram resmungos abafados. Stroop tinha aparecido atrás da cerca com os seguranças grandes e de caras feias.

Homer e Steinbeck também estavam ali.

Quando o portão se abriu, Homer e o escritor saíram.

— Você não deveria estar aqui, Elsie — disse Homer, e então viu a placa. — Rato se escreve com um T só.

— Eu sei. Quis enfatizar.

Homer a segurou pelo braço.

— Você vem comigo.

Ela se livrou.

— Não vou, não. Esses homens só vieram aqui por minha causa.

— Isso é meio verdade — admitiu Malcolm.

— Fique fora disso, Malcolm — retrucou Homer. — Isso é um assunto entre mim e minha esposa. — Ele se inclinou e disse no ouvido de Elsie: — Por que está fazendo isso? Está tentando me diminuir?

— Não, Homer. — Ela passou por Homer para confrontar o proprietário. — Você é um homem cruel Homer, sr. Stroop, assim como seus comparsas!

— Mulher, tome cuidado! — vociferou Stroop. — Respeito as mulheres, mas quando pegam um cartaz e começam a partir para cima de mim, eu passo para o lado errado.

— Tudo em você é errado! — gritou Elsie, e então se virou e abordou os grevistas. — Ouçam o que vou dizer! Aqui está ele. Stroop! Ele tirou o emprego de vocês e o deu a idiotas. Vocês disseram que não aceitariam.

— Não, não vamos aceitar! — respondeu alguém.

— Não digam para mim, digam para ele!

Um burburinho baixo, quase como se pedissem desculpas, começou.

— Não vamos aceitar. Não vamos aceitar.

— Pelo amor de Deus — gritou Elsie. — Mais alto! Chega de idiotas!

Os gritos se tornaram um pouco mais altos.

— Chega de idiotas! Chega de idiotas!

— Elsie, você está, sem querer, ajudando Stroop — disse Homer. — Olhe como ele sorri. Vai soltar os homens dele.

Elsie ignorou o marido, jogou o cartaz no chão e levou as mãos à frente da boca, formando uma concha.

— Tomem a fábrica! Tomem a fábrica!

— Pare, Elsie — disse Homer.

— Não me diga o que fazer. Nunca me diga o que fazer!

— Sou seu marido. É meu dever.

Elsie e Homer se encararam tão intensamente que os grevistas, Stroop e Malcolm e a fábrica se tornaram uma névoa cinza e inconsequente.

— Buddy não me diria o que fazer — disse ela.

Os olhos de Homer ficaram muito azuis, frios.

— Buddy não está aqui. Está em Nova York dançando com outras mulheres. Muitas outras mulheres.

— Você não sabe.

— Talvez não, mas acho que você sim.

De repente, a névoa se dissipou e tudo ao redor ganhou foco. Stroop deu a ordem e os guardas passaram pelo portão. Atacaram os grevistas com socos e os derrubaram, passando por cima deles. Pedras, lançadas de ambos os lados, começaram a voar, e uma delas acertou a cabeça de Elsie.

— Ai — disse ela com a voz surpresa e começou a cair, mas Homer a amparou, cruzou seu braço no dela, e segurou a alça da carroça onde Albert estava. Homer foi meio carregando e arrastando Albert batalha afora até se livrarem.

Numa mata próxima, Homer sentou Elsie encostando-a numa árvore.

— Está doendo? — perguntou ele.

Confusa, ela olhou para ele.

— O quê?

Ele pegou um lenço com o qual tocou o ferimento na cabeça dela.

O lenço ficou sujo de sangue. Quando ele o mostrou, Elsie, sem se abalar, esforçou-se para levantar.

— Fique sentada — pediu Homer, forçando-a para que se sentasse. — Você foi atingida por uma pedra.

— Não me importo — disse ela. — Meus homens estão levando a pior.

Homer olhou para trás. Os grevistas tinham avançado, os cartazes tinham sido derrubados e pisoteados. Os que ficaram para trás estavam largados na rua mancando.

— Eles foram derrotados — disse ele. — Acabou.

— Não está certo — retrucou Elsie, sem acreditar. — Stroop deveria perder, mas acabou ganhando. — Ela olhou para Homer. — E você não ajuda, não é? Está do lado dele. Você é... um capitalista.

Homer a abraçou, mas não disse nada. Elsie olhou por cima do ombro dele e viu os homens ali, alguns ajudando outros, mas a maioria, sozinha. Os opositores aliados a Stroop estavam caminhando por ali, rindo e jogando os cartazes numa pilha.

— O que está acontecendo com este mundo, Homer? — sussurrou ela.

— Nada que você possa consertar, Elsie.

— Por que não?

— Não sei.

— Você deveria saber. É meu marido.

Homer não disse nada. Só a abraçou mais forte.

13

Quando voltaram ao acampamento, Homer levou Elsie e Albert de volta à barraca e a ajudou a subir em uma das camas. Lavou o lenço sujo de sangue e o usou para limpar o sangue seco do ferimento dela.

— Como está se sentindo?

— Péssima — disse ela. — Você viu como aqueles homens correram?

— Estavam sendo agredidos, Elsie — disse Homer. — São operários, não bandidos.

— Preciso pensar nisso.

— Bem, relaxe por enquanto. Você pode pensar nisso mais tarde.

Steinbeck apareceu, espiando dentro da barraca. Homer saiu para conversar com ele.

— Bem, não deu certo — disse Steinbeck de maneira seca.

Homer viu Malcolm chegar de carro.

— John, pode cuidar da Elsie por um tempo?

— Seria um prazer. O que você vai fazer?

— Pegar aquela dinamite e dar um fim nisso antes que vá mais longe.

O acampamento estava quase vazio, exceto por alguns homens cansados que chegavam. Malcolm os observava quando Homer se aproximou.

— Qual é o seu plano para explodir a fábrica?

— Tem um portão trancado no fundo dela. Vamos arrombar a fechadura e entrar.

— E os guardas de Stroop?

— Por isso eu fiquei para trás, para ver o que fariam. Todos saíram para beber. Até onde sei, eles fizeram seu trabalho. A greve terminou.

— Cadê a dinamite? Preciso dar uma olhada de novo, para ter certeza de que vai explodir.

— Vai explodir. De qualquer forma, o material já está a caminho. Slick e Huddie estão transportando.

Homer tinha se perguntado por que Slick e Huddie estavam envolvidos com os grevistas. Ao se lembrar do conselho do bancário a respeito de quantas bananas de dinamite eram necessárias para explodir um cofre de aço, acreditou que sabia a resposta.

— Você deu a eles a dinamite?

— Claro. Eles não só têm um caminhão, como também se ofereceram.

Homer baixou o rosto e balançou a cabeça.

— Sabe, Malcolm, meu chefe na Virgínia Ocidental é um cara chamado Capitão Laird. Ele é um grande homem que sabe algumas coisas. Certa vez, me disse: "Nunca tenha medo de dizer a um homem que ele não é bom, porque como ele vai se tornar bom se não sabe que é ruim?" Bem, Malcolm, você é ruim e eu não sei se dizer a você é suficiente. Acho que preciso mostrar. Onde fica o banco mais próximo?

— Em Stroopsburg, acho — respondeu Malcolm, franzindo muito o cenho. — Por quê? Precisa de dinheiro?

— Não, mas acho que Slick e Huddie precisam.

Homer caminhou até uma casa no campo e bateu na porta. Uma mulher de cabelos grisalhos com um vestido de flores e um avental branco atendeu.

— Senhora, pode me emprestar seu telefone? — perguntou Homer.

A mulher pareceu assustada.

— Eu emprestaria, mas não está funcionando. Não funcionou o dia todo.

Quando Homer saiu da varanda, olhou ao redor e viu por que o telefone não estava funcionando. O fio tinha sido cortado no último poste. Voltou a Malcolm.

— A linha foi cortada.

— Eu cortei. Não queria que ninguém avisasse Stroop a respeito do que estamos fazendo aqui.

Homer voltou para ver como Elsie estava e a encontrou descansando em uma cadeira de acampamento lendo um livro pequeno e fino. Era *O pônei vermelho* e Homer acreditava que Steinbeck o havia dado a ela. Albert estava aos seus pés, com a cabeça repousada na terra. Parecia insatisfeito. Homer acreditava que ele ainda sentia falta do galo. Homer também sentia falta dele.

— Elsie, ouça. Preciso levar o Buick para fazer algumas coisas. Como está sua cabeça?

Elsie olhou para a frente e tocou o calombo perto dos cabelos.

— Estou bem. Foi só um arranhão. — Ela desviou o olhar e mordeu o lábio. — Quanto ao que eu disse sobre Buddy lá fora... eu estava irritada.

— Eu sei. Eu também estava irritado. Mas agora preciso saber uma coisa. Você ainda quer ser uma radical? Porque, se quiser, não sei como poderemos seguir caminho até a Flórida.

Ela deixou o livro no colo.

— Você viu como aqueles homens correram? Fiz tudo o que pude por eles. Vamos pegar nossas coisas e partir.

— Tenho que fazer algo primeiro. Onde está o John? Ele deveria estar procurando você.

— Disse que pegaria uma carona para a cidade. Queria dar alguns telefonemas. Eu disse a ele que ficaria bem. — Elsie o observou. — Você parece perplexo.

— Porque estou lidando com uma situação perplexa.

Interrompendo, Malcolm se aproximou.

— Está pronto, mineiro? Como está, Elsie?

Elsie o olhou.

— Você fugiu, Malcolm.

— Para lutar outro dia.

Elsie pareceu duvidar. Malcolm notou o livro que ela estava lendo.

— Pensei que você fosse ler o exemplar de *O capital* que dei a você.

— Tentei. É o livro mais chato que já li, mais do que qualquer outro.

— Aquele livro colocou o mundo em chamas.

Elsie franziu o nariz.

— Então, eu acho que o mundo deve ser um grande monte de feno seco.

— Elsie provavelmente não vai ser uma boa comunista — avisou Homer a Malcolm —, apesar de também não ser muito boa capitalista.

— Eu poderia ser qualquer uma das duas coisas, se quisesse — disse Elsie. — Na verdade, posso ser o que quiser. Só preciso entender o que sou. E quando eu entender...

— Você vai incendiar o mundo — completou Homer —, e destruí-
-lo sob as chamas.

Elsie voltou a ler.

— Vamos, faça o que tem que fazer — disse ela, mexendo a mão.

Homer assentiu, sentindo-se, como sempre, meio impotente diante da determinação de Elsie, e então entrou no Buick, com Malcolm se sentando ao lado dele. Homer ficou surpreso quando Elsie disse:

— Não se exploda. Preciso de você.

Homer ficou tão feliz que sorriu como um garotinho.

— Precisa?

— Sim, preciso que você leve a mim e a Albert para a Florida.

O sorriso de Homer desapareceu.

Na estrada, Malcolm disse:

— Ela não pretende ficar com você, não é?

— Não sei — respondeu Homer.

— Deve ser duro viver assim todo dia.

— Se ela não ficar comigo, ainda assim serei grato por todos os dias em que ficou.

Malcolm riu.

— Nossa, gostaria de amar uma mulher assim!

— Não, não gostaria. Agora ouça, Malcolm, você não vai para a fábrica. Vamos para Stroopsburg. Slick e Huddie pretendem assaltar o banco lá.

— Não acredito — retrucou Malcolm.

— Você vai ver — garantiu Homer.

Em Stroopsburg, encontraram Steinbeck sentado no banco do escritório do Western Union. Ao lado, havia uma gaiola que abrigava um galo abandonado.

— Comprei este galo — disse ele. — É o seu?

Homer observou com atenção e riu.

— É! De onde ele veio?

— Reconheci algumas das pessoas de Hooverville onde você me encontrou. Quando vi que estavam tentando vender um galo, imaginei que fosse o seu e o comprei.

Homer ficou feliz ao ver o animal.

— Acho que é o galo mais sortudo já que existiu — disse ele. — Vou pagar o que custou.

— Custou só um níquel — contou Steinbeck.

Homer procurou dentro dos bolsos. Havia notas, nada de valor menor do que cinco, o troco das duas notas de cinquenta, e também o centavo que havia roubado do banco. Imaginando que tivera toda a sorte possível de estar com a moeda, ele a entregou.

— Devo quatro centavos a você. Se lembra de ter visto Slick e Huddie por aqui?

Steinbeck se levantou, batendo a poeira de sua calça.

— Não posso dizer que sim.

Homer espiou a rua.

— Onde fica o banco?

— Fechou desde o primeiro ano da Depressão. O atendente de telegramas me contou. Eu pretendia trocar um cheque.

— Acho que você se enganou em relação a eles — disse Malcolm.

Homer olhou para Malcolm.

— Onde acha que estão?

— Na fábrica, claro.

Steinbeck perguntou:

— Pode me dar uma carona de volta para o acampamento?

Homer balançou a cabeça.

— Desculpe, John. Malcolm e eu temos algo a fazer. Mas Elsie está lendo *O pônei vermelho*. Aposto que ela gostaria de conversar com você sobre isso.

Steinbeck sorriu.

— Está mesmo? Bem, gostaria de ouvir o que tem a dizer. — Ele colocou o galo no banco de trás do Buick. — Vi um agricultor chegando na cidade de trator. Talvez me dê uma carona.

Homer desejou sorte ao autor e levou o Buick à estrada que levava à fábrica. No caminho, disse:

— Você sabe que não permitirei que você exploda a fábrica, certo?

Malcolm olhou para ele.

— Bem, acho que isso estraga tudo. Você é agente federal ou estadual?

— Nenhum dos dois. Sou só um mineiro, como tentei dizer não sei quantas vezes. Onde você mandou Slick e Huddie estacionarem o caminhão?

— Por que devo ajudar você?

— Porque se não ajudar vou parar este carro, jogá-lo na estrada e espancá-lo até que desmaie e depois vou atropelar você.

— Não acho que você faria isso — respondeu Malcolm. — Parte do meu treinamento como líder de sindicato é reconhecer as predisposições de um homem. Você não espancaria nem atropelaria ninguém.

Homer parou o carro e puxou Malcolm pela gola da camisa.

— Quer testar minhas predisposições?

— Siga por essa estrada. Direi onde deve virar!

Homer seguiu as orientações até uma estrada de terra que serpenteava por uma floresta de pinheiros até acabar nos fundos da fábrica. O caminhão estava ali, mas não havia sinal de Slick e Huddie. Malcolm olhou dentro da cabine do caminhão.

— A dinamite não está mais aqui — disse ele. — Não entendo. Eles deveriam nos esperar.

— São bandidos, Malcolm. Não importa o que fazem, sempre agem por conta própria.

— Bem, não podemos ir antes que voltem e nos contem onde colocaram a dinamite.

— Sim, podemos — disse Homer. — E vamos. Nem pense em fugir. Se fugir, quebro seu pescoço.

Malcolm, num reflexo, levou a mão ao pescoço e engoliu em seco. Homer o empurrou para a cerca. O portão estava entreaberto, e havia um cadeado aberto perto dele.

— Dei a eles ferramentas para abrir cadeados — explicou Malcolm.

Homer abriu o portão.

— Vamos.

A porta de trás da fábrica estava destrancada, e Homer e Malcolm entraram. No segundo andar, espiaram por uma porta aberta e viram as máquinas abandonadas. Subiram os degraus para o terceiro andar, e foi onde encontraram Stroop observando uma caixa de dinamite.

Sem se virar, ele disse:

— Eu mandei você sair daqui. Seu trabalho está feito.

— O que está fazendo, sr. Stroop? — perguntou Homer.

Stroop se virou.

— Aqui é propriedade privada. Saia!

Homer caminhou até a caixa de dinamite. Havia um pavio saindo de uma delas. Então, notou que o dono da fábrica estava segurando uma caixa de fósforos.

— Perguntei o que está fazendo.

Stroop olhou para Malcolm.

— Um maldito radical em minha fábrica. Saia!

Malcolm olhou para a dinamite e para os fósforos.

— Vai explodir sua própria fábrica?

— É minha, posso fazer o que quiser com ela.

— Mas explodi-la?

— Acho que sei por quê — disse Homer. — Ele está falido. Sua greve foi a resposta para as preces dele. Assim como sua dinamite. Explodir a fábrica, acusar você, conseguir o dinheiro do seguro que o lugar tiver e pronto. É isso mesmo, não é, sr. Stroop? Quanto o senhor pagou a Slick e a Huddie para trazer a dinamite?

Stroop parecia querer discutir, mas deu de ombros.

— Não tem seguro. Não consigo pagá-lo há muito tempo. Mas a fábrica é um negócio de família, e eu não poderia fechá-la e ir embora. Todo mundo pensaria que sou um péssimo empresário. Eu colocaria a culpa neste comunista.

— Não sou comunista — disse Malcolm. — Sou um socialista democrata progressista.

Homer revirou os olhos e tirou os fósforos do dono da fábrica.

— Não importa agora o que você é, Malcolm. Olhe, sr. Stroop, esta fábrica parece boa. O que falta para gerar lucro? Em vez de desistir, já pensou nisso?

— Claro que sim! Meus operários teriam que sofrer uma boa redução de salário por cerca de um ano. Eles nunca fariam isso, claro, mas se fizessem, é provável que nos recuperássemos. Principalmente se tivéssemos um vendedor decente. Fabricamos boas meias.

Malcolm estava surpreso.

— Um corte no salário! Meus operários precisam de mais dinheiro, não menos!

— Respondi à pergunta com sinceridade, sr. Stalin — respondeu Stroop.

— Stalin? Meu nome é Malcolm Lee. Sou parente de Robert E. Lee. Sou tão americano quanto você, seu sovina maldito!

Homer afastou Malcolm.

— Já perguntou a seus operários se concordariam com uma redução no salário, sr. Stroop? Talvez concordassem se o senhor explicasse a situação.

Stroop pareceu em dúvida.

— Falar com a mão de obra? Isso não acontece por aqui.

Homer se virou para Malcolm.

— O que você acha, Malcolm? Acha que seus amigos podem se dispor a trabalhar por menos com a chance de manter seus empregos e ganhar mais depois?

Malcolm ergueu uma das sobrancelhas e inclinou a cabeça.

— Estamos negociando, sr. Stroop?

Stroop observou Malcolm.

— Digamos que sim. Está disposto a conversar?

— Quero ver os registros. Se for como diz, pode ser que sim. Mas só o tempo necessário. Assim que tiver lucro, ele vai para meu povo.

— Está dando as cartas aqui e eu admito. Se conseguir fazer os homens aceitarem uma redução temporária no salário, assinarei seu maldito contrato do sindicato.

— Como eu disse, vamos assinar depois de eu ver os registros. E vou querer faixas de segurança pintadas ao redor das máquinas.

— Tinta é caro.

— Braços e pernas também são, sr. Stroop. Quando se reerguer, quero que meus homens consigam ajuda da empresa se eles se ferirem.

Stroop pareceu confuso, mas sua expressão se suavizou.

— Nunca quis que ninguém se ferisse. Claro, vou fazer o que puder. Até vocês aparecerem, meus funcionários eram como meus parentes.

— Então por que não pensou em ajudá-los oferecendo mais segurança? Por que é preciso que um radical como eu mostre um pouco de bom senso?

Stroop suspirou e estendeu a mão.

— Radical? Acho que não. Acho que teremos uma relação interessante, sr. Sindicato. Acha que poderia vender meias tão bem quanto o Manifesto Comunista?

Malcolm estendeu a mão mas, antes que os dois homens pudessem trocar um cumprimento, Slick e Huddie entraram. Os olhos de Slick se arregalaram em pânico.

— O que está fazendo, Stroop? — perguntou ele. — Acenda essa coisa e vamos!

Stroop sorriu para os dois ladrões de banco.

— Não é preciso. Decidi manter a fábrica funcionando.

— Você não está entendendo, seu idiota! — gritou Slick. — Acendemos o pavio da outra caixa no andar de baixo. Corram!

Slick e Huddie correram. Sem hesitar, Stroop, Malcolm e Homer os acompanharam. Quando o último deles passou pelo portão de trás, a fábrica ruiu, transformando-se em fumaça e tijolos. Uma explosão secundária completou o serviço. Homer se jogou atrás de uma árvore e cobriu a cabeça com os braços até que os destroços e o pó parassem de cair. Demorou um tempo considerável.

14

Dentro da barraca, Elsie acordou e viu Homer de pé à sua frente.

— Elsie, vamos embora!

Ela se sentou e olhou para o marido, coberto de uma poeira da cor de tijolos.

— Sempre que se afasta de mim, volta coberto de pó — disse ela, um tanto surpresa.

Pousou os pés no chão e calçou os sapatos. Albert estava acordado e encostou o focinho nas pernas dela.

— Está pronto, menininho?

— Está. Vamos. Pegue-o pela frente. Eu seguro a cauda.

— E o John? — perguntou ela enquanto pegava o jacaré.

— Ele vai conosco a Winston-Salem para pegar o trem.

— Vamos a Winston-Salem?

— Agora.

— Você ainda não me disse por que está coberto de pó.

— Conto depois.

— Mas vai fazer o Albert espirrar.

— Vou me limpar na bomba da fazenda e trocar de roupa. Depressa!

Elsie e Homer levaram Albert até o Buick, que ela notou também estar coberto de pó. Também tinha alguns amassados, um rasgo na capota conversível e uma criatura familiar de penas espiando sobre o volante.

— É o galo?

— É. John o salvou.

— Como fez isso?

— Comprou-o por um níquel.

— Não vale isso.

— Então, vai ficar feliz por eu só ter dado a ele um centavo. Vamos, depressa!

Homer tirou algumas roupas limpas do porta-malas do Buick, então foi se lavar e procurar Steinbeck. Voltou alguns minutos depois limpo e com o escritor.

Homer acomodou Steinbeck no banco da frente, Elsie e Albert no de trás, esperou o galo se acomodar no ombro dele e partiu do acampamento do sindicato e virou na direção que o sol indicava ser o sul. Ele descreveu a destruição da fábrica a Elsie e a Steinbeck, e os dois reagiram calando-se, chocados, enquanto viaturas da polícia, com a sirene ligada, passavam na direção oposta. Todos se encolheram nos assentos do carro.

— Eles podiam explodir Stroopsburg também — observou Steinbeck. — Nunca vai se recuperar da perda da fábrica.

— Não sei — disse Homer. — Poderia dar certo se o sr. Stroop e Malcolm se unissem. Talvez os dois pudessem construir uma fábrica melhor onde boas meias são feitas por funcionários felizes.

— Quais são as chances de isso acontecer, na sua opinião?

— Quase zero — admitiu Homer.

Os quilômetros foram passando, e a fábrica destruída ficou para trás. Elsie logo deixou de lado o ocorrido. Se todos os radicais fossem como Malcolm, ela decidiu que não queria mais saber deles!

Vamos para a Flórida, foi o que ela pensou.

Em pouco tempo, ela e Steinbeck estavam conversando a respeito das aspirações literárias dela.

— Vou precisar de uma máquina de escrever para começar — disse Elsie.

— Eu recomendaria uma Hermes Baby — respondeu Steinbeck. — É portátil e as fitas são fáceis de trocar. Para um trabalho mais pesado, uma Royal ou uma Underwood servem.

— Eu me lembro que meu tio Aubrey tem uma Remington — disse Elsie —, mas posso economizar e comprar uma para mim.

— Um lápis no papel serve se a história estiver fluindo com facilidade — sugeriu Steinbeck. — É assim que escrevo, de uma vez só. De repente, um capítulo se forma em minha mente e eu preciso escrevê-lo antes que ele se perca. Também gosto de escrever ouvindo música, principalmente Bach e talvez um pouco de Stravinsky.

— Bach é bom — respondeu Elsie, pensativa. — Não tenho a mesma certeza a respeito de Stravinsky. Agora que você acompanhou a rotina de um sindicato de perto, qual será o título do seu livro?

Steinbeck riu baixinho.

— Depois de ver Malcolm trabalhando, decidi dar o título de *Batalha incerta*. Claro, vou ter que caprichar um pouco, torná-lo bem mais curto e falar de colhedores de frutas da Califórnia, em vez de grevistas da fábrica têxtil da Carolina do Norte. Sei muito mais sobre a Califórnia do que sobre a Carolina do Norte.

— Então, está dizendo que devemos sempre escrever sobre o que sabemos?

— Ou que achamos que sabemos. A verdade é que muitas coisas que achamos que sabemos, não sabemos. Por exemplo, por que você está nesta viagem?

Elsie não respondeu, mas Homer falou:

— Vamos levar o Albert para casa.

— Ah, acho que é muito mais do que isso — disse Steinbeck.

Nem Homer nem Elsie se opuseram ao comentário de Steinbeck, principalmente porque era verdade. Então, Homer mudou de assunto e voltou a falar de literatura.

— O que vem depois de *Batalha incerta*, John?

— Você se lembra, claro, daqueles nômades no acampamento onde me encontrou? Estou pensando em escrever um romance a respeito de uma família pobre muito parecida com eles, mas serão de Oklahoma e estarão a caminho da Califórnia para colher uvas.

— Já tem nome para esse livro?

— Ainda não, mas o primeiro título que me ocorre é *Os ciganos da colheita*.

— Que nome terrível — disse Elsie. Pensou por um momento e acrescentou: — Vinhas. Colher uvas. Havia uma música sobre a Guerra Civil que tinha algo dramático a respeito de uvas. Como era mesmo? Está na ponta da língua.

— "Battle Hymn of the Republic" — disse Homer. — Eles estão no local onde as vinhas da ira são guardadas.

— Isso! — gritou Elsie. — *As vinhas da ira*! Perfeito!

Steinbeck franziu o cenho pensativo e deu de ombros.

— Bem, vou pensar se devo escrever isso.

— Ah, deve, sim — disse Elsie. — E vai.

— Bem, talvez só para você, Elsie. — Steinbeck riu. — Talvez só para você.

Eu tinha dezesseis anos e tentava entender onde me encaixava no mundo. Também estava prestes a tirar a carteira de motorista e, como todos os jovens, achava que ela me ajudaria nesse aspecto. Para fazer a prova, meu pai me deixou assumir o volante de seu Buick para que fôssemos ao posto da polícia estadual do outro lado da montanha depois de Coalwood. Por algum motivo, meu pai adorava Buicks. Foi o único modelo de carro que teve. Ele me observava com um olhar crítico enquanto eu dirigia entre as curvas da montanha.

— Cuidado com o limite de velocidade quando o policial for com você — disse ele. — Ele pode lhe reprovar se você ultrapassar o limite.

Eu estava suando, não por causa do teste, mas porque meu pai estava prestando atenção em mim. Ele conseguia ser muito crítico com seu segundo filho.

— Sim, senhor — prometi.

— Se conseguir a habilitação, pelo amor de Deus, seja cuidadoso. Se você morrer, sua mãe provavelmente encontraria uma maneira de me culpar.

Em minha defensa, respondi:

— A mamãe sempre dirige em alta velocidade.

— Tem razão — disse ele. — Ela aprendeu a fazer isso com aqueles malditos contrabandistas.

Não pude responder, não que eu tivesse uma resposta digna, mas ele acrescentou:

— Eu não estava com ela, caso contrário, teria impedido. Mas eu estava em outro lugar escrevendo poesia.

Pensei que meu pai estivesse fazendo piada, mas quando o olhei, vi que não estava, não.

— Já escreveu um poema?

— Meu primeiro e último.

— Não entendo.

Ele balançou a cabeça.

— Já que mencionei essa parte, acho que preciso contar o resto.

Eu fiz uma curva, depois outra, feliz por seu olhar crítico não estar voltado para mim e, sim, para outra coisa.

— Era noite — começou ele — e estávamos na Carolina do Norte. — Tem certeza de que sua mãe nunca contou isso?

— Não, senhor. Nem uma palavra.

Na verdade, ela havia contado, mas eu queria que ele continuasse falando.

— Sabe o que é uma pistolinha? Não? Bem, é uma pistola de cano curto que os bandidos gostam de usar. Mantenha essa imagem em mente.

PARTE III

Como Elsie pegou a estrada, Homer escreveu um poema e Albert transcendeu a realidade

15

Homer encontrou Winston-Salem calculando o tempo de viagem e seguindo algumas placas na estrada. Àquela altura, Elsie estava dormindo, Albert estava aconchegado no cobertor, e nas costas do jacaré empoleirava-se o galo.

Na estação de trem, Steinbeck saiu em silêncio do Buick e deu a volta pelo lado do passageiro para um último aperto de mãos.

— Foi um prazer — disse ele. — Cuide da Elsie. Ela é muito especial.

— Desde que ela me deixe ficar por perto, é o que farei — garantiu Homer.

— Você não parece muito esperançoso.

— Não sei, John. Ela é uma moça difícil de lidar.

— Eu lhe daria alguns conselhos se os tivesse. As únicas mulheres que compreendo são as que invento para meus livros e, na metade do tempo, também não as entendo.

Homer assentiu e disse:

— *Adios*, John Steinbeck. Estou ansioso para ler mais de seus livros. E obrigado pelo galo.

Steinbeck se afastou, então parou e se virou.

— Tem algo de especial naquele galo — disse ele. — Mas não sei dizer o quê. Parece que ele é maior do que é, de fato. Bem maior.

— É só um galo, John.

Steinbeck assentiu.

— Sim, claro, tem razão.

Tocou a aba do chapéu e se afastou, e Homer o observou até que ele entrasse na estação de trem.

O galo pulou em seu ombro e ficou ali.

— Por que está aqui, galo? — perguntou Homer, mas o animal não respondeu, só se aproximou.

Homer guiou o Buick pela cidade e pegou o que pensou ser uma direção meio parecida com a do sul.

Horas depois, os roncos baixos de Albert, o galo acomodado em sua orelha e os suspiros de Elsie enquanto dormia foram as únicas coisas que lhe fizeram companhia enquanto ele atravessava a escuridão ao longo de uma estrada cercada por mata densa. Ele sempre relutava em pedir informações, mas, com pouca iluminação, começou a desejar que houvesse alguém a quem perguntar. Até onde sabia, não havia fim naquela estrada e talvez ela não acabasse mais, talvez fosse até o fim da Terra e além. Tais ideias sem sentido eram apenas sua mente pregando peças nele, mas Homer não conseguia evitar. A floresta, escura e misteriosa, parecia se aproximar a cada quilômetro percorrido.

Para piorar as coisas, o motor do Buick estava começando a perder força. Homer ficou atento a alguma clareira onde pudesse sair da estrada e esperar pela manhã para fazer reparos quando viu um posto de gasolina pequeno mas bem-iluminado em uma clareira. Ao lado, havia uma oficina e algumas carcaças de carros. Quando as lanternas do Buick iluminaram uma placa onde estava escrito "Gasolina e reparos de Varmint", Homer sentiu que estava com um pouco de sorte.

As luzes da oficina revelaram dois homens olhando embaixo de um caminhão velho. De macacão, eles levantaram a cabeça e olharam com surpresa quando o Buick avançou, engasgou e morreu. Um deles se aproximou, limpando as mãos num trapo.

— Parece que está com problemas, senhor — disse ele. Quando espiou dentro do Buick, assoviou baixo. — Menos quando o assunto é mulher. Que moça bonita aí dentro! É sua irmã?

— Minha esposa — respondeu Homer. Ele não gostou do comentário, mas precisava de ajuda e, assim, manteve a irritação sob controle. — O motor começou a falhar. Acho que posso consertar, mas vou precisar pegar algumas ferramentas emprestadas, se concordar.

O outro homem, com os cabelos lisos iluminados pelas luzes da oficina, saiu.

— O que está acontecendo, Varmint?

— Como Mildred não veio — respondeu Varmint —, talvez seja o que precisamos.

Quando outro homem apareceu, desta vez do posto de gasolina, Homer começou a se sentir meio cercado. O terceiro homem usava calça de lona e uma camiseta suja e tinha aproximadamente a mesma idade dos outros dois, que Homer acreditava ser vinte e poucos anos. Os três estavam sujos de terra e não tinham alguns dentes. Ele estava quase prestes a dar partida no Buick — se este pegasse — e ir embora quando Varmint disse em tom simpático:

— Sei que você ficou irritado com o que eu disse sobre sua esposa. Peço desculpa. Acho que estou exausto, nem sei o que estou dizendo. Olhe, você precisa de ajuda, e eu vou ajudar. É o que fazemos por aqui. Tudo bem?

A expressão de Varmint era tão sincera que Homer relaxou.

— Claro. Obrigado, que bom.

Só então Elsie acordou, bocejou, espreguiçou-se e percebeu as luzes, a oficina e o posto de gasolina. Colocou a cabeça para fora da janela.

— Preciso fazer xixi. Vou na mata ou tem um banheiro?

O homem de cabelos lustrosos apontou o posto de gasolina.

— Tem banheiro nos fundos, senhora.

Elsie saiu do Buick, deixou a porta aberta e caminhou depressa pela passagem sombreada entre a oficina e o posto de gasolina. Homer levantou o capô do Buick e espiou.

— É provável que os fusíveis estejam queimados — disse ele. — Os da loja da empresa costumam ser velhos.

— Não sei se temos fusíveis que sirvam no seu carro — falou Varmint. — Mas podemos tirá-los, ver se conseguimos fazer uma limpeza e descobrir o que mais pode estar ruim.

— Quanto vai custar? — perguntou Homer.

— Bem — respondeu Varmint —, não custa nada para limpar. Vamos ver.

Quando Elsie voltou, ficou feliz ao ver Homer e um dos jovens cuidando do motor. Ela tirou Albert do carro para que ele esticasse as patas. Quando passou com o animal pelos dois outros homens que estavam recostados no caminhão velho, o de cabelos lustrosos disse:

— Olá, moça.

O outro só ficou observando de queixo caído.

Elsie sempre tentava ser, pelo menos, educada, então disse:

— Olá.

— Meu nome é Troy — disse o homem de cabelos lustrosos.

— Sou o Flap, senhora — falou o de queixo caído.

— Sou a Elsie — disse ela —, e este é o Albert.

— O que diabos é isso? — perguntou Flap. — Um crocodilo ou o quê?

— É um jacaré da Flórida. Nós o estamos levando para casa.

— Eles moram em casas? Como são?

— Bem, quero dizer que ele é de Orlando.

Flap pareceu confuso e Troy, pensativo.

— Diga, senhora, a menos que eu esteja errado, com base em seu jacaré e em outras coisas que notei em você, é uma mulher meio diferente da média. Estou errado?

Elsie pensou.

— Não sei bem o que quer dizer com isso.

Troy virou a cabeça e cuspiu um catarro de tabaco, então secou a boca.

— A senhora é conhecida por correr riscos de vez em quando, apostar na sorte, fazer algo diferente, certo?

— Ainda não entendi.

— Bem, acho que entendeu, sim.

Elsie não gostava da maneira como Troy e Flap olhavam para ela. Era o mesmo olhar de Malcolm, mas pior. Homer se aproximou levando fusíveis nas mãos em concha em direção à oficina.

— Ainda vai demorar muito? — perguntou ela.

— Estou trabalhando o mais rápido possível — disse ele, e entrou na oficina com Varmint.

Sentindo que ele a observava, Elsie se virou para Troy.

— Sabia que Albert já arrancou a perna de um homem?

Troy sorriu.

— Acho que está mentindo. Ele não parece grande o bastante para isso.

— Era um homem pequeno, como você.

O sorriso de Troy desapareceu.

— Se ele me atacar, vou matá-lo.

— Se não se aproximar, ele não vai atacar.

Em pouco tempo, Homer saiu da oficina e, junto com Varmint, colocou os fusíveis, depois ligou o Buick. Homer se acomodou à frente do volante, e Varmint se sentou no banco do passageiro.

— Precisamos testar — disse Homer a Elsie.

— Volte logo.

— Não vou demorar mais do que cinco minutos — garantiu ele, depois colocou o Buick na estrada e partiu.

Else concluiu que Homer havia demonstrado não ter analisado a situação; assim como ela, por não ter insistido em ir com ele. Envolveu o próprio corpo com os braços e tremeu, apesar de a noite estar quente.

16

Cinco minutos se passaram, e então dez. Para se proteger, Elsie se retirou com Albert e entrou no posto de gasolina, que pelo menos estava muito bem-iluminado. Ajoelhou-se ao lado do jacaré e deu um tapinha na cabeça dele, só para acalmá-lo.

Flap e Troy entraram, pegaram um refrigerante da máquina e se sentaram em algumas cadeiras posicionadas ao redor de um velho fogão preto.

— Nunca pensei que eu veria uma mulher assim por estas redondezas — disse Flap, olhando para Albert. Troy olhava para Elsie.

Quando um carro parou para abastecer, Elsie pensou em pedir ajuda, mas antes de ir encher o tanque, Flap disse:

— É o primo Stuart.

Troy, que havia se colocado atrás do balcão, não parava de observá-la. Elsie não gostava de nada em Troy; o cheiro, as roupas sujas e os cabelos penteados para trás com o que certamente era óleo de motor. Ela também não gostava muito do sorrisinho constante no rosto dele, como se soubesse algo que ela não sabia.

Troy olhou para o relógio na parede e disse:

— Bem, acho que seu marido e Varmint devem ter tido algum problema e que você e eu deveríamos ir atrás deles.

— Vá você — disse ela. — Vou fazer companhia ao Albert.

— Não, você precisa ir. Conhece a placa; então, se não os encontrarmos, podemos ir à polícia e dizer o que devem procurar.

— Vou escrever o número da placa para você.

— Nunca fui muito bom em ler números.

— Pensando bem, eu também não sei o número da placa — disse Elsie. — Nunca olhei para ver. É da Virgínia Ocidental, é só o que sei. Você consegue se lembrar disso, certo?

Quando Troy saiu de trás do balcão, Elsie ficou tensa e preparou-se para correr, mas assim que ele deu um passo na direção dela, Albert abriu a boca e sibilou mais alto do que nunca, um som facilmente confundido com pelo menos dez chaleiras com água fervente e apitando ao mesmo tempo. Troy parou, enfiou a mão no bolso e pegou uma pistolinha.

— Eu disse que mataria essa coisa se ela viesse atrás de mim.

— Volte para trás do balcão, então — avisou Elsie.

Flap entrou, limpando as mãos de óleo num trapo.

— Minha nossa, Troy, guarde essa arma!

O sorriso de Troy voltou.

— Só estou mantendo esse bicho longe de mim.

— Tem alguma coisa errada — disse Elsie com urgência a Flap. — Estou começando a achar que Varmint fez alguma coisa a Homer. Por favor, Flap. Você parece bacana. Pode chamar a polícia?

Flap balançou a cabeça.

— Não precisamos da polícia, senhora. Minha nossa, a senhora entendeu tudo errado. Está tudo bem, não há motivo para se preocupar. O velho Varmint é um bom homem, não faria mal nem a uma mosca.

— Eu disse a essa teimosa que precisamos ir atrás deles, mas ela não se mexe — disse Troy.

Convencida de que Troy estava prestes a atacá-la, Elsie disse:

— Não vou com você, Troy, mas vou com Flap.

Troy e Flap se entreolharam, então Troy deu de ombros.

— Como quiser. Você ouviu a mulher, Flap. Leve-a para procurar o marido e Varmint.

— Albert também vai — disse Elsie.

— Não, senhora — retrucou Flap. — Não tem como eu deixar esse bicho perto de mim no caminhão.

Quando Troy tentou sair de trás do balcão de novo, Albert sibilou e bateu os dentes, fazendo Troy saltar para trás.

— Se deixá-lo comigo, ele estará morto quando voltarem — ameaçou Troy.

— Poderíamos trancá-lo na garagem — sugeriu Flap. — Ele vai ficar bem lá.

Elsie acariciou Albert de modo consolador. Como não tinha escolha se pretendia se afastar de Troy e encontrar Homer, concordou, assentindo.

— Certo — disse ela. — Albert, fique bonzinho, eu volto logo.

Depois de trancar Albert na garagem, Elsie subiu no caminhão e se sentou no banco sujo de óleo. Flap engatou a primeira e entrou na estrada. Os faróis não estavam muito fortes e Elsie só conseguia ver um pouco da estrada à frente e a floresta densa ao redor. Ela confiava em Flap um pouco mais do que em Troy, mas não sabia o que mais fazer. Rezou em silêncio para que Albert ficasse bem na garagem e para que logo voltasse a ver Homer. Ela o repreenderia por abandoná-la, sem dúvida.

Alguns quilômetros mais adiante, Flap entrou em uma estrada de terra.

— É aqui que Varmint mora — explicou ele. — Pensei que deveríamos procurar aqui primeiro.

Aquilo fazia sentido para Elsie, apesar de ainda ter dúvidas a respeito da sinceridade de Flap. Ela manteve a mão na maçaneta da porta, pronta para sair e fugir, se fosse preciso. A estrada de terra era cheia de obstáculos e curvas e, depois de alguns quilômetros, Elsie disse:

— Acho que você deveria voltar.

Então surgiu uma cabana, com uma luz acesa. Vários carros velhos estavam estacionados na frente, um deles cheio de tijolos.

Flap estacionou perto da cabana, saiu, deu a volta no caminhão e abriu a porta.

— Entre — disse ele.

— Quem está aí? — perguntou ela.

— Um amigo. Ele vai saber para onde Varmint levou seu marido.

Quando ela hesitou, Flap a tocou. Elsie se afastou e saiu sozinha. Começou a correr, mas ele prendeu seus braços atrás do corpo.

— Não vai acontecer nada com você — prometeu ele. — Só entre e converse com o homem ali dentro.

Flap empurrou a porta da cabana, com um rangido das dobradiças enferrujadas, e forçou Elsie a entrar onde um homem usando uma camisa branca com mangas vermelhas olhou para a frente. Um fedora cheio de estilo enfeitava sua cabeça. Ainda que tivesse uma barba bem-aparada, ele era jovem, e Elsie pensou, apesar da situação, que era o homem mais lindo que ela já tinha visto.

— Alguém para você conhecer — disse Flap, soltando-a.

O homem bonito e barbado estava jogando paciência, pelo que Elsie podia ver. Ao lado das cartas e de um copo de líquido transparente, havia um revólver preto.

— Quem é a magrela? — perguntou ele, e então se inclinou para a frente e analisou Elsie de cima a baixo.

Elsie notou que os olhos dele eram azuis, ainda mais azuis do que os de Homer, que eram os mais azuis que ela já tinha visto. Mas os olhos azuis de Homer eram frios. Os olhos azuis daquele homem eram quentes. Muito quentes.

— Ela se chama Elsie — disse Flap.

O homem empurrou a cadeira para trás, ficou de pé e deu a volta na mesa. Tocou os cabelos de Elsie. Assustada, ela jogou a cabeça para trás.

— Calma, garota — disse o homem, e perguntou a Flap:

— Quanto você pagou a ela?

— Ele não me pagou nada — retrucou Elsie. — Quem é você e por que estou aqui?

O homem franziu o cenho.

— Ela não é uma mulher da vida?

— Não encontrei nenhuma — respondeu Flap. — Mas talvez ela seja melhor. Não usa maquiagem, é doce e inocente. Charlotte não vai desconfiar de nada.

— Quero ir embora — disse Elsie. — Você me sequestrou, e isso vai lhe dar mais trabalho do que pode imaginar.

O homem tirou o chapéu. Os cabelos tinham um tom bonito de castanho e eram divididos ao meio. Ele sorriu para ela, e Elsie viu que tinha bons dentes, nem uma mancha de tabaco, como Troy, Flap e Varmint.

— Bem, peço desculpa, senhora — disse ele. — Mandei Troy e Flap atrás de uma pomba, mas não preciso de uma que tenha sido sequestrada. Flap, você é um tolo. Saia do carro e termine o carregamento. Lido com você mais tarde.

Flap deu de ombros, foi até a varanda e fechou a porta. Elsie olhou para a porta fechada e para o homem e sua camisa branca de mangas com detalhes vermelhos. Uma vez que ele estava de pé, ela notou a calça cinza. Sim, aquele homem era muito diferente do trio do posto de gasolina.

— Quem é você? — perguntou ela. — O que quer comigo?

— Meu nome é Denver — disse ele. — Minha mãe foi para o Colorado, certa vez, e nunca esqueceu a viagem.

— Não tem nada de errado em usar Denver como nome — comentou Elsie.

— Está com sede? — perguntou Denver.

— Não quero beber a bebida que acho que está em seu copo. Mas acho que beberia um copo d'água.

Denver se aproximou da pia da cozinha, onde havia uma bomba. Pegou um copo do armário, bombeou água dentro dele, enxaguou e bombeou um pouco mais. Entregou o copo a Elsie e puxou uma cadeira para ela à mesa.

— Está com fome?

— Não — disse ela, apesar de estar.

Ela acreditava que ele a drogaria e então a arrastaria para uma cama desarrumada no canto e faria o que quisesse com ela. Sentou-se na cadeira que lhe foi oferecida e bebeu a água, que acreditava ser segura, já que tinha acabado de ser bombeada. Tinha um gosto doce. Elsie discretamente secou os lábios com as costas da mão e perguntou:

— Por que estou aqui?

Denver se sentou à mesa e a examinou. Por fim, disse:

— Vou fugir esta noite. Até Charlotte. Se eu estiver com uma mulher, a polícia vai achar que sou um cara qualquer com uma esposa ou que está passeando com a namorada. Pedi a Troy para me arrumar uma prostituta para interpretar esse papel.

— Não sou prostituta, sou casada — disse Elsie.

Denver sorriu.

— Então, você vai ser perfeita para sair comigo. Gostaria de ganhar cem dólares? Não, retiro o que disse. Duzentos.

Os olhos de Elsie se arregalaram contra sua vontade, mas ela respondeu:

— Não posso. Tenho que encontrar meu marido. Ele partiu com Varmint para testar nosso carro depois de consertá-lo no posto de gasolina.

— Se ele saiu com Varmint, vai ficar bem. Varmint é inofensivo. Eu entendi o que aconteceu agora. Foi um mal-entendido. De onde você é?

— Virgínia Ocidental, mas morei na Flórida por um tempo.

Denver sorriu. Elsie não ignorou o belo sorriso.

— Vou dizer uma coisa — disse ele. — Se você quiser, vou deixá-la aqui e, depois que fizer minhas coisas, pedirei a Varmint que diga a seu marido onde você está. Mas, se você sair comigo hoje, vou mandar Flap buscar seu marido agora. Eles podem nos encontrar em Charlotte.

— Prefiro que você mande Flap buscar meu marido agora — disse Elsie.

— Não posso. Preciso que ele termine de carregar meu carro. Além disso, seu marido pode querer ir à polícia. Não, o melhor é que nos encontre em Charlotte depois do serviço.

— E meu jacaré? — perguntou Elsie.

— Você tem um jacaré?

— É por causa dele que estamos na estrada. Vamos levá-lo para casa na Flórida, mas, devido a toda essa bagunça, tive que deixá-lo no posto de gasolina. O nome dele é Albert e, se ele ou meu marido se ferirem de alguma maneira, vou atrás de cada um de vocês e matá-los. — Ela ergueu o queixo. — Não pense que não farei isso. Tenho sangue cherokee nas veias.

Denver riu.

— Vou pedir a Flap que busque o Albert também — prometeu ele. — Você só precisa ir comigo para Charlotte.

Elsie pensou em tudo, então olhou para as cartas na mesa.

— Está perdendo na paciência — disse ela.

— Não sei jogar muito bem.

— O que é essa carga que Flap está colocando em seu carro?

Denver ergueu o copo.

— Bebida. Moonshine. Raio branco. Coisa de milho. Morte clara. As melhores bebidas da Carolina do Norte.

— Então, você não é só sequestrador — disse Elsie. —, mas também um contrabandista.

Denver sorriu e balançou a cabeça devagar.

— Não, senhora, sou motorista. O melhor neste e em vários Estados. À noite pegamos a bebida em algumas destilarias da região.

— E você quer que eu entre para sua gangue?

— Não é uma gangue. Sou só eu.

— E Troy, Flap e Varmint?

— Flap é meu irmão. Troy e Varmint são primos. Eles só ajudam de vez em quando.

Elsie pensou em tudo o que foi dito.

— Tem certeza de que Flap levará Homer e Albert a Charlotte?

Denver estendeu a mão.

— Sim, senhora. Juro que é exatamente o que ele vai fazer.

Elsie olhou dentro dos olhos de Denver, que pareciam suaves e intensos, mas também sinceros. Ela segurou a mão dele.

— Quero meus duzentos dólares adiantados.

Denver apertou a mão dela e se levantou.

— Temos um trato e isso basta por enquanto, a menos que queira me abraçar um pouco e talvez me beijar para selarmos o acordo.

Denver era bem bonito e um abraço e um beijo dele não seriam totalmente indesejados se estivessem em circunstâncias diferentes, mas não estavam, então Elsie disse:

— Estou pronta para ir, mas vou dizer uma coisa para que tudo fique claro. Se você me tocar, morre.

Denver jogou a cabeça para trás e riu.

— Bem, você é a mulher mais intensa que vejo há muito tempo! — Ainda rindo, ele se levantou. — Vai gostar disso, pode acreditar.

Elsie se deu conta de que estava animada com o que viria.

— Sempre quis saber como seria ser parceira de um gângster — disse ela.

Denver balançou a cabeça.

— Elsie, não sou um gângster e você não é a parceira de um gângster.

— Eu poderia escrever poesia como a Bonnie do Clyde. Como era mesmo? *Você leu a história de Jesse James, de como ele viveu e de como morreu. Se ainda precisar ler alguma coisa, leia a história de Bonnie e Clyde.* Claro, Denver e Elsie vai ser mais difícil de rimar, mas posso dar um jeito. Posso dirigir parte do caminho?

— Não! Isso não é tema de poesia e nem um passeio de domingo. É o meu trabalho. O seu trabalho é ficar sentada do meu lado e quieta, como uma boa pombinha.

Elsie franziu o cenho. Apesar dos olhos azuis calorosos e do ar perigoso, a insistência de Denver em controlá-la estava começando a lembrá-la de Homer, do que não gostava nem um pouco. Na verdade, apesar de tentar não se sentir assim, estava meio feliz por se livrar de Homer por um tempo. Ela ficou incomodada com a gentileza com que ele reagiu quando ela o comparou com Buddy na fazenda. E, quando ela liderou os trabalhadores e foi ferida com uma pedra, ele a abraçou e disse que não havia problema, mas ela sabia muito bem que não era o que ele pensava. Na verdade, desde o início da viagem para levar o Albert para casa, ele não havia tentado ser controlador. Os sentimentos de Elsie em relação a Homer eram muito confusos, então ela decidiu parar de pensar nisso. Em vez disso, concentrou-se no que aconteceria ao lado do homem cuja virilidade era muito forte, e suas pernas ficaram meio moles quando ele abriu a porta do carro e fez um gesto para que ela entrasse, se sentasse ao seu lado e seguisse o conselho dele:

— Aproveite um pouco a vida selvagem.

17

Homer guiou o Buick pela estrada. O motor não emitia mais fumaça, apesar de ainda fazer um pouco de barulho.

— Com os fusíveis limpos, acho que ele só precisa desengasgar — disse Varmint. — Pise fundo no acelerador, deixe o escapamento se abrir um pouco.

Homer pisou no acelerador e o motor roncou e começou a ronronar. Depois de dois ou três quilômetros, Homer passou a ir mais devagar.

— Melhor fazermos o retorno e voltar.

— Não, vamos rodar mais alguns quilômetros. Para ter certeza.

— Acho que vou voltar — disse Homer. — A Elsie vai ficar preocupada.

— Você não vai voltar — falou Varmint num tom ameaçador. — Vai fazer é o que eu mandar. Continue dirigindo.

Homer já estava esperando por algo assim. Segurou o volante com força e pisou o mais fundo que conseguiu no acelerador. Varmint foi lançado contra o painel, batendo a cabeça no para-brisa. Chocado, ele se acomodou e olhou para Homer. Uma gota de sangue escorreu de sua testa.

— Por que diabos você fez isso?

Homer saiu do carro, deu a volta, puxou Varmint para fora e o jogou na estrada.

— Acho que você vai voltar andando — disse ele.

Varmint se ajoelhou. O nariz também sangrava e os cabelos cobriam os olhos, mas ele teve a atitude de enfiar a mão no bolso de trás e pegar a pistola.

— Não entre no carro — disse ele. — Vá por aqui — acrescentou, gesticulando com a pistola em direção à mata.

Homer se manteve firme.

— Por que está fazendo isso? Está atrás do meu dinheiro?

— Não quero seu dinheiro. Quero seu tempo.

Varmint gesticulou com a pistola de novo.

— Vá por ali e se sente naquele cepo, calado, ou vou atirar em você. Não seria o primeiro mesmo.

Homer olhou para a arma e para o cepo. Aproximou-se e se sentou. Varmint se sentou numa pedra grande na frente do cepo e limpou o nariz com as costas da mão. Olhou para o sangue na mão e tocou a testa, que também estava molhada de sangue.

— Cara, você me pegou — resmungou ele.

— Por quanto tempo vai me obrigar a ficar sentado aqui? — perguntou Homer depois de alguns minutos.

— A noite toda.

Balançou a mão que segurava a arma ao redor da cabeça para afastar os pernilongos.

— Até lá, os pernilongos terão nos comido vivos.

— Se você sair daí, eles vão comer você morto.

Ouviu-se o barulho de um carro e Homer olhou na direção de onde vinha. Pensou em acenar. Como se lesse sua mente, Varmint disse:

— Nem pense. Juro que atiro em você se fizer qualquer movimento ou disser alguma coisa.

O carro, um Packard comprido e baixo, parou, e o motorista desceu o vidro.

— Seu carro vai acabar batido por outro, largado na estrada desse jeito — disse ele.

— Cuide da sua vida — respondeu Varmint, com a pistola guardada.

O motorista deu de ombros e o Packard avançou. Depois não vieram mais carros e, como era esperando, os pernilongos começaram a picar de verdade.

Homer notou, com certa gratidão ao mundo dos insetos, que o sangue de Varmint era especialmente atraente para eles.

Quando um dos insetos picou Varmint no rosto, ele bateu na própria face com a mão que segurava a pistola, que disparou, e a bala levou um pedaço da orelha dele. Varmint jogou a arma no chão, gritou, rolou e xingou, depois se sentou, levou a mão à orelha e começou a choramingar. Foi quando notou que Homer tinha deixado o cepo e corria na direção dele. Olhou ao redor e pegou a arma, mas Homer já tinha atacado. Os dois se engalfinharam, mas Homer era muito mais forte. Ele puxou a arma da mão de Varmint e se levantou.

— Corra — disse ele. — E não pare de correr.

Varmint olhou para a arma na mão firme de Homer e correu para a mata. Homer ouviu quando ele xingou e se embrenhou na mata até que, por fim, escutou um grito, seguido pelo silêncio. Independentemente do que tivesse acontecido, Homer suspeitava que não era coisa boa. Talvez Varmint tivesse caído de um penhasco ou sido comido por um urso. De qualquer modo, não era um problema com que Homer se preocuparia por enquanto. Ele entrou no Buick, colocou a arma no porta-luvas, deu a volta e seguiu para o posto de gasolina, com receio do que poderia encontrar.

18

Denver dirigia com uma das mãos, com o braço direito apoiado no encosto do banco. Elsie procurou ignorar o fato de que a mão dele estava muito próxima de seu ombro. Já passava da meia-noite. A estrada acinzentada ficava para trás na escuridão.

No fim de uma reta, Denver fez uma curva fechada com rapidez e cantando os pneus. Elsie escorregou na direção dele sem querer, e Denver tocou o ombro dela. Quando estabilizou o veículo em outra reta, ela se afastou. Tirou os cabelos da testa e tentou não reagir com nervosismo ao fato de Denver estar dirigindo depressa e ter tocado seu ombro.

Uma série de casas pequenas apareceu. As casas estavam todas escuras e não havia postes de iluminação. Só os faróis do carro as iluminavam por um instante conforme passavam. Por um momento, Elsie viu uma vaca atrás de uma cerca.

— Uma — disse ela.

— O quê?

Um dos dedos dele acariciou o ombro de Elsie.

Elsie afastou-se.

— Vi uma vaca ali, do meu lado. Se estivéssemos brincando de encontrar vacas, eu estaria na frente.

— Do que está falando?

— É uma brincadeira para se fazer na estrada. A pessoa conta as vacas que vê do seu lado na estrada. Um cavalo branco ganha dez pontos. Se vir um cemitério, perde todos os pontos.

Denver riu.

— Você gosta de brincadeiras, mulher?

— Sim, mas provavelmente não das que você gosta.

— Você me vê como alguém muito durão.

Elsie estendeu a mão e afastou a dele do encosto do assento.

— Eu estou vendo como você é, Denver. Acha que é popular com as mulheres. Talvez seja, mas esta mulher aqui é casada.

— Fiquei sabendo — disse ele, apoiando as duas mãos no volante. — Mas conheci algumas mulheres casadas. Como as da Bíblia, sabe?

— Agora você está falando besteira.

Denver pisou no acelerador de repente, fazendo Elsie se recostar no banco.

— Se segure — disse ele.

Logo depois, Elsie ouviu uma sirene e uma luz passar pela janela de trás. O rosto de Denver se iluminou com o reflexo e ela viu que ele sorria como o diabo.

Denver dirigia rápido e o carro o acompanhava.

— Parece que o xerife contratou um funcionário novo muito bom — comentou Denver ao acelerar numa curva que veio seguida de outra. Os pneus cantavam, mas ele manteve o controle. Então, Elsie viu dois carros estacionados na rua e meia dúzia de faróis acesos. Assustada ao ver que Denver não diminuía a velocidade, ela se preparou firmando os pés no chão do carro e segurando o banco com as mãos. No último momento, Denver pisou no freio. O cupê escorregou até fazer um giro completo. Quando Denver acelerou, Elsie pensou que o pé dele atravessaria o chão do carro. Seus gritos se perderam no cantar dos pneus, e o fedor de borracha queimada surgiu dentro do veículo.

Eles correram de volta em direção ao carro que os estava seguindo. A luz interna estava acesa, mas se apagou. Quando passaram pelo carro, Elsie viu, horrorizada, que tinha capotado. Ao se virar para olhar pela janela de trás, percebeu que ele tinha caído em um buraco.

Não notara que Denver gritava o tempo todo.

— Uuuuhuuu! — berrava sem parar.

Seguiu em frente por um tempo e entrou numa estrada de terra. Quando enfim parou e desligou o motor, o metal quente estalava ao esfriar.

Elsie tentou puxar o ar, mas não conseguiu, pois o braço de Denver envolveu seus ombros e a puxou para mais perto. Ele estava com cheiro de suor, mas era um odor másculo, e Elsie tentou sair de perto dele, mas com certa relutância. Ela se repreendeu em silêncio, mas não muito severamente, e disse:

— Você pode dirigir, Denver, eu deixo. Mas não pode me beijar. A menos...

Ele se afastou com um sorrisinho.

— A menos que o quê, Elsie?

— A menos que cheguemos em Charlotte. Leve-nos para a cidade grande com segurança e vou beijar você. Mas só se conseguir chegar em Charlotte.

Ele deixou de sorrir.

— Como assim se eu "conseguir"?

— Quantos policiais ainda estão esperando para ir atrás de você?

— Muitos, mas ninguém nunca me pegou.

— Bem, vou dizer de novo, Denver. Pode me beijar em Charlotte, mas precisa nos levar para lá em segurança. Por que não encontra outro caminho no qual não seremos perseguidos?

— Demoraria muito.

— E daí? Se chegarmos lá de dia, seremos só mais um carro. Os tiras nunca suspeitarão de nada.

— Tiras? Onde você ouviu isso? — Ele riu com animação e logo em seguida ficou pensativo. — Olhe, você não é nada boba. — Olhou para ela. — Tem certeza de que eu não posso ter um adiantamento do beijo?

Elsie respirou fundo e controlou a tentação que a incentivava a fazer coisas que não podia... que não devia fazer.

— Charlotte, amigo — disse ela, apesar de sua voz não estar muito firme.

19

Quando Homer chegou ao posto de gasolina, encontrou Troy. Com base na expressão de susto no rosto dele, ficou claro que Troy estava surpreso por revê-lo, principalmente porque Homer entrou segurando a pistola de Varmint.

— Onde está a Elsie? — perguntou Homer.

Troy levou a mão à pistola no cinto.

— Não faça isso — avisou Homer. Esticou a mão, pegou a pistola de Troy e a enfiou no próprio cinto. — Vou perguntar de novo e não minta para mim. Juro que vou atirar se mentir. Onde está minha esposa?

— Ela e Flap saíram à sua procura.

— Você está mentindo.

Homer atirou para cima e desviou do pó de gesso que caiu do teto. Quando a fumaça e a poeira desapareceram, ele perguntou:

— Onde ela está? Diga ou juro que o próximo tiro vai ser na sua cara!

Troy abriu a boca para dizer uma mentira, mas então notou que Homer apertava o gatilho.

— Calma, calma, cara. Ela foi levada até um homem na estrada. Ele precisa de uma mulher que o faça parecer um cara de família que por acaso está dirigindo à noite a cento e quarenta por hora.

Homer digeriu a confissão de Troy, mas não entendeu muito bem.

— Que estrada?

— A estrada que usamos para chegar a Charlotte. O homem que está com ela se chama Denver e é o melhor motorista que há.

— Como posso encontrá-lo?

— Em Charlotte, ele costuma ficar no hotel Sunshine.

Homer olhou ao redor.

— Onde está o jacaré?

— Trancado na garagem.

— E o galo?

— O que é isso? Agora você vai me perguntar onde estão os ursos da floresta? Não sei de galo nenhum.

Homer olhou para um armário onde ficavam as latas de óleo.

— Entre no armário — disse ele.

— De jeito nenhum.

Homer atirou no teto e desviou do gesso de novo, e Troy correu para dentro do armário e fechou a porta.

— Se abrir, mato você — ameaçou Homer.

— Não vou abrir — garantiu Troy com a voz abafada ali dentro.

Homer caminhou até a garagem e encontrou a porta trancada com cadeado. Olhou ao redor, encontrou uma chave inglesa velha e enferrujada e forçou o cadeado até abri-lo. Do lado de dentro, encontrou Albert dormindo em um pneu grande de trator. O galo estava com ele.

— Vamos, meninos. Precisamos ir!

Homer pegou Albert com a força que o medo lhe deu, levou-o até o Buick e o colocou na bacia. O galo entrou e ficou de pé nas costas de Albert. Homer se posicionou na frente do volante. Foi quando Troy saiu do posto de gasolina com uma arma na mão.

Homer pisou no acelerador, virou o Buick e desceu a estrada. Quase dois quilômetros depois, quando seu coração já tinha parado de latejar no ouvido, fez uma oração.

— Por favor, Deus, não permita que eu esteja atrasado demais para salvar a Elsie!

Parecia que Deus não estava preocupado com o possível atraso de Homer. Depois de dirigir por uma hora na direção que esperava levar a Charlotte, notou que estava total e completamente perdido. O Buick também tinha começado a engasgar de novo. Desesperado, ele desceu uma estrada e depois outra, mas não encontrou nada além de algumas cercas envolvendo os pastos com vacas, carneiros ou bodes. Por fim, o carro guinchou e parou de uma vez.

Sem saída, teve de partir a pé. Levando Albert na coleira de corda, ele caminhou por cerca de um quilômetro, mas o jacaré afundou as patas na terra e emitiu seu som de "não-não-não". Homer o pegou no colo e o carregou como se fosse um bebê. Por um tempo, o galo caminhou na frente, guiando, e depois subiu no ombro de Homer para pegar uma carona.

Foi com muito alívio que viu uma casa mais à frente. Ele sabia que era uma casa porque havia um celeiro e um curral, onde havia um cavalo branco.

— Dez — disse Homer, lembrando a brincadeira que Elsie gostava de fazer no carro.

A lembrança o deixou triste porque Elsie estava em algum lugar com um bandido que provavelmente também era um assassino. Esforçou-se para que sua frustração não se transformasse em pânico, o que não ajudaria em nada. Como o Capitão tinha dito a seus homens em treinamento: "Um homem que perde a cabeça não presta para nada. Você tem que se treinar para parar e pensar na situação como um todo. Não faça nada se não souber que está certo."

Enquanto caminhava, Homer tentou pensar na situação de modo geral, mas não conseguiu decidir nada, só que o Buick tinha de ser consertado para que ele chegasse até Charlotte e ao hotel Sunshine, onde esperava que Elsie estaria. Quando chegou na casa estava muito cansado e notou que havia duas cadeiras de balanço na varanda, além de um balanço. Pensou em bater à porta, mas era provável que as pessoas ali dentro estivessem dormindo, e de qualquer modo não o convidariam para entrar, muito menos quando vissem Albert.

Além disso, até onde podia ver, não havia fios de nenhum tipo que chegassem à casa, então era óbvio que não tinham eletricidade nem telefone. Homer se sentou em uma das cadeiras de balanço e tirou os sapatos, que tinham lhe causado bolhas, tomando o cuidado de não fazer barulho. Ele permaneceu sentado por um tempo, mexendo os dedos dos pés, balançando-se e dizendo a si mesmo que talvez devesse acordar as pessoas da casa de algum modo ou seguir adiante até encontrar um telefone. Fez isso por apenas alguns minutos e então dormiu.

Quando acordou, foi com o canto de vários galos. O sol surgia no pasto do outro lado da estrada. Quando ele ouviu um barulho, viu os olhos acinzentados de um homem vestido com um macacão sentado na cadeira ao lado dele.

O homem tinha um rosto estranho e Homer pensou que nunca tinha visto um rosto como aquele. Tinha a pele tão clara quanto gesso e os cabelos também eram brancos, tão brancos que pareciam ser pintados de tinta. Ele não era albino, na opinião de Homer, porque sabia que albinos tinham olhos cor-de-rosa, mas devia ser quase albino.

Homer se debruçou e pegou os sapatos.

— Sinto muito — disse ele. — Estava só descansando.

— Ah, por favor, fique — disse o homem em tom amigável. — Nossa varanda foi feita para o conforto e parece que o senhor se entregou a ele. Isso me deixa contente.

Homer calçou os sapatos, fez uma careta quando resvalaram nas bolhas.

— Meu carro quebrou e eu vim andando — explicou. — E me cansei. — Preciso chegar em Charlotte o mais rápido possível. Pode me ajudar?

O homem ignorou o pedido de Homer.

— Também notei que tem um jacaré. E um galo. Ele é quieto. Quando meus galos cantaram, ele não cantou.

— Parece ser uma ave educada — disse Homer. — O nome do jacaré é Albert e é o animal de estimação de minha esposa. Vamos levá-lo para casa, na Flórida.

— Compreendo — disse o homem. — E onde está sua esposa?

— É por isso que preciso chegar a Charlotte. Ela foi sequestrada por um homem chamado Denver, que está na estrada.

O homem mexeu um pouco a boca. Foi quase um sorriso.

— Sim, sei o que quer dizer. Denver transporta bebida ilegal a Charlotte. Ele costuma andar com uma mulher para parecer um marido inocente. Acredito que sua esposa esteja sendo usada para isso, e, se for esse o caso, não há muito o que temer. Ele não é um estuprador ou assassino. Só gosta de dirigir rápido. Notei que fez uma careta ao calçar os sapatos. Está com bolhas?

Homer, aliviado ao ouvir sobre Denver, olhou para os sapatos com desânimo.

— Estou. Estes sapatos são bem novos e não muito adequados para tarefas pesadas. Como posso encontrar Denver?

— Quando ele vai para Charlotte, costuma ficar uma semana. Soube que ele prefere o hotel Sunshine. Provavelmente, estará lá. Eu me chamo Carlos. E você?

Homer se sentiu mais aliviado com a confirmação de que o hotel Sunshine era o destino de Denver.

— Eu me chamo Homer — respondeu ele.

Carlos bateu palmas.

— Ótimo! Homero, o grande sábio, escriba, escritor e poeta! Eu também escrevo um pouco. *A tempestade causou a onda de mulher, divisão preciosa de vida e amor, deseja um homem de joelhos dobrados, deliciou-se no néctar dos deuses*. Escrevi isso semana passada.

— Muito bom — disse Homer, apesar de não achar que era.

— Você também escreve, Homer?

— Bem, escrevo no que chamo de "diário de mina". O Capitão Laird quer que todos os seus líderes escrevam, e eu faço isso apesar de ainda não ser um líder, exatamente.

— Pode me dar um exemplo de sua prosa?

Homer pensou e disse:

— *Carreguei trinta e duas toneladas na Three West. A bomba de água quebrou. Consertei com fio de metal, mas pode se soltar*.

Carlos olhou para o céu com uma expressão de fascínio, apesar de ter visto o teto. Por fim, baixou a cabeça e disse:

— Ainda que seja difícil acompanhar, percebo grande sentido nisso.

Pela tela da porta, Homer ouviu o som de passos leves e uma mulher apareceu na varanda. Ele pensou que ela talvez fosse a mulher mais linda que ele já tinha visto. Sua pele morena não tinha marcas, o nariz era majestoso e os lábios, carnudos. Nos dedos, havia anéis de ouro com pedras que pareciam rubis e granadas. Ela usava pulseiras de ouro de vários tipos nos pulsos, um lenço branco na cabeça e um roupão de seda azul envolvendo o belo corpo.

Homer ficou de pé, não porque ela era linda e exótica (apesar de ser), mas porque ele tinha aprendido com a mãe a sempre permanecer de pé na presença de uma mulher que havia acabado de conhecer.

— Soufflé — disse Carlos —, temos visita. O nome dele é Homer e é escritor. Viaja com um jacaré que se chama Albert. Aquele galo de penas vermelhas com rabo verde ali não tem nome (afinal, muitos deuses e anjos não têm nomes), mas também é companheiro dele. Homer, esta é Soufflé. Ela é minha senhora.

— Na verdade, sou um mineiro de carvão — falou Homer, percebendo que Carlos havia chamado a linda mulher de sua "senhora", e não esposa. Ele nunca tinha conhecido um homem e uma mulher que viviam juntos sem ser casados, exceto um irmão mais velho e sua irmã em Anawalt Mountain, perto de Gary.

A mulher observou Albert, que reagiu olhando de volta para ela com a mesma expressão que usava com Elsie, de adoração.

Soufflé, então, olhou para Homer, que notou que os olhos dela eram negros como um poço sem fundo, um poço no qual Homer queria, naquele momento, cair para sempre. Ele também teve a estranha sensação de que ela sabia exatamente o que ele estava pensando.

— O senhor é muito bem-vindo à nossa casa — disse Soufflé — O senhor e Carlos escreverão juntos?

— Bem... estou indo resgatar minha esposa.

— Ele está procurando Denver, o motorista que sequestrou a mulher dele, o que o deixa preocupado — contou Carlos. — Sim, talvez escrevamos juntos. Mas, primeiro, nosso café da manhã!

Homer não pretendia escrever com ninguém, mas, na esperança de poder convencê-los a ajudá-lo, acompanhou Soufflé e Carlos até a sala, que tinha mobília decorada, veludo vermelho, detalhes dourados e era a mais bonita que já tinha visto, e foi para a cozinha, onde a mesa já estava posta. Ele se sentou na cadeira para a qual Carlos apontou, então Soufflé serviu pratos de massa e ovos e uma fruta arredondada com gosto de figo, só que mais forte. Ela também serviu o café mais escuro e denso que ele já tinha provado.

Depois de encher o prato de Homer, Soufflé se retirou dizendo que alimentaria Albert. Voltou logo depois.

— Parece que ele gosta de frango — disse ela —, mas ainda assim parece que o galo é amigo dele.

— Não sei bem o que eles são — respondeu Homer, mastigando a fruta com satisfação. — O galo gosta de ficar na cabeça de Albert, que parece não se importar.

— O senhor é um homem claramente notável por viajar com tais animais — disse ela. — O galo é muito mais do que parece, assim como o jacaré. Mas é claro que o senhor sabe disso.

Homer não sabia, mas assentiu como se soubesse. Também notou que Carlos não sugeriu que Soufflé se juntasse a eles à mesa e notou que ela não tirou o lenço da cabeça apesar de a cozinha estar quente por causa do fogão à lenha e do sol que entrava pela janela.

Quando Soufflé saiu da cozinha de novo, Homer perguntou a respeito do lenço.

— Nunca a verá sem o *hijab* — disse Carlos. — Ela deve sempre usá-lo na presença de homens, exceto na de seu marido. Como não sou o marido dela, ela sempre o usa.

— É lei da Carolina do Norte? — perguntou.

Carlos se recostou e riu em tom amistoso.

— Não, Homer. É porque Soufflé é muçulmana, seguidora de Maomé da Arábia, apesar de ser persa. É uma regra a que todas as muçulmanas obedecem.

Ele já tinha ouvido falar de muçulmanas, mas a única coisa que sabia a respeito delas estava misturada em sua mente com uma história que lera na infância a respeito de Ali Babá e os quarenta ladrões, e de Aladim e o tapete voador.

— Claro — disse Carlos —, ela tira o *hijab* quando temos relações, mas para isso ela precisa de escuridão total para que eu não veja seus cabelos.

Homer corou. Ele imaginava que os cabelos de Soufflé fossem lustrosos e escuros, densos e compridos, todas as coisas de que gostava nos cabelos das mulheres. Ainda assim, ficou se perguntando em que buraco ele havia se enfiado para encontrar um homem solteiro e uma mulher solteira vivendo sob o mesmo teto e tendo relações. Olhou para Carlos e pensou que talvez o homem estivesse tão pálido por estar doente. Então, se perguntou como Carlos podia ter uma boa performance com uma mulher tão linda e forte como Soufflé. Mas era um pensamento pecaminoso, por isso o deixou de lado e se concentrou em comer. Afinal, precisava se alimentar se quisesse continuar atrás de Elsie. Quando terminou, disse:

— Obrigado, Carlos, mas preciso ir.

— Para onde?

— Tenho que voltar ao meu carro para ver se consigo consertá-lo.

— Não me falou de nenhum carro. Tenho uma oficina totalmente equipada onde você pode consertá-lo. Também tenho um trator. Podemos ir atrás do seu veículo e trazê-lo para cá.

— Seria ótimo.

— Só uma coisa — disse Carlos. — O trator precisa ser consertado e eu não entendo nada de máquinas. Soufflé tem tentado consertá-lo. Talvez possa ajudá-la?

— Bem... — Homer pensou no que aconteceria a seguir. De que adiantaria entrar no carro se não poderia sair dali? O trator era a chave para encontrar Elsie. — Certo. Onde está?

Carlos sorriu, Soufflé sorriu ao voltar à cozinha, e Homer decidiu sorrir também. A convite dela, ele se levantou da mesa e foi com ela até o celeiro, onde o trator esperava. Depois de afastar as galinhas que se acomodaram na caixa do motor, analisou o velho veículo e concluiu que não havia muita coisa errada com ele. Os filtros de ar e o escapamento precisavam ser limpos, era preciso trocar o óleo, as cintas tinham de ser fixadas, e um vazamento no radiador, reparado. Homer fez isso o mais rápido que pôde, apesar de ter demorado a manhã toda. Quando o trator pegou, Soufflé beijou o rosto dele.

— Você é um gênio — disse ela muito perto dele.

Nunca nenhuma mulher que não fosse sua esposa havia se aproximado tanto. Ele sentiu o suor tomar sua testa.

— Agora, vamos comer de novo — disse ela. Vou preparar um prato frio de castanhas e tâmaras. Fique aqui, já volto.

— Preciso muito buscar meu carro.

— Só um pouquinho, meu caro mecânico. Não pode ir a lugar nenhum sem antes comer.

Homer sentia que seria falta de educação negar-se a comer e achava que, de qualquer modo, ela tinha razão a respeito de se alimentar. Ele foi até o pequeno cercado onde Albert tinha sido colocado, conferiu como ele estava, depois voltou e esperou no celeiro. Em pouco tempo, ela voltou com um prato de castanhas e tâmaras e também com um jarro de vinho.

— Nós o produzimos com nossas uvas — explicou.

Soufflé preparou uma mesa baixa, se sentou em um monte de feno e deu um tapinha no lugar ao lado dela.

— Venha. Vamos comer e beber e comemorar o reparo do nosso trator.

Homer se sentou no feno ao lado dela.

— Carlos não vem comer conosco? — perguntou enquanto ela lhe servia vinho.

— Aquele querido — disse ela. — Ele se esforça tanto com a poesia de manhã que precisa descansar ao meio-dia. Ele foi para a cama e vai dormir por horas. Experimente. É muito bom.

Homer bebericou o vinho. Era muito bom, mesmo.

— E as tâmaras. E as castanhas. Elas vão bem com o vinho, que você deve tomar após cada pedaço.

Algumas mechas dos cabelos lustrosos e negros de Soufflé escaparam por baixo do *hijab*. Homer ficou surpreso ao perceber como ficou afetado ao ver os cabelos dela. Sentiu a temperatura subir. Ela serviu mais vinho e ofereceu o prato de castanhas e tâmaras. Ele encheu a mão e levou à boca.

— Fizemos algo muito bom — disse ela enquanto colocava o prato de castanhas e de tâmaras na mesa e voltava para o feno. — Uma fazenda sem trator não é fazenda, assim como um homem sem uma mulher não é homem, e uma mulher sem um homem não é mulher.

Homer tentou entender o que Soufflé havia acabado de dizer, mas o vinho parecia anuviar sua capacidade de pensar direito.

— Uma fazenda sem homem não é mulher?

Ela sorriu e se espreguiçou sem pressa.

— Uma mulher não é fazenda sem um homem. — Tocou a mão dele e subiu pelo braço. — Mas uma mulher com um homem é uma fazenda que precisa de trator.

Tudo o que Soufflé dizia começou a fazer sentido de um jeito esquisito para Homer, e o vinho também era muito bom. Pela sugestão dela, quando ela levou as mãos à nuca dele, ele pensou que beberia mais um pouco e que talvez também comesse mais castanhas e tâmaras. Talvez pudesse ter feito isso, mas seus olhos estavam tão pesados que ele não conseguia mantê-los abertos. Quando acordou, estava deitado de bruços e havia palha em sua boca.

20

Denver continuou reclamando que seguir o conselho de Elsie os tinha feito dirigir a noite toda sem nenhuma animação. Ela não discutiu. Estava feliz por não estarem mais voando sem qualquer cuidado pelas estradas com policiais atrás deles. Quando Denver confessou que estava perdido, estacionou atrás de um celeiro abandonado. Enquanto ela dormia no banco de trás, ele se recostou no banco do motorista e cochilou até o sol da manhã acordar os dois. Quando Elsie percebeu que ele estava se levantando, fingiu estar dormindo até ele abrir a caçamba. Sentou-se.

— Você está perdido mesmo? — perguntou ela.

— Bastante. Pensei que conhecesse essas estradas, mas algumas delas foram modificadas na primavera. — Ele abriu uma garrafa térmica e serviu café na tampa. — Está com fome?

— Acho que sim. — Ela abriu a porta, saiu e ficou de pé na grama, descalça. — Tem um banheiro naquele celeiro?

— Usei o outro lado. Você também pode usar, se quiser. Só pule a poça.

Elsie estreitou os olhos em direção ao celeiro e partiu. Quando voltou, Denver tinha aberto uma cesta com maçãs e laranjas. Ela escolheu uma maçã e bebeu café na tampa da garrafa térmica.

— Mais — pediu ela, e ele serviu o resto.

— Precisamos encontrar a estrada — disse ele depois de guardar o cesto. — É o único modo de chegar a Charlotte hoje. Deve haver uma estrada que nos leve por aqui. Está disposta?

— Não — respondeu Elsie. — Decidi que não gosto de ser parceira de um gângster. O que acha de me deixar em outro lugar?

— Seu marido vai estar em Charlotte. Se quiser vê-lo, precisa ficar comigo.

— E se você for parado e eu for presa?

Denver deu de ombros.

— Não é o pior que pode acontecer.

— Não? O que é o pior?

— Aquilo! — declarou ele quando um carro surgiu na estrada de terra e, com a sirene muito alta, partiu na direção deles.

Gritos foram ouvidos.

— Polícia! Entre no carro!

Elsie não hesitou. Entrou no carro e Denver pisou no acelerador e atravessou o pasto e os arbustos atrás dele. Os arbustos, no fim, escondiam uma cerca, que logo foi destruída. O carro da polícia com a sirene alta partiu atrás, com um homem uniformizado do lado do passageiro com o corpo meio para fora atirando com uma pistola.

Denver virou, voltou, destruiu a cerca em outro ponto e passou pelo carro da polícia, que parou escorregando e se virou para continuar a perseguição. Elsie percebeu que estava sorrindo. Denver também notou.

— Você está gostando?

— Acho que estou — confessou ela.

— Talvez você desse uma boa parceira de gângster!

Passando num buraco, o carro subiu e desceu na estrada de terra.

— Certo, eu sei onde estou agora. A estrada fica para aquele lado. Errei essa bifurcação ontem à noite.

— Eles voltaram! — avisou Elsie ao ouvir as sirenes atrás deles de novo.

Denver deu uma olhada no espelho retrovisor.

— Segure-se!

Elsie se segurou enquanto corriam em direção a uma ponte coberta. Na placa grande na entrada, estava escrito: "Perigo. Não atravesse." A emoção da perseguição desapareceu e foi substituída pelo medo.

Denver entrou na ponte com o carro, que tremeu sob o terremoto do motor do cupê. Eles atravessaram a ponte e entraram na estrada. Elsie olhou para trás e viu que o carro da polícia tinha parado.

— Escapamos! — gritou.

A alegria de Elsie foi interrompida quando uma bala penetrou o vidro de trás, enchendo seus cabelos de vidro. Ela gritou. Outro carro estava atrás deles com as sirenes ligadas.

— Veja isso! — gritou Denver. Ele puxou uma alavanca e olhou no espelho retrovisor. — Ah, droga, não deu certo. Era para o óleo ter saído por trás, para deixar a pista escorregadia.

— Seria preciso muito óleo para isso — disse Elsie.

Quando olhou para trás, o carro que os perseguia estava um pouco longe. Ela se acalmou o suficiente para poder tirar o vidro dos cabelos.

— E o óleo não escorre muito bem. É meio denso — acrescentou.

Denver pensou um pouco.

— Você sabe muito para uma moça da Virgínia Ocidental.

— E você não sabe muito para um homem — disse ela. — Tem uma caixa de percevejos ou algo assim? Eu poderia jogá-los pela janela para furar o pneu deles.

Denver riu.

— Tenho algo melhor. Vá para o banco de trás e o abaixe. Tem uma caixa atrás dele. Pegue-a para mim.

Elsie foi para o banco de trás, abaixou-o e pegou a caixa de papelão. De volta ao banco da frente, abriu a caixa e tirou meia dúzia de cilindros, cada um do tamanho de uma banana grande.

— O que é isso? Dinamite?

— Não. Fogos de artifício. Há palitos de fósforo no porta-luvas. Comece a lançá-los.

— Isso não vai deixá-los irados?

— Eles já atiraram em nossa janela — observou Denver. — Se você não fizer isso, é possível que nos peguem. Não é o que quer, certo? Seja cuidadosa. Jogue-os assim que estiverem acesos.

Elsie pareceu confusa diante de um conselho tão óbvio, mas quando Denver diminuiu a velocidade para permitir que o carro da polícia se aproximasse, ela começou a acender e jogar os fogos. Os dois primeiros quicaram na estrada, mas ela logo aprendeu e jogou um deles sobre o capô do carro, que foi para o canto da pista, tombou, rolou e pegou fogo.

— Ai, meu Deus! — gritou ela. — Precisamos voltar.

Denver mordeu o lábio e deu um longo suspiro. Diminuiu a velocidade e deu a volta, dirigindo para perto da viatura tombada. As chamas estavam menores e um pouco de fumaça saía do compartimento do motor. O motorista, um policial uniformizado e único passageiro, havia se arrastado para fora e estava deitado de costas na grama.

Elsie viu que o policial era jovem.

— Acorde, policial — pediu ela. — Ai, meu Deus, Denver. Ele está morto?

Denver se ajoelhou ao lado dele e deu tapinhas no rosto do policial algumas vezes.

— Acorde, filho.

O policial acordou, olhou para ele e então se sentou, ainda que devagar. Coçou a cabeça.

— Você me paga por isso, Denver — resmungou.

Outra viatura parou e um homem grande saiu e se aproximou. Ele tinha um bigode fino à moda antiga e vestia um uniforme diferente do que o jovem usava.

— Não conseguiu vencê-lo, Denver?

— Pensei em me divertir um pouco — disse. — Elsie, este é o xerife Sanders. Foi um dos homens dele que capotou ontem. Ele está bem, xerife?

— Está, mas foi o segundo carro do meu departamento que você estragou este ano. Já pedi para você parar de mexer com eles. Meus rapazes sabem que não devem pegar você.

Elsie ficou confusa, mas tentou entender.

— Vocês dois estão nisso juntos?

— O xerife é meu primo — disse Denver.

O xerife abriu um sorriso torto para ela.

— Em qual lugar você trabalha, docinho?

— Não sou mulher da vida. Fui sequestrada.

— Isso é mais ou menos verdade — confirmou Denver.

Sanders deu de ombros.

— Olá, Bobby Hank — disse ele ao policial, que estava de pé. Vestia roupas de couro e parecia ser honesto.

O policial Bobby Hank prendeu os polegares nos passadores do cinto.

— Se acha que vou aguentar seus esquemas, está bem enganado. Estão todos presos.

— Depois que vocês capotaram e o carro pegou fogo, voltamos para ver se vocês estavam bem — argumentou Elsie.

— Eu não teria capotado e o carro não teria pegado fogo se vocês não tivessem jogado aqueles fogos em mim.

— Ainda assim, grande parte é culpa sua — insistiu Elsie. — Então, não pode nos prender.

O policial Bobby Hank considerou a lógica ilógica dela, e então disse:

— Quer saber de uma coisa? Vou sofrer por ter destruído meu carro, apesar de não ser minha culpa. Meu salário provavelmente será reduzido, então vocês me devem alguma coisa.

— Quanto? — perguntou Denver.

— Um quarto do lucro da carga. Não, metade.

— Pague, Denver — disse o xerife Sanders. — O velho Bobby Hank nos pegou de jeito.

Denver balançou a cabeça e estendeu as mãos com as palmas viradas para cima, num gesto de entrega.

— Quer ir conosco? — perguntou a Bobby Hank.

— Não. Eu liguei para meu posto antes da batida. Os policiais chegarão em breve. É melhor vocês se apressarem. Sabe para onde mandar meu dinheiro?

— Vou encontrar você — prometeu Denver.

Denver e Elsie entraram de novo no cupê e dirigiram sem qualquer incidente até Charlotte e o hotel Sunshine. Denver levou Elsie até a recepção do hotel. Ela perguntou sobre Homer, mas o atendente não sabia dele.

— Quer um quarto, senhora?

Denver disse:

— Ela pode ficar no meu quarto, Clyde.

— E você? — perguntou o atendente.

— Volto um pouco mais tarde.

Depois de levar Elsie para o quarto, Denver ficou parado na porta.

— E aquele beijo que você prometeu?

— Você me prometeu que meu marido estaria aqui.

— Ele vai vir. Quer me beijar?

— Não sem antes ver meu marido. Você também me deve duzentos dólares.

— Que droga, mulher! — exclamou Denver. — Você é difícil.

— É assim que nos criam na Virgínia Ocidental.

— Então, fico feliz por viver na Carolina do Norte.

— Dê meu dinheiro e traga meu marido, Denver.

Claramente envergonhado, Denver coçou a nuca.

— Terei que enviar o dinheiro pelo correio. Não ando com quantias tão grandes e esse carregamento teve problemas. Qual é seu endereço?

— Na improbabilidade de você ser honesto, pode enviar meu dinheiro para minha mãe, Minnie Lavender, Thorpe, Virgínia Ocidental. É só o que precisa estar escrito. Ela vai entender.

Denver pegou uma caneta em uma mesinha de canto na sala, anotou o endereço em um pedaço de jornal e o enfiou no bolso da camisa.

— Juro que você vai receber seu dinheiro.

— E meu marido?

— Também. Pode acreditar em mim.

— Eu acreditaria numa cobra com mais facilidade.

Denver sorriu.

— Então um beijo está mesmo fora de cogitação?

— Até mais, Denver — disse Elsie, e o empurrou para fora.

Elsie observou Denver descer os degraus e se acomodar à frente do volante do carro para dirigir. O atendente do hotel chegou trazendo lençóis limpos.

— Não é incomum Denver deixar aqui uma de suas acompanhantes — disse ele a Elsie. — Que tal um beijo?

Elsie pegou a pistola de Denver do seu bolso.

— Sei usar isto.

O atendente entregou os lençóis.

— Desculpe, senhora.

— Vai se arrepender se voltar — disse Elsie.

Pegou os lençóis e fechou a porta, pensando num banho quente e numa cama macia. Torcia para que Homer não demorasse a aparecer para levar ela — *ah, tomara!* — e Albert para a Flórida.

Enquanto Elsie tomava banho, percebeu que tinha aprendido uma coisa: sentia-se atraída pelo tipo de homem que Denver era. Ele dirigia depressa, era perigoso e bonito, mas, pensando bem, também era, a seu próprio modo, carente. Quando não estava se exibindo para uma moça bonita, Elsie acreditava que ele ficava bem triste. Ela ficou feliz por não ter de lidar com um homem assim até a Flórida. Homer, apesar de seus muitos defeitos — e a maioria deles, ela admitia, devido a seu bom caráter —, realizaria aquela tarefa muito bem.

21

Depois de tirar a palha da boca e se recuperar do efeito do vinho, Homer acordou Soufflé, que cochilava ao seu lado, subiu no trator e saiu do celeiro. Apesar de só haver um lugar, ela insistiu em ir junto para buscar o Buick. Ela se sentou atrás dele, segurando em sua cintura, com uma garrafa quase vazia de vinho nas mãos, e se manteve abraçada a ele até lá e no caminho de volta.

— Você tem as costas mais cheirosas do mundo — disse ela mais alto do que o barulho do trator.

Homer não soube o que dizer. Nunca tinha pensado que as costas tinham um cheiro assim ou assado. Esperava conseguir consertar o Buick depressa para poder ir atrás de Elsie.

No Buick, Soufflé terminou o vinho e jogou a garrafa vazia no banco de trás enquanto Homer conectava um cabo no carro para puxá-lo.

Quando voltaram, Carlos os esperava na entrada do celeiro. O Buick foi levado para dentro e o trator barulhento foi desligado, e Carlos disse a Soufflé:

— Não tive como não perceber que você e nosso querido convidado almoçaram castanhas, tâmaras e vinho enquanto descansavam numa cama de feno.

Ele olhou para Homer.

— Acredito que tenha gostado do almoço dela, não?

Homer não conseguiu disfarçar o rubor.

— Estava muito bom. Depois, tirei um cochilo.

— É mesmo?

Carlos pegou um rastelo da parede. Os dentes da ferramenta brilharam à luz do sol que entrava pelas portas abertas do celeiro. Homer achou melhor permanecer no trator quando Carlos se aproximou, segurando o rastelo em posição de ataque.

— Quando notei as marcas no feno e os restos do almoço, me inspirei. Quando vi este rastelo, também me inspirei. Gostaria de saber o que escrevi com a ajuda dessas inspirações?

— Muito, meu querido — disse Soufflé — Você sabe que adoro seu trabalho.

— E você, Homer? — perguntou Carlos. — Adora meu trabalho? — Homer não respondeu, principalmente porque não sabia como responder, então Carlos acrescentou: — Claro que não. Não conhece o bastante. Mas aposto que você encontrou poesia com minha Soufflé!

— Na verdade, não encontrou nada, meu amor — disse ela. — Receio que o vinho foi pesado demais para ele.

— É mesmo, Homer?

— Acho que sim — respondeu ele com cuidado.

Carlos se virou e enfiou o objeto em um saco de trigo, e os grãos caíram como lágrimas douradas. Então, recitou:

Seu corpo tem o brilho de um rastelo
Fincando-se em meu coração para liberar meu sangue forte
E meu olhar cheio de tentação além do horizonte de alegria
Ali, minha doce alma, sobre o calor, o óleo e a palha
Você me mostrou mais uma vez, em minha mente frenética, seus lábios de néctar nos meus
E a felicidade de outra forma da qual você sabe que dependo.

O poema continuava, e Homer não entendeu nada.

Quando Carlos terminou de falar, estava ofegante como se tivesse corrido por quilômetros.

— Você conseguiu de novo, minha força! — aplaudiu Soufflé.

Carlos olhou para Homer.

— Vai escrever comigo agora, Homer?

— Preciso consertar meu carro — disse.

— Uma exigência mundana da vida — comentou Carlos, suspirando. — Não o impedirei de fazer o que tem que fazer em seu veículo, mas insisto para que escrevamos juntos antes de sua partida. — Ele estendeu a mão para Soufflé. — Temos um compromisso, minha cara, não acha?

Ela sorriu com uma expressão ansiosa e simpática.

— Creio que sim, meu tudo.

O casal saiu de mãos dadas, deixando Homer sozinho e aliviado por terem partido e também por não ter sido atacado com o rastelo. Ele começou a trabalhar, esperando preparar o carro antes que Carlos e Soufflé voltassem. O carburador foi o foco de sua atenção porque acreditava que a gasolina dos Estados do sul era adulterada.

Para sua decepção, Soufflé logo voltou, mas só ficou sentada na palha observando-o com seus olhos grandes, suaves e escuros, o que o fez se sentir desconfortável. Ainda assim, ele persistiu, limpando o carburador e prendendo uma fita na parte conversível para cobrir o buraco feito ali por um fragmento da fábrica de meias. Quando estava pronto, colocou tudo de volta no lugar e testou o Buick, que deu partida com um ronco eficiente que logo se tornou um ronronar. Foi quando ela se levantou e estendeu a mão.

— Devido ao meu trator e às minhas ferramentas, seu veículo está consertado. Como recompensa, você vai caminhar comigo.

— Preciso cuidar do Albert — disse Homer porque não queria ir a lugar nenhum com ela. Até onde ele sabia, Carlos estaria esperando para espetá-lo com aquele rastelo se ele passeasse com ela.

— Eu insisto — disse ela. — Você não precisa temer Carlos. Caminhe comigo. Vai ser bom para você.

Ela segurou a mão de Homer com firmeza. Sua mão era surpreendentemente forte e com alguns calos, a mão de uma agricultora. Ela o levou do celeiro a um pequeno lago cheio de juncos, e ali ele viu Albert, e mais exatamente, os olhos de Albert despontando da água lamacenta.

Soufflé segurou as mãos dele, e Homer teve a impressão de que havia um tipo de eletricidade fluindo entre eles.

— Você acha que não precisa de nada — disse ela. — Você acha que se conhece bem. Ainda assim, o paradoxo é que você está nesta viagem para descobrir quem de fato é.

— Mas só estou levando o Albert para casa.

— Querido, nós nos conhecemos há poucas horas, mas sei que você está fazendo muito mais do que isso. O que você já aprendeu em sua jornada?

— Que demora muito mais para ir da Virgínia à Carolina do Norte do que eu esperava.

Ela sorriu.

— É uma boa descoberta. A maioria das coisas leva mais tempo do que pensamos. Mas e o amor? O amor vai demorar mais tempo do que você pensa?

— Não sei nada sobre o amor.

— Verdade — concordou ela. — Ainda assim, cada quilômetro percorrido nessa viagem é para essa coisa que você não conhece.

Homer hesitou, e a verdade de seu propósito surgiu em sua mente.

— Preciso encontrar Elsie.

— Onde ela está?

— Em Charlotte. No hotel Sunshine.

— Como vai encontrá-la?

— Vou pegar o carro, dirigir até lá e pedir orientações.

— Sim, mas como vai *encontrá-la*?

Homer pensou e disse:

— Não sei.

— Levando o Albert para casa — falou Soufflé —, mas você já sabe disso. Só não sabe que sabe. Ouça. Vamos voltar agora, você vai se sentar com Carlos, vocês escreverão poesia juntos, e você encherá as páginas com todas as coisas que estão em seu coração e que sempre estiveram.

— Mas isso não me ajuda a encontrar Elsie.

— É a única coisa que o ajudará.

Era a última coisa de que Homer se lembrava daquele momento naquele campo verde infindável, no lago que ele não tinha visto antes, e os olhos de Albert como vagalumes vermelhos na escuridão. No que parecia ser um quarto muito branco onde até mesmo o ar era branco, ele preencheu páginas com tudo o que sabia, que esperava saber e que queria saber. Continuou escrevendo até o sol subir no céu, escreveu mais um pouco até que, por fim, escreveu o que tinha de dizer. Então, o cômodo voltou a ser a cozinha e ele se viu sentado à mesa de frente para Carlos e Soufflé, que estavam lendo o que ele escrevera. Soufflé olhou para a frente e sorriu.

— Você voltou — disse ela. Estendeu a folha de papel na qual ele reconheceu sua caligrafia. — E veja o que escreveu. Você revelou uma verdade tão importante quanto a terra girando ao redor do sol.

— Incrível — concordou Carlos.

Homer leu as palavras e teve a sensação de que não conseguia respirar. Ele pediu licença e saiu, deu a volta no celeiro até chegar a uma área de grama verde onde havia o que parecia ser uma cova recente e várias outras antigas. Ele olhou para as covas, tentando imaginar quem estava ali dentro.

— Eles não eram poetas — disse Carlos, aproximando-se dele. — Eles não revelavam verdades.

— O que... quem eram? — perguntou Homer.

— Apesar de a alma deles não ter arte, Soufflé deu a eles um momento de alegria poética e depois tornei as mortes deles perfeitas.

Homer esperou para ver se Carlos diria mais alguma coisa, se talvez risse e dissesse que estava só brincando, mas depois de um intervalo durante o qual ficou claro que Carlos não diria nada, Homer disse:

— Acho melhor ir embora.

Carlos assentiu.

— Sim, acho que deveria.

Quando Homer se virou para sair, Carlos o chamou.

— Você teve sorte de o vinho não lhe cair bem.

Quando Albert e o galo se acomodaram no banco de trás, Homer deu a partida no Buick e se afastou com os olhos no espelho retrovisor para ver o poeta e sua senhora na varanda. Soufflé pegou uma única folha de papel e apontou para ela. Ele pensava que sabia qual era, aquela que ela dissera que revelava uma verdade verdadeira. Nela, Homer havia escrito:

Deixe-me encontrar você.
Se não deixar,
Ainda assim procurarei.
Se não quiser,
Ainda assim procurarei.
Se não puder,
Ainda assim procurarei.
É a procura que encontra o amor,
E não o encontro.

Homer continuou dirigindo, tentando diferenciar a realidade e os sonhos de outra realidade e de outros sonhos. Então, incapaz de fazer isso, começou a se concentrar em encontrar Elsie.

— Hotel Sunshine — repetia a si mesmo como se as palavras fossem um mapa.

Por fim, pedindo informações a várias pessoas nas ruas, acabou se encontrando. Quando Elsie abriu a porta, ele fez um movimento como se fosse abraçá-la, mas ela o afastou.

— Você me abandonou.

— Tem razão. Me desculpe.

— Quero ver o Albert.

Homer abriu caminho e observou-a descer os degraus correndo até o Buick, abrir a porta e cumprimentar o sorridente réptil. Ele só se lembrava de algumas palavras que tinha escrito algumas horas antes.

Elsie foi encontrada. Mas não era isso o que importava. O que importava era que ele tinha procurado.

Só quando voltou para a estrada percebeu que Soufflé e Carlos tinham feito mais do que dar a ele uma epifania. Também tinham roubado todo o seu dinheiro e as duas pistolas que ele havia pegado da gangue da estrada.

Eu tinha dezoito anos e era verão. Entre meu primeiro e último ano na Virginia Tech, eu trabalhava com meu pai na mina de Coalwood. Minha mãe havia saído da cidade para passar o verão fora. Ela enfim havia convencido meu pai a contrair uma dívida a fim de comprar para ela uma casa perto de Murrell's Inlet, na Carolina do Sul.

Para ajudar a comemorar o Quatro de Julho, um jogo de softball estava marcado entre uma equipe do sindicato e uma da administração. Como eu era jovem e forte, ao contrário da maioria dos mineiros mais velhos, fui escalado para a equipe do sindicato. A da administração era formada principalmente por jovens supervisores. Para minha surpresa, meu pai assumiu a posição de árbitro. Eu não fazia ideia de que ele entendia de softball ou de qualquer outro jogo.

O jogo foi realizado e a equipe do sindicato ganhou. Eu até marquei ponto. Depois, o sr. Dubonnet, chefe do Sindicato dos Operários Mineiros Unidos, me procurou. Ele e meu pai sempre discutiam a respeito da administração da mina e, apesar de terem estudado juntos, não eram amigos.

— Sua mãe me ligou ontem — disse ele. — Soube que você jogaria hoje e que Homer seria o árbitro. Ela queria que você soubesse de uma história sobre seu pai. É sobre ela também.

Minha mãe sempre tinha uma segunda intenção para tudo o que fazia, então, naturalmente, perguntei:

— Ela disse o porquê?

— Disse que você não sabe bem quem seu pai é e que já era hora de saber. — Ele coçou a cabeça. — Essa história me ensinou algumas coisas sobre ele e sobre sua mãe também. Ela é uma mulher interessante.

— Sim, senhor, acho que é.

O sr. Dubonnet me levou até o balcão e comprou uma cerveja para ele e um refrigerante Royal Crown para mim. Bebi meu refrigerante e ouvi a história de minha mãe pela voz do chefe do sindicato de Coalwood, um homem de quem meu pai não gostava nem um pouco, mas a quem respeitava. O sr. Dubonnet, veja você, foi o capitão de um time de futebol do Ensino Médio. Ele também era o mesmo capitão de futebol que minha mãe rejeitou para poder dançar com um jovem magricela e de olhos azuis chamado Homer.

PARTE IV

Como Homer aprendeu as regras do beisebol e Elsie se tornou enfermeira

22

A viagem de Homer, Elsie, Albert e o galo mudou abruptamente com um estilhaçar de vidros. Cacos voaram no rosto, no peito e nas mãos de Homer, e ele olhou, sem entender, para a sujeira em seu colo. Tirou um estilhaço do rosto e uma gota de sangue escorreu do pequeno ferimento.

— O que aconteceu, Homer? — perguntou Elsie, meio grogue, do banco de trás.

— Alguém quebrou nosso para-brisa.

— Quem faria isso?

Homer não respondeu porque não tinha certeza. Primeiro, pensou que a gangue que tinha sequestrado Elsie os havia seguido de alguma forma e que resolveu atacar, mas quando olhou ao redor não viu gangue nenhuma. Só havia o campo vazio onde tinha parado para que passassem a noite, que, só então ele compreendeu, era o estacionamento de um estádio esportivo. Ao analisar de perto, a placa que sinalizava a entrada do estádio deixava claros o nome e o tipo de estádio:

CAMPO FELDMAN
CASA DOS MOVELEIROS DE HIGH TOP
LIGA DOS CAMPEÕES DA COSTA 1912

Homer saiu e viu a bola de beisebol que tinha quebrado o para-brisa e ferido seu rosto. Com raiva, pegou-a e a jogou de volta com toda a força, observando-a passar por cima da cerca e da arquibancada. Apesar de o grito de raiva tê-lo feito se sentir melhor, não chegava perto de resolver seu problema imediato: como consertaria o para-brisa, se é que poderia? Os carros conversíveis modelo Buick 1925 não eram produzidos em massa. Quem, no interior da Carolina do Norte, poderia ter um para-brisa que servisse? Ainda que houvesse alguém, ele e Elsie não tinham dinheiro nenhum. Também não tinham comida. Havia até a possibilidade de estarem sendo perseguidos pela polícia por serem (a) testemunhas de um assalto a banco (durante o qual ele havia roubado um centavo), (b) cúmplices da destruição de uma fábrica de meias, (c) cientes dos assassinatos possíveis de várias pessoas não identificadas na fazenda de um poeta e (d) transportadores de bebida ilegal. O fim da lista levou a uma conclusão singular: eles estavam em maus lençóis.

Elsie abriu a porta de trás e saiu para pensar na situação.

— O que você fez para estragar o para-brisa? — perguntou ela.

— Não fiz nada. Foi uma bola de beisebol. — Homer gesticulou em direção ao estádio. — Dali, eu acho.

Ele olhou ao redor para ver se conseguia descobrir de onde vinha. Além do estacionamento e do estádio, era possível ver alguns prédios baixos de tijolos aparentes que sugeriam que ali havia algum tipo de cidade. Ele acreditava que podia dirigir o Buick, mesmo com o para-brisa quebrado, até ela, apesar de não saber o que encontraria ali em termos de conserto de carro e de não saber como pagaria pelo serviço.

Foi quando viu um homem passar correndo pelo portão do estádio, sob a placa, olhar para o Buick e seus ocupantes e virar-se depressa na direção deles. O homem apressado usava uma camisa branca com suspensórios, calça cinza e sapatos de duas cores, e tinha uma expressão de determinação. Levantou uma bola de beisebol.

— Você jogou a bola? — perguntou ele.

— Se foi a bola que quebrou meu para-brisa, joguei, sim — respondeu Homer.

O homem olhou para o para-brisa.

— As pessoas que estacionam aqui sabem que podem levar uma bolada de vez em quando. — Ele jogou a bola a Homer. — Jogue-a de novo.

— Para onde?

— Para dentro do campo.

Homer obedeceu e jogou a bola. Ela passou com facilidade pelas arquibancadas e desapareceu. Em pouco tempo, apareceu um rapaz com uniforme de beisebol, da defesa, pois usava máscara e luvas. Ergueu a bola em sua mão e disse:

— Até o outro lado do campo, sr. Thompson.

— Devolva a bola a este jovem, Jared — disse o homem de suspensórios.

O jogador lançou a bola a Homer, correu e se abaixou.

— Bem aqui — gritou, batendo na luva com a mão em punho.

— Jogue-a para ele — pediu o homem.

— Homer jogou no time Coalwood Robins, que venceu a liga do ano passado — disse Elsie.

— Você é profissional? — perguntou o homem.

— Sou mineiro — respondeu Homer, e lançou a bola para o defensor. A bola voou com velocidade para dentro da luva e o homem gritou, tirou a mão da luva e a balançou.

— Perfeito!

O homem de suspensórios parecia pensativo.

— Essa liga da qual você fez parte não é profissional?

— As empresas de carvão patrocinam times — explicou Homer. — Não somos pagos para jogar, se é o que quer saber. Fazemos isso por nossos empregadores.

— Você já pensou em se profissionalizar? Tem um ótimo braço.

— A maioria do mineiros tem bom braço — comentou Homer. — Faz parte do trabalho. Não acho que seja algo especial.

— Ele ganhou um troféu de ouro quando venceu o campeonato — contou Elsie.

— Todos nós ganhamos, Elsie. O Capitão fez o troféu para nós.

— Ainda assim, você foi o melhor jogador do time.

— Aposto que sim, senhora. — O homem de suspensórios estendeu a mão. — Jake Thompson. Sou o empresário do Moveleiros. Também sou batedor. Quer experimentar?

Homer franziu o cenho.

— O que eu gostaria é que o senhor pagasse o conserto do meu para-brisa. Estamos indo para a Flórida. Será que alguém da cidade pode consertá-lo?

— Acho que posso encontrar alguém — respondeu Thompson. — Vou perguntar. Mas demora um pouco. Provavelmente teria que ser um serviço especial e a peça viria de Detroit. Enquanto isso, por que não entra, deixe que nós alimentemos você e sua esposa, e podem usar o banheiro, se precisarem? Depois, talvez pudesse dar umas tacadas. Gostaria de ver o que você faz.

— Homer marcava pontos em quase todos os jogos — revelou Elsie. — Começaram a chamá-lo de craque.

— Eles chamavam todo mundo de craque, Elsie — minimizou Homer, e sorriu. — Eu não acertava tanto.

— Bem, acho que o arremessador não era do nosso nível — disse Thompson —, então vamos ver o que você faz hoje.

Elsie assentiu na direção de Albert.

— Nosso jacaré está faminto também.

Thompson olhou para Albert, que havia acordado e espiava pela janela.

— Que belo animal — elogiou ele.

— Bonito, não é? — perguntou Elsie.

Thompson deu de ombros.

— Claro, tragam-no. Temos muitos cachorros-quentes ali dentro. E pipoca para aquele galo que vejo no encosto do banco da frente.

Elsie colocou Albert na bacia, e Homer e o receptor o levaram até a banca de cachorro-quente no estádio, onde um cozinheiro estava limpando.

— Estas pessoas estão com fome, Bob — disse Thompson. — Faça alguns cachorros-quentes para eles, por favor.

O cozinheiro lançou um olhar para o incomum grupo.

— Tenho ovos e torrada, posso prepará-los também.

— Ótimo, então. Enquanto isso, Homer, venha aqui ao nosso campo. — Thompson levou os dedos à boca e assoviou. — Franco! Venha aqui, seu preguiçoso. Tenho um batedor para você.

Havia tacos no chão e Homer pegou o primeiro que viu. Pisou na área e o apanhador se colocou atrás dele.

— Fique de olho nesse cara — disse o apanhador. — Ele vai tentar acabar com você.

Homer não entendeu muito bem o que o outro quis dizer, e a bola voou na direção de sua cabeça no mesmo instante. Ele desviou a tempo. A bola bateu na luva do apanhador com um som retumbante.

— Pare com isso, Franco! — gritou Thompson para o lançador. — Mande uma bem no meio para ele.

Franco, um jovem magricela com um uniforme que era pelo menos um número maior, cuspiu na bola e deu de ombros.

— Claro, chefe — disse, e lançou.

A bola voou da mão do lançador e pareceu desviar no ar. Homer reconheceu o truque: lances como aquele também eram usados na Liga do Carvão. Era perfeito para alguém que pensava rápido. Tudo o que Homer tinha a fazer era seguir a trajetória da bola, calcular o giro e bater o taco direito, e foi o que fez, acertando-a com a parte mais pesada do taco, de modo que ela voltou gritando no ar por cima da cerca mais distante.

Thompson, que havia enfiado os polegares por baixo das faixas dos suspensórios, soltou os dedos de uma vez, e o elástico fez um som parecido com o de um tapa.

— Minha nossa! — exclamou ele.

— Ele sabe bater, não é, sr. Thompson? — perguntou Elsie com um sorriso orgulhoso.

— Vejo que sim, senhora. Franco, dê a ele uma curva e uma reta. O melhor que conseguir.

Determinado, Franco fez os movimentos. Homer os rebateu para fora do parque com facilidade.

— Sabe acertar bem, filho. Dê a ele uma mista, Franco.

Franco mandou uma forte, rápida e alta. Homer a lançou além da terceira base, dentro da linha.

Thompson sorriu.

— Venha aqui, filho. Quero que conheça uma pessoa.

Homer seguiu o empresário, assim como Elsie. Um homem de cadeira de rodas, empurrado por uma jovem, passeava pelo campo. Thompson se aproximou dos dois. A mulher era uma loira jovem de terninho azul-marinho sob medida com riscas de giz brancas.

— Sra. Feldman — disse Thompson, tirando o chapéu para a mulher. — Sr. Feldman, quero que contrate este rapaz por vinte dólares por jogo, para vermos como ele se sai.

— Vinte dólares! — Elsie não conseguiu esconder sua animação. — Quantos jogos?

Thompson fez sinal para que ela se calasse.

— O que acha, sr. Feldman? Acho que temos um cara bom aqui.

A voz do homem saiu trêmula e quase impossível de ser entendida.

— Eee apruv — disse ele.

— Querido, deixe que eu seja a juíza — disse a loira.

— O que ele disse? — perguntou Elsie.

— Ele disse que aprova — respondeu Thompson.

— Meu senhor está a caminho de Hot Springs, Geórgia — disse a mulher ao empresário. — Por isso estamos aqui, para ele se despedir. Vou cuidar do clube na ausência dele.

— Nah — disse Feldman. — Nah vô Spring.

— Tem que ir, querido — respondeu a esposa com um tom meio irritado. — Não há enfermeiras que cuidem de você aqui.

— Sempre quis ser enfermeira — disse Elsie.

— Você disse que é enfermeira? — perguntou Thompson.

— Profissionalmente qualificada? — perguntou a jovem de modo desconfiado.

— Tenho diploma — respondeu Elsie.

Homer percebeu que Elsie não disse que seu diploma era de secretariado.

— Elsie, você não...

O sorriso de Elsie estava congelado quando ela disse, entredentes:

— Precisamos do dinheiro, Homer.

— Pronto, sr. Feldman — disse Thompson, apesar de a sra. Feldman continuar em dúvida. — Neste jovem casal, temos um novo jogador e também uma enfermeira. O que poderia ser melhor?

— Aele jaaé.

— O que o senhor disse?

Feldman ergueu a mão macilenta e apontou o dedo trêmulo a Albert.

— Aele jaaé!

O empresário olhou para a frente e viu Albert olhando para trás com uma expressão curiosa e uma salsicha saindo da boca.

— O senhor disse "aquele jacaré"?

— É. Aele jaaé. Noo mmcoti.

— Novo mascote — disse a sra. Feldman, revirando os grandes olhos azuis.

— Albert, um mascote? — perguntou Elsie.

— Albert, um mascote? — repetiu Homer.

— Um novo mascote — replicou Thompson. — Faz sentido. Os jacarés são fortes e maus. Mas nós somos os moveleiros, não os jacarés.

— Ri si voda — disse o sr. Feldman, decidindo a parada.

23

Elsie sempre achou que sua vida mais parecia um quebra-cabeça cuja caixa não tem aquela foto que serve de modelo para a montagem. Para sua alegria e completa surpresa, assim que Homer começou a jogar beisebol para os Moveleiros (que logo passaram a se chamar Mastigadores em homenagem ao novo mascote), parecia que as peças de repente se encaixaram de um jeito que fazia total e completo sentido. Parecia que Homer era um homem mudado. Quando se viam, ele só falava de beisebol. As duas semanas que o Capitão lhe deu se passaram, mas ele não falava sobre isso nem sobre nada relacionado a Coalwood. Elsie não sabia o que o marido estava pensando, principalmente sobre a volta para as minas de carvão, mas não se deu ao trabalho de descobrir. Como seu pai sempre dizia, era melhor deixar os mineiros adormecidos dormindo.

Homer havia passado a dormir no quarto de vassouras do estádio, e Elsie vivia na mansão dos Feldman. Em sua visão, a vida deles estava perfeita. Ela podia fazer o que queria, e Homer podia fazer o que queria, e as vidas dos dois, que ainda estavam oficialmente unidos, eram separadas. Se isso fosse egoísmo da parte dela, Elsie acreditava não se importar. Era um fato que não tinha planejado, mas que aconteceu.

Toda manhã, ela vestia a saia e a blusa brancas e engomadas de enfermeira, além dos sapatos de salto baixo que Feldman lhe deu. Ele era um paciente ótimo. Gostava de tudo o que ela fazia e havia muitas coisas que fazia que ninguém havia pensado em fazer. Elsie estava sempre presente com um café da manhã que ela própria preparava

— ovos, bacon, torrada, café —, pondo fim à papa que o cozinheiro dissera que o paciente sempre comia, e cuidava do banho dele, tirando-o da cadeira de rodas e colocando-o dentro da banheira sozinha — afinal, ela era uma moça forte da Virgínia Ocidental —, e então o levava para sua biblioteca, onde procurava os livros que ele pedia, e dava os remédios a ele, que não eram ingeridos com água da torneira, mas, sim, com água fresca do poço do quintal que ela pegava com a bomba porque ele gostava do sabor e Elsie a considerava melhor para ele. Enquanto o sr. Feldman lia seus livros, ela fazia massagem nas pernas dele para deixá-las rosadas e não mais cinzas como as de um cadáver, penteava seus cabelos finos, massageava os ombros ossudos, e se sentava perto dele para o caso de precisar de alguma coisa.

Mais do que tudo, ela adorava as conversas que tinha com o sr. Feldman, e as palavras confusas dele aos poucos foram se tornando compreensíveis para ela. As conversas que tinham eram mais estimulantes do que qualquer uma que ela teve com Homer ou com qualquer pessoa nas minas de carvão, todas sobre a vida e sobre amores passados (ela falava sobre Buddy, e ele, sobre a primeira esposa, que morrera de tuberculose), sobre os filósofos do mundo antigo e do moderno, sobre política (ele odiava o New Deal, mas ela achava que poderia dar certo, com o tempo), sobre Hitler e Stalin, que eram odiosos, e sobre Mussolini, que Feldman considerava mais cômico do que mau, sobre religião, e Feldman era judeu e Elsie, metodista, que eles descobriram que não eram parecidas exceto em poucas partes, e assim por diante. Dentro de uma semana, ele não conseguia mais viver sem ela e dizia isso, não apenas para ela, mas também para a jovem sra. Feldman (como era universalmente conhecida) e a todos que se aproximassem, incluindo o médico.

A cidade de High Top era pequena, a rua principal tinha apenas cem metros de comprimento, e toda casa, não importava se era nova, velha, mansão ou barraco, ficava a menos de dois quilômetros da praça do Tribunal. A casa dos Feldman, construída numa colina, era uma mansão neo-georgiana com varandas grandes e muitos quartos, e um deles tinha sido dado a Elsie. Ela adorava o quarto espaçoso e a cama enorme de dossel, assim como as cadeiras e mesas antigas e as estantes de livros cheias de clássicos com detalhes dourados nas capas. Apesar de a biblioteca de Feldman ser grande, Elsie continuava frequentando a que ficava ao lado do tribunal e fez um cartão da biblioteca, assim passou a pegar todos os livros que conseguia encontrar sobre a ciência e os procedimentos inerentes à profissão de enfermeira. Ela escolhia tantos livros importantes relacionados à enfermagem que o dr. Martin Clowers notou, o único médico em High Top e, logo, o clínico geral responsável pela saúde do sr. Feldman. Com determinação e firmeza, o médico conseguiu encontrar Elsie entre as estantes.

No dia, ela estava usando o uniforme de enfermeira.

— Enfermeira Hickam. Sou o dr. Clowers. Pode ser que conheça meu nome por eu ser o médico que atende seu paciente, o sr. Feldman. É bom conhecer um anjo de bondade como a senhora.

Clowers era um homem que Elsie acreditava ter sessenta e poucos anos, distinto, com cabelos grisalhos, bigode e chapéu coco, que ele segurou nas mãos enquanto falava.

— O sr. Feldman me falou sobre o senhor — disse ela.

E ele também já tinha ouvido sobre ela. *Um primor*, dissera ele mais de uma vez. Era a primeira vez que Elsie ouvia aquilo, mas não demorou muito para entender o sentido. Entendeu que o sr. Feldman usava aquelas palavras de modo carinhoso. Ele e o médico eram amigos de longa, muito longa data.

— Feldman também me contou sobre a senhora — continuou Clowers. — Ele parece satisfeito com os cuidados que a senhora tem lhe dado. Mas diga-me... todos esses livros sobre enfermagem... em qual escola a senhora disse ter se formado?

A pergunta do médico deixou Elsie meio contra a parede, e ela notou que não tinha escapatória, por isso recorreu à verdade.

— Eu estudei na Escola de Secretariado de Orlando — disse ela.

O sr. Clowers sorriu.

— Então, jovem, parece que a senhora é uma fraude.

Elsie olhou dentro dos olhos do médico.

— Eu nunca disse que era uma enfermeira formada. Acabou acontecendo de o sr. Feldman achar que eu era.

Com uma expressão divertida, o dr. Clowers a analisou.

— Se precisasse, acha que conseguiria aplicar uma injeção em Feldman?

Elsie corou.

— Bem, nunca tentei nada assim.

Clowers colocou o chapéu coco no chão, abriu a bolsa preta e pegou uma laranja com uma agulha esquisita.

— Pratique nisto. — Ele demonstrou a técnica certa e entregou a laranja e a agulha a ela. — Por favor.

Elsie tentou.

— Assim?

— Você tem aptidão natural. — Ele procurou mais dentro da bolsa e deu-lhe duas agulhas e vários frascos. — Se Feldman começar a tremer descontroladamente, se revirar os olhos, se começar a puxar o ar e não conseguir falar, injete este remédio, de preferência no quadril. Vou contar com você para ser meus olhos e ouvidos e, às vezes, minhas mãos. — Ele deu um tapinha nos livros. — E isto será nosso segredinho.

Elsie pegou as seringas e os remédios e os enfiou na bolsa, agradeceu ao médico e voltou aos estudos. As necessidades do sr. Feldman, ela entendeu naquele momento, eram muito mais sérias e imediatas do que pensava.

Durante uma de suas idas à biblioteca, leu um livro que incluía uma descrição de febre, exatamente a que havia levado seu irmão caçula, Victor, e o que fazer em relação a ela. Seus olhos se suavizaram e ficaram marejados quando ela leu: *É essencial baixar a temperatura do corpo o mais rápido possível. Uma maneira muito eficiente de fazer isso é envolver o paciente em bolsas de gelo.*

Elsie respirou fundo, e mais fundo.

— Bolsas de gelo. Eu poderia ter salvado Victor!

Mas Elsie também tinha lido uma biografia de Florence Nightingale, a primeira que havia estabelecido o padrão para todas as enfermeiras que lhe sucederam. Controlou as lágrimas, uma vez que Nightingale não as considerava dignas em uma enfermeira. Ainda assim, não conseguiu evitar as que caíram. Ela não parava de pensar: *Eu poderia ter salvado Victor!*

Elsie costumava levar o sr. Feldman ao campo para ver o treino do time ou, se fosse um jogo na cidade, para assisti-lo. Era uma decepção para ela que Homer ficasse no banco durante todos os jogos. Elsie não entendia o porquê, pois via que, nos treinos, Homer lançava a bola tão rápido quanto um raio e batia com grande regularidade, fazendo-a voar por cima da cerca ou até das arquibancadas. Uma vez, quando o empresário se aproximou para cumprimentar Feldman, ela conversou com ele.

— Sr. Thompson, por que meu marido não está jogando?

Thompson claramente não gostava de explicar a administração de seu time à esposa de um dos jogadores, mas abriu uma exceção e disse:

— Ele vai jogar, senhora. Saberei quando for o momento certo. Não se preocupe.

— Mas eu estou preocupada — respondeu Elsie. — E se Homer detestar ficar no banco a ponto de querer voltar a ser mineiro?

— Tudo a seu tempo — disse Thompson. — Seja paciente.

Elsie pensou no conselho do empresário.

— Fico me perguntando o que o sr. Feldman pensaria disso.

Thompson ergueu as sobrancelhas.

— Reclamaria com nosso chefe a respeito de minhas decisões?

— Não reclamar. Só tentar entender por que Homer não joga.

Thompson pensou na resposta dela e disse:

— Deixe-me explicar uma coisa à senhora, enfermeira Hickam. A Liga da Costa tem uma peculiaridade que é ter duas séries do campeonato, uma na metade da temporada e outra, no fim. Os donos acreditam que recebem mais pessoas se seus times estiverem prontos para um campeonato mais frequente. É uma dor de cabeça para os empresários, mas um incentivo aos donos, e assim acontece. Semana que vem começaremos uma rodada para determinar os dois últimos times para a parte inicial de nossa temporada. Estou deixando seu marido para essa série, como um elemento surpresa.

— Está dizendo que Homer é uma carta na manga?

Thompson pigarreou e assentiu.

— O senhor faz aposta nesses jogos? — perguntou ela.

Thompson pigarreou de novo, abaixou o chapéu e disse:

— Tenha um bom dia, senhora. — E partiu.

Elsie estreitou os olhos para olhá-lo, a mente tomada de planos nefastos para forçá-lo a deixar Homer jogar. Ela dispensou um a um, até chegar ao mais provável, o mesmo que ela havia ameaçado, para convencer o sr. Feldman a fazer a mudança que ela queria.

O próximo a visitar Elsie foi o batedor, Humphrey, que também cuidava de Albert.

— Senhora — disse ele —, eu esqueci com que frequência devo alimentar Albert. Parece que ele sente fome o tempo todo.

Humphrey era pequeno e a maioria dos espectadores achava que ele era um garoto, e não o homem de trinta e dois anos que de fato era.

Elsie gostava de Humphrey, principalmente porque ele queria agradá-la.

— Uma vez por dia basta. Ele está contente?

— Ele parece contente, apesar de ter me mordido duas vezes — contou, enrolando a manga da camisa para mostrar as marcas de dentes.

Ela observou as feridas e não ficou impressionada.

— Ele causou sangramento? Não. São sinais claros de que talvez você estivesse fazendo algo errado. Você se lembra do que estava fazendo naquele momento?

— Não me lembro de ter feito algo errado, senhora, apesar de não saber ao certo como o jacaré fica quando está bem. Talvez seja interessante saber que nas duas vezes que Albert me mordeu aqueles dois homens estavam por perto. Parece que a presença deles o deixa nervoso.

Elsie olhou na direção dos dois homens a quem Humphrey se referia. Um deles era um rapaz alto e negro, o outro era mais baixo até mesmo do que Humphrey. Os dois pareciam ser os mesmos rapazes que ela havia encontrado na reunião do sindicato, aqueles que Homer dizia serem assaltantes de banco, mas isso, claro, era impossível.

Ainda assim, Elsie analisou a dupla com intenção de chamar a atenção de Homer para que fossem melhor identificados. Mas, então, eles a viram, e o pequeno abaixou o chapéu quando voltaram às sombras, um local que lhes parecia mais adequado.

Elsie julgou-os inofensivos.

— Dependo de você para cuidar de Albert — disse ela a Humphrey. — Ele ainda tem o galo?

— Sim, senhora. Eu tenho dado migalhas a ele das sobras dos pães de cachorro-quente.

— Tudo bem. Mais alguma coisa? Não? Vá embora, então. Tenho obrigações.

Humphrey cumprimentou Elsie e se afastou. Ao vê-lo partir, Elsie suspirou. Não era fácil manter tudo em ordem no campo e na casa do sr. Feldman, apesar de estar fazendo o melhor que podia. Ela também se sentia perturbada por saber de algo terrível. Viu Homer passando com os outros jogadores a caminho do campo.

— Eu poderia ter salvado Victor — disse ela.

Ele se aproximou.

— Como?

— Bolsas de gelo. Está escrito em um livro.

Homer parecia em dúvida.

— Onde você conseguiria gelo onde morávamos?

Nesse momento, a jovem sra. Feldman apareceu.

— Você trouxe meu marido para cá sem me avisar — disse ela, e sua acusação era precisa. — Sou a esposa dele, preciso saber onde ele está o tempo todo.

— Eu disse ao chofer — replicou Elsie. — Pensei que ele avisaria a senhora.

Ela poderia ter dito: *Nos momentos durante o dia que você passa no quarto do chofer*, mas não disse.

— Bem, ele não me disse — disse a sra. Feldman com o nariz empinado.

— A partir deste momento, o sr. Feldman não deve ir a lugar nenhum sem que você me avise, e você não deve servir as refeições sem que eu confirme o cardápio, nem deve dar nenhum remédio a ele sem minha permissão, e também não pode fazer nada que esteja relacionado aos cuidados dispensados a ele sem que eu permita. Entendeu?

— Isso inclui quando eu o levo ao banheiro? — perguntou Elsie com uma voz muito doce. — Poderia precisar de sua ajuda nessa hora. Ele não fica muito bem de pé.

A sra. Feldman fechou o semblante.

— É melhor você se lembrar de quem lhe dá seu pagamento. Não é o sr. Feldman.

Essa observação feita pela sra. Feldman teve efeito. Elsie respondeu tirando toda a doçura falsa do caminho:

— Sim, senhora.

— Sabe, Elsie, eu era pobre — revelou a esposa.

Sim, aposto que não sabia de onde viria seu próximo marido.

— Sou uma trabalhadora também — acrescentou.

Aposto que sim, e enquanto houver calçadas e esquinas nas quais ficar, aposto que você terá um trabalho que lhe seja adequado.

Elsie não disse nenhuma dessas coisas, claro, mas pensou em todas.

— Assim que ele terminar de ver esses jogadores idiotas, leve-o para casa — ordenou a sra. Feldman, e se afastou batendo os saltos do sapato no concreto.

Apesar de sua irritação, Elsie admirava a jovem sra. Feldman por conseguir ir a qualquer lugar com saltos. Também pensou a respeito do que Homer dissera sobre Victor. Onde teria conseguido gelo onde viviam? Era verdade que não havia gelo ali, nem mesmo na loja da empresa, e os pais dela não tinham carro, e talvez mais ninguém além do dono da mina, mas havia cavalos que uma moça decidida podia usar para chegar ao condado de Welch e encontrar gelo e depois pensar em uma maneira de levá-lo de volta antes que derretesse.

Na verdade, quanto mais pensava naquilo, mais a pergunta de Homer sobre o gelo a perturbava. Ele achava que ela não tinha meios de se virar? Tinha certeza de que sabia o que Buddy Ebsen teria lhe dito. Quase conseguia ouvir a voz dele.

— Bem, Elsie, se alguém pudesse fazer, seria você. Mas não deve se culpar. Culpe a empresa de carvão por não ter um lugar que venda gelo na propriedade.

Sim, ela pensou consigo, era isso o que seu marido deveria ter dito a ela, não a resposta típica e extremamente lógica: *Onde você conseguiria gelo onde morávamos?*

— Eu teria conseguido, seu tolo — murmurou. — Se eu soubesse que Victor precisava de gelo, *teria conseguido*.

De volta à casa, Feldman, que aparentemente havia escutado a conversa entre Elsie e a jovem sra. Feldman, disse a ela *Eesulpeeloeiinaspoadiiaoee*, que ela interpretou corretamente como *Desculpe o que minha esposa disse a você.*

— Tudo bem, sr. Feldman. Já ouviu falar de Florence Nightingale?

— *Iimeeaeenfeemea.*

— Isso mesmo, a primeira enfermeira. Ela é mais ríspida comigo do que sua esposa.

Ele sorriu.

— *Eeuoostdooee.*

Elsie lançou-lhe um sorriso de volta.

— Eu também gosto do senhor, sr. Feldman. Quer tomar um banho agora? A propósito, o Homer ainda não jogou nem um jogo.

24

Homer estava inquieto. A viagem rápida que tinha planejado para levar o jacaré da esposa para a Flórida dera totalmente errado. Era provável que o Capitão chamasse isso de destino, mas, mesmo se fosse, não importava. Parecia que o mundo todo fora das minas de carvão era maluco. Homer estava com vergonha por não ter conseguido enfrentar seus desafios e agora estava preso. Pensou em entrar em contato com o Capitão pedindo dinheiro suficiente a fim de voltar para casa, mas seu orgulho não deixaria. Depois de vencido o prazo de duas semanas para o retorno a Coalwood, ele pensou em entrar em contato com o Capitão para falar sobre isso, mas também não conseguiu. O Capitão tinha um calendário, certamente notaria o número de dias de ausência de Homer e tomaria uma ação adequada. Não precisava de um telegrama de seu ex-assistente para fazer o que tinha de ser feito. Ele talvez até consideraria isso um insulto. Não, quando Homer voltasse a Coalwood, chegaria com os cem dólares que devia e estaria preparado para receber as reprimendas. Enquanto isso, só podia tentar voltar a andar nos trilhos da melhor maneira.

Considerando que o time de beisebol tinha prometido consertar seu Buick e que também tinha dado emprego a ele e a Elsie, ele não via nada mais a fazer além de ficar até o carro estar pronto e terem dinheiro suficiente para partir. Com essa filosofia em mente, Homer relaxou no lugar estranho em que se encontrava, aproveitando ao máximo e ocasionalmente se permitindo um pouco de uma emoção que ele costumava considerar frívola. Era aquela sensação peculiar e meio não-Virgínia Ocidental chamada diversão.

Uma das coisas que Homer considerava divertida era se recostar em um poste e olhar para o campo de beisebol. Ele adorava a grama verde do campo e as cores diversas dos anúncios na cerca ao redor e nas bases marrons e bolsas espaçadas e a base amarela com uma rede acinzentada para pegar as bolas em rota errada. Ele adorava a elevação onde ficava o lançador, um lugar onde um homem pode encontrar grandiosidade, e adorava as arquibancadas, que sempre pareciam cheias de animação mesmo vazias.

Também adorava o cheiro do campo. A grama tinha um aroma fresco e vivo e a terra, um perfume intenso. As barracas de madeira tinham cheiro de tinta e de alcatrão ao calor do meio do dia e a fragrância de pipoca quente parecia nunca desaparecer. Ele adorava o cheiro do uniforme de algodão lavado e o da graxa de sapato nos tênis com travas. Gostava até do cheiro de seu boné, do suor do esforço e da cera que usava nos cabelos, e gostava também do odor fresco das bolas de beisebol. Acima de tudo, gostava de aprender algo novo todos os dias no campo. Não se importava com o fato de ainda não ter participado de um jogo. Sabia que precisava de mais orientações até estar pronto.

Por mais talentosos que seus colegas de time em Coalwood fossem, Homer reconhecia que ainda assim eram mineiros. Na Liga do Carvão, era preciso ter força e saber intimidar e os lançadores atiravam a bola o mais forte que conseguiam sem muitos truques, exceto por uma ou outra bola com efeito. Nove em cada dez vezes, a bola viria rápida e com força, alta, baixa, na altura certa para ser rebatida ou na direção de sua cabeça. Mineiros defensores tinham sido mortos por mineiros lançadores. O jogo era quase totalmente físico. Os corredores das bases eram desafiados por bloqueios ou por chaves de braço que os derrubavam no chão. Às vezes, até recebiam socos no nariz. Os juízes eram condescendentes em relação à violência. Quanto mais narizes ensanguentados e ossos quebrados houvesse nos campos de carvão, mais a multidão de mineiros gostava, e os árbitros sabiam.

Tal atitude não era tolerada na Liga Costeira. Era preciso ter educação. Isso se tornou evidente durante um jogo no qual Homer tinha três homens na base e o sr. Thompson havia saído da posição de lançador.

— Não sei o que estou fazendo de errado, sr. Thompson — disse Homer enquanto coçava a cabeça por baixo do boné.

— O que está fazendo de errado, Homer, é lançar com o máximo de força que consegue todas as vezes. Eles já aprenderam como você joga. Eles só precisam acertar o taco e jogar a bola para fora do campo. Vou perguntar uma coisa: que tipo de lançador você quer ser?

— Bem, acho que um bom.

Thompson cuspiu tabaco. Não sabia cuspir, geralmente acertava os próprios sapatos ou a própria calça, mas sabia alguma coisa em relação a cuspir.

— Já vi um monte de bons lançadores que não conseguiam vencer um jogo para salvar a própria vida. Se quiser ser um lançador que vence jogos, não pense em ser bom. Só derrote cada batedor que aparecer. Entendeu?

Homer entendia muito bem. Na verdade, fazia sentido. Foi por isso que respondeu:

— Faz sentido, senhor.

— Ótimo. Tenho observado você e eu acho que é um bom lançador de bola em garfo.

— Bola em garfo, senhor?

— Você tem mãos grandes, perfeitas para a bola em garfo, o que algumas pessoas chamam de arrebatador. Veja como estou segurando a bola. Você deve apertar a bola, segurá-la com força, colocar o indicador e o dedo do meio no lado superior da costura em forma de ferradura e lançá-la com força, mas com a palma da mão virada para onde quer que a bola vá. Mantenha o punho tenso. — Thompson mexeu a cabeça em direção à base. — Veja Burnoski ali, veja como ele olha para você, balançando o bastão. Ele sabe o que você vai fazer e está pronto para o seu lance. Só que você vai lançar algo bem diferente que parece exatamente igual até que seja tarde demais para ele fazer qualquer coisa. Entendeu?

Homer entendeu. Passou os dedos por cima da costura, sentindo os pontos como se fossem ruas em um mapa.

— Lançar é como construir uma casa — continuou o empresário. — Primeiro, você precisa fazer uma boa fundação. Você tem talento e habilidade, Homer, mas não a técnica mecânica. Mas acho que você vai aprender, e sabe por que eu acho que vai aprender onde mil outros tão bons ou melhores não aprenderam?

— Não, senhor.

— Porque você não é só forte, é esperto. Você intelectualiza o jogo. Vê todas as partes em movimento, as sequências, como tudo se encaixa.

Thompson deixou Homer envergonhado. Ele corou e disse:

— Não tenho tanta certeza disso.

— Claro que sim! Você tem músculos de aço. — Thompson segurou o braço direito de Homer. — Mas sua verdadeira força está aqui! — Ele apontou para a cabeça de Homer. — Depois de alguns lances com mudanças, um batedor vai olhar para você e desistir. Não tem como evitar. Vai desistir sem sequer saber que está desistindo. Você é mais esperto do que ele e no fundo, na alma, ele vai saber disso. E outra coisa. Você tem vontade. Coragem. Raça. Seja lá como chame isso. Vi isso em relação a você naquele estacionamento. Você e eu, Homer, vamos até o fim. Já pensou grande? Olha, eu pensei. Um empresário, quando encontra o jogador certo, consegue ir com ele até o topo. Você é minha passagem para o topo, garoto!

Homer não estava certo quanto a pensar grande, mas segurou a bola como Thompson lhe ensinou e a lançou. Foi uma bola rápida para todos os que a viram sair da mão dele, mas ela caiu no último momento nos joelhos do batedor. Burnoski se virou depressa e a bola foi parar na luva do apanhador.

Burnoski soltou um palavrão.

— Não vi a bola — disse ele ao apanhador.

O apanhador olhou para a bola em sua luva.

— Uma bola em garfo. Uma maldita bola em garfo. Quem consegue lançar uma bola em garfo tão depressa?

Não demorou muito para Homer aprender vários outros tipos de lance além da bola em garfo. Ele aprendeu a curva, a curva leve modificada, a reta, mas, principalmente, continuou melhorando sua especialidade, a bola em garfo. Ele também estudou os lançadores e foi pensando em mudanças e estratégias. Estava aplicando ao beisebol uma lição que aprendera na mineração: estudar o sucesso para ter sucesso. Depois de um tempo, Homer começou a acreditar que Thompson estava certo. Se ele se empenhasse e se quisesse, poderia chegar a se tornar profissional.

Homer continuou acreditando nisso até o dia em que Ty Kerns chegou. Kerns tinha jogado em grandes times e até participado de um jogo do Campeonato Mundial. Era um homem bravo, de barriga avantajada, braços gordos e rosto vermelho, que tinha certeza de que havia entrado num inferno quando foi mandado não para um time grande, nem mesmo mediano, mas para um clube na Carolina do

Norte que certamente não chegaria nem à série B. Assim que entrou no clube, conversou com alguns jogadores que conhecia, soube quem era quem e, determinado a mostrar àqueles amadores como a coisa funcionava, jogou um saco cheio de panos com dois tênis amarrados aos pés de Homer.

— Limpe meus equipamentos, novato — exigiu.

Homer nunca tinha recebido um pedido daqueles, por isso hesitou. Os olhos de Kerns se estreitaram e ele apontou para frente o queixo com a barba rala.

— Eu mandei limpar meus equipamentos, garoto.

Homer sabia como funcionavam os trotes. Os mineiros novos passavam por eles o tempo todo. Ele já tinha limpado trilhos, sua lancheira já havia sido esvaziada e já tinham colocado graxa em suas botas. Eram coisas a se esperar.

Mas aquele cara, aquele homenzarrão, era diferente. O modo com que aplicava o trote não tinha o humor nem a simpatia com os quais Homer já tinha se habituado nas minas. Assim, ele disse:

— Limpe-os você.

Kerns se surpreendeu com a resposta.

— Sou um jogador profissional de beisebol, já virei notícia nos jornais. E você? Soube que é mineiro.

— Sou um lançador, agora.

A risada de Kerns mais pareceu um rosnado.

— Mofando no banco de reservas, pelo que soube. Se quiser sair dele, limpe meus equipamentos. Falarei bem de você.

— Você me parece bem velho — retrucou Homer, irritado. — Acredito que você ficará no banco.

Kerns resmungou como um urso tirado da hibernação.

— Você acha que ganha uma bola de mim, cara?

— Uma? Acho que ganho todas.

Surpreso, Kerns enfiou a mão no bolso da jaqueta e tirou um saco de tabaco Red Man. Pegou um pouco, mastigou, sorriu com dentes manchados de tabaco e olhou para um garoto que segurava um bastão.

— Você! Sim, você! Dei a você meu bastão para que o limpasse. Apronte-o.

Humphrey tentou esconder a cabeça, como uma tartaruga.

— Preciso alimentar o jacaré agora, sr. Kerns — disse ele, se escondendo entre os ombros.

A boca de Kerns, que babava tabaco, ficou aberta.

— Alimentar o jacaré? Está tirando sarro da minha cara, garoto?

O rapaz hesitou e Homer disse:

— O nome do jacaré é Albert. É da minha esposa.

— É nosso mascote — completou um outro rapaz chamado Ziff.

— Eu entrei num sonho louco? — perguntou Kerns, secando a baba de tabaco. — Pegue a merda do meu taco e esqueça o maldito jacaré.

Ele ergueu um dedo trêmulo a Homer.

— E você, me encontre no campo!

Os outros jogadores começaram a fazer apostas e seguiram Kerns e Homer para o campo. Homer pegou uma bola e caminhou até o montinho do lançador enquanto Kerns esperava impaciente perto da base principal. Humphrey apareceu com o taco de Kerns e Albert na coleira.

— Se derrubar esse taco, seu maldito, vou matar você — resmungou Kerns.

A ameaça de Kerns teve exatamente o efeito oposto. Humphrey derrubou o taco. Albert, sem prestar atenção, o pegou. Kerns parou na hora em que viu a boca cheia de dentes do jacaré.

Homer se aproximou e, sem nada dizer, puxou Albert pela cauda e o afastou do taco. Então, voltou para a elevação do lançador, abaixou-se e levou a bola às costas, passando-a pelos dedos com vontade.

Kerns lançou um olhar de raiva a Humphrey, pegou o taco e carinhosamente correu as mãos sobre ele para retirar a poeira. Depois de treinar alguns movimentos, entrou na área do batedor e assentiu para Homer.

— Vamos ver o que você tem aí, garoto!

No mesmo instante, Homer lançou uma bola em garfo. Kerns resmungou quando seu taco acertou nada além do ar e a bola foi para a luva do receptor.

Então, o empresário Thompson chegou à cena. Entrou para ser o árbitro.

— Strike um! — disse com certa animação, e gritou na direção do lançador: — Homer, lance uma bola curva. — Ele sorriu para Kerns. — Você consegue rebater a bola de um novato quando sabe o que vai vir, não é, Tyrone?

Homer jogou a bola curva, que voou à toda e, num solavanco, tombou num canto.

Kerns nem se virou, só observou a passagem.

— Strike dois! — disse Thompson. — Acabou de acertar o canto de dentro. Homer, lance uma rápida aqui para o velho Tyrone, bem no meio. Ele deve acertar uma assim, pelo menos.

Homer lançou conforme foi instruído e Kerns se mexeu. Ele a teria acertado se o taco tivesse respondido a tempo, mas perdeu o momento certo e a mão do receptor tremeu com o impacto enquanto Kerns ainda girava. Sem acreditar, o velho jogador olhou para a bola que o apanhador ergueu.

Homer sentiu orgulho por derrubar aquele cara arrogante, mas depois ficou com pena. Viu a força no giro do homem, muito mais força do que tinha visto nos outros. Olhou para Kerns e viu um cara patético cujos olhos estavam tomados de um desespero triste e com o assombro de um velho que ainda queria jogar como um jovem.

— Me dê mais uma! — gritou Kerns. — Já percebi qual é a sua, garoto!

Thompson balançou a cabeça.

— Três tentativas e você cai fora, Kerns. Não tem outra chance.

— Não é da sua conta, Thompson — retrucou Kerns. — Aquele garoto disse que eu não acertaria nada que ele jogasse. Mas estou aquecido agora. Vamos, cara. Vou mostrar como um profissional sabe rebater!

— Não faça isso, Homer — gritou Thompson, mas esperou para ver o que seu lançador faria. — Quando quiser, Jared — disse ao apanhador.

Homer olhou para o apanhador em busca do sinal de que poderia ir. Jared pediu uma em garfo. Os dedos de Homer se movimentaram depressa nas bordas, mas então ele olhou para baixo, entre a elevação do lançador e a base, passou os dedos pelas costuras e os posicionou no couro liso. Envolveu a bola e a lançou. Não ficou surpreso quando Kerns acertou a bola com tanta força a ponto de ela ainda estar acelerando ao passar pela cerca no centro do campo.

Por um momento, o velho jogador olhou nos olhos de Homer. Homer tinha certeza que Kerns sabia o que na verdade havia acabado de acontecer. Ainda assim, o velho profissional riu alto e se virou para Thompson.

— O que acha agora, sr. empresário?

— Ainda sabe lançar por cima da cerca, Ty, é o que eu acho. Bem-vindo ao clube.

Thompson encontrou Homer saindo do campo.

— Você me fez perder uma grana — disse ele.

Homer deu de ombros.

— Oficialmente, acabei com ele.

— A aposta era que ele não podia derrotar você. Você deveria ter parado com três.

— Acho que minha bola em garfo ainda precisa ser melhorada.

— Não. Você deixou o Kerns acertar a bola. A pergunta é por quê?

— Queria que ele mantivesse sua dignidade.

Thompson estreitou os olhos para Homer.

— Acho que me enganei com você, o que é uma pena. É um bom jogador, Homer, poderia ser ótimo, mas vejo que lhe falta algo. Deixar Kerns ganhar fácil mostra que você acha que esse jogo é para os jogadores. Quem ama o jogo vai dizer que não é para os jogadores, não. É pelo jogo. Um cara que acredita no jogo nunca vai entregar para outro homem só porque não consegue jogar no nível que quer.

Thompson se afastou, deixando Homer pensar no que disse. Olhou para a frente, onde os outros jogadores aplaudiam Kerns e davam tapinhas em suas costas. Por mais que tentasse, Homer não conseguia se sentir mal pelo que havia acabado de fazer.

25

Os jogos para determinar o vencedor da Liga da Costa da série de meio de verão seguiam o esquema "melhor de cinco". Na série, os Chompers ficaram depois do líder da liga, o Alexander City Clam. Os Stompers perderam dez jogos na sequência após metade dos jogadores ser enviada para times de prestígio. O High Top e o Marion Swamp Foxes sobraram na disputa, e os dois primeiros jogos seriam em Marion. O Swamp Foxes era um time talentoso cheio de jovens profissionais em ascensão e ninguém deu muita chance aos Chompers.

Elsie acompanhou o sr. Feldman a Marion em seu Cadillac com chofer. Para um homem que tinha dificuldade com a fala, Elsie acreditava que ele tinha muito a dizer. Na estrada, conversaram sobre filosofia, religião e política. Ela também criou coragem suficiente para lhe dizer pelo menos uma verdade.

— Sabe, sr. Feldman, não sou enfermeira formada nem estudei em nenhuma instituição.

— Eueei — disse Feldman. — O ééico ee diie.

— O médico disse? Que safado! Bem, sinto muito por ter mentido para conseguir o emprego.

A mão de Feldman tremeu quando ele tocou o braço dela.

— Eeu paaarei... eeu eudo.

— Vai pagar meu estudo? — Ela o beijou no rosto. — Obrigado, sr. Feldman!

— EEliz. Eeliz — disse ele, tocando o peito. — Eeliz.

— Voltarei para trabalhar para o senhor. Prometo que voltarei!

Feldman sorriu para ela.

— Eeliz — repetiu ele.

Os jogos em Marion sempre enchiam. As arquibancadas estavam lotadas, o suficiente para que os espectadores sem espaço pudessem trazer cadeiras. Eram pessoas agradáveis, as pessoas de Marion, e observavam com alegria os rapazes destruírem seus oponentes, os Moveleiros ou Chompers ou qualquer coisa que os rapazes de High Top decidissem chamá-los. As pessoas de Marion também admiravam o novo mascote da oposição.

Elsie se orgulhou de como Albert era capaz de assumir o papel de mascote. Homer havia instalado uma barra e rodas na bacia e Humphrey o empurrava, atraindo-o com cachorro-quente, para a alegria dos espectadores. Depois de segurar um pequeno bastão com os dentes, Albert até tentou rebater as bolas que Humphrey lhe lançava, acertando quase todas as vezes. Albert parecia fascinado com quase tudo: os cheiros de comida, a animação da multidão, os aplausos repentinos, os jogadores correndo, a batida do bastão na bola e o frenesi do jogo. Quando Elsie desceu da arquibancada para cumprimentá-lo, ele mexeu a cauda feliz e abriu um sorrisão.

— Ele ama você, sra. Hickam — disse Humphrey.

— Ele foi um presente de Buddy Ebsen, dançarino e ator — contou Elsie. — Ele e eu já nos divertimos juntos.

— Nunca ouvi falar de Buddy Ebsen — confessou Humphrey.

— Vai ouvir. Ele vai ser famoso um dia.

— O sr. Hickam sabe dele?

Surpresa com a impertinência do rapaz dos tacos, Elsie coçou a cabeça de Albert com força suficiente para o jacaré se retrair.

— Claro que sabe.

— Bem, ele não... — parou Humphrey.

Franzindo o cenho, Elsie olhou para a frente.

— Ele não o quê?

Humphrey resmungou.

— Bem, o sr. Hickam não fica com ciúme do sr. Ebsen? Pergunto porque eu ficaria com muito ciúme.

Elsie se levantou e estreitou os olhos.

— Cuide do Albert, Humphrey.

O rapaz dos tacos baixou a cabeça.

— Sim, senhora.

Elsie olhou para Humphrey com atenção e subiu na arquibancada para ficar com o sr. Feldman, mas, por um motivo que ela não sabia discernir, olhou para o banco dos reservas. Viu Homer sentado ali. Ele assustou-se com a aparência dela e se assustou de novo quando ela perguntou, em um tom que era mais uma exigência do que uma indagação:

— Como você está?

— B-bem — disse ele. — Nunca estive melhor. Qual é o problema?

— Problema nenhum.

— Tem problema, sim. Sempre sei quando tem algum problema.

— Nada, estou dizendo. — Ela se virou para ir embora e então olhou para trás. — Espero que você consiga jogar hoje.

Homer deu de ombros e Elsie se virou de novo.

— Quer saber, Homer? Seu problema é que você não tem ambição.

— Então é esse o problema — respondeu Homer. — Você sabe que não é assim. Eu estava estudando para ser supervisor quando saímos de Coalwood.

— Aquilo foi antes e isso é agora. Quem se senta em um banco sem reclamar não pode ser ambicioso. É o que eu acho.

Homer olhou ao redor para ver se alguém estava ouvindo. Todo jogador no banco dos reservas estava ouvindo, claro, mas fingia não estar. Ele se levantou e se aproximou dela, inclinando-se.

— Estou fazendo o melhor que posso — disse.

— Faça melhor — disse ela, e se afastou.

Enquanto caminhava, esperava sentir que tinha feito o melhor por seu marido, mas na verdade ela sentia vergonha. Aquele rapaz dos tacos havia chegado perto demais da verdade. Buddy Ebsen ainda estava no coração dela, onde Homer deveria estar e, até onde ela sabia, era onde ele ficaria.

Os Chompers perderam naquele dia usando cinco dos seis lançadores, e o sexto foi Homer, que se aqueceu, mas não jogou. Também não jogou no dia seguinte, e mais uma vez os Chompers perderam. Se perdessem mais uma, tudo acabaria.

Ao voltar do aquecimento no fim do jogo, Homer foi abordado por dois homens, um muito baixo e o outro, grande e alto. Eles usavam terno e gravata e chapéus fedora caros.

Homer parou e olhou para eles.

— Vá embora, Slick. Você também, Huddie. Vão antes que eu chame o treinador e entregue vocês à polícia.

— Não pode fazer isso — disse Slick. — Temos ingressos para a temporada.

— Como,? — perguntou Homer.

— Como está seu braço? — perguntou Slick.

— Meu braço está bem.

Slick olhou para Huddie.

— O que você acha, Hud?

— Não sou pago para pensar — respondeu Huddie, coçando a axila.

— Nunca antes palavras tão verdadeiras foram ditas, filho — declarou Slick, depois colocou dois dedos na aba do chapéu em cumprimento a Homer e se afastou, seguido por Huddie.

Homer observou-os se afastarem e se sentiu inquieto. Os dois estavam armando alguma coisa. Mas o quê?

26

Elsie se levantou no dia do terceiro jogo da série e sentiu algo diferente. Quando foi à varanda para observar o sol da manhã, um falcão apareceu e fez uma coreografia de pequenas acrobacias, aparentemente sem nenhum motivo além de sua alegria, e, quando ela olhou para a frente, as nuvens tinham formado o que parecia ser um jacaré como Albert, os dentes arreganhados num sorriso. Uma janela se abriu no porão e ela ouviu o fonógrafo do chofer tocando uma música de Cole Porter de que gostava muito, intitulada *What Is This Thing Called Love?*.

Elsie cantou por um tempo, sentindo pena de si mesma porque estava com Buddy na última vez que ouviu a canção. Depois, ela se vestiu e foi ao quarto do sr. Feldman. Após ajudá-lo a ir ao banheiro e cuidar de tudo que o velho precisava, ela foi para a cozinha e fez o café da manhã dele.

— Vaaos aanhaar, Elzii? — perguntou Feldman.

— Se o Homer jogar, sr. Feldman, vamos ganhar — respondeu ela.

O jogo começou. No quinto ciclo, Marion havia marcado três pontos, e High Top, nenhum. Thompson foi até Homer junto à cerca.

— Entre, Homer. Vamos ver o que você pode fazer.

— Por que agora?

— Porque é agora. É agora. É agora que você está pronto.

— Dois caras vieram aqui outro dia. Um grande e um pequeno. Eu os conheço. Acho que estão tramando alguma.

Thompson olhou para Homer.

— Isso é beisebol, Homer. Tudo o que acontece no beisebol acontece no jogo. Se esses caras estiverem no banco, não podem mudar o jogo. Agora, vá lá e ganhe uma para nós.

Homer foi. O batedor do Marion tentou rebater a primeira vez e errou. Incentivado, Homer lançou mais duas vezes. O batedor errou de novo. Nenhum batedor do Marion chegou perto de bater durante o resto do jogo. Quando o jogo terminou, a pontuação era de 5 a 3 para o High Top. Homer havia marcado um dos cinco pontos, com um *home run* impressionante no canto esquerdo.

Quando ele chegou à terceira base, seguindo em direção à quarta, olhou para a arquibancada e viu Elsie ao lado do sr. Feldman. Ela usava sua fantasia de enfermeira e abriu um sorriso orgulhoso. Depois de apoiar o pé na base, ele abaixou o boné na direção da esposa. Ela acenou e até mandou um beijo para ele, que sentiu o peito inchar.

No segundo jogo, Homer lançou, fez dois *home runs*, e os Chompers conseguiram uma vitória fácil de 5 a 0. Tudo estava empatado com mais um jogo a ser disputado. Thompson deixou Homer descansando nos cinco primeiros ciclos do jogo decisivo, até o placar empatar em 6 a 6. Então, o treinador fez um gesto para ele, e Homer saiu de onde estava. Na elevação, ele se debruçou, com a bola atrás das costas, e lançou. Ela se tornou um borrão para o batedor e para todos nas arquibancadas. O lance não foi rebatido, assim como os dois seguintes, e a bola foi parar na luva do apanhador com um forte baque. Mas o placar continuava empatado e assim permaneceu nos dois ciclos seguintes.

No fim, na última tentativa dos Chompers, Homer se levantou do banco. Antes de sair do banco de reserva e atravessar a grama, Thompson apoiou a mão em seu ombro.

— Lembra-se de quando baixou a guarda para Tyrone? — perguntou ele. — Acho que você já jogou o bastante agora para saber que estava errado. Jogue pelo jogo, filho.

— Jogar pelo jogo — repetiu Homer a si mesmo, enquanto caminhava a distância da base até a linha de bastões que Humphrey havia organizado.

Quando se aproximou de Albert na carroça, Humphrey de repente começou a pular e a bater palmas, incentivando os torcedores de High Top nas arquibancadas a acompanhá-lo. Quando começaram, o rapaz dos tacos também começou a fazer gestos em direção aos torcedores do Marion, apontando para Albert e fazendo movimentos de mandíbulas com as mãos. Homer pensou ter ouvido gritos que pareciam como "Mate o jacaré!", o que era muito estranho, considerando o comportamento educado dos torcedores do Marion.

Antes de Homer chegar à linha dos tacos, um homem com um macacão sujo saiu da arquibancada e pegou um deles, ergueu-o e correu na direção de Albert, invadindo o campo. Por instinto, Homer correu para impedir o golpe, esticando a mão direita no mesmo instante em que o homem fez menção de jogar o taco. Quando Homer caiu, o homem arremessou o taco e passou pelo portão.

Homer conferiu se Albert estava bem. O réptil olhou-o com uma expressão confusa. Em seguida, Homer voltou-se para as arquibancadas à procura de Elsie. Ela estava ali, olhando-o em choque. Depois, ele olhou para a mão machucada e seus joelhos fraquejaram. Os médicos dos dois times vieram correndo, mas foi o treinador Thompson que chegou a ele primeiro. Ao ver a mão machucada e o punho torto, parecia querer vomitar.

O dr. Clowers chegou em seguida.

— Sente-se e se recoste, Homer — disse ele.

Homer obedeceu. A mão e punho ainda não doíam, mas sabia que doeriam. Já tinha visto mãos machucadas em meios aos carros de carvão e punhos quebrados por ferramentas que perfuravam rochas na mina. A princípio, o mineiro machucado ria da situação, mas antes de sair da mina já estava chorando como uma criança. A dor fazia isso. No começo era quieta como um animal emboscado, e depois mostrava seus dentes e garras.

O médico pegou a mão de Homer e a sentiu.

— Certamente alguns ossos estouraram por dentro — constatou —, e seu punho está quebrado. Precisamos levar você ao meu consultório. Preciso colocar um gesso aí.

Homer se afastou.

— Vou usar o taco — disse ao médico e ao treinador.

— Do que está falando? — perguntou Thompson. — Não tem como você segurar um taco com a mão e o punho quebrados.

— Vou bater com a mão esquerda. Faça um curativo, doutor. Faça ou eu mesmo farei, vou procurar a bandagem na sua bolsa. Aperte o máximo que puder.

O médico olhou para Thompson, que desviou o olhar.

O doutor mexeu na bolsa, pegou uma bandagem e envolveu a mão de Homer com força.

— Se pegar um taco, vai destruir sua mão — disse ele.

— Já está destruída. De qualquer modo, sr. Thompson, o senhor está errado. Não tenho um grande talento, não do tipo que quer que eu tenha. Não acredito no jogo. Eu acredito nas pessoas e é para as pessoas que vou ganhar esse jogo. Ou uma pessoa. Ou seja, o sr. Feldman, que tem sido muito bom comigo e com a Elsie.

Thompson franziu o cenho.

— Homer, sou treinador de beisebol. Não sabe que somos todos arrogantes? Eu não estava falando sério em metade das coisas que disse.

— Bem, eu sou sério em tudo o que digo — disse, pegando um taco e caminhando ao lado do batedor, do lado esquerdo. Meneou a cabeça ao árbitro e ao apanhador e ergueu o taco.

O lançador do Marion olhou para Homer sem acreditar.

— Jogue essa porcaria! — gritou Homer, fazendo uma careta de dor ao se colocar na posição do lançador e segurar o bastão. — Dê seu melhor.

O lançador deu. Ele lançou três vezes, e a bola caiu na luva do apanhador, dois lances, uma bola.

A quarta bola que lançou foi a mais forte que conseguiu, e assobiou no ar como se soltasse fumaça. Homer, cerrando os dentes e estreitando os olhos, balançou o taco para acertar. O taco fez um som parecido ao de uma chicotada e a bola gritou. Ou talvez fosse Homer gritando. Homer não sabia. Só sabia que a bola estava correndo, correndo, correndo, até percorrer todo o campo direito.

— Ele conseguiu — disse Elsie num sussurro. — O Homer conseguiu, sr. Feldman!

Mas Feldman, apesar de sorrir, estava morto. Elsie não precisava ser uma enfermeira formada para perceber isso quando se ajoelhou ao lado dele e pegou sua mão.

— Eu disse que se ele jogasse nós venceríamos, e vencemos — sussurrou ela, colocando a mão de Feldman, que esfriava, contra seu rosto quente e corado.

27

O advogado do sr. Feldman era um homem chamado Lewis Carter, que havia se mudado para High Top para escapar de suas duas esposas em Nova York, das quais ele não havia se divorciado, pois, quando uma soube da existência da outra, elas o processaram por bigamia na esperança de ficar com o dinheiro. O que as duas não sabiam era que Lewis Carter já tinha gastado todo o seu dinheiro com um punhado de garotas de programa.

Felizmente, Carter não precisava de Nova York; também tinha permissão para trabalhar na Carolina do Norte, principalmente porque tinha estudado na universidade Duke. Assim, ele tinha um lugar para se esconder de esposas, garotas de programa e advogados. Até aquele momento, seus amigos de fraternidade da Duke, entre os quais o governador do Estado do alcatrão, estavam tranquilos com a permanência dele e não tinham intenção de mandá-lo de volta para que fosse processado, se não condenado. Carter havia estabelecido sua carreira em High Top, e, entre seus clientes, estava o muito abastado sr. Feldman.

Dois dias depois da morte dele, e muito antes de ele ser enterrado, Lewis Carter se sentou à cabeceira de uma mesa de mogno e observou, com interesse, e também um pouco de alegria, a família do sr. Feldman entrar. A viúva enlutada, a jovem sra. Feldman, ainda secava os olhos (apesar de seu rímel continuar intacto, por incrível que parecesse). Ela entrou seguida dos dois filhos de Feldman, um homem alto chamado Amos e uma mulher baixinha e gorda chamada Ethel, e ambos desdenhavam do sofrimento teatral da madrasta, que era pelo menos uma década mais jovem do que eles.

— Controle-se, Louise — pediu Ethel, por fim, quando a jovem sra. Feldman olhou para eles.

— Sim, por favor — reforçou Amos. — É tarde demais para ele mudar o testamento, então você pode gritar e bater os pés o quanto quiser, mas não vai adiantar.

— E não vai nos convencer — disse Ethel. Então, a jovem sra. Feldman parou de chorar e, com um leve sorriso, guardou o lenço e fechou a bolsa de seda.

Carter estalou os dedos.

— Na verdade, ele mudou o testamento duas semanas atrás.

Os olhares chocados dos três possíveis herdeiros da fortuna de Feldman se recompuseram quando a porta se abriu e Elsie Hickam, a enfermeira de Feldman, entrou.

— Me desculpem pelo atraso.

— Por que ela está aqui? — perguntou a jovem sra. Feldman.

Seus enteados mal conseguiam fechar a boca que tinham aberto.

— Porque ela está no testamento — revelou Carter. — Por favor, sra. Hickam, sente-se. Não, aqui, por favor, ao meu lado.

Quando Elsie se sentou, Carter deu um tapinha em sua mão.

— Sei que ficou abalada com a morte de seu paciente. — Ele empurrou uma caixa de lenços na direção dela. — Se precisar.

Elsie olhou para os lenços, mas não estendeu o braço para pegá-los.

— Leia o maldito testamento, Carter — resmungou Amos.

Carter fez um meneio de cabeça em direção a uma jovem de óculos sentada com bloco de anotações e caneta a postos, em uma das cadeiras da sala.

— Esta é minha assistente, a sra. Jocasta Ann Nelson. Ela fará anotações do ocorrido aqui, a menos que alguém se oponha.

Como ninguém se opôs, Carter abriu a capa de couro do documento e espalhou os papéis. Fingiu que os lia por um momento, apesar de conhecer frase por frase. Um bom advogado também é bom ator e uma pausa dramática parecia necessária. Quando ele olhou para a frente, encontrou os três membros da família Feldman numa competição para ver quem encarava a enfermeira com a cara mais feia. Ele concluiu que era a jovem sra. Feldman, de longe.

Carter pigarreou e começou. Depois de ler um pouco de juridiquês, uma exigência do Estado, divulgou os detalhes do testamento.

A jovem sra. Feldman receberia as três casas e a fazenda de cavalos, mais cem mil dólares. Ethel e Amos também receberiam cem mil dólares, cada.

— "O restante de meus bens" — leu Carter — "irá para minha enfermeira e amiga Elsie Hickam."

— O restante dos bens? — perguntou Ethel. — Quanto é isso?

— Cerca de três milhões de dólares, sem incluir o valor do clube de beisebol. Há mais orientações em um documento à parte destinado à sra. Hickam pedindo que ela não venda o clube.

A jovem sra. Feldman estava surpreendentemente calma, o que no mesmo instante deixou Carter alerta.

— Isso não ficará assim — disse ela.

— Concordamos nisso — reiterou Ethel.

Amos assentiu com vontade.

— É tudo legal — respondeu Carter. — Há muito pouco que vocês podem fazer.

Ele se virou para Elsie.

— Tem alguma coisa a dizer, sra. Hickam?

— Ele era um bom homem — disse ela.

— Era mesmo — respondeu a jovem sra. Feldman, irritada. — E facilmente manipulado.

— Claro que poderia ser manipulado! Estava doente! — gritou Ethel. — Ela o manipulou! Virou a cabeça dele! — E de repente debruçou-se sobre a mesa e agarrou o pescoço de Elsie.

A jovem sra. Feldman puxou Ethel para trás e ergueu a mão a Amos, que se levantava da cadeira.

— Acredito que nosso negócio termina aqui — disse ela, e assentiu com calma para o advogado. — Imagino que já tenha sido pago pelo falecido sr. Feldman. Assim, está dispensado de todas as obrigações em relação aos assuntos familiares dos Feldman.

— Mas o testamento me torna o executor dos bens do sr. Feldman — falou o advogado.

Ainda assim, sentiu a testa suar. A jovem sra. Feldman era muito intensa. Ele só percebeu naquele momento. Era o modo com que ela se portava; o olhar frio, o modo com que contraía os lábios. Ele também apostava que a tensão que ela sentia era tamanha que suas nádegas deviam estar rígidas a ponto de não se poder encaixar uma moedinha entre elas.

— Manteremos contato — disse a nova viúva. Ela se levantou da mesa, ajeitou a saia e meneou a cabeça para os enteados, que também se levantaram e saíram depois dela.

— Sra. Nelson, pode nos dar um momento? — perguntou Carter.

— Claro, senhor — respondeu a assistente, e logo saiu.

Quando ficaram sozinhos, Carter disse:

— Bem, sra. Hickam, parabéns.

Desde a leitura do testamento, Elsie permanecia inexpressiva. Naquele momento, só com Carter na sala, ela respirou e se permitiu sorrir.

— Três milhões de dólares! E um clube esportivo. Só posso dizer... — Ela olhou para o céu. — Obrigada, sr. Feldman.

Carter riu.

— Para que entenda, sra. Hickam, isso foi não feito apenas para recompensá-la. Talvez tenha sido um castigo aos outros. Ele sabia que a jovem sra. Feldman só estava no casamento por causa do dinheiro dele e sabia que os filhos eram egoístas. De qualquer modo, a senhora terá que ser paciente. Tem muita papelada a organizar antes de o dinheiro poder ser transferido. E se algum deles se aproximar da senhora, não diga nada. Não adianta discutir nem esfregar o nariz deles na sua herança.

— Posso gastar o dinheiro como quiser?

— Não vejo por que não.

— Posso até comprar uma mina de carvão?

— Algumas, imagino.

O sorriso dela desapareceu.

— Fico me perguntando o que o Homer acharia disso.

— Seu marido? Eu estava no jogo. Ele vai voltar a jogar?

— Não, senhor, duvido que volte.

Carter se levantou e apertou a mão de Elsie. Olhou para a caixa de lenços.

— A senhora não chorou. Pensei que choraria.

Elsie deu de ombros.

— O sr. Feldman sabia que ia morrer. Ele me disse para não chorar quando morresse. Disse para eu ser feliz. Eu só não sabia que ele estava planejando me ajudar a ser feliz.

— Cuidado, sra. Hickam — disse Carter ao acompanhá-la até a porta. — Tenho a sensação de que a jovem sra. Feldman não se importa com a felicidade da senhora.

➻ ➻

Elsie caminhou até o estádio de beisebol, pensando sem parar no testamento e no que aconteceria, como um disco arranhado. Ela mal conseguia acreditar, mas se esforçou. Afinal, por que não receber uma recompensa pelo trabalho que fez? Sorriu ao imaginar o que aconteceria se comprasse a mina de Coalwood. O Capitão estaria no escritório dela logo cedo e aprenderia um pouco sobre destino, aquele safado!

Desde o jogo e o ferimento de Homer, eles tinham passado a dormir em um quartinho no estádio que o sr. Feldman às vezes usava para relaxar. Ela foi até lá, mas o encontrou vazio. Viu o marido sentado na arquibancada olhando para campo. Parecia estar pensando em algo, por isso ela se sentou ao seu lado e perguntou:

— Está pensando em quê?

— Eu gosto deste lugar. É bonito.

— Que bom que você acha bonito outro lugar que não seja Coalwood.

Homer ergueu a mão enfaixada.

— Coalwood é onde moro. A mineração é o meu trabalho. É o que eu faço. Esta mão confirma isso.

Elsie sorriu, e o segredo de sua visita ao advogado de Feldman trazia uma sensação muito boa à sua mente. Quando contasse a Homer, adoraria ver a cara dele. Mas quando contar? Ela queria guardar o segredo um pouco mais. Raramente tinha um grande segredo para guardar.

— O Buick está consertado e temos um pouco de dinheiro — disse ele. — Vamos para a Flórida, soltamos Albert e então voltamos para casa.

— Gostaria de esperar uns dias — respondeu Elsie, rindo por dentro. *Ah, como seria bom dizer que ele poderia comprar Coalwood!*

Alguém se sentou atrás deles. Quando Elie olhou, viu que eram Slick e Huddie.

— Vão embora — disse Homer.

— Isso não é gentil — retrucou Slick.

Homer balançou a cabeça.

— Bem, já que você está aqui, me diga uma coisa. Humphrey participou disso?

— Claro — respondeu Slick. — E o cara que machucou você também. Mas não era o plano. O plano era que o rapaz do bastão se fizesse de desentendido para deixar o Marion irado, o que daria àquele cara uma desculpa para correr e pegar o jacaré, o que desmoralizaria você. Claro, quebrar sua mão foi ainda melhor. — Ele deu de ombros e pareceu triste. — Não que tenha resolvido alguma coisa.

Elsie ficou confusa.

— Você pagou para aquele homem invadir o campo?

Slick fez um gesto repentino.

— Não sei por que faço coisas ruins. Talvez porque fui criado no orfanato. Sim, tentaram me ensinar o que é certo e o que é errado, mas a mensagem deles nunca foi assimilada. Talvez se tivessem tido mais tempo antes de eu incendiar o local...

Elsie ainda estava confusa.

— Ainda não compreendo o que aconteceu.

— O homem veio bater em Albert, Elsie — disse Homer, cansado —, porque Slick pagou para ele. Slick apostou que o Marion venceria.

Slick se intrometeu.

— Com Homer jogando, a maioria das pessoas pensou que o High Top venceria, por isso ganharíamos muito dinheiro apostando na outra equipe. Claro, eu não queria que ele se ferisse, só o jacaré. Pensei que isso pudesse chatear o Homer o suficiente para que não conseguisse acertar.

— Você pagou para alguém bater em Albert? — Elsie se levantou e acertou um soco na cara de Slick.

Slick caiu para trás.

— Você socou meu nariz — resmungou ele.

— Bem, você machucou minha mão — disse Elsie, chacoalhando-a. — E a do Homer também!

Homer pousou a mão no braço de Elsie.

— Vá com calma, querida — disse ele.

Huddie havia se afastado.

— É melhor você não bater no Slick de novo — ameaçou ele de um lugar seguro, longe do alcance de Elsie.

Slick limpou o sangue do nariz. Mesmo com o nariz quebrado, ele conseguia parecer assustador.

— Sabe onde está o jacaré? Soube que foi sequestrado.

Elsie puxou o braço da mão de Homer e cerrou o punho.

— O que você fez com ele? Diga ou vou enfiar a mão na sua cara de novo!

Slick enfiou a mão no bolso e pegou um lenço, depois enfiou a mão no outro bolso e pegou um pedaço de papel. Elsie o pegou.

— Isso vai mostrar onde encontrá-lo — disse Slick. — Melhor correr. Caso contrário, pode ser que nunca mais o veja.

— O que você quer, Slick? — perguntou Homer.

Slick ficou de pé e pressionou o lenço no nariz.

— Eu? Nadica de nada. Sou só um mensageiro pago para trabalhar. É a jovem esposa de Feldman que acha que pode extorquir você.

Homer enrugou a testa, confuso.

— Por que ela desejaria nos extorquir?

— Pergunte a sua esposa — respondeu Slick antes de sair, fazendo um gesto para que Huddie o seguisse.

Elsie estava observando o papel dado por Slick.

— Sei onde é! Madison Park! Fica ao sul da cidade. Eu ia lá com o sr. Feldman e passeava com ele ao longo do rio. Precisamos correr!

— Certo, Elsie, vamos correr, mas por que a esposa de Feldman nos extorquiria?

— É complicado. Contarei no caminho. Vamos!

Homer foi.

— Certo, conte agora — disse quando entraram no Buick.

— O sr. Feldman deixou três milhões de dólares para mim, além do clube.

Homer a observou.

— Se eu soubesse que você me contaria uma mentira, não teria perguntado.

Elsie revirou os olhos.

— Por favor, dirija — disse ela.

Madison Park ficava a trinta minutos e só foram necessários alguns minutos para que encontrassem Albert perto do rio em sua bacia com rodas. Humphrey estava com ele. Quando o rapaz do bastão viu Homer e Elsie, saiu correndo. Não foi longe; Homer o alcançou e o levou de volta.

— Humphrey — disse Elsie —, quem trouxe você e o Albert aqui?

— Ninguém, vim dirigindo.

— Mas você não tem carro, certo?

— Não, senhora, mas a jovem sra. Feldman tem. Ela disse que eu deveria trazer Albert para passar um dia agradável perto do rio e quer eu poderia usar o Cadillac dela. Ela disse que eu só deveria voltar quando anoitecesse. Disse também que vocês poderiam vir buscá-lo.

— Por que correu de nós?

— Bem, vocês dois pareciam meio loucos.

Elsie pensou nas respostas.

— Ela mandou o Albert para cá para que tivéssemos que sair da cidade — disse ela. — Homer, temos que voltar a High Top, direto para o escritório do advogado Carter. Vou guiar o caminho. Vamos, o mais depressa possível!

— Do que está falando? — perguntou Homer.

Elsie não respondeu. Só pegou a alça da bacia de Albert e começou a puxá-la. Homer a acompanhou e ajudou a colocar a bacia dentro do Buick.

— Quando vai me contar o que está acontecendo? — perguntou mais uma vez.

— Não menti em relação ao dinheiro. O sr. Feldman me deu o dinheiro, mesmo, um fato de que a jovem sra. Feldman não gostou nem um pouco. Acho que ela está armando alguma coisa.

Para Elsie, a resposta de Homer foi típica dele.

— Ele não deveria ter te dado tanto dinheiro — disse ele. Era uma reprimenda.

— Ah, pronto — retrucou ela. — Seu orgulho enorme. Olhe, o dinheiro não é seu. É meu. Agora, cale a boca e dirija.

Homer calou-se e dirigiu. Não foi muito longe. Na fronteira da cidade, ele teve de parar num bloqueio feito pelo xerife, um homem chamado Posner. Elsie o havia conhecido nos jogos.

— O que é isso, xerife? — perguntou Homer.

— Espere um pouco — disse o xerife. Ele foi até seu carro e voltou, carregando o galo, e o jogou de novo no banco de trás com Albert.

— Pensei que você pudesse querer isto.

Confuso, Homer perguntou:

— Por que está com nosso galo?

— Porque vocês não vão voltar para a cidade e pensei que queriam ficar com ele. Vejam, esse bloqueio é só para vocês. Virem-se e partam. Não voltem.

— Mas tenho negócios na cidade — disse Elsie. — Negócios importantes. Questões jurídicas com o sr. Carter, o advogado.

O xerife coçou a cabeça embaixo do boné.

— Desculpe, srta. Elsie. O que soube é que o sr. Carter saiu de férias. Sim, certeza de que é isso. Mandaram que eu patrulhasse a casa, que ficasse de olho até ele voltar.

— O xerife está mentindo — disse Elsie a Homer. — O sr. Carter não iria a lugar nenhum antes de eu pegar meu dinheiro.

Elsie saiu do carro, segurou o cotovelo do xerife e o levou pela grama até o acostamento.

— Olhe aqui, xerife...

— Olhe, você, srta. Hickam — interrompeu ele. — Não gosto disso, assim como a senhora, mas sei quem manda em High Top, e não sou eu. O sr. Carter também foi lembrando disso. É incrível, mas ele descobriu que o testamento do sr. Feldman que ele leu para a senhora e para os outros estava errado. O novo não a inclui, é só o que precisa saber. Agora, pode dar a volta, entrar na cidade por um caminho diferente, gritar com todo mundo e ser um transtorno a todos os envolvidos, mas não vai mudar nada. Melhor que siga em frente. Sinto muito que tenha se envolvido em algo tão grande e que seu marido tenha se machucado.

— Isso não está certo — falou Elsie.

— Não, senhora, não está — concordou o xerife. Olhou para trás em direção à cidade e balançou a cabeça. — Há muitas coisas que não estão certas a respeito de todos os lugares. Pensei que quando me tornasse xerife poderia consertar algumas dessas coisas, mas por enquanto... bem, é decepcionante, é só o que tenho a dizer. Precisa saber que não havia como pegar o dinheiro de Feldman, de nenhuma maneira. Provavelmente, o sr. Feldman também sabia. Só quis fazer a jovem sra. Feldman e os dois filhos lutarem pelo dinheiro, que suassem um pouco, talvez. Ele lhes disse o que achava deles e o que achava da senhora. Acho que esse é o presente que ele lhe deu, se decidir aceitar.

Homer se aproximou. Obviamente, tinha ouvido.

— Vamos, Elsie. Acabou.

Elsie ficou irada. *Aquele dinheiro era dela!*

— Não vou desistir! Nunca desisto!

— Sr. Hickam? O senhor precisa colocar um pouco de bom senso na cabeça de sua esposa.

Homer a abraçou. Elsie tentou se livrar dele, mas ele a abraçou tão forte que ela mal conseguiu respirar.

— Vamos, Elsie. Acabou. Vamos enquanto ainda estamos com o orgulho intacto.

— Não tenho orgulho nenhum — disse ela com a voz abafada pelo ombro dele.

— Uma coisa, xerife — falou Homer. — Há dois caras, um bem baixo, o outro bem grande e alto. Na última vez que os vi, estavam no campo. São ladrões de banco.

— Slick e Huddie? Eu os prendi há cerca de uma hora. Foram pegos tentando roubar o carro funerário do necrotério. Não sei para que precisavam dele.

— Recomendo que o senhor dê uma boa surra nos dois — sugeriu Elsie, afastando-se de Homer para conseguir respirar. Ela empurrou o marido para tentar se afastar, mas ele a segurou com mais força. — Gostaria que você não tivesse aquele pacote de tabaco — disse ela com a boca contra seu peito. — Me arrependo de ter me casado com você, gostaria que você sumisse para sempre!

— Eu sei — disse Homer baixinho.

— Srta. Elsie — disse o xerife —, a senhora e seu mineiro jogador de beisebol podem partir.

Elsie ficou revoltada. Claro que ela não receberia o dinheiro. Desde quando conseguia o que queria?

Homer deve ter percebido que ela desanimou, porque a soltou. Ela se afastou e foi para o carro. Quando ele se sentou à frente do volante, ela notou a careta no rosto do marido.

— Sua mão ou seu punho? — perguntou ela sem qualquer empatia.

— Os dois estão me matando.

— Vou dirigir — disse ela, e saiu enquanto ele escorregava pelo banco e se recostava. O galo se posicionou perto da cabeça dele, batendo as asas em tom amigável e se aconchegando em sua orelha.

Elsie virou o Buick, levou a mão até o focinho de Albert e fez carinho, depois voltou em direção ao Madison Park, que ela sabia que ficava mais ao sul. Passou pelo campo e continuou dirigindo, observando o sol escorregar pelo céu até ficar à direita dela. A raiva que sentia de Homer aumentava e diminuía, serpenteando como uma estrada na montanha. *Como ousa dizer que ela não merecia o dinheiro? Como ousa ter aquele pacote de tabaco?*

Ela não tinha percorrido um caminho muito longo quando de repente um pensamento lhe ocorreu. Havia deixado seus pagamentos feitos por Feldman no quarto no estádio. Esticou o braço e chacoalhou Homer para que ele acordasse.

— Homer, você tem dinheiro?

Homer piscou e acordou.

— Dinheiro?

— O meu está no estádio. Você tem dinheiro com você?

Ele apontou o porta-luvas.

— Ali dentro.

Elsie abriu o porta-luvas. A pistola que ela havia roubado de Denver estava ali e ela ficou surpresa ao ver que o mecânico que havia consertado o Buick não a havia roubado. Pensou que pelo menos havia algumas pessoas honestas na Carolina do Norte! Também havia algum dinheiro ali, e ela pegou as notas e as contou.

— Oitenta dólares? Só isso?

— Mandei o resto para casa para que o papai guarde para nós.

— Seu pai? Seu pai joga pôquer e perde.

Irritada, ela enfiou o dinheiro de novo no porta-luvas e fechou a tampa.

Elsie pensou em virar e seguir de volta para High Top para pegar o dinheiro, mas seriam quilômetros para trás e, provavelmente, o quarto já tinha sido esvaziado.

— Que inferno! E agora? — gritou ela.

Continuou dirigindo, parou para abastecer, levou Homer ao banheiro, comprou aspirina, deu a Homer e observou o gesso dele. Acima, o braço estava quente e vermelho. Quando ela perguntou sobre o braço, ele só deu de ombros e tentou não gemer, mas não conseguiu. Ela sentiu vontade de apertar a mão machucada dele tanto quanto ele a tinha magoado. Mas não, cuidaria do marido apesar de ele claramente não merecer.

Elsie dirigiu noite adentro, pegando as ruas que pareciam ser melhores, passando por cidadezinhas e por moinhos de algodão e plantações — de tipos que ela não reconhecia — até começar a sentir o cheiro do que pensava ser o mar. Árvores grandes cobriam a rua, e os faróis iluminavam os galhos que pendiam delas.

— Estou perdida — confessou ela. — Perdida — repetiu, fazendo Homer resmungar.

Por fim, ela chegou num lugar onde teve que parar. Não havia mais estrada à frente dela. Os faróis do Buick iluminaram uma casa antiga, na qual Elsie acreditava que havia água, apesar de não conseguir ver bem porque as luzes não chegavam tão longe. O cheiro do mar tomou suas narinas quando Albert se remexeu, talvez por também sentir. Homer resmungou de novo. O galo estava em silêncio.

— Perdida — repetiu Elsie. Desligou o motor e se recostou para esperar o sol. Quando ele nasceu, tudo ficou diferente de qualquer coisa que ela já tinha visto.

Eu tinha quinze anos e estava passando as férias em Myrtle Beach, Carolina do Sul. Era o terceiro verão que ficávamos em um lugar chamado Lazy Hill, que eram algumas fileiras de chalés atrás de uma pequena praia. O sr. e a sra. Glasglow gerenciavam o local. Ele tinha sido roteirista de Hollywood, e ela foi figurante em alguns dos filmes dele, e os dois tinham muitas histórias para contar.

Durante o tempo que passamos em Lazy Hill, meu pai raramente saía da propriedade e minha mãe percorria alguns quarteirões às vezes até a praia, onde se sentava na areia por um tempo e observava o mar antes de voltar. Ela e meu pai pareciam satisfeitos fazendo nada e indo a lugar nenhum.

Em uma manhã, depois do café, os Glasgow foram ao nosso chalé. O sr. Glasgow estava construindo outro chalé e precisava que meu pai explicasse como fazer cimento. Quando saíram, a sra. Glasgow disse:

— Elsie, o que acha de pegarmos meu jipe e dirigirmos até a praia de Murrell? Às vezes, aparecem conchas lá. É um lugar especial, acho que você gostaria.

Fiquei surpresa com a resposta da minha mãe.

— Ah, conheço essa praia — disse ela. — Quase como a palma da minha mão.

A sra. Glasgow também ficou surpresa.

— Como assim?

A resposta foi:

— Passei um tempo lá. Faz muito tempo. Antes de Jimmy e Sonny.

Jim já tinha ido para a praia, mas eu fiquei para trás a fim de ler o livro novo dos Hardy Boys. Diante do comentário de minha mãe, perguntei:

— Foi quando levaram o Albert para casa?

A sra. Glasgow se virou para mim.

— Quem é Albert?

Não consegui me conter. Era bom demais para não contar.

— Um jacaré! — falei. — Minha mãe o criou na banheira! Meu pai tinha medo dele! O ator Buddy Ebsen foi quem o deu a ela!

O olhar de minha mãe indicava que eu tinha passado dos limites, mas o dano já estava feito. A sra. Glasgow se sentou na cadeira mais próxima.

— Não vou embora sem ouvir essa!

Minha mãe lançou a mim outro olhar insatisfeito, depois encheu algumas xícaras com café e entregou uma delas à dona da nossa casa de férias. Eu me deitei no chão com as mãos na cabeça, olhando para o teto e imaginando tudo enquanto minha mãe contava a história. Fez um breve resumo para explicar quem Albert era e por que foi levado para casa e disse:

— Então, depois que saímos da Carolina do Norte, eu não sabia bem onde estava, mas Homer e Albert estavam comigo. E o galo, apesar de eu não saber naquele momento e ainda não saber até hoje por que ele estava ali...

PARTE V

Como Elsie passou a amar a praia e Homer e Albert entraram para a Guarda Costeira

28

A pensão do capitão Oscar, que ficava à beira da praia, era cercada por carvalhos frondosos. Era uma casa grande e linda de placas de cedro desgastadas pelo tempo, acinzentada, com um teto coberto por tábuas, e na varanda havia um balanço e uma dúzia de cadeiras de balanço. No quintal da frente havia areia, grama, o mar, um píer de madeira bem-cuidado com pinos de ferro para o barco que mais vezes ancorava ali, um barco de pesca chamado *Dorothy Howard*. O *Dorothy*, como era carinhosamente conhecido, era um barco de trabalho e um veículo seguro, ainda que não fosse adequado levá-lo a águas muito caudalosas e ao vento forte. O capitão Bob, o *skipper*, conhecia todas suas idiossincrasias e truques e o tratava como alguém trata uma tia-avó generosa, ou seja, com deferência e respeito.

A pensão precisava de ajuda, e Elsie viu a placa do anúncio na manhã de sua chegada. Ela endireitou os ombros, ajeitou os cabelos, alisou a saia e bateu na porta. Um homem usando roupas formais de um capitão do mar, ou seja, um casaco azul-marinho, calça da mesma cor e quepe de aba branca, apareceu na porta.

Elsie apontou a placa.

— Do que você precisar — disse ela —, posso oferecer se o pagamento for adequado.

O homem se apoiou na bengala e saiu da casa, observando o Buick da varanda. Homer estava descansando, com os olhos fechados, no lado do passageiro, e Albert observava com muito interesse pela janela aberta do mesmo lado. O galo estava em cima da cabeça do jacaré.

— Que zoológico você tem aí.

— Sim, senhor, e sou responsável por todos. Meu marido está com a mão ferida e o punho quebrado, mas ele não está se candidatando ao emprego. Eu é que estou.

— Por que você tem um jacaré?

— Viemos das minas de carvão da Virgínia Ocidental, um local inadequado para um jacaré, ou para qualquer pessoa, aliás. Por isso, o estou levando para casa, na Flórida. Ele foi um presente dado a mim por Buddy Ebsen de Orlando, o dançarino e ator de filmes.

— Vi um filme em Chicago certa vez — disse o homem, animado. — Era mudo, apesar de haver um pianista no palco. — Ele se aproximou do Buick e olhou para Homer. — Ele está suando e o rosto está pálido. Acho que está muito doente.

— A mão dele está infeccionada — explicou Elsie. — Sei disso porque já fui enfermeira.

— Ei, Bob, venha aqui! — gritou o homem.

Um jovem com barba, de calça cáqui e chapéu de marinheiro, aproximou-se do píer.

— Chame o médico, Bob. E depressa, está bem? Aquele homem pode estar morrendo.

— Quem é, pai?

— Não importa agora. Leve Wilma com você!

"Bob" inclinou o chapéu para Elsie, entrou em um barracão e voltou montado numa égua marrom. Começou a subir a estrada que Elsie havia descido na noite anterior.

— É o capitão Bob, meu filho — disse o homem. — Vou apresentar você a ele depois, mas vamos às prioridades. Sou o capitão Oscar, dono deste estabelecimento. Agora, vamos cuidar do seu marido.

Elsie e o capitão Oscar ajudaram Homer a entrar e o colocaram em um sofá na sala.

— Diga-me como se sente, Homer — disse Elsie com a voz fria.

Ela não sentia empatia por ele, só responsabilidade.

Homer não respondeu. Nem sequer gemeu. Só olhou para ela com olhos vidrados, sem entender.

— Como ele se machucou? — perguntou o capitão Oscar.

— Foi atingido por um taco de beisebol — respondeu Elsie. — E pela vida. As duas coisas não costumam acontecer juntas, mas dessa vez aconteceram.

Uma hora depois, o médico chegou em um Ford antigo e entrou para ver o paciente. Depois de examiná-lo, perguntou:

— Quem responde por esse homem?

— Eu, senhor — disse Elsie. — É meu marido.

— A mão e o punho dele estão terrivelmente afetados e a infecção chegou ao braço. Se até amanhã não apresentar melhora, vou precisar amputá-lo. — O médico entregou a ela um frasco. — São aspirinas. A cada três horas, dê dois comprimidos. Elas diminuirão a temperatura. Ele vai ter que combater a infecção sozinho.

— Ele é mineiro — disse Elsie, com o orgulho maior do que a raiva naquele momento —, por isso é forte.

— As bactérias dão um jeito de derrubar os mais fortes dos homens — disse o médico enquanto fechava a bolsa. — Mas até amanhã veremos no que vai dar.

Homer foi levado ao quarto no andar de baixo, o segundo à esquerda. O capitão Oscar, que era um desses homens de idade indeterminada que podia ter entre setenta e noventa anos, fez um gesto para que Elsie se sentasse com ele por um momento.

— Você quer um emprego — disse. — Tenho uma vaga. É de faxineira.

— Posso ser faxineira — falou Elsie. — Sempre quis ser faxineira.

— E de cozinheira.

— Posso ser cozinheira — acrescentou ela. — Sempre quis ser cozinheira.

— E de administradora. — Ele balançou a mão para mostrar o salão empoeirado e a mobília meio desgastada. — Minha esposa cuidou deste lugar até morrer e, então, minha filha Grace tomou conta daqui até pegar tuberculose. Agora, caiu no estado geral de bagunça que se vê no momento. Estaria disposta a ser a faxineira, a cozinheira e a administradora da minha pensão? Não posso pagar nada além de casa e comida por enquanto, mas quando nos tornarmos mais prósperos darei a você uma porcentagem a ser negociada. O que acha?

— Sempre quis administrar uma pensão — disse Elsie, esticando o braço. O capitão Oscar apertou a mão dela e Elsie se tornou a faxineira, a cozinheira e a administradora da pensão do capitão Oscar, um estabelecimento que oferecia quartos limpos e ótima comida, principalmente se fosse peixe.

No dia seguinte, o médico voltou conforme prometido e examinou o braço de Homer, que continuou sem reagir, apesar de ter se retraído quando o médico subiu e desceu a mão por seu braço.

— O braço não melhorou — constatou o médico. — Acho que vou precisar amputá-lo.

— Não vai, não — disse Elsie, e começou uma descrição típica de enfermeira a respeito do que tinha observado na noite anterior ao cuidar do marido por um senso de responsabilidade, apesar de mal tolerá-lo. — Apesar de o braço dele não ter melhorado muito, melhorou um pouco. Dá para ver pela sutil mudança de cor que pode não ter ficado clara para o senhor. Eu não descansei ontem à noite. Dei a aspirina ao meu marido, mas também o mantive frio mergulhando uma toalha na água com gelo e colocando-a na testa, um procedimento que me surpreende que o senhor não tenha prescrito.

— Não me ocorreu que a senhora tinha gelo — argumentou o médico.

— Encontrei uma caixa térmica onde os peixes são mantidos. Agora, acho que o senhor deveria retirar o gesso, que ficou nojento e está apertado demais, e colocar um gesso limpo e um pouco mais frouxo.

O médico se sentiu ofendido.

— Senhora, sou um médico formado e tenho anos de experiência. Garanto que, se não amputar o braço de seu marido, ele morrerá dentro de alguns dias.

— Ele vai continuar com o braço — afirmou ela, decidida —, e se morrer por isso admitirei que o senhor estava certo.

O médico olhou para Elsie, com a carranca se tornando uma expressão de consternação.

— A senhora é maluca por brincar com a vida de um homem.

— Ele é meu marido — respondeu Elsie. — Se uma esposa não pode brincar com a vida do marido, para que serve o casamento?

— A senhora tem uma visão engraçada do casamento — respondeu o médico, mas abriu a bolsa preta e tirou dali um serrote e um saco pequeno de gesso.

— Colocarei um novo gesso, como a senhora quer.

— E vou ajudá-lo — disse Elsie. — Sabe, sou enfermeira.

Depois, quando o médico guardou a serra e o saco de gesso vazio na bolsa, disse:

— Reze para que ele fique mais forte do que parece. Não voltarei a menos que me busquem.

— Duvido que seja necessário — respondeu ela.

O médico contraiu o rosto.

— Sendo assim, bom dia, senhora.

Nos dias seguintes, Elsie deu a aspirina a Homer e manteve sua temperatura baixa passando água gelada em seu corpo de hora em hora. Quando a água gelada acabava, ela dirigia o Buick por oito quilômetros estrada acima para chegar à loja de gelo, comprava mais gelo e deixava na conta do capitão Oscar.

O capitão Oscar ficou impressionado com a atenção constante dela.

— A senhora deve amar muito seu marido — comentou, com uma lamparina à querosene na mão para ajudá-la em suas tarefas no meio da noite.

— Eu poderia ter salvado meu irmão Victor se tivesse usado gelo — contou Elsie enquanto passava o pano no corpo de Homer. — Uma febre não voltará a me pegar desprevenida. Se este homem fosse o maior bandido do mundo, capitão, ainda assim eu faria a mesma coisa.

A febre demorou dois dias para dar uma trégua, mas enfim o inchaço do braço, do punho e da mão dele diminuiu e as marcas avermelhadas desapareceram. Enquanto Elsie cuidava dele, Homer piscou uma vez e olhou para ela.

— Olá, Elsie — disse ele —, estou com frio.

— Oi, Homer — disse ela. — Você teve febre, mas salvei você aplicando compressas de gelo.

Ela enfiou uma toalha na panela de água gelada e a ergueu para Homer ver.

— Mas não pôde salvar o Victor — disse ele.

— Pois é — respondeu ela, e virou o rosto para a janela, para a estrada de terra pontuada pelos carvalhos. — Veja como este lugar é lindo. Eu trouxe você aqui.

— Onde estamos?

— Na Carolina do Sul, na costa.

— Saímos do caminho.

— Estou traçando nosso caminho agora. Essa responsabilidade não é mais sua.

Homer ergueu a mão ferida e mexeu os dedos.

— Está funcionando — observou ele —, mas não bem.

— Vai melhorar — disse Elsie. — E é o que temos que fazer por enquanto, deixar você melhorar. Enquanto isso, cuidarei das coisas.

Ele olhou para ela.

— Você parece brava.

— Estou. Sempre serei brava. Você disse que eu não merecia o dinheiro que ganhei. Não me apoiou quando precisei de você.

Homer franziu o cenho como se tentasse se lembrar, e disse:

— Mas foi assim que me senti.

Elsie derrubou a água gelada da panela no colo de Homer.

— E é assim que me sinto.

Elsie deixou Homer com a boca aberta para reclamar ou fazer mais perguntas — das quais ela não queria saber — e se ocupou limpando a pensão de cima a baixo. Quando chegou com o esfregão, o balde e a vassoura ao segundo quarto do andar de cima à direita, ficou surpresa ao encontrar uma jovem sentada numa poltrona de frente para a janela que deixava entrar o som que Elsie aprendera que as pessoas do interior chamavam de som de espraiamento.

— Ah, me desculpe — disse Elsie. — Não sabia que tínhamos visita.

A mulher, que usava uma blusa branca de gola alta, uma saia brocada e botas pretas com renda, virou o rosto para o lado oposto ao do som.

— Não sou visita. Sou Grace, a filha do capitão Oscar. E você é Elsie, nossa nova empregada, cozinheira e administradora.

Elsie tinha se esquecido de que o capitão Oscar falara sobre sua filha doente. Pensou que a moça estivesse em um sanatório.

— Se quiser que eu volte mais tarde... — começou ela.

— Não, por favor, entre — disse Grace, abrindo um sorriso amarelo no rosto de faces magras, meneando a cabeça em direção aos objetos que Elsie segurava. — Esse esfregão, o balde e a vassoura eram meus antes de eu ficar tísica.

— Tísica? — perguntou Elsie.

— Tuberculose. Para fazer graça, digo que é minha doença de romance vitoriano.

— Você faz piada disso? Não é grave?

Grace deu de ombros, e os ombros magros mal se moveram por dentro de sua blusa.

— Rio para não chorar. É bem ruim me mandarem para este quarto para pensar em tudo o que poderia ter acontecido. Tenho certeza de que meu futuro teria incluído um belo marido, filhos inteligentes e ativos, e uma vida longa e romântica à beira do mar.

— Tenho certeza de que você ainda terá todas essas coisas — disse Elsie.

A mulher tossiu com catarro e balançou a cabeça.

— Meu destino foi traçado. Consigo ver isso agora. — Ela fez uma pausa e acrescentou depois de pensar por um momento: — E talvez tenha sido assim para que seu destino pudesse acontecer. Quem somos nós, meros mortais, para saber os planos dos anjos que controlam nossa vida?

— Ninguém — respondeu Elsie. — Meu marido também está muito doente.

— Sim, eu sei — replicou Grace. — Desci para observá-lo. Ele parece forte e acredito que vai se restabelecer. — Ela adotou uma postura séria. — E então, Elsie, que experiência você traz a mim e a meu pai?

— Nenhuma, na verdade. Mas estou disposta a aprender.

Grace sorriu.

— Por que acha que ele contratou você?

— Ele disse que eu fui a única a me candidatar.

— É verdade — disse Grace. — Mas acho que também foi algo em você que chamou a atenção dos olhos velhos, mas ainda observadores, dele. Mas não importa. Acho que fez uma boa escolha. A primeira coisa que você deve fazer é mexer na primeira gaveta da direita da mesa da cozinha. Lá, vai encontrar o registro diário que mantive durante os anos que passei cuidando daqui. Mostrarei a você como fazer as coisas. Leia o registro, volte e responderei a qualquer pergunta que tiver.

— Tenho certeza de que terei muitas — disse Elsie. — Espero não atrapalhar.

— Nunca. Na verdade, sua presença me consola. Você é a resposta às preces de meu pai... e das minhas.

— Vocês não verão uma pessoa mais trabalhadora do que eu — prometeu Elsie.

— Você deve cuidar para que cada quarto tenha lençóis limpos todos os dias.

— Já encontrei a tábua, a bacia e o varal, e cuidarei disso.

— Flores frescas nos quartos todos os dias.

— Vou me esforçar para encontrá-las.

— A cozinha precisa muito de uma boa faxina e a geladeira está vazia.

— Vou esfregar a cozinha e, com dinheiro, encherei a geladeira de gelo e de vegetais frescos, assim como a melhor carne que encontrar.

— Ótimo. Na estrada, você vai encontrar agricultores oferecendo produtos e carnes, frescos e salgados. Meu irmão, o capitão Bob, fornece muito peixe. Sabe cozinhar?

— Infelizmente, só o básico.

— Há muitas receitas no armário acima da pia da cozinha. Use-as com regularidade.

— Serão meu guia.

— Tem mais uma coisa — disse Grace. — Tem uma criança. O nome dela é Rose. Ela vive a dois quilômetros ao norte. Gostaria que você a contratasse. Diga que vai pagar com comida. Ela é muito esperta e sabe onde está tudo e quem você deve procurar quando precisar de alguma coisa.

— Vou procurá-la o mais rápido possível — prontificou-se Elsie.

Depois de mais alguns dias de limpeza, e quando tudo tinha sido guardado no lugar certo, ela sentiu que podia dedicar tempo a encontrar e contratar a menina chamada Rose. Rumou ao norte pelo acostamento cheio de lama da estrada até chegar a uma casa desgastada pelo tempo, feita de madeira e sapê. Ali encontrou uma menina, que não tinha mais do que dez anos, sentada na varanda como se esperasse sua chegada.

— Bom dia, senhora — disse a menina, balançando as pernas nuas. — Eu me chamo Rose.

— Sei como se chama, Rose. Gostaria de trabalhar para mim na casa do capitão Oscar? Eu pagaria com comida.

Rose inclinou a cabeça.

— Soube que você tem um jacaré. É verdade?

— É.

— Posso passar a mão nele?

— Claro. Pode até alimentá-lo, se quiser.

— Então, vou trabalhar para você.

Rose pegou suas poucas coisas e caminhou com Elsie até à casa do capitão Oscar. Sem que mandassem, ela arrumou sua cama num anexo que já tinha abrigado cabras. Então, também sem que mandassem, lavou todas as janelas e esfregou as panelas de cobre na cozinha até que brilhassem como se fossem novas. Depois foi até Elsie, que estava abaixada esfregando o chão do salão.

— Posso passar a mão em Albert agora?

Elsie levou as mãos às costas, se alongou e, sem nada dizer, levou a menina para ver Albert, que estava na bacia na varanda com porta de tela. O galo estava adormecido na cabeça dele, mas acordou e saiu dali quando Elsie e Rose chegaram.

Albert sorriu e resmungou um olá quando Elsie se ajoelhou ao lado dele e tocou sua cabeça.

— Albert, quero que você conheça alguém. O nome dela é Rose. É uma criança trabalhadora. Você deve permitir que ela passe a mão em você.

Quando Elsie assentiu, Rose se ajoelhou e, com a mão trêmula, tocou a cabeça grossa do jacaré. Com o toque, Albert revirou os olhos.

— Acho que ele gostou de mim — disse Rose.

— Albert é um rapaz muito sensato — argumentou Elsie. — Reconhece uma pessoa amiga.

— Serei sua amiga, Albert — disse Rose. — Para todo o sempre.

— É muito tempo — comentou Elsie.

— O tempo é o melhor presente, senhora — respondeu Rose. — O tempo é o único presente que recebemos de Deus que podemos dar aos outros.

A menção de Deus surpreendeu Elsie. Ela fora criada frequentando as igrejas dos acampamentos onde seu pai trabalhava, mas a ideia de que Deus dava presentes como o tempo era uma novidade, livre dos dogmas e nunca mencionada pelos pregadores a quem ela ouvira.

— Me disseram que você é muito esperta, Rose, e parece que é mesmo.

— Obrigada, sra. Elsie. Fico feliz por ver que a senhora pensa assim.

Rose, além de ser muito trabalhadora, mostrou-se uma boa companhia. Ensinou a Elsie coisas como pegar peixes com nada além de uma rede velha, um cordão e uma cabeça velha de peixe, e depois, ensinou a limpá-los e cozinhá-los. Também não tinha medo e, nesse aspecto, lembrava Elsie de si mesma.

Rose estava trabalhando para Elsie havia menos de uma semana quando um cão enorme apareceu no quintal. Quando Elsie foi à varanda e viu que ele espumava e que os olhos estavam tomados de ódio, ela chamou a menina.

— Com certeza, é raiva — constatou Elsie quando Rose chegou. — Não vai embora se não morder alguém.

Rose analisou o animal.

— Conheço esse cachorro — disse ele. — É a velha Sandy, dos Buford. Eles não davam comida para ela, por isso ela saia à mata em busca de alimento. Deve ter sido mordida por um guaxinim doente.

— Se nos mexermos, ela vai nos atacar — disse Elsie. — Eu não deveria ter chamado você para colocá-la em apuros.

— Deveria, sim, senhora! — declarou Rose. — Mas agora precisamos trabalhar juntas. Está vendo aquela pá encostada na cerca? Eu a usei no jardim hoje cedo. Preciso dela para fazer o que tem que ser feito. A senhora pode distrair a Sandy com cuidado para não ser mordida.

Elsie pensou onde estava em relação à cadela.

— Farei meu melhor — disse ela. — Mas você pretende bater nela com a pá?

— Ela não é a Sandy — explicou Rose. — A Sandy já morreu.

— Sei que você está certa, mas ainda assim é difícil.

— Difícil ou não, precisa ser feito.

Elsie soltou o ar.

— Certo, aceito sua ideia. Está pronta?

Rose assentiu e Elsie entrou na varanda.

— Sandy! Sandy! Aqui, aqui, venha me pegar!

A cadela balançou a cabeça, com espuma escorrendo da boca, e partiu correndo, meio mancando, em direção a Elsie. Hesitou na escada, mas continuou depois de se recolocar de pé. Elsie subiu na mureta da varanda e equilibrou-se ali enquanto Rose pulava a mureta, pegava a pá e corria de volta à varanda. Acertou a cadela com um golpe, e a pá fez um som assustador quando bateu no crânio do animal.

Rose largou a pá e se ajoelhou ao lado do animal.

— Coitadinha da Sandy — disse ela, com a mão perto da cabeça ensanguentada.

— Não a toque — ordenou Elsie ao descer da mureta. — Ela ainda pode passar a doença, mesmo morta.

— Ela teve uma vida muito triste — comentou Rose. — Mas viveu até o fim e, até este momento, nunca tentou machucar ninguém. — Rose olhou para o céu. — Abençoe esta velha cadela, Senhor, e permita que ela, enfim, faça uma boa refeição no céu hoje.

— Você acha que os cachorros vão para o céu? — perguntou Elsie.

— Se não forem — disse Rose —, Deus não é um deus coisa nenhuma.

Elsie olhou para Rose.

— Você me salvou.

— Podemos dizer que salvei nós duas — disse Rose. — Ou melhor, nós salvamos uma à outra. É o que amigos fazem.

Elsie estendeu a mão acima da cabeça da cadela e tocou o rosto e os cabelos de Rose.

— Obrigada — disse ela.

Rose também levou Elsie à praia, onde nunca estivera. Caminharam por ali e pela água rasa até chegarem à costa do Atlântico. Em todas as direções, o mar parecia infinito. Elsie estava encantada com o vento, as ondas, o som forte e a sensação da areia nos dedos de seus pés.

— Dizem que aqui é o Grande Cordão — disse Rose.

— Tem a ver mesmo — respondeu Elsie. — Nunca imaginei uma praia tão grande.

Rose apontou as conchas arredondadas que enchiam a praia.

— São moedas de areia, senhora — disse ela.

Pegou uma delas e a abriu, mostrando o que pareciam pequenas esculturas de pássaros de louça branca e fina.

— Por que eles estão onde ninguém consegue vê-los? — perguntou Elsie.

— Ninguém sabe — disse Rose. — Só se sabe que é uma glória escondida de Deus. Faz com que pensemos nas glórias que ele esconde.

— Você falou de Deus antes — disse Elsie. — O que você sabe sobre ele?

— Nunca pisei numa igreja — respondeu Rose —, mas alguém deve ter feito tudo isso.

— Que resposta sensata — constatou Elsie, admirando a menina cada vez mais.

Rose apontou os restos de madeira na praia, retorcidos e acumulados na areia.

— Os marinheiros dizem que esses restos são formados pelas sereias. Talvez elas também esculpam as conchas.

Elsie pegou o que acreditava ser uma ponta de flecha preta. Seus irmãos sempre traziam pontas de flecha para casa depois de caminharem nas montanhas, mas aquela era um pouco estranha.

— O que é isso, Rose? — indagou ela.

— É um dente de tubarão, senhora — contou Rose.

Elsie observou o dente, percebendo as serrinhas na borda como as de uma faca. Ela o virou entre os dedos, passando a mão pela superfície lisa.

— Mas por que está preto? — perguntou.

— Não faço ideia — respondeu Rose. — Já vi barcos pesqueiros trazerem um tubarão de vez em quando e os dentes deles são sempre brancos como marfim.

— Talvez os dentes pretos sejam muito velhos — disse Elsie. — Como os dinossauros.

— Coisas costumam aparecer no mar quando são velhas — disse Rose, então se abaixou e pegou algo azul e brilhante na onda. — Como este caco de vidro.

Elsie pegou-o. Era liso e arredondado nas laterais e brilhava ao sol como uma joia.

— Que lindo — elogiou ela.

— É só um caco de uma garrafa velha — disse Rose —, jogado na areia pelo mar há muito tempo. Pode ficar com ele.

Elsie colocou o vidro e o dente no bolso.

— Obrigada, Rose.

Rose deu de ombros, e então apontou para uma concha grande à beira-mar.

— Veja. É uma concha enorme, uma beleza!

Elsie seguiu Rose até a concha, toda virada para dentro, rosada, branca e lisa. Elsie a pegou e a segurou perto do ouvido.

— Pensei que pudesse ouvir o mar nesse tipo de concha, mas não ouço nada.

— Porque o animal dela ainda está dentro — disse Rose. Pegou a concha e mostrou a Elsie a pata da criatura do mar ali dentro. — Em breve, vai morrer ao ar livre e ao sol.

— Então, vamos devolvê-la ao mar — propôs Elsie, entrando na água com a concha na mão, passando pela primeira fileira de ondas, onde a largou. — Pronto — disse, se afastando.

Rose disse:

— Ah, senhora, é muito corajosa. Há tubarões na água nessa época do ano.

— O destino ajuda os corajosos, Rose — respondeu Elsie, apesar de ter se abalado com o alerta tardio. Ela não sabia muita coisa sobre o mar, incluindo seus perigos. Ainda assim, por um motivo que ela não compreendia, queria entrar no mar para ver o que aconteceria.

Rose levou Elsie pela praia. A cada passo, parecia haver outra maravilha; um ovo de arraia largado como a bolsa de uma mulher, uma concha do formato e da cor de uma asa de borboleta exótica, passarinhos que voavam acima da água, mas nunca molhavam as patinhas...

— Maçaricos, senhora! — explicou Rose.

Elsie também se surpreendeu com as estranhas criaturas logo à superfície, com cabeças grandes que voavam mais do que boiavam...

— Mariscos! — contou Rose.

Surpreendeu-se também com o ar em si, que era fresco, mas ainda assim tinha o cheiro de um vasto reino subaquático.

— Nunca me senti tão feliz — disse Elsie, tanto para si mesma quanto para Rose.

Era o mar, o glorioso mar. Ali, ao lado dele, perto dele, dentro dele, era onde ela queria ficar.

— Gostaria de ficar aqui para sempre e aprender tudo o que há para ser aprendido.

— Não há motivo pelo qual não possa ficar — respondeu Rose.

— Há, sim. Parece que sempre que estou perto da felicidade ela é arrancada de mim. E você, Rose? É feliz?

— Mais ou menos, apesar de ser órfã. Só terei felicidade quando encontrar uma família.

Continuaram conversando por um tempo, e Elsie pensou na declaração de Rose. Por fim, disse:

— Se eu soubesse meu próprio destino, ficaria feliz em aceitá-la em minha família. Apesar de ter um marido, não sei se sempre terei. Sabe...

— Ah, senhora, não diga isso! — exclamou Rose. — Ele está melhorando. Entrei no quarto dele para vê-lo e tenho certeza de que a saúde dele está voltando.

— Não é a saúde dele que vai nos separar — respondeu Elsie. — É quem ele é e quem eu sou.

Rose olhou para o mar e para o céu.

— Olha ali — disse ela, de repente. — Toninhas! Está vendo o focinho delas em forma de garrafa e o sorriso? São criaturas boas e incríveis que salvaram muitos marinheiros que se afogavam. Costumam trazer boa sorte.

Elsie observou os animais, mas não se animou com eles. Em vez disso, uma grande tristeza tomou conta dela. O mundo era lindo, sim, mas Elsie ainda tinha muitas decisões a tomar.

29

Com Elsie no comando, não demorou muito até que a Pensão do Capitão Oscar ganhasse fama suficiente para que os quartos fossem tomados a cada semana por marinheiros. Dezenas de visitantes de fim de semana também chegavam para comer boas refeições, observar a paisagem e ver o jacaré simpático que parecia estar sempre sorrindo. Para ajudar nos negócios, o capitão Oscar colocou uma placa em uma árvore:

GRÁTIS! VENHA VER O JACARÉ ALBERT!
O SÁBADO TODO E O DOMINGO À TARDE!
BOA COMIDA E BOA BEBIDA
PENSÃO DO CAPITÃO OSCAR

Albert era apresentado, a princípio, no quintal da frente na coleira, mas depois que alguns meninos tentaram puxar seu rabo, Homer construiu um cercado e o colocou à sombra de um salgueiro. Também ofereceu uma banheira cheia de água (descoberta em um abrigo abandonado) onde o jacaré podia ficar, se quisesse.

Quando havia visitantes demais lotando o espaço, Homer se sentava em postura protetora ao lado do cercado e lia um livro da biblioteca do capitão Oscar intitulado *Moby Dick*, um romance que achou entediante no começo, mas depois passou a considerar brilhante.

Às vezes, o galo dividia o cercado e bicava as costas de Albert, mantendo-a livre de parasitas, mas, em outros momentos, decidia ficar no ombro de Homer, aconchegado perto de sua orelha. Os pais às vezes diziam aos filhos que Homer era Long John Silver e que o galo era seu papagaio. Homer tinha paciência com os visitantes e se dispunha a responder todas as perguntas que faziam sobre Albert e se ele e o galo eram um pirata e um papagaio.

Foram épocas confusas para Homer. Apesar de estar bem, ele se cansava depressa. Também gostava da pensão, mas não do fato de Elsie só tratá-lo com educação e certo desdém. Em parte, sabia por que ela estava brava, tinha a ver com o que ele dissera a respeito do testamento do sr. Feldman, mas não achava certo que ela recebesse tanto dinheiro de um homem com quem não tinha parentesco. O que Homer poderia fazer para compensá-la por isso, ou se mesmo se faria algo do tipo, ele não fazia ideia.

Apesar de saber que o capitão Oscar dividia uma parte dos lucros da pensão com Elsie, sabia que não era muito. Como ele acreditava que ela ainda queria continuar até a Flórida, achou melhor procurar um emprego. Uma tarde, depois de seu gesso ser retirado, de ter recuperado certo movimento da mão e de sentir suas forças voltando, perguntou ao capitão Bob se podia ajudar.

— De que modo? — perguntou o capitão, surpreso.

— Bem, poderia ajudar você a pescar — disse Homer. — Percebi que você sai com o *Dorothy* para o mar todo dia.

Marley, o primeiro e único parceiro do capitão Bob, ergueu os olhos do deque que estava limpando.

— Queria que alguém nos ajudasse a pescar — comentou. — Hoje em dia, não conseguimos pegar muita coisa.

O capitão Bob pensou um pouco e disse:

— Um dólar por dia, é pegar ou largar. Mas você não vai pescar. Vai guardar a isca, os anzóis, limpar o deque, polir as peças e fazer o que eu ou Marley pedirmos. O dia de trabalho só acaba quando tudo estiver do meu agrado. Se concordar, volte ao amanhecer.

Homer concordou e apareceu no píer quando o sol nasceu. Assim começou sua carreira na pesca. Durante três dias, ele ficou pendurado nas barras alimentando os peixes com o conteúdo de seu estômago, e o capitão Bob decidiu não pagá-lo por aqueles dias. Mas no quarto dia Homer se sentiu bem e começou a trabalhar cortando isca para colocar nos anzóis, esfregando, limpando e polindo. Devido a seu interesse em aprender coisas novas e disposição para trabalhar com afinco, não demorou muito para que ganhasse a admiração do capitão e de seu parceiro. Ele até pôde pescar, apesar de não ter tido muita sorte.

No décimo dia como pescador, Elsie agradou Homer ao caminhar por vontade própria com ele até o píer. Ela usava um chapéu, o que lhe deu uma aparência elegante, como uma menininha brincando de ser adulta. Homer, novamente apaixonado por sua esposa, perguntou:

— O que vai fazer hoje?

— Vou assar pão — respondeu ela. — Com uma das receitas da Grace. Sempre quis fazer pão.

— Ainda preciso conhecer a Grace — disse ele. — Ela fica trancada no quarto.

— Está debilitada demais para receber visitas casuais — explicou Elsie.

Homer ficou chateado por ser considerado um simples visitante, mas deixou o comentário de Elsie sem resposta. Ela segurou o braço dele, a primeira vez que o tocava desde que ele havia se recuperado da mão ferida e do punho quebrado, e disse:

— Quero agradecer a você por aceitar esse trabalho e também por cuidar do Albert nos fins de semana.

— De nada — respondeu Homer, se inclinando para beijar os lábios dela, mas ela se virou e ele beijou seu rosto. Ele levantou a cabeça e disse: — Marley diz que estou me tornando um bom marinheiro agora que o enjoo está passando.

Para a alegria dele, Elsie sorriu e pousou a mão em seu chapéu quando uma brisa fresca passou. Ela deu um beijo rápido no marido.

— Vá, marinheiro.

Homer olhou para a esposa com carinho e atravessou o passadiço que levava ao *Dorothy*.

— Volte para o píer, seu safado — disse Marley. — Desfaça os nós, depois entre e puxe a placa. Não tem ideia de como um barco sai do porto?

Homer voltou, desfez os nós direitinho, embarcou e puxou a placa. O capitão Bob chamou Homer para a casa do leme.

— Assuma o controle — disse ele, e deu um passo para o lado.

Homer ficou surpreso.

— Você quer que eu vire o barco?

— Você conquistou o direito. Siga com a *Dorothy* pelo canal entre aqueles píeres e tudo ficará bem.

Homer assumiu o timão. Ele sentia a força de *Dorothy* enquanto a guiava pelos píeres e em direção à passagem na areia que levava para o mar aberto.

— Dê um pouco mais de força — aconselhou o capitão Bob quando se aproximaram da barra. — O mar vai afastar você se não fizer isso.

Como esperado, quando Homer empurrou a alavanca para a frente, sentiu o puxão enérgico do Atlântico. Gotas de suor apareceram em sua testa.

— Talvez seja melhor você assumi-lo — disse ele.

— *Dorothy* é ela, não ele — respondeu o capitão Bob, então riscou um palito de fósforo e acendeu seu cachimbo de espiga de milho. — E você está se saindo bem. — Prendeu o cachimbo entre os dentes e deu uma tragada.

Homer não achava. Sentia que o barco pesqueiro escorregava de seus pés descalços e que o mar estava mais no controle do que ele. De repente, as ondas fizeram um movimento forte e final e ele e a embarcação atravessaram a passagem. A alegria de Homer se manifestou num sorriso e, por um breve momento, ele ficou quase contente.

— Vou assumi-lo agora — anunciou o Capitão Bob. — Vá cortar a isca.

Homer caminhou até o fundo do barco e abriu o baú, dentro do qual havia lula e polvo. Pegou uma faca de peixe e começou a cortá-los em quadrados pequenos para os vários ganchos que desceriam assim que encontrassem um ponto onde ancorar. Quando o capitão Bob o encontrou, Marley lançou uma linha para ver se o lugar era bom. Ele sentiu um peixe morder, puxou a vara rapidamente, e Homer lançou uma boia para marcar, depois começou a lançar todas as varas, os molinetes e as linhas.

No fim do dia, o resultado da pesca foi: uma garoupa, uma cavala e três caranhos.

— Mal paga a gasolina — disse o capitão Bob ao mirar a proa em direção à costa.

Na volta, Homer reservou um momento para admirar a riqueza do céu enquanto o sol se punha em meio a tons de cor-de-rosa, azul, roxo e amarelo que eram bem diferentes do que ele já tinha visto. Marley entregou-lhe uma garrafa de cerveja gelada. Homer não gostava muito de cerveja, mas sabia que o gesto era de amizade, por isso a pegou e bebeu fingindo satisfação.

— Em que está pensando, Homer? — perguntou o primeiro companheiro.

— Refração — disse Homer. — É o que causa as cores no céu.

Marley enfiou a mão embaixo do boné e coçou a cabeça.

— Então não está pensando em nada — concluiu ele. — Pelo menos nada que faça sentido ser pensado.

Homer bebericou a cerveja.

— Em que você está pensando?

O primeiro companheiro sorriu.

— Em mulheres, bebida, uma cama quente, um teto que não pingue e um peixe.

— Invejo você — disse Homer, e estava sendo sincero.

Depois que a *Dorothy* foi amarrada e o peixe, descarregado, e quando Homer terminou de limpar o deque e as peças, o capitão Bob disse:

— Tem algo errado conosco. Os outros barcos estão pegando peixes, mas nós, não.

— Acho que é azar, capitão — sugeriu Marley. — Precisamos mudar a situação.

— Azar? — perguntou o Capitão Bob.

Homer estava confuso.

— Como os marinheiros mudam a sorte?

— Bem, deixe-me ver — disse Marley. — Acho que há algumas maneiras. Assoviar ao embarcar num barco causa azar, mas tocar a gola da roupa, se tiver, isso muda. Porcos e galinhas em barcos podem trazer sorte também. Talvez devêssemos trazer seu galo para dentro do barco. Ele parece ser muito sortudo.

O capitão Bob disse:

— O jacaré parece ter mais sorte ainda.

— Albert é sortudo — reconheceu Homer. — Ele chegou em Coalwood em uma caixa de sapato e foi acolhido por uma mulher que o trata melhor do que a maioria das mães trata os filhos.

— Bem, então vamos levá-lo conosco — propôs o capitão Bob. — Talvez ele mude nossa sorte. Valeria a pena tentar.

Homer balançou a cabeça.

— Não posso permitir. E se ele enjoar no mar?

O capitão Bob o analisou.

— Você gosta mesmo daquele jacaré, não?

Homer riu.

— Sou só o chofer do Albert. E da Elsie.

❧

Mais tarde naquela noite, o capitão Bob encontrou Elsie fritando bolinhos de batata, usando uma receita que Grace lhe dera e, ao mesmo tempo, cuidando de uma panela grande e borbulhante com camarão.

— Preciso mudar nossa sorte — disse ele. — Gostaria de levar o Albert para pescar.

Elsie afastou mechas de cabelo do rosto suado.

— Não — disse ela. — É perigoso demais.

— Seu marido vai pescar comigo. É perigoso demais para ele?

— É responsabilidade dele. A minha é Albert.

O capitão Bob sorriu.

— Acho que você é a moça mais linda que já vi, não tem outra. O que diz a respeito disso?

— Digo que sou casada.

— Isso é só desculpa. Você não se importa com seu marido. Notei o modo com que o ignora na maior parte do tempo.

— Isso não é da sua conta.

— Ah, a confirmação — disse o capitão Bob, assentindo. Bem, Elsie, aqui estamos, o belo e jovem capitão do mar e a linda e jovem mulher que se vê triste na praia e precisa de mais, muito mais, daquilo que os navegantes se orgulham em oferecer.

Ele colocou a mão na cintura dela.

— "Dê-me mulheres, vinho e rapé até eu cansar. Assim, você ficará livre até o dia da ressurreição. Pois eles, se Deus quiser, serão minha Trindade!"

— É mesmo, capitão? — Elsie tirou a mão dele de sua cintura. — O senhor acha que consigo ser tão facilmente manipulada? Keats! Quem cita Keats a uma mulher? De todos os poetas, logo aquele maluco velho!

O capitão Bob tirou o quepe de capitão e disse:

— Eu só estava testando. Conheço outros poemas que podem fazê-la me implorar para beijá-la, mas sei que agora não é hora nem lugar. Essas coisas virão. Enquanto isso, peço que, por favor, deixe o Albert embarcar na *Dorothy*.

Elsie balançou a cabeça.

— Nunca vai acontecer. É perigoso demais para o meu garotinho. Agora, por favor, saia de perto de mim.

O capitão Bob riu baixo e saiu da cozinha enquanto Elsie mexia o camarão com furor, murmurando:

— Keats!

⇝ ⇜

Naquela noite, no quarto minúsculo, que não passava de um armário com uma porta e uma cama estreita, Homer perguntou:

— Aonde está indo, Elsie?

— Indo? Como assim?

— Estamos indo para a Flórida ou você decidiu ficar aqui?

Elsie demorou para responder.

— Não sei mais — respondeu ela quase em um sussurro. Virou o rosto para o marido. — Se eu ficasse, o que você faria?

— Não sou pescador.

— Então, você partiria?

— Não disse isso. Não sei o que faria.

— Eu amo a praia, amo o mar, amo tudo neste lugar.

— Você ama...

Mas Homer não conseguiu terminar a pergunta que queria fazer. Em vez disso, perguntou:

— Você ama o Albert? Você disse que ele nunca seria feliz em Coalwood. Acha que ele seria mais feliz vivendo atrás de uma cerca na areia?

— Não sei. Vou pensar nisso.

Homer pressionou.

— Você me perdoou, pelo menos um pouco, por discordar de você em relação ao dinheiro do sr. Feldman?

— Quase me esqueci. Quando me esqueci de tudo. O aqui e agora é o que me importa.

Elsie se virou e dormiu. Homer olhou para o teto por muito tempo. O que Elsie queria fazer, de verdade? A única coisa que o impediu de chacoalhá-la para que respondesse foi que ele também adormeceu.

Na manhã seguinte, Homer entrou na *Dorothy*. O capitão Bob e Marley pareciam estar olhando-o de modo esquisito, mas depois de checar a braguilha e ver que estava fechada, Homer não conseguiu imaginar o porquê.

Quando atravessaram a passagem, descobriu o motivo.

— Nós raptamos o jacaré de Elsie — disse o primeiro marinheiro. — Não olhe para mim assim. O capitão Bob e eu estávamos desesperados atrás de boa sorte. Albert está lá embaixo. O capitão e eu tivemos dificuldades para trazê-lo para cá.

Homer abriu a portinha, entrou e ficou aliviado ao ver Albert na banheira olhando ao redor com interesse. Depois de ter certeza de que ele não estava ferido, partiu em direção à casa do leme.

— Não acredito que você roubou o jacaré da Elsie!

— Estamos apenas o pegando emprestado — disse o capitão Bob, com calma. — E vamos devolvê-lo bem. Qual é o problema?

— Além do fato de você ter raptado o Albert, o problema é que a Elsie vai pensar que eu ajudei você.

— Você precisa controlar mais aquela mulher — disse o capitão Bob. — E agora, com minha autoridade como o capitão desta banheira, peço que você ajude Marley a levar o Albert à proa onde os deuses do mar poderão observá-lo melhor.

Sabendo que não adiantaria discutir mais e cedendo à antiga autoridade dos capitães de barcos do mar, Homer desceu e ajudou o marinheiro a levar Albert para a proa. Quando ele chegou, Albert abriu um sorriso e começou a emitir seu som de ié-ié-ié.

— Ele está gostando! — resmungou Marley. Quando Homer arregalou os olhos, ele acrescentou:

— Foi tudo ideia do capitão Bob.

— Mas você concordou. Pensei que fosse meu amigo.

— Sou um pescador que precisa alimentar a família.

— Você acha mesmo que ter Albert a bordo vai fazer alguma diferença?

Marley deu de ombros e então, quando o capitão Bob escolheu um ponto, colocou a isca e jogou o anzol. Primeiro, nada aconteceu, mas houve um puxão e Marley puxou a maior garoupa que a *Dorothy* havia pescado naquele ano. Homer colocou mais iscas e jogou mais anzóis. Para a surpresa de todos no barco, com a possível exceção de Albert, o mar estava cheio de peixes de todos os tamanhos e formatos, quase como se estivessem desesperados para embarcar.

O capitão Bob gritou feliz ao ver peixes empilhados no deque.

— Albert, meu velho. Você é a maior sorte que um pescador pode esperar ter!

Homer não soube ao certo como Albert saiu do barco. Só sabia que estava no fundo do barco puxando peixes a torto e a direito quando o capitão Bob se aproximou.

— Homer — disse ele, apontando o mar —, a água salgada faz mal para os jacarés?

Homer não sabia ao certo. Só sabia que quando olhou para o capitão Bob viu Albert afastando-se do barco na direção de um bando de garças.

— Vá atrás dele! — gritou Homer.

O capitão Bob ficou surpreso.

— Sair daqui? Com todos esses peixes nos anzóis? Seria maluquice!

— Mas Albert renovou nossa sorte!

— Foi mesmo. — O capitão Bob cumprimentou o jacaré, que se afastava. — Obrigado, Albert!

Homer não tinha escolha. Sua obrigação com Elsie, com Albert e talvez com todo o universo estava clara. Ele mergulhou no mar cheio de espuma.

30

O mar era ao mesmo tempo revigorante e assustador e a água fez Homer pensar em algo pertinente: ele não sabia nadar.

Boiou no estilo cachorrinho com o máximo de esforço que conseguiu, temeroso demais para parar e olhar para trás a fim de ver se a *Dorothy* estava por perto. Ele não conseguiu alcançar o jacaré, que voltou e o encontrou no meio do caminho. Quando ficaram nariz a focinho, Homer desesperadamente abraçou o jacaré.

— Ajude-me, Albert! — gritou ele.

Albert nadou um pouco carregando Homer enquanto o homem olhava ao redor à procura da *Dorothy*. O barco não estava em lugar nenhum. Ele sentiu um puxão e percebeu que ele e Albert estavam presos em uma corrente forte que os levava depressa em uma direção na qual Homer suspeitava que não queria seguir.

Homer não sabia quanto tempo tinha se passado, mas certamente foram horas, porque o sol estava afundando no horizonte a oeste. Ele se segurou em Albert, que continuou nadando.

— Leve-nos de volta para a praia, Albert — implorou Homer, e o jacaré podia ter feito isso, mas um barco se aproximou deles.

Homer tremia, e o calor sumiu de seu corpo no Atlântico frio, mas ele conseguiu levantar a cabeça e viu dois homens de macacão e chapéus de palha olhando para ele. Os dois, com base em sua expressão, não estavam animados por ver Homer nem Albert.

— Minha nossa, que encontro! — exclamou um deles, o homem cujos braços e o rosto estavam queimados de sol.

O outro tinha cabelos ruivos e um cigarro no canto da boca.

— Precisamos salvá-lo — disse ele.
— Não, não podemos salvá-lo, nem mais ninguém — respondeu o homem de rosto bronzeado.
— É um crocodilo que está carregando você?
— É um jacaré — disse Homer, batendo os dentes. Sem querer ser impertinente, acrescentou: — Mas consigo entender sua confusão.
O ruivo enfim baixou a mão e Homer a segurou enquanto segurava Albert com toda a força que ainda lhe restava, então o puxou para dentro.
— Obrigado — agradeceu Homer, deitando-se de costas e puxando o ar. — Vocês são a resposta às minhas preces. Quem me salvou?
— O nome dele é Roy-Boy — disse o ruivo. — Nunca fomos a resposta às preces de ninguém.
— Merganser é o dele — completou o moreno. — E ele está certo, não somos. Quem é você, rapaz?
— Meu nome é Homer — disse ele. — E este é o Albert.
— O que diabos está fazendo aqui com esse réptil? — perguntou Roy-Boy.
— Você não está com a Guarda Costeira, certo?
— Caí de um barco pesqueiro. Bem, não caí, exatamente. Albert entrou na água e...
— Que confusão — interrompeu Merganser. — Quem imaginou que acabaríamos com passageiros clandestinos!
— Teoricamente, somos resgatados — corrigiu Homer.
Roy-Boy fez um gesto de indiferença.
— Olhe, se atrapalharem, vou jogar vocês de volta na água.
— Aja como se não estivéssemos aqui — disse Homer.
Merganser não se convenceu.
— E se ele nos dedurar? — perguntou. — Talvez não devêssemos ter dito nossos nomes.
— Você disse a ele o meu — falei Roy-Boy. — Foi por isso que eu disse o seu. — Roy-Boy passou os olhos pelo mar vazio. — Mas para quem ele vai contar?
— Não estou falando agora. Depois.
— Juro que não contarei nada a ninguém — prometeu Homer. — Albert e eu não nos importamos com o que vocês fazem, desde que nos deem uma carona de volta à praia. Estou... bem, minha esposa e eu estamos... na casa do capitão Oscar em Murrell's Inlet. Conhece?

— Sim, conheço — disse Roy-Boy. — Então você caiu da *Dorothy*, certo?

— Sim, senhor. Da *Dorothy*.

Merganser balançou a cabeça.

— Se o capitão Bob souber disso, vai nos entregar, com certeza. Acho que devemos jogar esse cara e o crocodilo dele no mar.

— Albert é um jacaré — disse Homer a Merganser, então pensou que provavelmente não era bom corrigir um cara que podia jogá-lo no mar à própria sorte.

Roy-Boy estava pensando.

— Não, não podemos fazer isso — retrucou ele, por fim.

— Obrigado — disse Homer, aliviado. — Albert também agradece.

Homer se ajeitou com Albert em um monte de cobertores de lã. Estavam molhados, mas Homer não reclamou. Depois de um tempo, Merganser perguntou:

— Quer água? Tenho um pouco nesta garrafa.

Grato, Homer pegou a garrafa que lhe ofereciam, uma garrafa velha de uísque, e bebeu o líquido. A água estava quente e um pouco lodosa, mas, ainda assim, molhou sua boca seca. Dividiu o restante com Albert, que, refrescado, afastou-se de Homer e correu até os pés de Roy-Boy, que ergueu um remo.

— Se você se aproximar mais, vou acertar você, maldito crocodilo.

Albert parou e inclinou a cabeça, analisou o remo pesado e se aproximou dos cobertores molhados. Homer envolveu-o com o braço de modo protetor e os dois permaneceram quietos até escurecer.

As estrelas apareceram, milhões delas, todas claras e brilhantes, então Merganser desligou o motor e eles começaram a deslizar. Reunindo coragem, Homer perguntou:

— Estamos perto de Murrell's Inlet?

— Cale-se! — disse Merganser. — Não, não estamos. Se disser mais uma palavra, umazinha que seja, não importa qual, jogarei você e seu crocodilo no mar. Estamos combinados?

— Combinados — respondeu Homer antes de perceber que não deveria dizer mais nenhuma palavra, nem umazinha, mas, ao que parecia, Merganser não era do tipo literal, e Homer e Albert ficaram sozinhos, apesar de estarem molhados, no fundo do barco.

Acima, Homer viu a lua crescente com nuvens roxas passando. O mar batia no casco. De repente, uma lanterna apareceu e algo enorme começou a se aproximar. Parecia ser uma parede de madeira com três árvores gigantes.

— Olá, *Theodosia* — disse Merganser baixinho.

Um rosto apareceu ao lado de uma lanterna.

— Está pronto?

— Pode ser que você queira mandar alguém para nos ajudar — respondeu Merganser.

— Que seja rápido.

— Certo.

Em um instante, uma rede caiu ao lado, seguida por um homem negro de macacão e jaqueta de lona. Albert sibilou e, quando o cara o viu, gritou:

— Crocodilo! — E se afastou o mais depressa que seus pés descalços permitiram.

— É um jacaré — corrigiu Homer, e logo se arrependeu, porque Roy-Boy deu-lhe um chute nas costelas.

— É só um crocodilozinho — disse Merganser. — Volte. Não vai machucar você.

O homem desceu de novo pela parede de madeira, com os olhos redondos e brilhantes como um pires.

— Deixe essa coisa longe de mim — disse antes de se distrair com um barulho vindo de cima.

Homer viu uma trouxa descendo da alça de aço.

— Mantenha as faixas firmes — disse o homem negro a Roy-Boy ao pegar a rede. Juntos, desceram a trouxa até o barco, onde caiu e revelou vários pacotes envolvidos em aniagem.

— Depressa! — chamou alguém de cima. — O boato é que tem um cúter em algum lugar perto daqui.

O homem negro estava contando.

— Merda — resmungou.

— O que foi? — perguntou Roy-Boy, nervoso.

— Vocês têm treze pacotes.

— Fletcher! — chamou alguém de cima. — Assim que as descarregar, suba aqui de novo.

— Eles têm treze pacotes, sr. Marsh — respondeu o homem negro. — É azar.

— Suba aqui, Fletcher.

Ele concordou com relutância e subiu a rede para voltar ao barco. Quando o homem com a lanterna olhou para baixo, Homer viu que ele tinha um rosto quadrado e boca grande, enrugada nos cantos com linhas de expressão causadas pelo sorriso.

— Isso finaliza nossos negócios esta noite, senhores. Peguem esses pacotes — não vejam o que tem dentro, está bem? — e leve-os diretamente ao Crab Pinch Inlet. Haverá um caminhão à espera de vocês. Vão. Já estamos ligados e já dei ordens para que o barco avance ainda mais depressa.

A parede de madeira foi puxada. Merganser acionou o motor pequeno e os virou para outra direção.

— Conseguimos! — disse Roy-Boy.

— Ainda não. Você ouviu aquele bandido. Tem um barco de patrulha por aqui. Mas vamos passar por ele. Se nos virem, vão pensar que somos apenas uns beberrões da região.

— Sim, e um pescador meio afogado e um crocodilo.

— Jacaré — corrigiu Homer, então, por estar muito cansado, permitiu que a curiosidade superasse o bom senso. — O que tem dentro daqueles treze pacotes?

— Nunca diga "treze" num barco! — retrucou Merganser. — Dá azar.

Homer não quis recordar que não tinha sido o primeiro a dizer "treze" no barco. O homem negro chamado Fletcher já tinha feito isso.

— E não pergunte o que tem neles, porque não sabemos. Somos contratados apenas para carregar os produtos.

O barco seguiu em frente, mas eles percorreram menos de um quilômetro até serem iluminados por um farol.

— Parem! — mandou alguém com uma voz forte, ao que parecia, amplificada por um megafone. — Estamos preparados para atirar se não pararem.

A princípio, Merganser e Roy-Boy ergueram as mãos para proteger os olhos do brilho forte, mas então Merganser gritou:

— Calma! — E virou o barco de repente.

— Não estamos brincando! — gritou a voz.

— Haha! — Merganser riu. — Você vai ter que nos pegar primeiro!

O desafio de Merganser aparentemente foi aceito porque, em segundos, coisas bateram no barco, tábuas estouraram, e os restos caíram em cima de Homer, que depressa protegeu Albert com o corpo.

As batidas continuaram — barulho de tiros, Homer notou —, até ouvir o som de dois borrifos. Quando olhou para a frente, viu que Roy-Boy e Merganser não estavam mais ali. Os disparos tinham parado, e o motivo logo ficou evidente quando a água entrou no barco, afundando-o. Homer se viu de novo no mar, dessa vez sem Albert, que havia escorregado de suas mãos. *Elsie vai me matar se eu perder o jacaré dela*, pensou.

Mas então notou que ela não teria de matá-lo. Primeiro, porque ele estava se afogando. Segundo, porque estava prestes a ser atropelado. Uma onda clara passou por ele, vindo do casco de um grande navio de aço que mirava exatamente na direção dele.

31

Quando *Dorothy* voltou ao porto naquela noite, estava carregado de peixe, mas no deque havia um capitão tímido e um marinheiro que tiveram de confessar a Elsie que tinham, enquanto pescavam, perdido seu marido e o jacaré. Ao ouvir isso, a primeira reação de Elsie foi sentir uma tristeza enorme e quase ficar histérica. Mas pensando bem, e com o estoicismo das minas de carvão ainda impregnado em sua alma, ela se afastou dos lamentos, das lágrimas e do ranger de dentes. Ela lembrou que o capitão Bob não tinha lhe dito que seu marido e o jacaré tinham se afogado, só que tinham sido vistos, pela última vez, nadando no mar. Os jacarés, de acordo com o que Elsie sabia sobre eles, nadavam muito bem. Ela não tinha tanta certeza sobre Homer, mas a maioria dos rapazes de Gary sabia, pelo menos, o estilo cachorrinho.

Havia esperança para os dois. Havia também muitos clientes dentro da pensão, marinheiros de uma embarcação grande vinda de Outer Banks, e eles precisavam de cuidados. Elsie tomou sua decisão. Ela devia ao capitão Oscar continuar o seu trabalho.

Ela atenderia os clientes e em seguida decidiria o que fazer. Alertou ao capitão Bob:

— Isso não vai ficar assim.

— Fiz tudo o que pude, Elsie. O mar não perdoa.

— Eu também não.

Controlando-se com muita determinação, ela entrou de novo e trabalhou com Rose para preparar um jantar farto para os homens do mar, que estavam famintos.

Quando os marinheiros terminaram de comer e saíram da mesa, ela levou uma bandeja de comida a Grace, dizendo:

— Você nunca come o que eu trago, mas pensei em tentar mais uma vez.

— Como tudo de que preciso — disse Grace. — E você não precisa trazer mais. Sabe, eu vou para a cozinha à noite e pego o que preciso para me alimentar. Isso tem algo a ver com o seu marido perdido no mar?

Elsie começou a chorar, e a represa de seu coração se rompeu com as palavras de Grace.

— E meu jacaré — disse ela. — Ah, Grace, o que devo fazer?

Grace se inclinou para a frente.

— Bem, Elsie, o que você acha que deveria fazer?

Elsie secou os olhos.

— Não sei.

— Pense, Elsie. Seu marido está perdido no mar...

— E meu jacaré também.

— Sim, seu jacaré. O que deve fazer?

Elsie pensou.

— Devo encontrá-los — afirmou ela.

— No mar? Como faria isso?

Só havia uma maneira, e Elsie sabia.

— Obrigada, Grace — disse ela e desceu a escada, saindo na varanda, onde o capitão Bob e Marley estavam com os marinheiros, todos relaxando, fumando e digerindo a rica refeição. — Preciso de seu barco — disse Elsie ao capitão Bob.

— Do que está falando, Elsie? — perguntou o capitão Bob, tirando o cachimbo da boca.

— Preciso de seu barco. Para procurar Homer e Albert.

O capitão Bob pensou no pedido de Elsie e disse de modo condescendente:

— Há duas coisas erradas nessa ideia. Primeiro, você não sabe nada sobre barcos. Segundo, está anoitecendo e o mar é um lugar perigoso quando escurece.

— Não me importo — disse Elsie. — Só me ensine o básico, me coloque na direção certa e eu vou em frente. Sempre quis ser marinheira.

O capitão Bob se recostou e sorriu, levantou-se da cadeira de balanço, assentiu para os rapazes da embarcação e levou Elsie até o cercado vazio de Albert sob o salgueiro, onde não seriam ouvidos com clareza.

— Olhe só, Elsie — disse ele, apontando o cabo do cachimbo para ela. — Eles estão perdidos, seu marido e o jacaré, e não há nada a ser feito a respeito. Você deve aceitar que é viúva, já que o mar está rigoroso como sempre, se entregar à dor e então seguir com sua vida. Espere uns dias, até uma semana, e eu voltarei. Pode ficar aqui para sempre, e sei que é o que você quer. É o destino. Sabe o que é destino?

— Sei, sim — respondeu Elsie. — Espere aqui.

Ela atravessou o quintal da frente, subiu os degraus da varanda e passou pela porta de tela, que bateu com força atrás dela, assustando os marinheiros sonolentos. Continuou seguindo até chegar a seu quarto, onde abriu um pequeno baú oferecido pelo capitão Oscar para guardar as coisas dela, e retirou a pistola que tinha roubado de Denver, o motorista da estrada, o que parecia ter ocorrido meses atrás, talvez anos. Ela verificou se estava carregada, desceu a escada e marchou até a varanda, e a porta de tela bateu atrás dela, o que novamente assustou os marinheiros adormecidos, e desceu os degraus até a areia chegando ao cercado de Albert, onde logo encostou o cabo da pistola no queixo do capitão Bob.

— Vai me levar ao mar e vai encontrar meu marido e meu jacaré vivos, capitão Bob, ou juro que estouro sua cabeça.

Capitão Bob tirou o cachimbo.

— Bem — disse ele de modo alterado —, já que está dizendo assim, vamos lá.

32

Uma luz brilhou no rosto de Homer, quase o cegando, e quando a proa se virou, uma mão gigante pareceu sair do fundo e puxá-lo para baixo até ele sentir algo escorregar embaixo dele e erguê-lo à superfície. Quando sua cabeça apareceu na água, Homer viu que Albert o havia salvado de novo. Ele se segurou ao jacaré e começou a gritar por socorro.

O barco que quase o havia atropelado deu a volta e se aproximou pelo canto. Braços musculosos se estenderam a Homer e pegaram sua camisa, depois seu cinto e o puxaram do mar. De algum modo, ele se manteve agarrado a Albert.

Jogado no deque, Homer rolou e respirou fundo enquanto a água do mar escorria. Quando abriu os olhos, viu o rosto de um homem de aparência forte com um quepe de marinheiro. Outros rostos também apareceram. Eram todos homens de rosto sério.

— Obrigado — disse Homer enfim, com a voz embargada.

Albert olhou ao redor com interesse e sibilou quando um dos homens tentou agarrá-lo pela cauda.

— Não faça isso — aconselhou Homer, sentando-se.

Um garoto com um chapéu tubo preso na parte de trás da cabeça passou pelos outros homens e observou Homer e Albert.

— Você tem sorte de estar vivo — disse o menino.

— Onde estou? — perguntou Homer.

— No cúter *Helene* — respondeu o menino. — Da Guarda Costeira dos Estados Unidos.

— Guarda Costeira! Vocês estavam me procurando?

— Não, senhor. Estamos em patrulha à procura de contrabando. Por acaso encontramos o senhor.

— Que tipo de contrabando?

— Ouro, prata, joias, qualquer coisa que eles mandam do México para cá. Ah, não. Lá vem o chefe Vintner.

O chefe Vintner era o homem de cara séria que Homer tinha visto. Apareceu diante dos olhos de Homer e chutou o traseiro do garoto.

— Vamos, Doogie! Ajude-me a jogar na água aquele crocodilo ou o que quer que seja!

— É um jacaré — corrigiu Homer. — E, por favor, deixe-o em paz. Ele pertence a minha esposa. O nome dele é Albert.

Vintner se virou a Homer.

— Quem é você, contrabandista?

— Não sou contrabandista. Meu nome é Homer Hickam. Sou mineiro, mas tenho trabalhado no barco de pesca *Dorothy Howard*. Meu jacaré pulou no mar e eu pulei atrás dele. Então, fui pego por aquele barco que você afundou.

Vintner ficou com o rosto sério e ergueu a mão como se quisesse bater em Homer. Mas, mudando de ideia, ele a baixou.

— Não é com frequência que eu ouço tantas mentiras ao mesmo tempo. Por muito menos, eu acabaria com a sua raça. No entanto, você foi salvo pelo gongo, porque o capitão quer recebê-lo. Venha comigo.

Os outros homens tentavam segurar Albert, que mostrava resistência. Ele se virou para mostrar os dentes a cada homem que se aproximava. Homer se aproximou para protegê-lo.

— Se vai jogar meu jacaré na água, terá que me jogar com ele.

— Deixe o animal em paz, rapazes — resmungou Vintner. — Deixaremos o capitão decidir o que fazer.

— Tem uma corda que eu poderia usar para fazer uma coleira? — perguntou Homer. — Albert anda de coleira.

— Não tem corda nesta embarcação, meu rapaz — disse Vintner —, mas tem uma linha. Não usará a palavra corda de novo enquanto estiver neste barco. Entendeu?

— Mas não sou membro da tripulação — falou Homer.

Vintner riu com força.

O garoto entregou a Homer o que parecia ser uma corda e disse:

— Aqui está sua linha.

— Por que chamam isto de linha e não de corda? — indagou Homer num sussurro.

— Não faço ideia, senhor. E se sabe o que é bom pra você não fará mais pergunta nenhuma sobre isso. O chefe Vintner pegaria uma corda enrolada, ou melhor, uma linha, e bateria em você por isso, não pense que não.

Homer deu de ombros e usou o que parecia ser uma corda para fazer uma coleira para Albert. Quando terminou, o chefe Vintner levou Homer pelo braço.

— Vamos logo, vamos encontrar o capitão!

Vintner, segurando uma sacola cheia de sacos de estopa, também recuperados do mar, arrastou Homer enquanto Albert vinha atrás. Uma vez que ninguém estava tentando agarrá-lo, ele começou a inspecionar o barco com interesse. Em pouco tempo, estava sorrindo.

Na ponte, o chefe Vintner bateu na escotilha e uma voz reverberante gritou:

— Entre!

Vintner arrastou Homer e Albert para dentro.

— Capitão Wolf, estes são os dois que pegamos!

O homem que se virou na direção de Homer era magro como um espantalho, com o rosto cadavérico e tomado de cicatrizes. Era barbado e um dos olhos parecia gostar de vagar por conta própria.

— Bem — disse ele —, o que tem a dizer? Tome cuidado. Tudo será registrado.

Homer não entendeu o que era o registro, mas de qualquer modo, disse:

— Começou quando eu saltei do meu barco pesqueiro...

— Abandonou!

— Não, senhor. Sabe, meu jacaré... bem, na verdade, o jacaré da minha esposa... ele saltou e eu tive que ir atrás dele, já que...

— Até aqui, o senhor só ouviu mentiras, capitão — disse Vintner. — Este homem e seu crocodilo estavam no barco daquele contrabandista. Nós os resgatamos da água.

— Desertores e contrabandistas! Chefe, o que, em nome de Deus, o senhor está fazendo com criminosos na minha ponte? Não pode ficar assim! Há mais deles?

— Há mais dois, senhor, mas se afogaram. Estamos pegando os corpos agora.

— Como eles se chamam, rapaz? — resmungou o capitão a Homer.

— Roy-Boy e Merganser, senhor.

O capitão bufou.

— Aqueles dois! Não se incomodem. Deixem os tubarões comerem os dois. O que mais tem para mim, chefe?

— Sacos de artigos indubitavelmente ilícitos, senhor. — Vintner mostrou o saco que carregava. — Acredito que são chamados trouxas na terminologia arcana dos contrabandistas.

— Abra um deles, homem! — disse o capitão.

Vintner enfiou a mão, pegou um saco e o abriu, espalhando o conteúdo na mesa de metal cinza do capitão. A luz fraca do lado de dentro da casa de leme não escondeu as joias brilhantes que foram expostas.

O capitão pegou uma delas e a segurou perto da porta.

— Esmeralda. Da melhor qualidade. — Cuidadosamente, ele devolveu a pedra preciosa e pegou outra. — Opala. Perfeita e intensa. — Um colar chamou sua atenção. — Topázio e prata, trabalho muito bom. Período colonial, sem dúvida.

— Quantas trouxas?

— Treze, senhor.

— Jogue uma delas na água de novo.

Vintner ergueu as sobrancelhas.

— Qual, capitão?

— Como vou saber? Escolha uma e faça o que estou dizendo! Não vou guardar treze trouxas de nada no meu cúter. — O capitão se virou a Homer e a Albert. — De onde essas trouxas vieram?

Homer buscou na memória.

— O nome do barco que as entregou era *Theodosia*, senhor.

— O *Theodosia*! Aqueles lixos. Estou atrás deles há anos. — Ele analisou Homer. — Estenda a mão!

— Minha mão, senhor?

— Esta, recruta — disse o chefe, pegando a mão direita de Homer, virando a palma e o braço dele para cima.

— O crocodilo também, chefe — disse o capitão Wolf. — Levante a pata direita dele.

— Ele vai me morder se eu fizer isso, capitão — falou o chefe Vintner.

— Então, chame o Doogie.

Vintner abriu a portinhola e gritou para Doogie e, em pouco tempo, o garoto de chapéu em forma de tubo entrou, ofegante.

— Sim, senhor!

— Ajoelhe-se ao lado daquele crocodilo, Doogie, e erga a pata direita dele.

— Mas ele vai me morder, senhor!

— Eu lhe dei uma ordem.

Doogie se ajoelhou e, fazendo uma careta, pegou a pata direita de Albert. Albert olhou para o garoto com interesse e curiosidade, então sorriu. Doogie abriu um sorriso torto de volta.

O capitão Wolf ajeitou os ombros.

— Repita comigo. Juro permanecer na Guarda Costeira e fazer o que me mandarem fazer, mas principalmente o que meu capitão e meu chefe mandarem. — Homer não reagiu na mesma hora, em grande parte porque estava chocado demais com os acontecimentos, e o capitão acrescentou: — Diga isso ou terei que jogá-lo no mar de novo. E o crocodilo vai junto.

— É um jacaré — resmungou Homer, mas fez o melhor que pôde para repetir o que ouviu. Enrolou-se na maior parte, mas achou até que deu para o gasto. Quando terminou, ou pelo menos parou de falar, todo mundo se virou para Albert. O animal respondeu com um resmungo que pareceu satisfazer a todos os envolvidos.

— Bem-vindos à Guarda Costeira dos Estados Unidos — disse o chefe Vintner. — Se quer saber, nosso lema não oficial é "Você tem que sair, mas não precisa voltar".

Homer, cuja coragem voltava, pensou no lema não oficial.

— Isso é meio como ser mineiro — concluiu ele.

O capitão colocou as pedras preciosas dentro do saco de estopa de novo.

— Pode deixar as trouxas comigo, chefe, menos aquela que jogou no mar. E tire estas coisas da minha frente. Quando eu os vir de novo, eles serão marinheiros aptos.

O chefe respondeu com um forte "Sim, senhor!", escolheu uma trouxa, e logo depois levou Homer e Albert da ponte e o colocou para esfregar o deque. Pelo menos, Homer recebeu trabalho. Albert instantaneamente passou a ser o queridinho da tripulação e ganhou um chapéu branco para usar (um elástico o mantinha preso a sua cabeça) e foi tratado com uma mistura de deferência, diversão e surpresa. O chefe, depois de dispor da décima terceira trouxa em seu quarto (já que afinal, não eram mais treze, mas só uma), olhou para Albert.

— Sabe — disse ele para ninguém em especial —, eu acho que esse crocodilo deve ter muita sorte, que agora será nossa.

❧

Como era esperado, antes que muitas horas passassem, o *Helene* encontrou o navio que procurava com afinco nos últimos meses, o *Theodosia*.

O chefe Vintner entrou no escritório do capitão Wolf, onde o encontrou analisando as pedras preciosas ilegais, várias delas em seu bolso para serem guardadas como lembranças.

— O que diabos você quer? — perguntou o capitão.

— Senhor, inimigo à vista!

— Imagino que esteja se referindo ao *Theodosia*.

— Sim, senhor, o *Theodosia* está à vista.

— Então, vá atrás dele, chefe! Vamos ensinar ao capitão e à tripulação como quebrar as leis soberanas anticontrabando dos Estados Unidos! Vai escorrer sangue, chefe! Está me ouvindo? Vai escorrer sangue!

33

Durante toda a noite, *Dorothy* atravessou o mar. Se havia algo a ver, não foi visto, mas isso não impediu Elsie, que procurava no escuro um sinal de vida, qualquer movimento que indicasse um marido lutando pela vida ou um jacaré querido. O galo, que tinha corrido para a prancha no último segundo, estava na proa, escrutinando a escuridão. Nada foi visto.

Quando o sol apareceu no horizonte e as garças surgiram no mar para receber o novo dia, apesar de procurar intensamente, ela não via nada além do mar infindável, até Marley dizer:

— Tem algo ali que parece um corpo!

Elsie sentiu um nó na garganta quando o capitão Bob virou o barco. Marley, com o rosto enrugado de medo — homens mortos boiando eram azar —, virou o corpo e viu o rosto comido por tubarões.

— Não é o Homer — disse Elsie depois de conseguir olhar.

— Bem, não preciso ver o rosto dele para reconhecê-lo — falou o capitão Bob. — Está vendo aquela tatuagem nas costas da mão dele? É Merganser Finney, de Myrtle Beach. Ele vem de uma linhagem de vagabundos.

— Não fale dos mortos desse jeito, capitão Bob! — gritou Marley, fazendo sinais secretos com as mãos para afastar o espírito do homem ainda no mar.

— Coloque Merganser na água de novo — ordenou o capitão Bob. — Seus parentes não vão se incomodar se não houver ninguém querendo enterrá-lo. Sobraria para nós, e eu não tenho interesse em abrir uma cova nem encontrar um pastor para fazer o enterro.

— Não ouse jogá-lo — disse Elsie. — Ainda é um homem e merece respeito.

O capitão Bob pareceu sério, mas assentiu com relutância, concordando. Depois de engolir saliva várias vezes, Marley pegou o corpo com um gancho do barco e, com a ajuda de Elsie, puxou-o para o barco. Uma enguia saiu da orelha do cadáver e caminhou pelo barco até o mar.

— Não demora para que criaturas do mar invadam qualquer coisa para fazer de lar — disse Marley, fazendo mais sinais secretos.

Elsie desceu, pegou um pano e cobriu o corpo. O galo se aproximou e olhou para Elsie com uma expressão confusa.

— O que é, galo? — perguntou ela, e notou que o barco estava virado em direção à costa, avançando. Ela se virou para o capitão Bob. — O que acha que está fazendo?

— Estou levando Merganser para a praia, Elsie. É o que você queria quando o trouxe para o barco, certo?

— Não. Vire o barco e continue procurando. Tenho a sensação de que esse homem teve algo a ver com o que aconteceu com Homer. Além disso, você é o responsável pela queda de meu marido no mar, dele e de Albert, e não desistirei da busca assim tão fácil.

Quando o capitão Bob continuou teimosamente seguindo em direção à praia, Elsie se aproximou dele por trás e puxou o acelerador para trás. O motor roncou e morreu.

— Você é uma mulher louca — disse o capitão Bob. Tentou ligar o motor, que só roncou. — Pronto, você conseguiu. Agora estamos à deriva com um cadáver.

— Vai começar a feder, srta. Elsie — explicou Marley, meneando a cabeça em direção ao corpo coberto. — Vai feder tanto que você nunca mais vai respirar sem sentir esse fedor.

— Estou disposta a passar por isso, Marley — respondeu Elsie, determinada. — Capitão Bob, pare de brincar comigo. Está fingindo não conseguir ligar o motor só para me assustar. Bem, não estou com medo. Tenho que pegar minha pistola?

— Argh! — gritou Marley e levou a mão à orelha. — Você ouviu isso?

Elsie e o capitão Bob aguçaram o ouvido em direção ao mar aberto.

— Tiro — constatou o capitão Bob.

— E muitos — acrescentou Marley. — Gostaria de saber quem declarou guerra.

— Deve ter sido aquele maluco do capitão Wolf.

Elsie se virou em direção ao tiroteio.

— Eles estão ali — disse ela. — Sei que estão. Temos que ir ver!

— Não vamos a lugar nenhum — retrucou o capitão Bob. — O capitão Wolf é o cara mais maluco que já apareceu na Guarda Costeira. Ele manda os homens meterem bala, não tem como detê-lo. Eles atiram sem parar.

Elsie estreitou os olhos em direção ao barulho da batalha e puxou o capitão Bob num canto.

— Você me admira, capitão Bob, e não é segredo para ninguém. Acho que se sou viúva o senhor vai tirar proveito disso, mas como saberemos se não dermos uma olhada?

O capitão Bob estreitou os olhos.

— Está dizendo que pode haver espaço para mim em seu coração se seu marido estiver mesmo morto?

— Todo mundo sabe que uma mulher incerta em relação a sua viuvez pode passar anos rejeitando os homens por não ter certeza de sua situação. Veja Penélope, que esperou Ulisses por vinte anos.

— Vinte anos, senhora?

— É esse o fardo do parceiro incerto. — Elsie piscou.

O capitão Bob tremeu de raiva.

— Não vou esperar tanto!

Elsie apontou em direção aos tiros cada vez mais intensos.

— Pode ser a resposta para as suas preces... e para as minhas.

O capitão Bob ligou o motor, que se acionou no mesmo instante. Direcionou o *Dorothy* para longe da praia e em direção ao barulho da batalha, e o galo mais uma vez se posicionou na proa.

— Ah, capitão, meu capitão! — gritou Marley. — Estamos dentro agora!

34

— Pronto, rapazes, ali está a batalha — gritou o capitão Wolf para seus guardas organizados. — E a glória que sei que vocês sempre quiseram!

Os homens olharam-no com incerteza. A maioria deles era formada por garotos que tinham deixado os braços de suas mães com a promessa de receber salários frequentes ou que tinham sido encontrados adormecidos na praia e colocados para servir as Forças Armadas do governo federal americano. O treinamento consistia apenas de trabalho a bordo do *Helene*. Eles não sabiam nada de glória nem dos rifles e balas que o chefe Vintner tinha dado a alguns deles. Espadas, facas e peças de latão tinham sido entregues. Eles olharam para os objetos de guerra com mais curiosidade do que disposição.

O capitão Wolf não estava alheio à situação.

— Rapazes, a maioria de vocês nunca esteve em combate, mas isso não muda o fato de serem soldados americanos. Uma vez na batalha, vocês aprenderão. Chefe, cuide para que nossos rapazes saibam como carregar e atirar os rifles. O resto de vocês pode pegar a espada e acabar com eles. E pronto!

O chefe Vintner ensinou àqueles que tinham recebido um rifle a carregá-lo.

— Mirem com cuidado, rapazes, e puxem o gatilho só quando o inimigo estiver a sua frente.

Homer, observando tudo aquilo, se perguntava se lutaria. Só tinha um esfregão na mão. Observou o deque, percebendo várias escotilhas que levavam para baixo. Como era esperado, ele olhou para a mais próxima delas, mas foi pego de surpresa pelo chefe Vintner.

— Ei, recruta — disse ele, puxando Homer pela gola da camisa. — Aonde pensa que vai? — Tirou a ponta do esfregão e entregou o cabo a ele. — Pronto, um cajado melhor do que aquele que Little John usou para derrubar Robin Hood. Você vai se unir ao ataque, rapaz, ainda que seja contra seus amigos.

— Eles não são meus amigos — falou Homer. Olhou para o cabo do esfregão e tentou imaginar o que deveria fazer com ele.

— E o crocodilo? — perguntou um dos homens.

Chefe Vintner refletiu sobre a observação.

— Sim, rapazes, nosso amuleto de sorte, o crocodilo do mar! Ainda bem que temos uma criatura feroz conosco, pois ninguém pode nos negar essa vitória com ahn... — Ele se inclinou a Homer e perguntou pelo canto da boca: — Qual é o nome dele?

Homer soltou um suspiro.

— Albert, e ele é um jacaré, não um crocodilo.

— Albert! — gritou Vintner. — Albert, o crocodilo, nos levará à vitória! Quem vai atravessar com ele? — Ele apontou o garoto. — Você, Doogie, você e o ex-contrabandista carregarão Albert para o *Theodosia* e devemos seguir e persegui-los, até a vitória!

— Um viva para o Albert! — berrou um dos homens.

— Viva! — gritaram em resposta os outros guardas costeiros. — Três gritos para o nosso crocodilo! Rá! Rá! Rá!

— Vocês, homens! — anunciou o capitão Wolf da ponte. — Preparem-se. Vamos atacar o inimigo de pronto!

Apesar de nenhum dos guardas costeiros ter a menor ideia a respeito do que era "de pronto!", ao que parecia, os bandidos sabiam, já que o *Theodosia* de repente apareceu. Da proa, veio uma nuvem de fumaça seguida por um forte estrondo, um assovio e um tremor do ar quando algo pesado e muito rápido passou pelo *Helene*. O chefe Vintner correu enquanto o resto da tripulação ficava no deque.

— Estou vendo um círculo de fumaça! Eles têm um canhão a bordo, capitão! Levantem-se, seus porcos! Levantem-se, estou dizendo! — Ele se virou para a ponte. — Mais rápido, capitão Wolf, mais rápido para que possamos nos aproximar desses caras e destruir a terrível máquina deles!

Ao ver a atitude teatral do chefe, o capitão Wolf ergueu uma das sobrancelhas e então voltou-se para pegar o leme.

— Horatio Nelson foi quem disse isso melhor, meu amigo — disse ele ao homem da tripulação que havia deixado o leme. — Nada de manobras arriscadas. Vamos diretamente a eles!

— Horatio quem, senhor? — perguntou o homem.

— O maior almirante da história, apesar de ser um maldito Limey! — gritou o capitão Wolf quando um tiro de canhão bateu na ponte, abrindo um buraco na frente e atrás. Ele se virou e viu os buracos, então notou o homem deitado no deque. — Está bem, rapaz? Seus olhos estão arregalados demais!

— Estou bem, senhor — respondeu o homem enquanto se erguia devagar.

— Então, prepare-se! Estamos prestes a colidir com o bandido!

— Colidir, senhor? — indagou o homem, e a colisão ocorreu, derrubando-o de volta no deque. A ponte balançou muito e o capitão Wolf, assustado por um momento, abriu um armário, pegou uma faca e correu pela ponte.

— Pra cima deles! — berrou, empunhando a faca. — Mostre a eles o espírito da Guarda Costeira dos Estados Unidos!

O que aconteceu em seguida foi uma confusão total. Tiros foram dados e os homens da Guarda Costeira correram de um lado a outro, sem saber exatamente o que fazer.

— Pra cima deles, homens! — gritava repetidas vezes o capitão Wolf da ponte, mas seus homens permaneceram onde estavam, sem saber exatamente o que significava “Para cima deles!”.

O chefe Vintner, ao ver sua tripulação tão confusa, pegou Albert de Doogie e o jogou do outro lado do *Theodosia*. Quando Albert pousou, abriu a boca para os bandidos, que saíram correndo após uma rápida olhada.

— Sigam nosso crocodilo! — gritou Vintner.

Os homens da Guarda Costeira hesitaram até que Homer, preocupado com Albert, saltou o espaço entre os dois barcos. Um bandido tentou interrompê-lo com um machado, e ele usou o cabo do esfregão como um taco de beisebol, derrubando o machado das mãos do homem e acertando-o com força na cabeça. O homem caiu como um saco de feijão. Os outros bandidos se afastaram dos dois de repente.

— Sigam o recruta e o crocodilo! — ordenou o chefe Vintner.

Dessa vez, ao ver o bom exemplo de Homer e Albert, os homens da Guarda Costeira se levantaram e pularam no deque dos bandidos. A batalha foi rápida e sangrenta, apesar de não ter sido exatamente mortal, porque a maioria dos bandidos instantaneamente largou as armas e abriu mão do barco. Foi bom ver o *Theodosia* ser abalado pela proa do *Helene* e se encher de água.

No entanto, dois dos bandidos não desistiram. Avançaram em Homer, com os machados erguidos. Um dos homens era muito grande e o outro, muito pequeno. Para sua surpresa, Homer os reconheceu.

— Slick? Huddie? São vocês?

Os dois homens pararam e olharam para Homer e então para Albert.

— Não somos nós — disse Slick.

— Parem de mentir. Reconheço vocês. O que estão fazendo neste barco?

Slick e Huddie se entreolharam, e Slick respondeu:

— Não conseguimos ter uma vida honesta roubando bancos ou explodindo fábricas de meias, nem apostando em jogos de beisebol, então viemos tentar a sorte no mar.

— Pensei que tivessem pegado o dinheiro da jovem sra. Feldman — disse Homer.

— Pegamos, mas o xerife tomou de volta depois de nos prender por roubar aquele carro funerário. Não temos uma folguinha sequer.

Apesar de serem criminosos, Homer sentiu-se um pouco triste por Slick e Huddie. Obviamente, tinham pouca sorte.

— Vocês devem viver sob uma estrela de azar — disse ele.

— Sinceramente, acredito que nosso azar começou quando conhecemos você e esse jacaré. Vocês dois têm que morrer. Huddie, vamos cuidar disso.

Huddie assentiu e os dois homens ergueram seus machados e partiram para a frente. Homer bloqueou o primeiro golpe da lâmina de Huddie com o cabo do esfregão, mas então o gigante ergueu o machado para desferir o golpe mortal. De costas para o mar, Homer não teve escolha a não ser mergulhar na água. Quando mergulhou, ouviu mais um tibum e viu que Albert havia se unido a ele. Slick e Huddie ficaram para trás no *Theodosia*, balançando os machados e xingando com bastante entusiasmo.

Albert se aproximou nadando e Homer se segurou nele, então, os dois observaram até os dois barcos sumirem de vista. O sol começou a se pôr em meio a uma explosão de tons de rosa, roxo e azul, e Homer agarrou Albert bem de perto, com medo de passar mais uma noite num mar escuro, frio e perigoso. Mas logo um som distante se aproximou, mais e mais, e os encontrou.

Era o *Dorothy*, cujo capitão, primeiro comandante e sua carga, Elsie e um galo sem nome, haviam partido atrás de seus órfãos e milagrosamente os encontraram, o mineiro e o réptil, o que foi comemorado com grande alegria por alguns, mas não por todos.

35

Elsie procurou Grace logo cedo e a encontrou, como sempre, em seu quarto. O sol tinha entrado pelas cortinas entreabertas atrás dela, que parecia uma vespa brilhosa à luz clara.

— Você está partindo — constatou ela antes que Elsie pudesse abrir a boca.

— Sim — disse Elsie. — Vim dizer adeus, Grace, e agradecer por ter me mostrado como administrar uma pousada.

Elsie olhou além da mulher em direção ao céu, tomado pela luz brilhante do sol.

— Meu Deus, como amo este lugar!

— Ainda assim, você está indo embora.

Elsie se apressou em explicar.

— Está claro que magoei o capitão Bob. Não quero continuar causando dor a ele. Além disso, ele tirou Homer da água e não quer que meu marido continue trabalhando como pescador.

Grace inclinou a cabeça e disse:

— Homer poderia trabalhar em outros barcos e meu irmão poderia ser contido. Ele é um bom homem, apesar de solitário, mas outra mulher vai se interessar por ele. Não, Elsie, acho que você está partindo porque sabe que é hora de partir. Sua viagem ainda não está completa. Tem muita coisa para você ver e fazer antes de poder voltar.

Os olhos de Elsie estavam úmidos e a voz, embargada pela emoção. Ela detestava partir, mas sabia que precisava pelos motivos que Grace ressaltou.

— Você acha que vou voltar um dia? — perguntou ela à amiga.

— Claro. Mas, antes que vá, acho que você deveria caminhar pela praia, a praia grande, não aquela barulhenta, e pensar no que virá e no que trará você de volta a este lugar quando chegar o momento certo.

— Ah, vou, sim! — exclamou Elsie. Avançou para dar um abraço de despedida em Grace, que ergueu as mãos e se afastou.

— Por favor, compreenda. Não é adequado me abraçar, porque minha situação me torna intocável. Mas está na hora de você partir. Saiba que eu estarei atenta e esperando sua volta. Um dia, Elsie, você e eu caminharemos pela praia grande juntas, aquela que vai até a ponta da península. Entendeu? Agora, sorria e vá.

Elsie abriu o sorriso que Grace queria e partiu, então entrou no Buick, que estava, por insistência do capitão Oscar, com o porta-malas cheio de comida e bebida. No banco de trás, Albert dormia dentro da bacia no cobertor da mãe de Homer, e com o galo em cima da cabeça. Ao lado de Homer, no carro, estava o capitão Oscar, que sorria com tristeza. Ao lado de Elsie, Rose chorava baixinho, e suas lágrimas pingando na areia.

— Bem, adeus — disse o capitão Oscar.

Rose se debruçou na janela e envolveu Elsie nos braços magros.

— Vou sentir sua falta para sempre — disse ela.

Elsie a abraçou com força.

— Espero que esteja aqui quando eu voltar.

— Estará, se depender de mim — disse o capitão Oscar. — Este lugar não funcionaria sem Rose.

Rose baixou a cabeça e sorriu.

— Obrigada, capitão. Ficarei e trabalharei para o senhor até quando quiser.

Homer apertou a mão do capitão Oscar e se virou para a esposa.

— Bem, Elsie, vamos nessa, se queremos ir.

Elsie e Rose se abraçaram de novo, e Rose deu um passo para trás e desviou o olhar enquanto tentava esconder, sem sucesso, a grande tristeza em seu rosto e as lágrimas que não controlava.

— Cuide de Grace, querida — disse-lhe Elsie. — Ela age como se não precisasse de nada, mas acho que gosta de conversar.

— Espere aí — retrucou o capitão Oscar. Ele olhou para Elsie com uma expressão de susto. — O que você disse sobre Grace?

Elsie ficou confusa pelo modo ansioso com que o capitão fez a pergunta.

— Só que Rose deve cuidar dela — respondeu ela.

— Tem conversado com Grace?

— Quase todos os dias que passei aqui.

O capitão Oscar tirou o quepe e o segurou com as duas mãos.

— Elsie, minha filha morreu há três anos.

Elsie olhou nos olhos do capitão e viu que ele não estava brincando. Olhou para a pousada, pelo vidro de trás do Buick, e viu o leve contorno de um corpo humano no quarto de Grace.

— Sinto muito, capitão — disse ela numa tentativa de confortá-lo. — Sempre me disseram que tenho uma imaginação muito fértil. Claro que eu não poderia ter falado com ela.

O capitão Oscar olhou para a casa. Elsie não sabia se ele via a figura na janela. Estendeu a mão à frente do corpo de Homer, segurou a mão de Elsie e a soltou em seguida.

— Gostaria que você ficasse — disse ele.

— Não posso — respondeu Elsie em tom sério. — A Grace disse... — Respirou fundo. — Entendi que estou em uma viagem que é mais do que uma viagem. Tem que terminar, mas não termina aqui. Ainda não, pelo menos.

Sem entender nada daquilo, Homer pressionou o acelerador e dirigiu até a estrada.

— Preciso ir à praia — declarou Elsie antes que ele fizesse a curva.

Homer pareceu querer discutir, mas então virou na direção do mar.

— O que você quiser — disse ele, baixinho.

Na praia, Elsie saiu do Buick e tirou os sapatos.

— Espere aqui — pediu ela, deixando-os no chão do carro. Sem olhar para trás, passou pela vegetação rasteira até as ondas do mar e até a grande extensão de areia que se estendia por quilômetros até acabar na ponta de uma península.

Elsie respirou o ar com cheiro de mar. Caminhou à beira d'água, pegando conchas e caquinhos de vidro. Quando sentiu alguém ao seu lado, pensou ser Homer, mas, quando olhou para cima, era Grace. Assustada, Elsie largou as conchas e os vidros.

— Por que você está aqui?

— Eu amo a praia.

— Não — disse Elsie. — Quero dizer *aqui*.

— Quer saber por que não estou no céu?

— Sim.

— Estou, Elsie. E, quando o momento chegar, este será o seu céu também.

Elsie respirou fundo e observou as garças sobrevoando-a e os maçaricos correndo pela areia. No horizonte do céu azul e límpido, nuvens claras e fofinhas se espalhavam como bolinhas de algodão. *Deus,* ela pensou, *é tão lindo que quero ficar aqui para sempre!* Ela se virou para dizer a Grace como se sentia, mas percebeu que estava sozinha de novo. Quando se virou, viu só um par de pegadas, as dela.

Afastando os pensamentos de sua mente, exceto a beleza de tudo o que a cercava, ela ficou ali por um tempo, olhando para o mar, depois seguiu seus passos até chegar ao Buick. Abriu a porta e acordou Homer.

— Você viu mais alguém na praia? — perguntou ele quando Elsie se sentou no assento da frente e fechou a porta. Ela balançou a cabeça.

— Está pronta para ir para a Flórida?

Elsie assentiu.

— Você está bem?

— Não.

— O que posso fazer?

— Pode dirigir.

O galo se aproximou e se acomodou no ombro de Homer, e Albert, acordando, emitiu seu som de ié-ié-ié. Homer, ainda sem mapa, dirigiu até a estrada mais próxima, com o sol à esquerda, e seguiu com determinação para o sul.

Eu tinha dezenove anos e era aluno da Virginia Tech. Um amigo meu que tinha licença para pilotar me levou para voar num avião monomotor. Era um dia de muito vento. Depois de sobrevoar a bela zona rural perto de Blacksburg naquele dia de primavera, ele se aproximou do campo aéreo. Enquanto pousávamos, um forte vento cruzado ergueu uma das asas. A outra bateu no chão e quase tombamos. Tivemos sorte de sobreviver e sabíamos.

— Espero que ninguém tenha visto isso — disse meu amigo.

Meu coração estava na garganta.

— Eu também — falei.

A próxima vez que vi minha mãe foi quando ela estava passando por Blacksburg a caminho da casa que ela e meu pai tinham comprado na península de Garden City Beach, um pouco ao norte de Murrell's Inlet. Avisou que estava no campus e eu fui vê-la.

Minha mãe não era muito de dar abraços. Ela fez um gesto para que eu me sentasse numa cadeira da sala.

— Que história é essa de você ter sofrido um acidente de avião? — perguntou quando me sentei na cadeira à frente dela.

— Quem te contou?

— Você acha que não tenho meus espiões aqui? Sei de tudo o que você faz. Conte o que aconteceu.

— Um vento cruzado na aterrissagem — falei. — Não foi culpa do piloto.

— Como sabe? Ele usou o manche a favor do vento e o aileron oposto?

Eu a observei.

— Como você sabe algo sobre voar?

Ela ergueu o queixo.

— Ah, eu poderia lhe contar umas histórias sobre coisas que sei que você não sabe que sei.

— Você já me contou várias — falei.

— Deixe de ser presunçoso — avisou ela, e relaxou na cadeira. — Senti saudade de nossas conversas, Sonny. Desde que foi para a faculdade, as únicas pessoas na casa com quem posso conversar são os gatos. Seu pai... — Ela balançou a cabeça. — Bem, você sabe. Ele está sempre ocupado na mina.

Pela primeira vez em toda a minha vida, achei que minha mãe parecia um pouco triste. Talvez fosse porque estava envelhecendo. Afinal, tinha cinquenta e tantos anos.

— Então me conte como aprendeu sobre aviões — pedi.

Ela começou na hora.

— Foi na Geórgia — disse ela. — Ainda estávamos levando o Albert para casa...

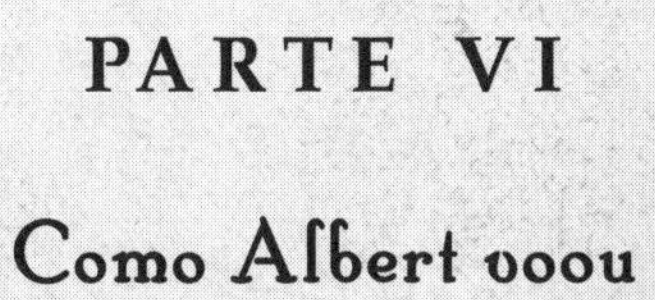

PARTE VI

Como Albert voou

36

Elsie achou que a placa na fronteira da Geórgia era a maior e mais chamativa que já tinha visto na entrada de um Estado. Tinha um pêssego enorme, com uma loira sorridente segurando um cesto cheio do que pareciam ser pêssegos, e, acima da placa, liam-se as palavras:

BEM-VINDO À GEÓRGIA
NOSSO LEMA: SABEDORIA, JUSTIÇA E MODERAÇÃO

Elsie leu o lema, tentou entendê-lo, não conseguiu. Fechou os olhos e tentou dormir, mas o sono não vinha. Então, ela pensou no que aconteceria e concluiu que não sabia. Havia ameaçado matar um homem e arriscou a própria vida no mar para salvar Homer (e também Albert, claro), mas ainda não sabia como se sentia em relação ao marido. Não parava de procurar um pouco de amor no coração, mas não o encrontrava. Mas talvez, ela pensou, fosse porque não sabia o que era o amor. Homer era um bom homem, apesar de suas inclinações exageradamente lógicas e sua tendência de criticá-la, e outras mulheres provavelmente se sentiriam gratas em tê-lo como marido. Então, por que ela não se sentia assim? Talvez, pensou com tristeza, fosse por causa de Buddy. Ele havia estragado tudo para Homer, talvez para todos os homens. Buddy era muito bonito, divertido e, sempre que ela estava com ele, sentia-se bem em relação a si mesma. Mas Buddy havia partido para Nova York e talvez até para Hollywood, para a fama e para o dinheiro, e para mulheres com grandes olhos azuis e cabelos platinados. Ela se permitiu um longo suspiro. *Tão triste, tão triste. O que vai ser de mim?*

⇝ ⇜

Do outro lado do banco, Homer às vezes olhava para a esposa e sorria por dentro. Ela o amava, ele tinha certeza, caso contrário, por que teria forçado o capitão Bob a procurá-lo e entraria no *Dorothy* sozinha para ter certeza de que o trabalho estava sendo feito direito? Pensar nisso fez seu coração inflar e lhe deu vontade de viajar pela Geórgia o mais rápido que o Buick pudesse e atravessar a fronteira para a Flórida, até Orlando. Ele tinha um pouco de dinheiro no bolso — o pagamento feito pelo capitão Bob — e havia comida e bebida da pensão no porta-malas. Se conseguisse seguir adiante, achava que atravessaria a Flórida em um dia e uma noite, talvez menos, e levaria só mais um dia até Orlando para deixar Albert em um pântano adequado. Depois, seguiria direto, o mais direto possível até Coalwood, onde imploraria ao Capitão para ter seu emprego de volta. Porque, afinal, quando um marido e uma esposa estavam apaixonados, de que importava onde moravam?

Conforme as horas passaram, a paisagem se tornou mais plana e Homer viu arbustos de algodão nos campos, fileiras e mais fileiras. Casas com moldura de madeira e telhados de latão brilhando ao sol quente podiam ser vistas afastadas da estrada.

Não havia cidades nem grandes nem pequenas, nem muitas placas de trânsito, só aquelas que identificavam o número da estrada. Sem mapa, os números não significavam nada. Então, Homer continuou dirigindo por instinto, escolhendo a melhor estrada que parecia levar ao sul. Quando sentiu fome, saiu da estrada asfaltada e pegou uma rua estreita de terra que levava a algumas árvores frondosas. Do outro lado das árvores, ficou feliz ao ver uma agradável extensão de grama verde e, sobre ela, um cavalo bonito e de boas proporções pastando na grama. Ele dirigiu até embaixo da árvore e tocou o ombro de Elsie para acordá-la.

— Encontrei um bom lugar para nosso piquenique.

Elsie olhou ao redor.

— Onde estamos?

— Ainda na Geórgia.

— Ah, sim, o Estado que pretende nos encher de sabedoria, justiça e moderação.

— Um belo propósito — comentou Homer. — E até aqui, parece ser um Estado adorável. Acho que você sabe que a Geórgia faz fronteira com a Flórida, então só temos que atravessá-la e, quando menos percebermos, estaremos em Orlando, onde poderemos deixar o Albert e voltar para Coalwood!

Elsie esticou a mão, deu um tapinha no focinho de Albert e mostrou um sorriso amarelo.

— Nossa, não é incrível? — perguntou ela.

Pelo sorriso amarelo, Homer suspeitou que sua esposa não achava que o comentário tinha sido incrível.

— O que foi? — perguntou ele, na mesma hora arrependendo-se de ter falado.

— Nada — respondeu ela.

— Tem certeza? — indagou Homer, também se arrependendo.

— Bem, na verdade, tem algo sobre o qual precisamos conversar.

Homer se lembrou de uma orientação do Capitão Laird.

— Quando uma mulher diz a um homem que precisam conversar — dissera o homenzarrão —, meu conselho é que o homem saia correndo pela porta mais próxima.

A porta mais próxima, no caso, era a do carro. Homer tocou a maçaneta, mas logo baixou a mão. Ele ouviria o que ela tinha a dizer.

— E o que seria? — inquiriu ele.

— Quando chegarmos a Orlando, eu gostaria de ficar por um tempo — disse ela.

Homer relaxou e soltou o ar.

— Bem, claro. Você vai querer visitar seu tio Aubrey.

— Mais do que isso — reforçou ela. — Gostaria de ficar... como eu disse, um tempo. Um bom tempo.

— O que quer dizer com um bom tempo? — inquiriu Homer, e então sentiu algo tocar seu cotovelo. Assustado, olhou para a frente e viu que o cavalo tinha se aproximado e tocava seu braço com o grande focinho. — Saia, cavalo — disse.

Elsie abriu a porta e saiu.

— Tem sela e estribos. Deve ter escapado de algum lugar.

— Não é nossa responsabilidade, Elsie — falou Homer. — O que quer dizer com um bom tempo?

— Sempre quis ser uma *cowgirl* — disse Elsie, e antes que Homer pudesse falar alguma coisa, subiu na sela com facilidade, apesar de, até onde Homer sabia, ela nunca ter montado antes. Estalou a língua, e o cavalo avançou e trotou enquanto ela exibia uma cara de quem sabia exatamente o que estava fazendo.

Ela deve ter aprendido em Orlando, Homer disse a si mesmo, e então deixou a imaginação acelerar e, enquanto a esposa fazia o cavalo galopar, imaginou a glamourosa Elsie Lavender e o charmoso Buddy Ebsen trotando em um encontro romântico por uma trilha tropical na profunda e decadente Flórida. Ele se pegou cerrando os punhos e estava à beira de correr atrás de Elsie, puxá-la da sela e exigir saber como ela sabia cavalgar, e se "um bom tempo" significava que ela não tinha a menor intenção de voltar a Coalwood. Irritado e triste ao mesmo tempo, ele disse a si mesmo que aquele era o momento de enfim saber a verdade a respeito do motivo pelo qual estavam fazendo aquela viagem.

Mas ele não soube a verdade porque, do céu iluminado pelo sol, veio uma ave gigante sobrevoando o Buick, o ar de suas asas o derrubou no chão, e ela mergulhou em direção à Elsie e ao cavalo que reagiu ao ataque inesperado se abaixando.

Olhando para cima, Homer percebeu que não era uma ave, mas, sim, um avião, e na verdade, um biplano antigo. Ele ficou de pé e observou a aeronave de duas asas subir em preparação para outro voo. Então, viu que Elsie tinha sido derrubada e, com medo de que ela estivesse machucada, correu até a esposa.

— Você está bem? — perguntou ele com ansiedade, ajoelhando-se e segurando sua mão.

Elsie se apoiou em um cotovelo.

— Claro que estou — disse ela, apesar de parecer um pouco perturbada, com os olhos levemente desfocados.

Homer passou as mãos pelos braços e pernas dela.

— O que está fazendo? — perguntou ela.

— Vendo se não há ossos quebrados.

— Não estou com nenhum osso quebrado — disse ela, e se levantou para mostrar quando a aeronave veio descendo de novo, dessa vez, se inclinando e diminuindo a velocidade o suficiente para aterrissar no campo.

O motor do avião roncou, tossiu e morreu. Então, um homem usando um boné de couro marrom, óculos escuros, jaqueta de couro marrom, calça verde-oliva e botas marrom saiu da aeronave e se aproximou deles, apoiando as mãos nos quadris.

— Estava roubando meu cavalo?

— Não, senhor, só estava cavalgando nele — respondeu Elsie, aproveitando a chance para bater as mãos na saia. — Pensamos que ele tinha fugido de algum lugar e que se eu montasse, ele poderia me levar até lá.

O homem colocou os óculos no alto da cabeça e, apesar de seu rosto estar empoeirado e com manchas de óleo, Homer viu que sua pele era escura, mais ou menos da mesma cor das botas. Ele pensou nisso por um momento, um homem negro pilotando uma aeronave, então deu de ombros, pois, assim como o Capitão Laird, ele acreditava que um homem deveria ser julgado por suas habilidades e produtividade, não pela cor da pele nem por quem eram seus pais.

— Bem, eu acredito em você — disse o homem. — É uma égua, e eu a chamo de Trixie. Ela é cheia de manias e uma delas é desatar a corda. — Ele estendeu a mão a Elsie e depois a Homer. — Meu nome é Robinson R. Robinson, mas a maioria das pessoas me chama de Robby.

— Homer Hickam — falou Homer. — Esta é minha esposa, Elsie, que aparentemente é cheia de segredos porque, até hoje, eu não sabia que ela andava a cavalo como uma especialista.

— Aprendi na Flórida — explicou Elsie.

— Não me surpreende — retrucou Homer, franzindo o cenho, enciumado.

Elsie mudou de assunto.

— Como o senhor se tornou piloto?

— Na última grande guerra, srta. Elsie — respondeu Robby. — Eu era só um mecânico em um aeródromo na França, mas um dia ficamos sem pilotos e, como eu pratiquei um pouco com um dos instrutores, eles me deram um avião como este e algumas bombas e eu parti. Quando acertei os alvos, eles me mandaram várias vezes até a guerra terminar. De volta em casa, comprei a velha Betsy aqui e cavalgamos por todo o país. Quando eu me estabeleci, comecei uma empresa de pulverização de plantações. Tenho acabado com os insetos há cerca de dez anos.

Com essa revelação, Elsie pareceu pensativa.

— Você está se perguntando o que os moradores da região pensam sobre um homem negro em um avião? — perguntou Robby. — Estes caras aqui são agricultores de algodão. Como cuido de suas plantações, eu poderia ser cor-de-rosa que eles não estariam nem aí.

Elsie caminhou até o avião e passou as mãos pela textura da fuselagem e pela asa. Robby e Homer se aproximaram quando ela disse:

— Sempre quis ser uma pilota.

— Elsie, não! — disparou Homer. — Você não pode ficar querendo ser tudo quanto é coisa!

— Bem, acho que posso querer ser o que quiser — replicou ela, e então perguntou: — Quanto custa a aula, Robby?

Robby sorriu.

— Para você, srta. Elsie? Bem, acho que faria isso por um sorriso e vinte e cinco centavos.

Elsie sorriu.

— Tenho vinte e cinco centavos — disse ela.

— Elsie, não — repetiu Homer, mas dessa vez num tom mais baixo e derrotado.

Elsie passou por Homer e ele se apressou para acompanhá-la.

— Quero ser mais do que você quer que eu seja — disse ela, dando passos largos em direção ao Buick.

— Não é verdade — respondeu Homer quando a alcançou. — Só acho que você não faz ideia do que quer. Vai me dizer o que quer dizer com "um bom tempo"?

Elsie não respondeu. Depois de ir ao Buick e pegar vinte e cinco centavos e entregar a Robby, ela começou a receber instruções do piloto sobre como subir na aeronave e para que serviam os diversos instrumentos, pedais, alavancas e o manche. A cada palavra, o coração de Elsie batia um pouco mais forte. Ela de fato já tinha pensado em ser pilota, ou pelo menos aeromoça de alguma companhia aérea. Muitas vezes já tinha se deitado na grama no quintal de Coalwood e observado aquela faixa de ar empoeirado que passava pelo céu e se imaginado voando de algum modo, de nuvem a nuvem. Ela havia garantido a si mesma que, se continuasse voando de nuvem a nuvem, como se fossem ilhas, poderia sair voando de Coalwood para um lugar diferente, até mesmo para uma realidade diferente. Mas seus pensamentos nunca duravam muito porque a locomotiva puxando os vagões de carvão escurecia as nuvens e o céu de fumaça, e o pó de carvão nos vagões que ganhavam velocidade se espalhava pela cidadezinha como uma capa cinza cobrindo telhados e entrando nos quartos, encobrindo sonhos como se nunca tivessem existido.

Elsie se sentou no banco duro de madeira do biplano, olhou para os botões e para as alavancas, e colocou as mãos no manche que vinha do chão.

— Só toque o manche quando eu mandar — ordenou Robby. — Vou colocar nós dois no ar. Quando você se sentir à vontade, deixarei que assuma o comando.

Robby virou os botões necessários na cabine, então saiu, segurou a hélice e a empurrou. O motor roncou e ganhou vida, e ele entrou novamente na aeronave.

— Está pronta?

— Sempre! — gritou Elsie, com um sorriso tão grande que até doía seu rosto.

Robby colocou o capacete de couro por cima das orelhas e empurrou o manche para a frente. O velho avião atravessou o campo de grama. Quando chegou perto de uma cerca, Robby o virou e empurrou o manche em direção ao guarda-fogo. Com uma nuvem de fumaça, a aeronave avançou e ganhou velocidade. Seguiu cada vez mais rápido até bater em um obstáculo no campo e saltar. Elsie gritou de animação. Quando Robby colocou o biplano em um barranco, a asa direita apontou quase diretamente para baixo, e Elsie se surpreendeu ao ver o campo, a floresta, os campos de terra vermelha, o Buick, Homer e Albert olhando para cima. Robby endireitou o avião e começou a circular para ganhar altitude.

— Incrível, incrível, incrível! — gritou Elsie.

E era mesmo. Cada círculo fazia o biplano ir mais e mais alto e, com a altitude, vieram coisas fascinantes. Elsie avistou um rio que ela não fazia ideia que estava perto dali e uma casa grande que parecia velha, com jardins e um caminho pavimentado.

— Está se divertindo? — gritou Robby.

— Ah, sim! — respondeu Elsie.

— Você se importa se eu fizer algumas acrobacias?

— O quê? — perguntou Elsie.

Robby mergulhou o biplano e parou o motor, o que fez a aeronave mergulhar de novo, dessa vez ficando de cabeça para baixo em um loop parcial. O resultado infeliz disso foi que Elsie, que estava sem cinto de segurança, começou a sair da cabine. Ela bateu os joelhos na beira dela e gritou, mas não foi de alegria, e, sim, de susto.

Robby percebeu o erro e virou o avião, e Elsie caiu no banco de novo.

— Desculpe! — gritou ele. — Eu deveria ter lhe avisado para colocar o cinto. Você deve estar sentada em cima dele.

Elsie descobriu um cinto de couro, em cima do qual de fato estava sentada, e o passou pela cintura com o máximo de pressão que conseguiu. Depois fez sinal de positivo a Robby.

— Certo, vamos testar — disse Robby.

Ele se alinhou ao campo e desceu até as rodas do biplano tocarem a grama, então acionou o motor para levantar voo de novo. A manobra causou uma onda latejante de energia do motor, que fez Elsie ofegar de alegria.

— Está pronta para pilotar? — indagou Robby.

— Com certeza! — gritou Elsie, olhando para trás.

— Pegue o manche e vire-o para a direita. Está sentindo? Quando começar a virar, vá devagar e use os pedais que controlam o manche. Certo. Vire à direita, pise no pedal direito... isso! Dê um leve solavanco, a ponta está caindo. Perfeito!

Elsie fez voltas lentas, ganhou e perdeu altitude, então aprendeu a aterrissar e foi perfeito.

— Você é uma pilota nata! — gritou Robby. — Agora, leve-nos para o chão. Aterrisse.

E foi o que Elsie fez, com perfeição. Quando o biplano parou perto do Buick, Robby olhou para Homer.

— E você, jovem? Gostaria de voar em meio às nuvens?

— Não, obrigado — respondeu Homer com educação.

— Eu voei, Homer! — gritou Elsie mais alto do que o barulho do motor.

— Eu vi — retrucou Homer com uma voz baixa e triste.

A cara de Homer fez Elsie perder a alegria, e seu sorriso desapareceu. Será que aquele homem não podia se animar com suas conquistas?

— Você precisa voar, Homer — sugeriu ela, saindo do avião.

— Não estou interessado — disse Homer, mas então teve uma ideia. — Mas acho que o Albert gostaria.

Elsie franziu o cenho.

— Que loucura! Albert não pode voar!

— Acho que pode, sim. Vou com ele para ter certeza de que ficará bem.

Elsie cruzou os braços e bateu o pé.

— Albert é meu jacaré e eu o proíbo!

Homer colocou uma nota de dez dólares na mão de Robby.

— Vamos, Robby. Você tem novos clientes.

Abraçando Albert, ele entrou na aeronave, prendeu o cinto e olhou para Robby.

— Se você não entrar neste avião, vou voar sozinho — disse ele.

Robby, depois de lançar um olhar de desculpas a Elsie, que estava muito brava, subiu no avião e logo decolou. Sobre os campos de algodão e rios de verão da Geórgia, Albert voou, voou e voou, resmungando de prazer a cada coisa nova que via enquanto Homer, com os lábios contraídos, não viu praticamente nada, já que estava pensando demais. Elsie não precisava dizer o que "um bom tempo" significava. Lá em cima, voando pelas nuvens com um jacaré no colo, ele começou a aceitar a verdade. Ela não voltaria a Coalwood. Não o amava. O casamento tinha chegado ao fim.

Depois de aterrissar, Homer entregou Albert a uma ansiosa Elsie.

— Meu menininho — disse ela. — Estava tão preocupada com você. Que diabos, Homer! O que você estava pensando?

A raiva de Homer o fez reagir:

— Pensando? Quem precisa pensar? Eu pensei em deixar o Albert voar por um bom tempo...

— Olhe, Homer...

Homer ergueu as mãos.

— Deixe para lá — disse ele, então se virou para Robby e apertou a mão dele. — O senhor fez algo bom, sr. Robinson. Fez o Albert conhecer os céus.

— A Elsie também — disse Robby.

— Sim, bem, ela sempre consegue o que quer.

Robby levou Homer para o lado por um momento.

— Você tem uma boa mulher aqui, Homer — disse ele. — Aventureira e animada. Uma mulher assim tem sentimentos delicados. Acho que você precisa ceder, mesmo que seja só um pouco.

— Ceder é o que faço de melhor, senhor — retrucou Homer, com amargura.

— Você pegou aquele jacaré para irritá-la, não?

— No começo, foi. Mas então lembrei que ele salvou minha vida há pouco tempo. Pensei em mostrar a ele minha gratidão.

— Não desista dela ainda — aconselhou Robby, e deu um tapinha no ombro dele.

Homer deu de ombros. Não era o tipo de homem que desistia das coisas, mas também era realista. Para onde Elsie estava indo, ele não tinha sido convidado.

Eu tinha cinquenta e cinco anos.

Havia vendido meu livro de memórias *Rocket Boys* à Universal Studios e eles estavam fazendo um filme baseado nele. Minha mãe foi convidada para ir ao set, onde ela conheceu Chris Cooper, o ator que estava interpretando seu marido.

Não contei a ela que o chamavam de "John" no filme porque o roteirista queria me chamar de "Homer" em vez de "Sonny", e não poderia haver dois "Homers" no filme. Eu havia relutado contra a mudança e perdi.

— É o que acontece quando você vende seu bebê a comerciantes de escravos — disse Joe Johnston, o diretor. Ele estava certo.

Minha mãe não tinha sido informada sobre a mudança de nome. Ela só sabia que estava na frente de um homem usando o mesmo tipo de calça cáqui que meu pai usava, as mesmas botas de ponta de aço, o mesmo capacete de supervisor.

Chris havia me pedido algumas coisas pessoais de meu pai, e na mesma hora minha mãe viu o anel maçônico do marido e o relógio Bulova.

— Espero fazer jus a ele — disse Chris.

Minha mãe olhou nos olhos de Chris.

— Você é um bom ator? — perguntou ela.

Chris ficou um pouco assustado com a pergunta.

— Bem, algumas pessoas dizem que sim, Elsie — respondeu.

Ela o olhou de cima a baixo.

— É melhor que seja mesmo — declarou ela, e se afastou.

Eu a alcancei.

— Mãe, o que deu em você?

Na época, ela tinha oitenta e seis anos e se cansava com facilidade. Estávamos na pequena cidade de Petros, no Tennessee, que fazia as vezes de Coalwood. Estavam montando uma cena no quintal da casa que deveria ser dos Hickam. Sem pedir permissão, minha mãe se sentou na cadeira do diretor. Eu puxei uma cadeira ao lado.

— Você está bem? — indaguei.

— Aquela casa não se parece muito com a nossa.

— É só um filme, mãe.

— Bem, seria de se pensar que eles tentariam acertar algumas coisas. Por que eles chamam Homer de John?

Eu fiz uma careta.

— Eu não sabia que você sabia disso.

— Acha que não sei ler um roteiro? Eu li tudo. Não gosto muito de como estou nele. Será que Buddy sabe sobre esse filme?

— Buddy Ebsen? Posso contar a ele, se quiser.

Ela pensou em minha resposta e balançou a cabeça.

— Não, depois de todo esse tempo não seria certo.

Ela olhou para as pessoas do filme.

— Aquele cara é o eletricista — disse ela. — E aquele é seu assistente. Aquelas moças bonitas são assistentes de roteiro. — Ela suspirou. — Elas sempre eram as mais lindas quando seu pai e eu fizemos aquele filme. Ele contou a você, não foi?

— A respeito da produção do filme? — Não consegui não rir. Era ridículo.

Ela ergueu uma das sobrancelhas.

— Não acredita em mim? Albert também participou.

O diretor-assistente se aproximou. O cenário que montavam estava pronto, mas quando ele olhou para a cadeira viu que estava ocupada pela minha mãe.

— Quer que eu saia? — perguntou ela.

Percebi que ele queria. Percebi também que ele não tinha a coragem de dizer.

— Não, senhora — respondeu. — Vou pegar outra cadeira.

Minha mãe viu Natalie Canerday, a atriz que a interpretava, de pé na varanda da frente da casa dos "Hickam" na cena. Ela balançou a cabeça.

— Se eu soubesse que você ia me tornar famosa, Sonny, teria permanecido mais jovem e mais magra.

E então me contou sobre o filme que ela, meu pai e Albert fizeram.

PARTE VII

Como Homer e Elsie salvaram um filme e Albert interpretou um crocodilo

37

Pronto.

Finalmente! Finalmente!

Homer mal conseguia acreditar e, na verdade, não teria acreditado se não houvesse uma prova bem na sua cara. A placa de boas-vindas anunciava:

BEM-VINDO À FLÓRIDA, O ESTADO DO SOL

No centro havia um grande sol dourado, a borda era formada por laranjas e ao lado ficava uma mulher rechonchuda de maiô como se estivesse convidando o mundo a experimentar seus prazeres.

Homer olhou o que havia depois da placa e notou que o lugar não era muito diferente da Geórgia. Verde, plano e quente.

— Bem, chegamos — anunciou, desse modo. Ele achava que algo precisava ser dito para marcar a ocasião. Também queria romper o silêncio que permanecera no carro por muitos quilômetros.

A contribuição de Elsie foi:

— Precisamos de um mapa.

— Por quê? Tem uma placa que indica lugares diferentes, incluindo Orlando.

— Não sabemos se é o melhor caminho. Talvez haja um atalho.

— Se houver, vou dar um jeito — retrucou Homer com teimosia.

Quando a escuridão tomou os dois, e nenhuma placa foi vista por muitos quilômetros, Elsie disse:

— Estamos perdidos.

— Não estamos perdidos — respondeu Homer. — Só não temos certeza de onde estamos.

Elsie olhou para Homer sem acreditar e balançou a cabeça.

— Você nunca falou nada mais verdadeiro — disse ela.

Devagar e sem esperança, Homer continuou dirigindo até, enfim, encontrar uma placa grande, vermelha e branca, na qual se lia:

ENTRADA PARA SILVER SPRINGS
RELAXE E SE REFRESQUE NO TEMPLO DOS
DEUSES DA ÁGUA

A promessa que a placa oferecia era convidativa o bastante para Homer seguir na direção mostrada pela seta. Em pouco tempo, encontrou um bom lugar entre os pinheiros para estacionar. Ele parou o carro e Elsie respirou fundo.

— Sempre gostei do cheiro de pinheiro — disse ela. — Nunca sentimos esse cheiro em Coalwood, só o fedor do trem a vapor e do pó de carvão.

— Aquele fedor, como você diz — respondeu Homer —, é o preço do progresso, aquele que pagava nossa comida e o teto sobre nossas cabeças.

— Ainda assim, fede.

Homer tamborilou os dedos no volante, procurando se acalmar e controlar a raiva. Queria discutir com Elsie, gritar com ela, mas não achava que faria bem.

— Vamos comer — disse ele por fim.

Depois de jantar algumas coisas que havia no porta-malas, Elsie, Albert e o galo se acomodaram no carro. Homer abriu um cobertor no chão, pegou mais um para se cobrir e dormiu com a esperança de que não choveria.

Não choveu, e a manhã também estava muito bonita, fria e sem névoa. Homer, depois de sair debaixo do cobertor, decidiu que precisava trocar de camisa. Depois de retirá-la, ele procurou outra no porta-malas, quando ouviu o pipocar de uma moto, que logo se aproximou. Nela, havia uma mulher magra de calça, botas, camisa jeans e uma boina. Os cabelos castanhos eram curtos, cortados num estilo moderno.

— Ah, graças a Deus, você veio! — exclamou ela.

— Senhora? — respondeu Homer, com as sobrancelhas erguidas.

— Você é Omar, certo?

— Não, senhora. Meu nome é Homer.

— Ah, incrível! Pensamos que não viria. Eric vai ficar tão feliz!

Elsie saiu do Buick, esfregando os olhos para afastar o sono.

— Homer? Com quem está falando?

— Quem é? — perguntou a mulher da moto. — Ah, entendi. Seu agente mandou uma atriz querendo um papel. — Ela estreitou os olhos para analisar Elsie. — E entendo o porquê. Existe uma semelhança. Bem, venham vocês dois. Eric está esperando.

Nem Homer nem Elsie se mexeram, por isso ela disse:

— Por que estão parados aí? Eu mandei virem. Vamos, vamos!

Elsie abriu a porta de trás e tirou Albert dali. Ele desceu balançando a cabeça e empinou o focinho, farejando, depois rolou de costas. Elsie se ajoelhou e esfregou a barriga do jacaré enquanto ele emitia seu "ié-ié-ié" e balançava as patas.

— Meu Deus! — exclamou a mulher. — Seu agente é incrível! Como ele sabia que precisávamos de um crocodilo?

— É um jacaré — corrigiu Homer.

A mulher olhou para Homer por um segundo e disse:

— Quase a mesma coisa. Sou a srta. Mildred Trumball, assistente de direção, e isso inclui arrumar locações. Você, moça, entre no *sidecar*. Omar, você me segue. Consegue carregar o crocodilo?

— Albert precisa fazer suas necessidades antes de irmos a qualquer lugar — disse Elsie.

A srta. Trumball pensou no comentário de Elsie e perguntou:

— Como se chama, moça?

— Elsie. Esse é o Albert.

— Eloise — disse ela. — Que belo nome! Certo, vamos fazer uma coisa. Você leva o crocodilo para fazer as necessidades, depois desce a estrada até a primeira casa à direita. É onde Eric está. Vou levar Omar... com licença, jovem, não coloque a camisa! Vou levar Omar para conhecê-lo primeiro. Não demore, Eloise. Vamos, Omar. Eric vai amar você. Tenho certeza!

Elsie se aproximou de Homer e, enquanto a srta. Trumball observava com as sobrancelhas erguidas, sussurrou no ouvido dele:

— Quem é?

— Não sei — respondeu Homer. — Talvez estejamos em um parque ou coisa assim e tenhamos que pagar o ingresso a esse tal de Eric. Acho melhor acompanhá-la.

— Mas por que sem camisa?

— Talvez ele seja esquisito e consigamos um desconto.

— Certo, mas não tire as calças.

Pensando que havia acabado de receber um bom conselho, Homer entrou no *sidecar*. Ao se afastar, olhou para Elsie e Albert, e os dois seguiram em direção a uns arbustos.

Homer gostou de andar no *sidecar*, mas não pôde aproveitar muito. Na curva da estrada de terra havia uma fileira de casas feitas de blocos de concreto em meio a um bosque de palmeiras. Na varanda da primeira casa, havia um homem numa cadeira de metal. Dois outros homens estavam sentados na grade da varanda e havia uma mulher nos degraus. Ela segurava um caderno e aparentemente lia em voz alta para os três homens. Quando a srta. Trumball desligou a moto, Homer ouviu a mulher dos degraus dizer:

— ...e então Tarzan grita e nós vemos um monte de elefantes, leões e búfalos. Eles descem correndo pelo vilarejo e...

Para a surpresa de Homer, o homem da cadeira xingou alto.

— É o mesmo maldito fim de todos os malditos filmes do Tarzan! Quando vocês, cretinos, contarão algo original? Não existe uma merda de pensamento original na cabeça de vocês. Saiam daqui! Todos vocês! Que inferno! Quem você trouxe, srta. Trumball?

— O substituto de Buster — respondeu ela quando Homer saiu do *sidecar*.

— É aqui que pago meu ingresso? — perguntou Homer.

— Deixe-me dar uma olhada nele. Eu não disse a vocês, malditos roteiristas, para saírem daqui? Isso! E não voltem enquanto não trouxerem algo original.

Quando os dois homens e a mulher se dispersaram, o homem levantou da cadeira e desceu os degraus até a grama. O homem com a perna cheia de bandagens, óculos e camisa larga, além de calça cáqui por dentro das botas marrons de cano alto, observou Homer com a intensidade e arrogância de um senador romano escolhendo um escravo.

— Minha nossa, ele é bem parecido, Mildred — disse ele, esticando o braço e puxando um pelo do peito de Homer.

Homer fez uma careta.

— Mas vamos precisar depilá-lo.

— Só quero pagar nosso ingresso. Precisamos ir — disse Homer, erguendo as mãos para proteger o peito e não permitir que puxassem mais pelos.

— Do que ele está falando? Está preocupado com seu ingresso? Bem, não precisa pagar nada, mas só vai conseguir cinquenta por semana, rapaz, nem um centavo a mais. E sua comida e acomodação sairão desse valor. Por que você não explicou isso a... qual é o nome dele?

— O nome dele é Omar, Eric. Omar, qual é seu sobrenome?

— Hickam — disse Homer. — Mas acho que houve um mal-entendido aqui. Meu nome não é Omar. É...

— Ouça, Omar — interrompeu o homem. — Claramente, você não sabe quem sou. Talvez você pense que sou um ator qualquer ou o galã desta produção, mas na verdade, sou Eric Bakersfield. Sim, aquele Eric Bakersfield.

Homer pareceu inexpressivo, e a srta. Trumball disse em tom esperançoso:

— O diretor famoso de muitos filmes importantes.

Depois de franzir o cenho na direção dela, Bakersfield continuou:

— Mas daqui para a frente sou o Deus todo-poderoso para você. Como deve me chamar? Vai me chamar de sr. Bakersfield, mas, acima de tudo, de "Sim, senhor, agora mesmo, senhor", e é só o que quero ouvir de sua boca. E quem é aquela?

O olhar do diretor se voltou a Elsie, que havia acabado de fazer a curva na estrada com Albert.

A srta. Trumball se intrometeu.

— É Eloise, a substituta da srta. O'Leary. A agência mandou um crocodilo também. Eles deveriam receber os parabéns por isso, não acha?

— O nome dela não é Eloise — disse Homer. — E ele não é um croco...

— O que eu disse, Omar? — rosnou Bakersfield. — "Sim, senhor, sr. Bakersfield. Agora mesmo, sr. Bakersfield." Mildred, é melhor que este cara aprenda as regras. Não estou nem aí se ele é parecido com Buster.

Homer enrugou a testa, consternado. Até aquele momento, não tinha compreendido muito de nada do que aquelas pessoas esquisitas diziam. Mas antes que pudesse, de novo, corrigir os vários erros, uma mulher de quimono de seda e um homem de boina correram até Elsie como se fossem atacá-la. Para alívio de Homer, só tocaram os seus cabelos e se posicionaram na frente dela.

— Ela vai ficar muito bem com as roupas de Maude — disse a mulher.

— Ela vai ficar melhor do que Maude. Temos que tingir os cabelos dela, sr. Bakersfield? — perguntou o homem.

Bakersfield se aproximou e passou os dedos pelos cabelos de Elsie, com cuidado.

— A cor é boa, mas eu gostaria de ver menos cachos neles.

Um homem sério de calça cáqui e capacete se aproximou depois de sair da casa ao lado e se ajoelhou ao lado de Albert.

— Que belo animal! — exclamou ao passar a mão pelo corpo e pelas escamas do jacaré. — Muito saudável também. Percebo pelos osteodermas bem-formados. Obviamente, é bem-treinado e dócil também, não como nossos amigos selvagens aqui em Springs. Mas um pouco pequeno para a cena de luta.

— Ângulo de câmera e cortes rápidos podem resolver isso, Chuck — disse Bakersfield. — Farei essa criatura ficar grande como uma casa.

O homem de capacete olhou para Elsie.

— Sou Chuck Noble, conhecido por aqui como domador de répteis. — Ele deu um tapinha na cabeça de Albert, que reagiu com um sorriso cheio de dentes. — Quem o treinou?

— Acho que fui eu — disse Elsie, assustada e feliz enquanto o homem e a mulher com quimonos de seda continuavam a mexer em seus cabelos e a falar sobre sua pele.

Bakersfield bateu palmas.

— Certo, Trish e Tommy, vamos dar um pouco de espaço a esta mocinha, deixemos que ela respire.

— Você pagou o ingresso? — perguntou Homer a Elsie.

— Ingresso? Você só se importa com isso, com seu ingresso? — perguntou Bakersfield. — Vocês deveriam ser artistas! — Ele suspirou exasperado.

— Certo, cinquenta dólares por semana para cada um de vocês e dez para o crocodilo. Justo? Certo. Mildred, leve Omar para conhecer Buster. Trish e Tommy, levem Eloise para conhecer Maude. Chuck, vá e treine o crocodilo. Agora! Preciso acabar essa porcaria de roteiro com esses malditos escritores que não conseguem escrever nada. Agora vão. Vamos, vamos!

Em pouco tempo, os maquiadores se dispersaram com Elsie. Chuck, o domador de répteis, partiu com Albert na coleira, e Homer, com a cabeça rodando, se viu dentro do carro atravessando a estrada de terra. Quando a srta. Trumball parou de novo, a seis casas dali, Homer decidiu obter algumas respostas.

— Só saio deste carro quando descobrir o que está acontecendo.

— Como assim? — perguntou a srta. Trumball.

— Elsie e eu não quisemos causar problemas — explicou Homer. — Passamos a noite estacionados e queríamos partir hoje cedo. Para dizer a verdade, não estou entendendo nada.

A srta. Trumball franziu o cenho até os olhos registrarem um brilho de compreensão.

— Está dizendo que não é da agência?

— Na verdade, somos da Virgínia Ocidental.

— Com um crocodilo?

— Albert não é um crocodilo. É um jacaré. E ele foi dado pelo ex-namorado de minha esposa como presente de casamento. O nome dela é Elsie, não Eloise, e meu nome, na verdade, é Homer, não Omar, apesar de eu admitir que é parecido. Estamos levando o Albert para casa, sabe? Estamos viajando há... bem, não sei quanto tempo. Um bom tempo.

— Ah, que pena! — exclamou a srta. Trumball. — Eric vai ficar muito decepcionado! Você e sua esposa são perfeitos, assim como Albert! Não poderiam trabalhar conosco, mesmo assim? Estamos falando de cento e dez dólares por semana! Não é uma miséria, sabe?

Não era mesmo, e Homer pensou na oferta. Afinal, não entendia muito das finanças de que precisaria quando chegassem a Orlando. Também não sabia exatamente de quanto precisava para voltar a Coalwood, considerando o tempo e a dificuldade da viagem até então. Com esses pensamentos fixos em sua mente, ele deu de ombros e assentiu.

— Onde assino?

— Ah, Omar! Você é o melhor.

— Eu disse que meu nome é Homer?

— Sim, disse, mas tem que ser Omar agora. Vai confundir muito o Eric se mudarmos. Ele não lida bem com mudanças.

— E se o Omar de verdade aparecer?

— Não acho que ele vá aparecer. Soubemos ontem à noite que está na prisão, por isso fiquei tão surpresa em vê-lo aqui. Algo a ver com embriaguez, desordem e, talvez, o assassinato de uma namorada. — Ela suspirou. — Atores.

— Elsie tem que ser Eloise?

— Infelizmente, sim. — Ela se animou. — Mas Albert pode ser Albert. — Ela esticou a mão. — Então, estamos combinados?

Estava combinado, e eles selaram o acordo com um aperto de mãos. Então, a srta. Trumball levou "Omar" a casa.

— Buster! — disse ela. — É a Mildred. Posso ter um momento com você? Gostaria que conhecesse alguém.

Do lado de dentro ouviram-se sons, um baque como se algo pesado e de vidro tivesse caído e quebrado, e então a voz de um homem dizendo:

— Só um minuto!

O minuto pedido se passou, depois mais um. Por fim, Homer viu uma loira jovem quase nua, segurando suas roupas, correr dos fundos da casa até os arbustos. A srta. Trumball acendeu um cigarro.

— Finja que você não viu isso. Bem... Oi, Buster!

Ela cumprimentou o jovem que havia saído da casa e se colocado na varanda. Ele usava um roupão felpudo branco e exibia um sorriso no rosto alegre e bonito.

— Quem você trouxe, Mildred? — perguntou ele.

— Buster, este é Omar. É seu novo substituto. Omar, este é Carl "Buster" Spurlock, também conhecido como Tarzan, o homem-macaco!

— Olá — disse Spurlock, acenando para Homer. Ele se virou para Trumball.

— Estou estudando minhas falas.

— Sim, notei. Devo ter perdido a página em que Tarzan tira a tanga e dorme com a moça.

— Ah, Mildred, não é nada disso.

— Buster, não sou sua mãe nem sua esposa. Se quiser brincar, problema seu. Apareça e saiba suas falas, é só o que peço.

— Claro, claro — disse Spurlock. Ele assentiu de novo para Homer. — Prazer em conhecê-lo. Nós nos vemos por aí. — E bateu a porta de tela.

Homer se virou para a srta. Trumball.

— Esse era mesmo Buster Spurlock? — perguntou ele, surpreso.

— Em carne e osso. Não fique com a impressão errada. Buster não é um cara ruim. Não fuma bem bebe, consegue imaginar? Mas tem olho apurado para as mulheres. E você, Omar? Tem um olho apurado para as mulheres?

— Só para uma.

— Eloise?

— Seja lá como quiser chamá-la, ela é a única mulher para mim.

A srta. Trumball riu.

— Bem, é melhor tomar cuidado por aqui. Essas meninas... e Eric não as contrata a menos que sejam lindas, exceto esta que vos fala... ficam meio loucas em um estúdio. É como se, já que estão na fantasia, quisessem vivê-la intensamente. Entendeu?

Homer estava começando a entender a srta. Trumball. Até gostava dela. Só esperava que Elsie estivesse bem onde quer que fosse. E também esperava que não estivessem alisando o cabelo dela, porque gostava dos cachos.

➔ ➔

Elsie foi levada por maquiadores à outra casa na estrada. Quando Trish e Tommy explicaram que ela participaria de um filme chamado *Tarzan encontra seu amigo*, Elsie percebeu que estava animada.

— Sempre quis ser atriz — disse ela.

— Você é uma substituta, não uma atriz — corrigiu Trish.

— Sempre quis ser uma dessas também — respondeu Elsie.

A casa na qual a famosa atriz Maude O'Leary estava tinha sido pintada de cor-de-rosa só para ela. O interior também era da mesma cor, incluindo os pequenos travesseiros em forma de coração no sofá e nas cadeiras. Quando Elsie entrou, deu uma olhada no quarto, que também tinha sido pintado de cor-de-rosa, embora a colcha fosse azul, o que criava, na opinião dela, um contraste interessante. A atriz, vestida com um roupão de seda incongruentemente verde, estava sentada no sofá com um roteiro no colo e um cigarro pendurado nos lábios cor-de-rosa. Apesar do contraste de cores, Elsie achava que O'Leary era a mulher mais linda que já tinha visto em toda a sua vida. Quando ela olhou para a frente e piscou os lindos olhos grandes e azuis, Elsie pensou que trocaria seus olhos castanhos por eles sem pensar duas vezes. Ela estava total, completa e incondicionalmente pronta para cair de joelhos e adorar aquela deusa mortal.

— Quem diabos é esta? — perguntou a deusa. Tirou o cigarro da boca e o amassou em um cinzeiro.

— O nome dela é Eloise — disse a srta. Trumball, passando pela porta de tela. — Ela é sua nova substituta.

— O que aconteceu com a outra? Ah, não me conte. Buster transou com ela até não aguentar mais. Foi isso?

— Quase — admitiu Tommy —, mas acho que Eric estressou a jovem oferecendo a ela um lado de sua cama também. Ela ficou tão confusa que roubou mil dólares em dinheiro e foi embora.

— Não culpo a piranha! — declarou O'Leary. — Aqueles idiotas são as piores transas em Hollywood. Ou assim me disseram. — Ela esticou as pernas e fez um movimento de tesoura. — Você nunca pegará nenhum dos dois entre essas pernas lindas! Quer uma bebida, querida?

— Bem... estou com um pouco de sede — respondeu Elsie, ainda surpresa por estar na presença da famosa atriz.

— Água não é bem o que ela está pensando, Eloise — falou a srta. Trumball ao entrar na casa sem bater. — E sinto muito, Maude, Eric disse que o armário de bebidas fica trancado até o sol se pôr.

— Vá se foder, Mildred, e Eric também — retrucou O'Leary, e então riu e deu um tapa na almofada ao lado. — Sente-se, querida, deixe-me dar uma olhada em você. Ah, que linda. Eu seria capaz de matar alguém... principalmente meu marido, que deve estar comendo nossa empregada neste momento... para ter cabelos como os seus. E sua pele. É transparente! O que você é? Alemã?

— Inglesa, irlandesa e cherokee — disse Elsie.

Mildred sorriu.

— Como eu disse, alemã.

— Sim, senhora — confirmou Elsie.

— Sim, senhora! Meu Deus, temos aqui uma verdadeira moça do sul também. Sabe de onde sou, Eloise? De Ellis Island da Polônia! Meu nome verdadeiro é Oshinski. Acredita? Meu agente disse que parecia meio japonês, que eu agora seria Maude O'Leary e aqui estou, uma polaca fingindo ser uma moça de Emerald Isle. Mas é preciso interpretar, moça! Levante-se. Rodopie para mim, sim? Ah, droga! Seu traseiro faz o meu parecer dois travesseiros. Droga! Está vendo isso, Mildred?

— Claro, Maude — respondeu a srta. Trumball enquanto Elsie corava, furiosa. — Ah, vamos, Eloise. Deixemos a srta. O'Leary estudar as falas dela. Ela tem uma cena esta tarde.

— Vou acabar com o cenário também — disse O'Leary, e então abriu um sorrisão. — Aposto cem pratas que vou deixar o Buster e o Eric de pau duro.

— Eu nunca duvidaria que você seja capaz de deixar qualquer homem de pau duro, Maude — falou a srta. Trumball, piscando para Tommy antes de levar Elsie, assustada, para fora.

— Minha nossa, não sabia que uma mulher podia falar obscenidades assim — comentou Elsie.

— Querida, aquilo foi só o começo. Mas ela tem talento para a interpretação, tenho que admitir. Tudo o que Buster tem a fazer é resmungar enquanto os escritores dão solilóquios a ela para compensar a diferença. Não sei como ela faz, mas consegue.

— Você acha que ela me ensinaria a interpretar? — perguntou Elsie.

— Observe-a, querida, é o melhor modo de aprender.

— Ah, vou observar — garantiu Elsie. — Vou observá-la todos os segundos que puder. — Olhou para trás com timidez. — Meu... hum, traseiro é realmente tudo... isso?

— Ah, querida. — A srta. Trumball riu. — Acho que é bom você não ter ideia de como é linda. Acho que você daria muito trabalho se soubesse.

— Eu tinha um namorado que dizia que eu era bonita, mas não acreditava muito nele. Ele é ator também. Buddy Ebsen.

A srta. Trumball franziu o cenho.

— Já ouvi falar. É dançarino também, certo? E era seu namorado? De onde Omar é?

— Da Virgínia Ocidental.

— É mesmo? O que ele faz lá?

— É mineiro.

— Isso explica os músculos. Você tem um baita Adonis, moça!

Para surpresa de Elsie, seu lábio inferior tremeu e uma lágrima escapou e escorreu pelo rosto. Ela a secou depressa.

— Calma. O que foi? — A srta. Trumball tocou o ombro de Elsie. — O que poderia entristecer esse belo rosto?

— Até este momento, eu tinha certeza de que deixaria Homer. Ou melhor, Omar.

— É mesmo? Bem, quando você estiver pronta para deixá-lo, me avise. Vou entrar na fila. É provável que seja uma fila comprida.

Assustada com a afirmação, Elsie olhou para a frente e fungou.

— Você acha?

— Tenho certeza, querida. Aquele seu homem é um pedaço de mau caminho.

Elsie observou o rosto expressivo da srta. Trumball e percebeu que ela não mentia. Então lembrou-se de quando viu Homer pela primeira vez no jogo de basquete e de como o achou bonito. Bem, e além de belo ele ainda é inteligente. O Capitão Laird o considerava inteligente, e quem era mais inteligente do que o Capitão Laird? Ao ouvir tantos elogios sobre seu marido, Elsie pensou que talvez estivesse sendo um pouco exagerada por querer se separar dele. Talvez precisasse lhe dar outra chance. Talvez.

38

Para surpresa de Homer, naquela noite, Elsie se deitou na cama com ele, como qualquer mulher casada faria com seu marido. Estava claro que ela estava no clima de romance e, com cautela, ele concordou, apesar de temer que os favores dela fossem apenas temporários. No dia seguinte, os dois leram o roteiro do filme e, como Elsie insistiu, ensaiaram algumas das cenas. Homer se sentiu ridículo. Seu papel exigia, em grande parte, resmungos.

Elsie apertou o roteiro contra o peito e disse:

— Você foi criado por macacos, é verdade, mas não é um macaco. É um homem! Um homem, Tarzan! Um homem humano. Está me entendendo?

— Não sei, Elsie — disse Homer, abaixando o roteiro. — Para mim, parece que Tarzan perceberia que não era um macaco. Quer dizer, por que mais ele teria feito uma tanga? Macacos não usam tangas, até onde eu sei.

Elsie arregalou os olhos.

— Você sempre tem que ser tão literal?

Homer pensou um pouco na pergunta dela e disse:

— Talvez seja coisa de mineiro. Se você não olhar literalmente para o teto, pode ser que ele caia literalmente na sua cabeça.

Elsie abriu a boca como se quisesse discutir, então balançou a cabeça e virou as páginas do roteiro.

— Certo, vamos lá. Jane vê Tarzan numa árvore e tenta convencê-lo a descer.

Homer virou a folha da cena.

— Não tenho falas.

— Perfeito — disse Elsie, depois procurou a dela. Homer foi até a geladeira pegar suco de laranja.

Mais tarde, a srta. Trumball convenceu Homer, Elsie e Albert a subir num barco de fundo de vidro. A água de Silver Springs era tão clara que, quando Homer olhava pelo vidro, parecia que o barco estava flutuando no ar.

Albert começou a fazer seu "ié-ié-ié" e pulou pela lateral do barco. Elsie ficou surpresa ao vê-lo através do chão de vidro. Ele acompanhava a embarcação sem dificuldade e fazia movimentos giratórios pela água.

— Meu menininho — disse ela. — Ele nada tão bem!

— Acho que sim, Elsie — concordou Homer. — Afinal, ele é um jacaré.

— Aposto que ele consegue nadar melhor do que qualquer jacaré do mundo.

Homer não discutiu; Albert o havia salvado duas vezes no mar. Mas, então, um animal grande e escuro passou pelo vidro. Homer percebeu que era outro jacaré, e bem maior do que Albert.

— Ah, pelos céus! — gritou Elsie. — Ele está atrás do Albert! — Ela se virou para o condutor do barco. — Faça alguma coisa!

— Sinto muito, senhora — disse ele —, mas não há nada a ser feito. É um jacaré enorme e não gosta que outros animais invadam seu harém. Acho que vocês acabaram de perder seu animal de estimação.

Homer, confiante, previu as quatro próximas palavras que Elsie diria a ele, e não se surpreendeu.

— Homer, faça alguma coisa!

Ele saiu de seu assento e pegou um gancho que estava encostado no canto do barco.

— Siga aqueles jacarés! — ordenou.

O condutor do barco percebeu que Homer estava falando sério, principalmente porque segurava o gancho do barco como se fosse bater nele, por isso se virou em direção aos dois jacarés. Quando eles se aproximaram do casco, Homer subiu na proa e acertou o outro jacaré na cabeça. O animal se afastou na hora.

Um minuto depois, o barco se aproximou de Albert. Ao ver que não havia saída, Homer pulou na água, agarrou-o pela cauda, virou-o e o abraçou para ter apoio.

— Vamos, Albert — disse ele —, você está deixando sua mãe preocupada.

Albert balançou a cabeça de um lado a outro, talvez procurando o casco, então impulsionou Homer de volta para o barco.

Ele, chutando com força, entregou Albert a Elsie, que o segurou por baixo das patas da frente, enquanto o condutor do barco os ajudava. Ela abraçou o jacaré, puxando-o para o barco.

— Ah, Albert, eu tinha certeza de que você seria comido!

Homer, subindo no barco, ia dizer que, se o jacaré decidisse se virar, ele poderia ter sido comido também, mas reconheceu que não valeria a pena entrar nesse mérito.

— Ela ama esse jacaré de verdade — reconheceu o condutor do barco.

— Mais do que qualquer coisa — admitiu Homer. — Ou qualquer pessoa.

Naquela noite, a srta. Trumball passou pela casa deles.

— Amanhã é um dia importante — anunciou ela. — Vamos fazer a cena da casa da árvore e vocês interpretarão Buster e Maude. Viram aquele armazém na doca? É onde fica o *Seattle*. Vocês terão que estar ali exatamente às seis da manhã. Aqui está um despertador. Não se atrasem!

Homer não era o tipo de pessoa que se atrasava para o que quer que fosse. Ajustou o alarme para as quatro da manhã, levantou-se e foi fazer café, depois acordou Elsie e preparou uma torrada com manteiga.

— Eu poderia ter feito o café da manhã — disse ela, espreguiçando-se lindamente no pijama de seda que a srta. Trumball havia lhe emprestado. Homer ficou embasbacado com a beleza dela, mas manteve o foco no trabalho do dia.

— Acho que isso vai ser divertido — disse ele.

— Está com sua fantasia?

— Não é muita coisa. É uma tanga. Disseram que eu poderia manter minha roupa íntima, se for preta. Eu disse que nunca tinha ouvido falar de roupa íntima preta e, por algum motivo, eles acharam graça.

— Eu tenho uma fantasia de safári — falou Elsie. — Até um capacete! — Ela o experimentou. — O que você acha?

— Você está ridícula — respondeu Homer, fazendo cara feia, só para tirar sarro, embora achasse que ela estava encantadora com o capacete.

Sua expressão não era séria, e Homer achou que talvez, quem sabe, Elsie estivesse pronta para um beijo. Ele se aproximou, mas ela se virou para Albert e beijou o topo da cabeça dele.

— Chuck, o dominador de répteis, está vindo hoje, Albert — disse ela. — Ele vai treinar você para brigar com Buster Spurlock. Não vai ser divertido?

Albert fez seu "ié-ié-ié".

Homer observou Elsie abraçar o jacaré e, naquele momento, quis que o próprio sangue fosse frio.

— Vamos, Elsie — disse ele. — Não vamos nos atrasar no primeiro dia.

No armazém, os atores, diretor e assistente de direção estavam trabalhando intensamente para montar o cenário enquanto as meninas do roteiro e os escritores olhavam com falso interesse e cuidavam de suas ressacas.

— Mostrarei a esses idiotas que acham que podem enganar John Bakersfield! — gritou Bakersfield quando Homer e Elsie entraram. — Não preciso dos sons deles. Posso fazer aqui de graça!

A srta. Trumball se aproximou para cumprimentar o casal.

— O Eric está um pouco chateado. Ele recebeu um telegrama dizendo que o estúdio quer nos cobrar um preço exorbitante para usar os efeitos de som deles, por isso John decidiu gravar tudo aqui.

Elsie observou o set coberto com grama.

— Que lindo — disse ela, encantada.

— Que bom que gosta — respondeu a srta. Trumball. — Vai ver muito dele hoje. — Ela acenou para um dos assistentes de direção, um jovem magro com calça cáqui justa e botas marrom. — Donald? Venha aqui e leve nossos atores à maquiagem.

Donald se aproximou.

— Acompanhem esse jovem — disse a srta. Trumball a Homer e a Elsie.

Donald os acompanhou até as salas de maquiagem, que não passavam de partes do armazém isoladas por cortinas.

Na sala de Homer, uma jovem que segurava uma tigela com espuma de barbear e navalha perguntou:

— Posso depilar seu peito?

Homer corou.

— Está bem — disse ele, cedendo às exigências do trabalho.

O camarim de Elsie ficava ao lado do de Homer.

— Sua pele é perfeita — Homer ouviu Trish dizer a ela.

— Se é tão perfeita, por que você precisa colocar todas essas coisas no meu rosto? — indagou Elsie.

— As luzes são fortes e a câmera nem sempre diz a verdade — explicou Tommy. — Confie em nós. Sabemos o que estamos fazendo.

Após o peito de Homer ser depilado e ele e Elsie serem maquiados com pó e batom, os dois saíram de trás das cortinas e o segundo assistente de direção, um jovem chamado Claus, pediu para que ficassem na frente da casa da árvore. Depois receberam a orientação para que se ajoelhassem e se abraçassem. Em seguida, Elsie tinha de entrar se rastejando na cabana e Homer tinha de segui-la. Fizeram tudo isso enquanto Bakersfield mexia nas luzes antes de organizar o set para mais uma cena.

— É só isso? — perguntou Homer à srta. Trumball.

— O que você queria fazer? Carregar toneladas de carvão? Atuar em filmes é, em sua maior parte, ficar esperando.

Homer analisou a revelação da srta. Trumball.

— Não gosto muito de ficar parado — disse ele. — Talvez eu pudesse ajudar a varrer ou a carregar lixo.

A srta. Trumball ficou na ponta dos pés e beijou o rosto de Homer.

— Você é incrível! Todos os mineiros são como você?

— Bem parecidos.

— Então, assim que este filme terminar, vou alugar um ônibus e mandar o máximo de mineiros que conseguir para Hollywood. Seria bom ter alguns homens como você!

Elsie não se incomodou de esperar o diretor e o pessoal da iluminação, além dos atores e cinegrafistas, ajeitarem a cena seguinte. Havia tantas coisas interessantes para ver! Ela não se lembrava de ter se divertido tanto na vida. Enfim compreendeu por que Buddy tinha ido trabalhar com filmes.

— Omar é tão bonito, Eloise — disse Trish ao passar pó no nariz de Elsie.

— Você acha?

— Todos nós achamos — reiterou Tommy.

Elsie ergueu as sobrancelhas para ele, que ergueu as sobrancelhas de volta.

— Não faça essa cara de surpresa, querida — disse ele. — Você não é a única bonitinha que gosta de caras musculosos.

Então, Elsie ouviu Bakersfield dizer:

— Gostaria de repassar a cena da sedução, mas não temos tempo para ensinar as marcas a esses dois amadores.

Elsie se afastou dos maquiadores e se aproximou dele.

— Sr. Bakersfield — disse ela. — Eu sei todas as falas de Jane e Homer... ou melhor, Omar, sabe todas as de Tarzan. Demos uma ensaiada.

— Quem deu a vocês o direito de ensaiar alguma coisa? — rosnou ele. Vocês também sabem seus lugares?

— Se for como está escrito no roteiro, sabemos.

Bakersfield deu de ombros.

— Certo. Estou desesperado. Vamos ver.

E viram. Elsie fingiu acordar no galho da árvore onde ficava a casa de Tarzan e gritou quando viu Homer de tanga, de pé, a alguns metros dali. Em resposta, Homer caminhou pelo tronco e se ajoelhou na frente dela, observando. Ousada, Elsie perguntou:

— Quem é você? O que é você? — Homer pareceu confuso, e ela continuou: — Por que me trouxe aqui? O que vai fazer comigo? Vai me beijar?

— Não tem fala sobre beijo nenhum — disse uma garota do roteiro para o diretor.

— Continue rodando — pediu Bakersfield. — Gostei!

— Você quer me beijar? — indagou Elsie.

— Ela está atuando com o coração! — disse a srta. Trumball.

— Não é para o coração dela que a plateia vai olhar — retrucou Bakersfield. — Quem desabotoou sua blusa?

— Bem, acho que ela mesma deve ter desabotoado.

➔ ➔

Homer tinha parado de atuar. Estava muito confuso. Elsie queria mesmo que ele a beijasse ou seria Jane perguntando a Tarzan ou Eloise perguntando a Omar? Tentando acertar, Homer beijou Elsie.

— Corta! — gritou Bakersfield. — Omar, aja como se quisesse arrancar a roupa dela!

— Sr. Bakersfield? — perguntou Homer, virando-se e protegendo os olhos do brilho da luz. — O que disse?

— Tire as roupas dela, rapaz. Ah, entendi. Você quer motivação. Bem, seu sangue está fervendo. Jane, você grita, resiste, depois cede. Entendeu?

— Sim, senhor! — gritou Elsie.

— Certo. — Bakersfield olhou para o *cameraman*, que, apesar da boina torta na cabeça, parecia mais um agricultor do centro-oeste do que francês. — Clarence, está pronto?

Clarence fechou o cinto embaixo de seu barrigão.

— É só mandar — respondeu ele com uma voz lacônica.

— Estou mandando, droga!

— Tudo pronto!

— Ação!

Homer tocou a blusa de Elsie, mas ela agarrou a mão dele e a pressionou contra o peito.

— Segura, amigo — sibilou ela.

Ele se assustou a princípio, mas logo entrou no clima, afinal, era seu trabalho. Ela se afastou, abriu a blusa e os botões voaram. Bakersfield se levantou da cadeira. Começou a gritar enquanto Homer continuava puxando a blusa (com a mão de Elsie por cima da dele, segurando-a no lugar). Titubeando, Elsie caiu na casa da árvore. Homer, depois de um momento de indecisão, arrastou-se atrás dela. Segundos depois, Bakersfield apareceu apoiado nas mãos e nos joelhos e se uniu a eles.

— Bravo, bravo! Agora, queria que Buster e Maude fizessem assim!

Quando Homer, Elsie e o diretor saíram da casa da árvore para receber os aplausos das pessoas reunidas ali, Buster Spurlock e Maude O'Leary já estavam no *Seattle*. Spurlock não estava aplaudindo. Quando Bakersfield o viu, perguntou:

— Viu aquela performance, Buster? Se eu conseguir tirar só metade daquele instinto animal de você, vamos embasbacar todo mundo.

O ator inflou o peito.

— Está dizendo que minha performance não foi boa?

— Você disse isso, Buster. Não eu.

Spurlock se virou e saiu do armazém, batendo a porta. Maude O'Leary riu e disse:

— Caramba, faço essa cena melhor. Me dê *aquele homem*!

Bakersfield pensou na proposta.

— Se Omar virar a cabeça um pouco... sim, acho que dá. Suba lá, Maude. Arrebente a boca do balão. Você, Eloise. Desça. Maude, sua vez.

Homer observou Elsie deixar o set com relutância.

— Quer me beijar, garotão? — perguntou O'Leary e riu alto. — Sim, quer. Todos querem!

— Tudo pronto! — anunciou Clarence, o *cameraman*.

— Ação! — gritou Bakersfield.

— Por que me arrastou para cá, macacão? — perguntou O'Leary. — Ah, você se acha muito grande e forte... bem, você é *mesmo* grande e forte... agora, ouça, nem pense em me beijar.

Homer, lembrando-se de como fez com Elsie e acreditando que o diretor queria que ele repetisse, colocou a mão na blusa da atriz e puxou. O'Leary virou depressa de modo que a blusa se rasgou e os botões voaram. Satisfeita, ela gritou e caiu para trás, batendo as botas contra as folhas e os galhos enquanto se arrastava de costas até entrar na casa da árvore. Homer caiu de joelhos e foi atrás dela.

— Corta! — gritou Bakersfield. — Ah, perfeito, perfeito. Performance digna de Oscar, Maude. Que atriz!

Dentro da casa da árvore, O'Leary agarrou Homer e o arrastou para cima dela.

— Sabe — disse ela —, eu nunca tranco minha cabana.

— Nós também não — disse Homer. — A srta. Trumball não nos deu uma chave.

O'Leary riu, colocou a mão na nuca de Homer e o puxou para um longo beijo.

— Sem roupa de baixo! — Ela riu. — Gosto disso num homem. — Chocado, ele se afastou e rolou para longe dela. — Não gostou?

Ele pensou na pergunta e disse a verdade:

— Gostei, sim. Mas sabia que não era certo.

O'Leary riu de novo.

— Rapaz, se você fosse uma caixa de bombons na minha casa, eu o devoraria em dez minutos.

Do lado de fora, Bakersfield ainda estava animado com o que havia acabado de acontecer.

— Mildred, aquela cena vai vender nosso filme.

Elsie, de pé ao lado de Tommy, fungou.

— Não entendo o porquê de tanto exagero.

Tommy sorriu.

— Moça — disse ele —, aquele homem parecia estar mesmo indo atrás de Maude para ter uma noite de amor daquelas.

— Bem, ele não pode fazer isso.

— Por que não?

— Porque ele... — Elsie parou e pensou nas próximas palavras, então disse: — Porque sou a esposa dele.

— É mesmo? Sempre quis me casar.

— Eu também — disse Elsie num tom melancólico. — Eu também.

39

O que se passou em seguida só podia acontecer nos filmes ou, no caso, na gravação de um filme. Spurlock ficou tão abalado com o elogio do diretor a Homer que, quando Homer subiu em um galho e se balançou de um a outro para uma cena de Tarzan, insistiu em repetir a gravação.

— Não pode fazer isso, Buster — respondeu Bakersfield. — Se você se machucar, teremos que parar o filme.

— Se eu sou seu astro, por que não me deixou fazer aquela cena na casa da árvore com Maude?

— Porque o modo como Omar fez foi perfeito. Não se preocupe. O rosto dele estava virado, as pessoas ainda pensarão que é você.

— Mas não era, e não vai demorar muito para todo mundo saber disso. Vou ser motivo de piada.

— Fique longe dessa corda, Buster, é uma ordem!

Spurlock esperou até o diretor se virar e, com ajuda da cadeira, subiu até o galho onde o cipó estava pendurado.

— Veja isto — anunciou ele, e pulou, emitindo o grito do Tarzan durante toda a descida até bater no chão, onde quebrou o braço.

Em seguida, Maude O'Leary recebeu uma oferta de John Ford para estrelar um de seus filmes de faroeste.

— Desculpe, querido, estou aqui há mais tempo do que impõe o contrato — disse ela a Bakersfield, e deu um beijo em sua cabeça careca. — E a fama só chama uma vez, sabe?

— Ford só vai lhe dar o papel de uma prostituta bêbada de bar, você vai aparecer menos de trinta segundos e será a última vez que será vista — previu o diretor. Mas a beijou no rosto para se despedir. Ela pegou o próximo trem para a Califórnia.

Bakersfield se sentou na cadeira de diretor, enquanto os atores, figurinistas, diretores de assistentes e roteiristas passavam e se escondiam. A única pessoa corajosa foi a srta. Trumball, que puxou uma cadeira vazia com o nome Maude O'Leary escrito atrás, e se debruçou com os cotovelos apoiados nas coxas e o queixo acomodado nas mãos.

— Fale comigo — disse ela. — Me conte seus problemas.

— Estou ferrado, Mildred. Ferrado. Estou sem dinheiro e sem tempo e ainda tenho cinco cenas externas para gravar.

Bakersfield jogou o roteiro para cima, que caiu com um baque.

— Tem um jeito — falou a srta. Trumball. — Omar e Eloise.

Bakersfield riu.

— São jovens bonitos, mas apesar da cena que fizeram, ainda são amadores.

— Olhe, Eric, antes de me tornar sua Srta. Faz-Tudo, fui uma das melhores preparadoras de elenco da Broadway. Posso treiná-los para que peguem as marcas de Buster e Maude.

— Mas, ainda que você consiga — disse o diretor —, se olharem para o rosto deles, os espectadores vão saber que não são Buster e Maude.

— Você é o melhor diretor de Hollywood. É um mestre da câmera. Pode colocar uma cabeça virada aqui, uma distância ali. Quando chegar à sala de edição, terá quilômetros de gravação de seus astros para editar.

Bakersfield ergueu a cabeça.

— Você acha mesmo que isso pode ser feito?

— Acho que você consegue. — Ela segurou a mão dele. — Eu sei que consegue.

— Traga-os aqui — pediu Bakersfield, apertando a mão dela. — Traga aqueles dois jovens incríveis e maravilhosos e vamos fazer um filme!

— Vamos lá, Omar — disse Bakersfield a Homer. — Eloise ali, mais conhecida como Jane, foi capturada por pigmeus do mal e...

— Pigmeus do mal? — perguntou Homer. — Pensei que pigmeus fossem bons.

— Onde ouviu isso?

— Li na *National Geographic*.

— Uma porcaria cheia de mentiras. Você precisa enfiar na cabeça que não existem pessoas mais más no mundo do que os pigmeus. Esses pigmeus em especial são muito maus e são canibais, para piorar. Eles amarraram Jane, entende?

Homer viu que Elsie de fato estava amarrada, com os braços esticados e presos a dois troncos, sendo levada para dentro de um falso vilarejo pigmeu. Ao que parecia, os pigmeus também não gostaram das roupas dela, pois elas tinham sido parcialmente rasgadas, deixando Jane com nada além de dois trapos de pano artística e necessariamente posicionados para agradar os censores. Homer ficou com vergonha de ver a esposa tão exposta, mas Elsie parecia se divertir.

— Precisamos ensaiar a cena, sr. Bakersfield? — perguntou Elsie.

— Estamos ensaiando, minha cara — respondeu o diretor.

— Ah, socorro — gritou Elsie enquanto os anões pintados de marrom que tinham sido contratados para ser pigmeus se aproximavam. — Estou numa enrascada! Esses pigmeus do mal são muito malvados e um deles... ai! Me espetou!

— Você não tem falas, querida — disse Bakersfield. — Harry, pare com isso. Já falei para você não espetar as moças, não foi? Então, Omar, coloque essa faca na boca... não, do outro jeito... e entre correndo, afaste os pigmeus e liberte Jane, cortando as amarras. Ela vai desmaiar e você vai carregá-la...

— Com licença, sr. Bakersfield — interrompeu Elsie. — Jane não desmaiaria. Ela vive na mata. É muito corajosa. Por que desmaiaria?

— Porque está no roteiro — respondeu Bakersfield.

Quando Elsie abriu a boca para reclamar, a srta. Trumball disse:

— Porque os pigmeus não lhe deram comida nem água. Ela está prestes a desmaiar por causa do calor e do desconforto de tanto ser imprensada entre os corpos desses homenzinhos, então, talvez ela desmaie quando Tarzan chegar por coincidência.

Elsie pensou um pouco naquela explicação e disse:

— Consigo viver com isso.

— Bem, ótimooooo — disse Bakersfield, prolongando a letra *o*. — Omar, você está pronto?

Homer estava pronto. Estava até começando a acreditar que era bom naquele negócio de interpretar. Talvez extrair carvão não fosse a única coisa que ele soubesse fazer.

— Sim, estou, senhor — disse com firmeza.

O cinegrafista deu de ombros e disse:

— Tudo pronto!

— Ação!

Quando Bakersfield gritou "Corta!" depois da cena, todo mundo aplaudiu os grandes novos atores. Os pigmeus saíram das sombras.

— Agora, querida — disse Bakersfield a Elsie quando Chuck, o dominador de répteis, entrou carregando uma cobra enorme ao redor dos ombros. — Leve a cobra e finja que ela está enforcando você.

Elsie arregalou os olhos.

— Ela é muito grande.

— Relaxe — aconselhou Chuck. — O nome dela é Gertrude. Ela comeu há pouco tempo, por isso está com sono. Não se preocupe se ela envolver você. É para se apoiar enquanto tira um cochilo.

Homer sentiu orgulho de Elsie quando ela deixou a cobra enorme se enrolar em seus ombros. O animal devia ser bem pesado, já que os joelhos de Elsie estavam meio flexionados para aguentar o peso. Ela olhou para o marido e disse:

— Me salve, querido.

Ele olhou para o roteiro, mas não viu essa frase. Ao que parecia, ela estava improvisando de novo. Ele sorriu enquanto ela olhava para ele com aquele olhar de horror.

— Certo, Omar — disse Bakersfield. — Nessa cena, Jane estava caminhando um pouco, experimentando as delícias da mata. Mas uma cobra feroz caiu de uma árvore e está determinada a comê-la.

A cabeça da cobra havia se mexido de modo a envolver o pescoço de Elsie.

— Hum, com licença, mas...

— Você não tem falas, querida — interrompeu o diretor, então se virou para o domador de répteis, que estava conversando com a garota do roteiro. — Chuck, faça o favor de parar de conversar com a Martha e diga a Omar como tirar Gertrude de Eloise.

O domador se aproximou, colocou o braço embaixo da cobra, subiu a mão até sua cabeça e a puxou para trás.

— Pronto. Não tem nada de mais.

Elsie respirou fundo enquanto Chuck segurava a cobra, mas quando ele a soltou, ela gritou:

— Não consigo respirar!

— Se você tivesse uma fala, seria boa — disse Bakersfield. — Certo, Omar. Você entra quando eu disser ação. Está se sentindo motivado?

— Não sei, sr. Bakersfield — respondeu Homer.

Ele franziu o cenho para Elsie, que estava por perto, ainda engasgando, quando as câmeras não estavam nem funcionando, e claramente exagerando.

— Como Tarzan sabe que a Jane está sendo atacada?

— Hum, boa pergunta. Esses malditos roteiristas não deixaram claro.

— Talvez ela possa gritar por socorro.

— Sim, claro! Droga, Omar. Você é melhor roteirista do que eles. Sim, ela soltaria uma versão feminina do grito do Tarzan, e então você, ou o Tarzan da vida real ou da vida não real ou, ah, deixa pra lá, você gritaria de volta com seu grito másculo e voaria pelas árvores para salvar... Chuck, por que Eloise caiu?

Quando Elsie soltou um grito forte e desesperado, o diretor revirou os olhos.

— Vamos acrescentar isso mais tarde. Clarence? Está pronto?

— Pronto — foi a resposta lacônica.

— Ação! — disse Bakersfield.

Homer entrou correndo e tirou a cobra de Elsie. Então, caiu no chão e fingiu engalfinhar-se com o réptil enquanto Elsie dava pulinhos e arfava.

— Corta! — disse Bakersfield. A cobra estava parada e quase roncava. — Omar, foi perfeito!

O domador de répteis levou a cobra embora e Homer se levantou e caminhou até Elsie, que estava sentada.

— Você está bem? — perguntou ele.

Ela olhou-o de um modo que ele nunca vira antes.

— Você me salvou — disse ela.

— Estava no roteiro — respondeu ele.

Ela se levantou e se jogou nos braços do marido.

— Você me salvou!

Bakersfield olhou para a srta. Trumball e deu de ombros.

— Estava no roteiro — confirmou ele.

A srta. Trumball deu um sorriso benevolente para o casal que se abraçava.

— Essa parte não estava no roteiro, Eric, mas deveria estar — disse ela.

Chegou, então, a cena final. As câmeras estavam posicionadas perto de um lago onde grandes ciprestes pendiam acima da água com vinhas falsas e barba-de-velho.

— Eloise — disse Bakersfield —, entre na água. Albert vai seguir você. A câmera aquática, montada naquela plataforma, vai captar tudo enquanto ele nada até você. A próxima cena será de você gritando, pedindo socorro.

— Sim, senhor, podemos fazer isso — disse Elsie. Ela se abaixou e deu um tapinha na cabeça de Albert, que reagiu com seu "ié-ié-ié." — Mas, sr. Bakersfield?

— Sim?

— Estou vestindo um maiô.

— E bem ousado, minha querida.

— Onde Jane encontraria um maiô?

O diretor titubeou, e a srta. Trumball disse:

— Jane o encontrou em um baú que caiu de um caminhão de safári.

— Não me lembro dessa parte no roteiro.

— Está... hum, subentendido.

Bakersfield se intrometeu.

— Clarence?

— Sim, tudo bem. Pronto!

— Ação!

Elsie mergulhou na água fria.

— Vamos, Albert! Venha para a mamãe!

O domador de répteis soltou Albert. O jacaré escorregou de barriga para dentro da água e nadou até Elsie, que balançou os braços por um momento e afundou. Albert afundou com ela. Quando Elsie voltou à superfície, estava rindo. Na verdade, todo mundo estava rindo.

— Eu te amo muito, menininho — disse Elsie, abraçando Albert bem forte e recebendo um sorriso largo como recompensa.

— Corta — anunciou Bakersfield. — Vamos consertar isso na edição. Certo, Omar, sua vez.

Homer foi para a água, fez nado cachorrinho até chegar ao lado de Elsie e esperou o diretor dizer:

— Ação!

Então, Homer pegou Albert enquanto Elsie se afastava nadando. Ao ver que ela partia, Albert tentou se soltar, mas Homer o segurou e deixou que ele se debatesse. Albert abriu a boca e cerrou as mandíbulas no braço de Homer, apesar de parar antes de arrancar sangue.

— Não, Albert, não! — disse Homer e continuou fingindo que lutava. Em pouco tempo, Albert entendeu a brincadeira e participou.

— Corta, corta, corta e fim! — gritou Bakersfield. — Crianças, vocês fizeram o filme para mim. Vamos vender milhões de ingressos!

Para Elsie, a festa de despedida foi muito divertida. Todo mundo disse mil vezes que ela tinha se saído muito bem e que talvez ela e Omar tivessem futuro no show business. Mais tarde, a srta. Trumball procurou o casal.

— Quais são seus planos? — perguntou ela.

Homer e Elsie se entreolharam.

— Talvez possamos ser atores — propôs Elsie.

— Acho que vocês não servem para o show business — respondeu a srta. Trumball com firmeza. — É um negócio difícil. Destrói a maioria das pessoas que entram nele, de um jeito ou de outro. Acreditem. Usem essa experiência e aproveitem, mas permitam que ela termine aqui.

Homer assentiu.

— Depois que levarmos o Albert para casa, acho que voltarei para as minas.

Ele olhou para Elsie, que balançou a cabeça.

— Ainda não quero voltar — disse ela.

— Por que vocês têm que voltar? — perguntou a srta. Trumball.

— Bem, sou mineiro — explicou Homer. — E a senhora acabou de dizer que eu não deveria virar ator.

— E se houvesse outro tipo de trabalho para você? Algo muito parecido com extração de carvão que permitisse sua permanência na Flórida?

— Não tem nada parecido aqui.

A srta. Trumball entregou um folheto a Homer. Elsie olhou para trás e leu o que estava escrito.

— Poderia? — perguntou ela a Homer. — Você faria isso?

Homer olhou para Elsie, e seu olhar se suavizou. Quando ela analisou mais de perto, viu que ele enfim tinha cedido.

— Sim — disse ele com relutância. — Faria. E se eu conseguir este emprego vou ficar.

Na manhã seguinte, depois de fazer as malas e levar Albert dentro da bacia e colocá-lo no banco de trás, Homer e Elsie abraçaram a delegação de atores de Hollywood e se despediram. Enquanto o Buick saía de Silver Springs, ouviu-se um bater de asas e o galo entrou no carro.

— Oi, galo — disse Homer. — Onde diabos você esteve?

O galo pulou de novo e pousou no ombro de Homer, acomodando-se perto de sua orelha.

Homer riu. Ainda sem mapa, passou pela placa de entrada e seguiu em direção ao sul, sempre ao sul, rumo a uma nova vida.

Eu tinha vinte e três anos, era tenente do exército e fazia parte da divisão da Quarta Infantaria. Estávamos indo para o Vietnã. Um pouco antes de formarmos fila e subirmos no avião que nos levaria até lá num voo demorado pelo Pacífico, consegui encontrar um telefone dentro do terminal para ligar para casa. Minha mãe não estava, mas meu pai, sim. Desde meu ingresso no exército, meu pai não tinha escrito nem dito nada a respeito de meu serviço. Ele deixou tudo para minha mãe. Sem saber o que dizer, eu me ative ao óbvio.

— Bem, vou partir logo — contei a ele.

— Vou avisar sua mãe que você ligou — respondeu ele.

— Obrigado.

Como nossa conversa, do modo como estava, parecia ter se exaurido, comecei a me despedir, mas de repente meu pai disse:

— Antes de haver problemas, sempre há sinais. Adiante-se e sempre preste atenção a tudo o que estiver acontecendo, mesmo a coisas que pareçam normais. Descubra o que é o pior que pode acontecer e se prepare.

Percebi que ele estava me dando um conselho para quando estivesse em algum lugar perigoso.

— Como na mina — lembrei.

— Sim, mas foi com o furacão que realmente aprendi a prestar atenção aos sinais.

Eu ouvi os comandantes chamando os nomes dos homens nas plataformas.

— Pai, tenho que ir. Diga à mamãe que provavelmente não vou conseguir ligar, mas vou escrever.

— Deixe-me contar sobre o furacão.

Olhei para a plataforma. Os homens estavam em formação. Acenei para o primeiro sargento e apontei o telefone. Ele assentiu com a cabeça rapidamente para mim. Eu me virei e grudei o fone na orelha.

— Certo, papai — falei. — Estou ouvindo.

— Naquela época, eu era muito convencido — disse ele. — Cheio de orgulho. À prova de balas. Indestrutível. Porque eu era jovem... como você... e nada de mau nunca aconteceria comigo. Mas é nessas horas que os maiores problemas acontecem...

PARTE VIII

Como Homer, Elsie e Albert enfrentaram um furacão de verdade, e outro também em seus corações

40

A estrada que saía de Miami seguia a costa, passando por Homestead em linha reta como uma seta pelos campos amplos de Everglades até chegar a Key Largo, depois acompanhava uma série de atóis, cruzando várias pontes e linhas férreas até Key West, a última ilha do arquipélago mais ao sul dos Estados Unidos.

O mais novo inspetor-chefe de ferrovias da Ferrovia Costa Leste da Flórida era um antigo mineiro de carvão chamado Homer Hickam, que partiu em uma viagem de inspeção até um trecho novo em Key West. Para chegar lá, ele havia recebido permissão especial para dirigir em vez de pegar o trem. Assim, podia parar no caminho, onde quisesse, e inspecionar os trilhos com calma. Também recebeu permissão para levar sua esposa, uma tal de Elsie Lavender Hickam, que decidiu levar com eles um jacaré de estimação, chamado Albert, e também um galo sem nome.

Homer estava aproveitando a paisagem oferecida pela estrada cinzenta e estreita que atravessava os campos. Key Largo foi a primeira. Era uma ilha comprida e estreita (daí vinha o nome em espanhol) ladeada por mangues e praias rochosas. Antes de chegarem à primeira ponte, Elsie exclamou:

— Abaixe a capota, Homer! Por favor! Abaixe!

— Não sei, Elsie. O sol está bem quente — respondeu Homer. — Não quero que você e Albert se queimem.

— Nós damos conta do recado, rapaz — disse ela.

Homer parou o carro e desceu a capota, prendendo-a com força para que não fosse levada pelo vento que vinha do Atlântico. Gaivotas voavam no céu iluminado pelo sol, chamando suas companheiras. Ele respirou fundo e lentamente soltou a capota. Nunca tinha se sentido tão feliz, o que lhe preocupava muito. Se as experiências do passado servissem de guia, algo aconteceria para acabar com a sua felicidade.

— Seu cabelo vai ficar uma bagunça — disse ele à esposa quando retomou a viagem, mas Elsie não parecia se importar nem um pouco com os cabelos. Na verdade, ela se levantou e deixou o vento soprar em seu rosto, esvoaçando os cabelos como uma bandeira.

— Por favor, sente-se, Elsie — pediu Homer.

— Homer, você precisa relaxar — disse ela. — Somos da Flórida agora. Isso quer dizer que podemos ser meio loucos quando quisermos. Olhe, nós dois somos jovens. Nunca mais seremos jovens. Poxa, por que não tira a camisa logo? Eu seguro o volante.

Elsie se recostou e segurou o volante, e Homer cedeu depois de um momento de resistência. Após desabotoar e tirar a camisa, colocou-a no encosto do banco e deixou que escorregasse ao lado de Albert.

— Opa, rapaz — disse Elsie. — Assim, não. Você precisa largá-la.

Ela pegou a camisa e a jogou ao vento. A peça de roupa esvoaçou por um momento e voou da ponte até o Atlântico lá embaixo.

— Elsie, eu adorava aquela camisa! — reclamou Homer, mas, ao ver a expressão alegre no rosto da mulher, sorriu de modo carinhoso. — Mas, afinal, era só uma camisa. Você não vai ficar nua, não é?

— Não se preocupe, Homer. Sei que você morreria de vergonha. Mas até que me dá vontade!

Depois de atravessar a ponte, chegaram a Matecumbe Key.

Homer parou o carro e vestiu outra camisa. Continuou dirigindo e logo encontrou homens que pareciam estar andando em câmera lenta enquanto trabalhavam na estrada. Quando o Buick passou, eles pararam, se debruçaram sobre as pás e observaram com interesse. A maioria tinha o rosto triste, e a vermelhidão de seus olhos e narizes indicava que eles bebiam demais e com muita frequência.

— Eu li sobre esses homens — disse Homer. — Foram mandados para cá pelo New Deal. A maioria são veteranos da Grande Guerra desesperados atrás de emprego.

Para sua surpresa, Homer reconheceu dois dos homens.

— Slick e Huddie — disse, sem acreditar.

Os dois observaram o Buick e seus passageiros.

— Socorro! — gritou Slick. Huddie emitiu um berro desesperado. As roupas dos dois estavam em frangalhos.

Homer ficou tão tocado com a aparência triste deles, que parou. Os dois largaram as pás e vieram correndo. Slick tirou um chapéu de pano da cabeça e o estendeu, pedindo esmola.

— Pode nos ajudar, gentil senhor? Senhora? Albert?

— O que estão fazendo aqui? — perguntou Homer. — Pensei que estivessem à deriva no mar.

— Quem é levado à terra costuma ficar na terra — declarou Slick de um jeito misterioso. — Bem, viemos parar aqui com estas roupas de merda, perdoe meu vocabulário, senhora, e precisamos ir embora. Os pernilongos daqui são tão grandes que, outro dia, um deles me levantou do chão. Não tem nem um pedacinho do meu corpo que não foi picado. Huddie está na mesma. Eles não nos alimentam muito bem aqui. Que tal uma carona?

— Não posso — disse Homer. — Estou em missão oficial. Além disso, não tem espaço.

— Vamos no para-choque, no capô, em qualquer lugar. Por favor, estou implorando. Se não formos embora, vamos morrer aqui!

— Espero que morram — disse Elsie. — Por mim, podem apodrecer.

— Ah, senhora, nós mudamos! — lamentou Slick. — Chegamos tão fundo no poço que encontramos o Senhor. Eu e Huddie estamos sempre dizendo o nome de Deus em voz alta.

Elsie se virou de costas.

— Homer, você é um homem bom — disse ela. — Você sentiria pena de matar um marimbondo depois que ele o picasse, mas não ajude essas criaturas.

— Mas parece que eles estão sendo sinceros — argumentou Homer.

Quando Homer estabeleceu suas condições aos dois, Elsie olhou-o com uma expressão de incredulidade.

— Estamos indo a Key West, mas voltaremos em alguns dias. Se eu puder, vou pegar vocês e levá-los a Miami. Mas terão que seguir o caminho todo no porta-malas. É o melhor que posso oferecer. Depois, têm que prometer que nunca mais nos veremos.

— Ah, que Deus te abençoe, senhor — disse Slick. — Tudo bem, no porta-malas. Se nos der uma carona, juro que nunca mais nos verá.

Se não estivermos aqui na estrada, está vendo aqueles casebres na praia? É onde ficamos quando não estamos trabalhando.

— Vocês não parecem estar trabalhando — disse Elsie. — Parecem estar enrolando por aí.

— Sim, senhora, um crime, não é? Quero dizer, ganhamos um dólar por dia sem fazermos muita coisa. Mas muitos homens, apesar de serem ex-heróis da Grande Guerra, são malucos, bêbados e folgados. É um projeto de trabalho de Roosevelt, se é que me entende. Há alguns caras, dá para vê-los aqui com uma pá, que fazem o trabalho todo. O resto não vale o que come, senhora, se me desculpa a forma de dizer.

— Talvez vocês devessem ajudar quem está trabalhando — sugeriu Elsie.

Slick colocou o chapéu de novo e o inclinou para ela.

— Sim, senhora, tem razão. Faremos isso, não é, Huddie?

Os olhos de Huddie não estavam focados. Ao ouvir seu nome, ele resmungou.

Slick balançou a mão na frente do rosto de Huddie.

— Viu? Huddie abandonou o próprio cérebro.

— Certo — disse Homer. — Até daqui alguns dias.

Slick uniu as mãos em um gesto de oração.

— Por favor, não se esqueçam de nós — implorou ele.

Enquanto Homer se afastava, Elsie disse:

— Esqueça-os, Homer.

— Elsie...

— Eles são homens maus — disse Elsie. — Não entendo por que você quer ajudá-los.

Homer deu de ombros.

— Acho que sinto pena deles.

Elsie balançou a cabeça.

— Você sentiria pena de um lobo que estivesse comendo sua perna por não ser carne de primeira.

Não muito depois, um homem de calça cáqui e óculos escuros fez sinal para que o Buick parasse.

— Bom dia, senhora. Aqueles dois com quem vocês estavam conversando, importa-se de dizer quem são?

— Não me importo — respondeu Homer —, se me contar por que quer saber.

— Sou Delbert Voss, chefe desta equipe de funcionários. Fui forçado pelos superiores a colocar seus amigos para trabalhar, mas eles parecem meio estranhos.

— Eles parecem estranhos para todo mundo — disse Elsie. — E não são nossos amigos. Se eu fosse você, ficaria de olho neles.

O chefe bateu a mão numa pistola em sua cintura.

— Sim, imaginei que fossem criminosos de algum tipo.

— Para quem você trabalha? — perguntou Homer.

— Agência de Emergência Federal — respondeu o chefe. — E você?

— Ferrovia — contou Homer. — Inspetor de trilhos. Estamos indo a Key West para examinar um novo trecho.

O chefe tirou o chapéu e secou a testa com a bandana vermelha que puxou do bolso de trás.

— Por quanto tempo vocês vão ficar no sul?

— Só alguns dias.

— Dizem que uma tempestade se aproxima. Os moradores da região têm reforçado os barracos com tábuas e guardado os barcos em abrigos. A maioria é idiota, mas devem saber algo para sobreviver nesta droga de lugar.

Homer olhou pela janela e só viu o céu azul e algumas nuvens cheias.

— Me parece normal, mas vou começar a prestar atenção — disse ele.

Mais tarde, ao lado do Buick na balsa para a próxima parada, Elsie perguntou a Homer:

— Está preocupado com o clima?

Homer olhou para o horizonte.

— Bem, na ferrovia não tinha nada escrito sobre uma tempestade, e parece que está tudo calmo. Mas, se a polícia local está preocupada, talvez devêssemos ficar também. Quando chegarmos a Key West, podemos perguntar às pessoas o que elas acham.

Elsie pegou o braço de Homer e o colocou sobre seu ombro.

— Bem, confio que você vai nos levar em segurança, não importa o que aconteça,

— Pode ter certeza — respondeu Homer, apesar de não ter certeza de nada. Agora que tinha sido alertado, ele sentiu algo ameaçador nas nuvens cheias do céu, algo que ele não conseguia definir bem. Abraçou Elsie e ela encostou a cabeça em seu ombro. Desde que ele havia começado a trabalhar na linha férrea, ele sentia que finalmente eles tinham passado a se amar e a viver de acordo com as mesmas intenções. Ele havia enviado ao Capitão os cem dólares que havia pegado emprestado e um bilhete explicando que não voltaria a Coalwood. Mas escrevera muito mais na carta, contando o quanto valorizava tudo o que seu antigo chefe havia lhe ensinado e que acreditava que o destino sempre quis que ele e Elsie morassem na Flórida com Albert. Infelizmente, o Capitão não respondeu, mas Homer sabia que ele era muito ocupado.

Durante o resto do dia, Elsie admirou a paisagem, Albert dormiu, e o galo cochilou na cabeça do réptil. Homer dirigiu por trechos solitários de terra ligados por pontes ou linhas férreas até enfim chegarem a Key West, um vilarejo calmo de casas com telhados de metal e coberturas amplas, varandas grandes, pórticos compridos e janelas claras.

— Que cidade encantadora — disse Elsie. — O que acha, Albert?

Albert estava acordado desde a última viagem de balsa e sua cabeça pendia para fora da janela. Ele fez seu "ié-ié-ié."

A parte principal de Key West estava silenciosa e calma, e a única pessoa na rua era um homem de camisa branca, shorts e sandálias que os observou enquanto passavam. Ele tinha um rosto quadrado e inteligente com uma expressão questionadora e um bigode escuro. O homem fez um gesto para eles.

— Esse carro é um Buick conversível de 1925? — perguntou ele em tom educado. — Se for, vocês fizeram uma compra muito inteligente.

— Sim, senhor, eu fiz — respondeu Homer.

Elsie abriu um sorriso para o homem. Ele sorriu de volta.

— Você trabalha na ferrovia, não? — perguntou o homem.

— Como sabe? — replicou Homer.

— Meu agente em Miami me disse que você viria. Gosto de saber quem está vindo a minha ilha, principalmente se forem homens do governo e das ferrovias. Normalmente, não gosto de nenhum deles, mas pensando em sua garota, em seu carro e no fato de terem um jacaré e um galo na parte de trás, acho que vocês devem ser, pelo menos, interessantes. Meu nome é Ernest. Algumas pessoas me chamam de Hem. — Depois de uma breve pausa, ele acrescentou: — De Hemingway.

Homer respondeu:

— Sei quem o senhor é. Meu chefe me disse que talvez tivéssemos a sorte de conhecê-lo. Sou Homer Hickam e esta é minha esposa, Elsie, e o jacaré é Albert. O galo não tem nome. O senhor vive sempre aqui?

— Na maior parte do tempo. Numa casa grande de calcário na rua Duval. Estão convidados para ir lá. Gosta de gatos, Elsie?

— Gosto, sim, senhor!

— Tenho alguns que têm seis dedos.

— Como pode? — indagou ela, sem acreditar.

— Algo chamado genética, pelo que me disseram. Homer, vamos combinar um jantar hoje à noite. Venham quando estiver escurecendo. Quero saber tudo sobre seu Buick, seu jacaré, seu galo e sobre sua adorável senhora, que tem um sorriso tão conquistador. Se tiver dificuldade para se localizar, passe no Sloppy Joe's e pergunte a qualquer pessoa onde fica a casa do Papai Hem. Um daqueles incríveis vagabundos acompanhará vocês por um quarto de dólar.

— O sr. Hemingway é muito bacana — comentou Elsie quando seguiram viagem. — Fico tentando imaginar o que John Steinbeck pensaria se soubesse que íamos jantar com ele.

— John é um homem bom, então, provavelmente, nos desejaria o melhor — disse Homer, repreendendo-se por não ter perguntado a Hemingway a respeito do clima. O autor parecia um homem que devia aguentar de tudo.

— Li um dos livros dele — disse Elsie. — *Uma aventura na Martinica*. Eu me esqueci do que se tratava, e me lembro que ocorreu uma morte e tinha um pouco de romance.

Homer estava ouvindo sem prestar muita atenção. Ele não parava de pensar no clima. Ou em seu trabalho.

— O novo trecho dos trilhos fica perto do antigo forte — disse ele. — Quero ir lá para ver.

Elsie lançou-lhe um olhar de desespero.

— Você nunca vai aprender a se divertir? Veja este lugar lindo. Vamos fazer check in no hotel e passear pela cidade. Pode ver o novo trilho amanhã.

— Melhor vê-lo agora — retrucou Homer, com teimosia. — Se tem uma tempestade vindo, pode ser que tenhamos que ir embora antes que eu o veja.

— Você se preocupa demais — insistiu Elsie. — Olhe para o céu! Está tão azul quanto seus olhos. — Ela esticou a mão e deu uns tapinhas carinhosos em Albert. O galo se levantou e se afastou da mão dela. — Albert, seu pai é um mal-humorado que não sabe se divertir. Uma pena.

— Deixe Albert longe disso — disse Homer, sorrindo. — Mas você está certa, Elsie. Eu deveria me divertir mais, e prometo que farei isso.

— Assim que inspecionar o novo trilho.

— Sim, assim que eu inspecionar o novo trilho.

— Preocupadinho! — cantarolou Elsie a Albert. — Chatonildo!

O novo trecho não foi difícil de encontrar. Além de ficar perto do velho forte, também era uma extensão que tinha sido acrescentada aos trilhos de Key West. Depois de acompanhar o supervisor da obra, Homer caminhou pelos trilhos com um cabo de medição que havia colocado no porta-malas, checou a distância entre os trilhos e analisou as barras e junções.

— Um trabalho mediano — concluiu ele. — Há pelo menos três seções que vou querer tirar e colocar de novo.

— Se eu tivesse homens de melhor qualidade, teria construído um trilho melhor — disse o supervisor.

— É sua obrigação torná-los melhores — disse Homer. — Para ser um líder, você deve saber motivar seus homens.

O supervisor se virou:

— Eles ganham para isso. Não é motivação que baste?

— Não, para a maioria dos homens. Eles querem saber que o que estão fazendo é importante. O Capitão Laird disse que para tirar o melhor de um homem ele tem que acreditar que o seu melhor é verdadeiramente necessário.

— Quem é o Capitão Laird?

— Um grande homem que me ensinou tudo o que sei. Arranque essas três últimas seções e as disponha de novo. Volto para ver se está certo.

— Claro, pode deixar — disse o supervisor, dando de ombros. — Mas vou demorar uns dias para começar. A maioria dos meus homens está em casa para esperar a tempestade passar.

— Ouvimos algo sobre isso — comentou Homer. — Vai ser grande?

— Talvez até um furacão. Quer saber de uma coisa, sr. Hickam? Se eu fosse você, pegaria sua senhora e sairia de Keys bem depressa.

Homer agradeceu educadamente, repetiu que esperava tirar as partes do trilho que estavam inferiores e que queria dispô-las de novo, então levou Elsie ao hotel da empresa da linha férrea. Era um lugar agradável, apesar de simples, e Homer, Elsie e Albert acharam as acomodações muito adequadas. O galo havia desaparecido em algum lugar. A julgar pelos personagens maltratados e com cara de fome que Homer havia observado nas ruas de Key West, ele se perguntou se dessa vez seu amigo de penas poderia encontrar problemas mais complicados do que aqueles com os quais era capaz de lidar.

Mais tarde, Homer e Elsie ouviram uma batida à porta. Quando Homer a abriu, o atendente do hotel entregou um telegrama. Homer ficou surpreso com o que dizia.

— A administradora da ferrovia quer que eu volte para Miami o mais rápido possível.

Elsie estava deitada na cama de penas.

— Não diz por quê?

— A tempestade. Temem que se torne um furacão.

— Eu me lembro do tio Aubrey dizendo que os furacões são como tornados — falou Elsie —, mas bem maiores. Eles percorrem áreas como redemoinhos e em seu centro, que é chamado de olho, ele disse que o vento não sopra. Quando o olho passa o vento começa a soprar de novo, mas na direção oposta. Vamos ficar tempo suficiente para ir até a casa do sr. Hemingway?

— Sim, já que só podemos partir pela manhã. As estradas de ferro se fecham à noite.

— Ah, que divertido — disse Elsie. — Vou encontrar a coleira de Albert.

Depois de colocar as rodas e as alças na banheira de Albert, Homer e Elsie partiram. Como Hemingway dissera, a primeira pessoa que Homer consultou, um homem encostado na parede fora do bar chamado Sloppy Joe's, não só sabia onde a casa ficava, como também os levou ao muro de tijolos que a cercava.

— Posso passar a mão em seu jacaré? — perguntou o homem e, depois de receber permissão de Elsie, acariciou a cauda de Albert. — Isso vai dar uma boa história no Joe's — disse, então estendeu a mão. Homer colocou vinte e cinco centavos nela e o homem partiu na direção do bar onde tinha sido encontrado.

Uma batida na porta e o próprio Hemingway apareceu. Usando calça, camisa de linho e sandálias, ele os cumprimentou de modo animado e os convidou a entrar, insistindo para que Albert também viesse. Uma empregada sumiu de vista quando uma mulher de vestido branco e gravata verde e branca de bolinhas, com um cinto meio frouxo do mesmo tecido e sandálias brancas de linho, entrou na saleta.

— Então, este é o casal que o senhor conheceu, Papai — disse ela, estendendo a mão enluvada. — Sou Pauline. A esposa.

Homer apertou a mão da linda mulher e Elsie fez uma reverência.

— Adorei seu vestido! — disse Elsie. — Qual é o tecido?

— Seda Shantung — respondeu Pauline. — Muito prática e adequada para o clima dos trópicos.

Homer se sentiu despido, apesar de estar vestindo sua melhor calça cáqui de trabalho. Elsie, no entanto, estava linda no vestido de verão com estampa floral que comprara em uma loja perto do hotel.

Elsie apresentou Albert à anfitriã e ela se ajoelhou ao lado dele.

— Ah, que gracinha — elogiou ela. — Ele morde?

— Quase nunca, mas gosta quando fazem carinho em suas orelhas — respondeu Elsie, mostrando a Pauline onde ficavam as orelhas de Albert. Quando Pauline o acariciou no ponto certo com as unhas compridas e feitas, o réptil se espreguiçou e suspirou de prazer.

— Olhe — disse Hemingway, pensativo. — Talvez eu queira um desses.

— Não existe outro como Albert, senhor — falou Elsie. — Ele é um menino muito especial.

— Acredito — disse o homem. — O que ele gosta de comer?

— Ele prefere frango, senhor — contou Elsie. — Mas não precisa jantar.

— Bobagem. Se comemos, ele também come. Jim! — Quando chamado, um empregado todo vestido de branco apareceu. — Leve o jacaré para a cozinha, Jim — disse Hemingway. — E prepare um pouco de frango para ele.

Depois de Hemingway mostrar a saleta, a sala de estar e a de jantar, a refeição foi servida. Eles comeram um peixe suculento e feijão apimentado, arroz e um bolo de milho grande e delicioso. Vinho foi servido à vontade e, em pouco tempo, Elsie relaxou e contou suas histórias de infância nas minas de carvão.

— Você faz o lugar parecer convidativo — comentou Hemingway —, embora provavelmente tenha passado por tempos ruins.

— Ah, sim, senhor — respondeu Elsie. — Homens sempre morriam na mina de carvão, e meu irmãozinho Victor morreu por falta de cuidados. Um dia, ele estava no riacho brincando e, no seguinte, a febre o levou de nós. Se ao menos eu tivesse pensado em aplicar gelo nele, poderia estar vivo.

— Não havia gelo em nossa cidadezinha — observou Homer.

Hemingway esticou o braço e pegou a mão de Elsie.

— Conhece Dylan Thomas? Sempre admirei o modo com que ele vê a morte. Assim como ele, pretendo me rebelar contra a "morte da luz".

— Querido — disse Pauline —, por favor, não se perturbe pensando nessas coisas. E receio que perturbe nossos convidados.

— Que bobagem, mulher! — rosnou Hemingway. — Esses dois não nasceram em berço de ouro. São da classe trabalhadora! Tenho certeza de que sabem lidar com os assuntos relacionados à morte.

Quando um momento de silêncio ocorreu, Homer, que não pretendia se lembrar das minas de carvão abandonadas, disse:

— Elsie gosta de escrever, sr. Hemingway.

— É mesmo? Bem, o que tem escrito, jovem?

— Escrevi um conto sobre Albert. Bem, na verdade, era uma carta para minha mãe, mas outro escritor, um tal de sr. Steinbeck, que conhecemos na Carolina do Norte, gostou da descrição.

— Não pode ser John Steinbeck!

— Sim, ele mesmo, senhor.

As sobrancelhas escuras de Hemingway se ergueram.

— Ele tem um estilo simples que tem se popularizado, mas não sei o porquê. Como ele é?

— Ele me pareceu gentil.

— Corajoso, também — acrescentou Homer, oferecendo uma versão condensada do que havia ocorrido na fábrica de meias.

— Não vejo Steinbeck como um homem de ação — retrucou Hemingway —, mas posso estar errado. — Ele chamou a empregada para retirar a mesa e perguntou: — Como o jacaré está na cozinha, Myrtle?

— Como todos os outros que o senhor já alimentou aqui, Hem — respondeu Myrtle, com bom humor.

Hemingway riu alto e fez um gesto para que os convidados fossem para a sala de estar, onde havia uma lareira, não acesa, e algumas poltronas confortáveis de couro. Três dos gatos de pelos compridos e de seis dedos que ele havia prometido a Elsie estavam por ali. Após apresentá-los pelos nomes e de coçar cada um deles atrás das orelhas, e de cada gato reagir espreguiçando-se e ronronando, Hemingway pediu vinho do Porto para si e para Homer.

— Paulster, leve Elsie para conhecer a casa toda e também para ver os outros gatos.

Pauline sorriu.

— Acho que o Papai quer ter uma palavrinha com seu marido — disse ela, e então levou Elsie pela mão para fora da sala.

— Então, vocês conheceram Steinbeck — disse Hemingway enquanto tomava o vinho depois de as mulheres terem saído. — É uma peculiaridade interessante que o senhor conheça a ele e a mim praticamente ao mesmo tempo. A que atribui isso, Homer?

— Não sei, senhor — respondeu ele. — Foi assim que aconteceu.

— Não pense assim. Não existem coincidências na vida. Ainda que o grande Deus dos Hebreus seja o maior deles, acredito que existam deuses pequenos que observam e às vezes determinam nosso destino. Acredito que também gostam de se divertir um pouco conosco de tempos em tempos. Destino. Já ouviu falar?

— Pode ser que tenha ouvido, sim, senhor.

Hemingway assentiu.

— Existe um motivo pelo qual me conheceu e conheceu Steinbeck, mas talvez eu nunca saiba qual. Talvez Elsie se torne escritora, de fato. Para ter sucesso, talvez ela precise encontrar escritores importantes, o alfa e o ômega da literatura norte-americana, por assim dizer.

— Sim, senhor — concordou Homer, sem saber qual dos dois escritores era o começo da literatura norte-americana e qual era o fim. Ele se apressou a mudar de assunto. — Recebi a ordem da estação férrea para seguir em direção ao norte logo cedo devido à tempestade que se aproxima. Sabe alguma coisa sobre ela?

— Sei, sim. A marinha me disse tudo sobre ela hoje cedo, então peguei meus gráficos e desenhei o caminho que vai fazer. Pelos meus cálculos, chegará aqui na segunda-feira, daqui a três dias. Os Conchs, moradores daqui, dizem que vai ser feia. A empresa tem razão. É melhor ir embora.

— E o senhor?

Hemingway fez um gesto despreocupado.

— Vamos nos manter protegidos. Esta casa é uma fortaleza de calcário. Podem ficar aqui se não conseguirem partir. Mas, se pretendem ir, partam assim que amanhecer e não parem antes de chegar a Miami. Quando estiverem lá, procurem a estrutura mais forte para aguentar esta tempestade.

— O senhor dá bons conselhos, sr. Hemingway. Obrigado. Elsie e eu partiremos pela manhã.

— Charuto? — perguntou Hemingway, pegando uma caixa de cubanos.

Homer pegou um. Hemingway mostrou a ele como cortar as pontas com um pequeno cortador e como acender o rolo de tabaco. Quando Homer tragou, estava tão forte que ele tossiu, o que fez o anfitrião rir.

— Tem que ser saboreado na boca, não inalado. Por mais tempo que viva, Homer, nunca colocará na boca algo mais requintado do que um charuto cubano caro depois de bebericar um bom vinho do Porto. A não ser, claro, as partes voluptuosas do corpo de uma mulher.

Homer não soube responder, por isso se concentrou em aprender a fumar o charuto. Em pouco tempo, acreditou ter aprendido. Ele ouviu as histórias de peixes e as maravilhas que Hemingway tinha visto no mar. Apesar de poder contar como ele e Albert entraram para a Guarda Costeira e travaram uma batalha marítima, Homer decidiu que seria mal-educado interromper o famoso escritor com uma história que podia ser ainda mais estranha. Ouviu em silêncio enquanto Hemingway falava mais e mais sobre como pescou marlins e agulhões-bandeira. Em seguida, o escritor contou várias histórias da França durante a Grande Guerra.

Depois de um tempo, Homer passou a se sentir aquecido e a querer muito dormir na cama macia de penas no hotel da ferrovia.

Quando as mulheres voltaram, Homer e Elsie pegaram Albert — os empregados da cozinha não queriam que ele se fosse —, agradeceram e se despediram.

No caminho de volta para o hotel, Elsie disse:

— Você está fedendo a tabaco e a álcool. Acho que gostei.

— O que viu durante o passeio pela casa? — perguntou Homer.

— Que não é fácil ser casada com um escritor famoso. A mente dele nunca está no momento presente. Está sempre mais dentro das histórias. Isso me fez decidir que talvez eu não queira ser escritora, afinal. — Ela se debruçou. — Sim, gosto do seu cheiro.

O bom sono pelo qual Homer ansiava foi postergado quando chegaram à cama de penas, pois Elsie ainda gostava de seu cheiro, mas o resto da noite foi agradável e ele dormiu como se tivesse sido dopado. Acordou um pouco antes do nascer do sol com uma batida no telhado de metal.

— Está chovendo — disse Homer, despertando Elsie. — Precisamos ir. O mais rápido possível.

Quando Homer, Elsie e Albert chegaram ao Buick, viram o galo esperando por eles no banco de trás. Homer achou que ele parecia preocupado, o que o deixou ainda mais apreensivo.

— Entre no carro, Elsie — disse ele. — Temos que ir.

Elsie se sentou e fechou a porta.

— Calma, Homer. Veja como está. É só uma nuvenzinha de chuva que já passou. Ali está o glorioso nascer do sol e você nem vê. Não existe poesia em sua alma, não é?

— Rosas são vermelhas, violetas são azuis, mas, se não corrermos, as coisas ficarão ruins. Certo?

Balançando a cabeça, Elsie se recostou no banco. Homer cerrou a mandíbula, fixou os olhos e direcionou o Buick para o norte, rezando para que nada os impedisse de chegar a Miami antes que a tempestade chegasse.

Em Matecumbe Key, não viram Slick, Huddie nem nenhum dos funcionários. Homer dirigiu até as casas na margem e encontrou um cozinheiro, cuja profissão ficou aparente graças ao avental sujo que usava. Ele estava sentado em um cepo, fumando um cigarro de palha.

— Estou procurando dois homens, um bem baixo e um bem alto — disse Homer.

— Slick e Huddie? O supervisor levou todos os homens para Lower Matecumbe e para algumas das outras ilhas para fazer montes de areia para o caso de haver tempestade.

Homer agradeceu ao homem e, depois de hesitar por um momento, continuou dirigindo para o norte.

— Não é sua culpa — falou Elsie. — Você não pode parar para procurá-los. Bem, eles não voltariam por nada para ajudar você.

— Eu sei, Elsie, mas...

— Sem mas, Homer. Continue dirigindo.

Homer assim o fez. Nuvens se juntavam e várias delas eram acinzentadas. Em Miami, ele, Elsie, Albert e o galo se acomodaram no quarto do hotel localizado ali.

Durante todo o domingo, Homer conferiu o céu, que cada vez mais se enchia de nuvens. Naquela noite, o atendente do hotel bateu à sua porta com uma mensagem. Ele deveria ir para North Miami Depot e esperar por novas ordens.

— O que foi, Homer? — perguntou Elsie.

— Não sei — respondeu ele, entregando a mensagem. — Mas tem algo a ver com a tempestade, aposto.

Elsie a leu.

— Estou preocupada — disse.

— Não fique. Eu provavelmente só vou precisar ajudar a proteger os trilhos aqui para o caso de ocorrer uma inundação.

— Ainda estou preocupada — respondeu Elsie, e, por impulso, segurou a mão dele. — Não faça nada perigoso.

— Não vou fazer.

— Sim, vai — disse ela. — Se achar que é seu dever. Bem, seu dever é aqui, comigo e com Albert.

Homer sorriu.

— E o galo?

— Não sei — disse Elsie. — Não consigo entendê-lo.

— Talvez não haja nada para entender. Nem tudo tem que fazer sentido.

— E o amor? — perguntou ela de repente. — Faz sentido?

— Não sei sobre o amor — admitiu Homer —, mas seus beijos fazem.

— Isso não faz o menor sentido — disse Elsie, mas beijou Homer mesmo assim.

41

O sr. Jared Cunningham, supervisor de trilhos da Ferrovia Costa Leste da Flórida, encontrou Homer e vários outros trabalhadores da ferrovia em North Miami.

— Rapazes — disse ele —, de acordo com os barcos ao mar, a tempestade será grande e intensa, e espera-se que comece em breve, o que quer dizer que temos uma emergência. O governo colocou muitos veteranos nas Keys trabalhando na estrada e eles não têm como escapar porque as balsas partiram para evitar que afundem. O governo federal tinha que ter percebido que isso aconteceria, mas não percebeu, por isso pediram que busquemos os funcionários. Estou à procura de voluntários.

Ele se virou para Homer:

— Homer, se quiser vir, preciso que verifique os trilhos e as pontes. Você tem um olho ótimo para estruturas. O que acha?

Certo de sua obrigação, Homer assentiu no mesmo instante.

O engenheiro de locomotiva, um homem chamado J. J. Haycraft, disse:

— Eu também vou, sr. Cunningham. A velha 447 é pesada demais para ser desfeita por qualquer tempestade. Vamos nos sair bem. O que acha, Jack?

Jack era o bombeiro.

— Claro, eu vou — disse ele.

Cunningham apertou a mão deles com seriedade.

— Partam, então, e depressa.

Elsie e Albert estavam esperando no abrigo.

— Vou de trem para buscar os veteranos — avisou Homer depois da reunião.

— Nós também vamos — disse Elsie.

— Não, Elsie. Não posso permitir. Pegue o Buick e fique no hotel com Albert. Vou ficar bem. Devemos voltar até meia-noite. Vou pegar carona com Jack, que também vai ficar no hotel.

Foi como se Homer não tivesse falado nada.

— Albert e eu vamos em um dos vagões de passageiros e não tem nada que você possa fazer para nos impedir.

— Verdade, apesar de ir contra o bom senso — respondeu Homer. — Mas se vocês forem terei que me preocupar com você e com Albert o tempo todo e não conseguirei fazer meu trabalho. Elsie, só desta vez, faça o que estou pedindo. Vá para seu quarto, leve Albert e o galo com você, por favor, e espere por mim. Voltarei são e salvo. Prometo.

Lágrimas escorreram do rosto de Elsie e ela caiu nos braços dele. Homer ficou chocado ao perceber que ela tremia violentamente.

— Não vá — disse ela. — Estou com muito medo.

Homer nunca a vira tão vulnerável. Era quase como se ela fosse outra mulher. A viagem a havia mudado; provavelmente ele também estava diferente. Teria de refletir sobre isso, se tivesse oportunidade.

— O engenheiro e o bombeiro vão. Como posso não ir?

Elsie deu um passo para trás, secou o rosto e ergueu a cabeça.

— Certo, Homer Hadley Hickam, e se eu nunca mais o vir digo que o amo e acho que continuarei a amá-lo até o fim dos meus dias. Mas vá. Vá! E faça logo o que tem que ser feito em seu trabalho precioso e seu dever precioso.

Homer sorriu. Depois de ouvir com os próprios ouvidos que Elsie Gardner Lavender Hickam o amava, ele podia morrer feliz. Admirou-a enquanto ela se afastava puxando Albert. Ele era o homem mais sortudo do mundo por ter se casado com aquela mulher linda e maravilhosa.

Depois de olhar para Homer, Albert emitiu seu resmungo nada feliz. Homer assentiu para ele e em silêncio fez um gesto para que ele cuidasse de Elsie.

Haycraft, o engenheiro, se aproximou.

— Homer, não sei se você contou, mas temos seis vagões de passageiros, dois vagões de bagagem e três vagões fechados. É mais do que gostaria, considerando nosso trabalho, mas demoraria muito para mudá-los, então ficaremos assim. Você fica aqui comigo e com Jack. Se eu vir alguma coisa no trilho de que não gostar, diminuirei a velocidade o suficiente para você descer. Você vai na frente e confere para mim. Entendeu?

Homer entendeu muito bem, confirmou e entrou no veículo com o engenheiro e o bombeiro. O vapor já estava na pressão necessária e o velho 447 logo atravessaria os trilhos em direção a Homestead.

Quando chegaram ao cruzamento, Haycraft disse:

— Vou virar e levar os vagões de ré. Assim podemos seguir para o norte com velocidade máxima depois de pegarmos os rapazes de Matecumbe. Provavelmente já estará escuro, mas podemos usar a lanterna para avaliar os trilhos. Homer, vá para o último vagão e observe. Leve esta lanterna. Balance-a se vir algo, e eu pararei. Quando estiver livre, balance-a de novo. Pode ser?

— Pode — disse Homer.

Ele saiu do vagão e caminhou até o último, que felizmente era um vagão de passageiros que lhe ofereceu uma paisagem. Ele entrou, colocou a lanterna no chão e caminhou até a plataforma dos fundos. Ao sul, havia nuvens densas e cinzentas e o brilho ocasional de raios distantes. O vento aumentava e ele sentia uma leve mudança na pressão nos ouvidos.

Quando o trem foi virado, continuou a descer o trilho enquanto Homer observava se havia destroços pelo caminho. O vento uivava e uma chuva forte batia nas janelas do vagão de passageiros. O céu ganhou um tom verde-amarelado, e a areia e a vegetação desapareceram na névoa desagradável. Ouviu-se um murmúrio baixo, que Homer notou que vinha dos fios de eletricidade e de telefone que vibravam com o forte vento. Quando um poste de telefone caiu, os fios rompidos ricochetearam como cobras enraivecidas. Um arbusto de murta de repente voou pelo céu e foi levado para longe.

Quando o trem chegou a Key Largo, o mar tinha subido tanto que batia dos dois lados da pista. Homer viu que muitas pedras tinham escorregado, ameaçando retirar o suporte das grades de proteção. Ele pensou em mexer a lanterna, mas concluiu que Haycraft também conseguia ver a barragem. Ele pararia se achasse que era perigoso.

O trem seguiu. A chuva começou a cair pesada, dificultando muito a visão do trilho. Ainda que visse algo nele, ou visse que as grades tinham se separado ou sido levadas, Homer estimava que o trem estava viajando a cerca de 25 a 35 quilômetros por hora, rápido demais para que ele fizesse sinal para Haycraft parar a tempo. Se o vagão virasse, seria amassado como papelão por todos os outros vagões que se empilhariam. Ainda assim, Homer se manteve em seu posto.

Usando um mapa da ferrovia que encontrou no vagão, Homer tentou entender onde estavam, imaginando que se aproximavam de Windley Key. Quando a chuva diminuiu por um momento, ele viu uma montanha de nuvens pretas acesas por flashes de raios amarelo-azulados. Quando um raio mostrou pessoas ao longo dos trilhos, ele se debruçou para fora e balançou a lanterna, e o trem desacelerou e parou.

Homer enfrentou a chuva intensa e saiu do vagão. As primeiras pessoas que encontrou foram um homem e uma mulher que tinham caído sob a pressão do vento e da água. Homer ajudou os dois a se levantar. Eles olharam-no com expressões assustadas.

— Entrem no trem — disse ele, e apontou o último vagão. — Pegarei os outros.

Esforçando-se para subir a barragem escorregadia apesar do vento uivante e da chuva, Homer encontrou mais pessoas espalhadas pelo caminho.

— Sigam por ali — orientou ele, apontando o trilho sob a chuva. — Podem confiar em mim, tem um trem ali.

Depois de ajudar a embarcar todo mundo que encontrou, ele fez uma contagem. Havia cinco mulheres, uma com um bebê, três crianças e três homens. Eram moradores da região, e nenhum fazia parte do grupo de veteranos que o trem havia sido enviado para resgatar. Todos estavam ensopados, tremendo, e pareciam em estado de choque. Homer subiu e desceu o corredor para acalmá-los.

— Vocês estão em segurança — disse ele, sorrindo para a mãe com o bebê.

Ela olhou para ele, sem palavras e com os olhos arregalados. Homer saiu e balançou a lanterna, e a locomotiva levou os vagões escuridão adentro.

O bebê começou a chorar, e as crianças e as mulheres também. Um dos homens gritou:

— Estamos indo na direção errada!

— Há mais pessoas para buscarmos — respondeu Homer.

— Seu idiota! Nunca conseguiremos!

Homer desconfiava que o homem tinha razão. O trem estava adentrando ainda mais a tempestade. Ventos uivantes balançavam o vagão e as ondas batiam contra ele, mais parecendo uma saraivada de pedras do que água.

— Vamos morrer — lamentou o homem. — Todos vamos morrer.

Na tentativa de enxergar melhor, Homer foi até a plataforma do vagão, mas imediatamente voltou por causa do vento e da chuva que bateram em sua pele, como se a cortassem. Quando um raio iluminou os trilhos por um instante, ele viu que as peças de aço estavam praticamente submersas. Com ansiedade, olhou para a frente, esperando ver sinal dos veteranos. Quando a chuva diminuiu um pouco, Homer viu uma construção e uma placa que a identificava como Estação Islamorada de Upper Matecumbe.

Havia vultos na plataforma. Pessoas!

Homer balançou a lanterna, mas o trem seguiu em frente até ele conseguir ver não só a estação, mas também um armazém e algumas outras construções. O telhado de uma delas voou, desaparecendo no céu cinzento. Mais pessoas se levantaram, mas o trem seguiu. Enquanto Homer observava, alguém — e ele não soube dizer se era um homem ou uma mulher — foi pego por uma mão invisível e puxado para a escuridão. Destroços bateram nas pessoas, que desapareceram, uma a uma. Um homem se aproximou o bastante para Homer ver seus olhos desesperados e a boca aberta. Ele gritava alguma coisa, mas uma peça do telhado cortou seu pescoço como se fosse uma guilhotina. A cabeça voou no mesmo instante e o corpo caiu na água.

Por fim, o trem parou. Homer ergueu as mãos à frente dos olhos para protegê-los das gotas afiadas de chuva e, pelos vãos formados pelos dedos, olhou para a frente. Tudo estava embaixo d'água. Até onde sabia, o trem estava na única faixa de trilhos ainda fora da água.

De repente, dezenas de homens, mulheres e crianças começaram a embarcar nos vagões de passageiros. Homer pulou para fora e fez o melhor que pôde para ajudá-los a subir. Havia, pelo menos, uma centena de pessoas. Ensopadas, assustadas, elas se amontoaram ali dentro.

A água de repente subiu até sua cintura e ele procurou uma alça do vagão e entrou. Ali, as pessoas xingavam e rezavam, mas Homer se viu estranhamente calmo. Acreditava que o mineiro que existia dentro dele estava no controle, ou talvez fosse apenas estupidez. Ele não teve tempo de pensar.

Um poste de aço, arrancado de algum ponto, acertou um homem nas costas quando ele entrava no vagão. O homem foi dilacerado, e o sangue espirrava ao redor da ponta que atravessou sua barriga. Ele jogou a cabeça para trás e, com um jato vermelho de sangue em sua boca, caiu nos degraus. Homer, com a ajuda de um dos outros homens, empurrou-o com o poste para fora.

— Quantos mais estão lá fora? — gritou Homer em meio ao vento.

O homem que o havia ajudado apenas balançou a cabeça. Quando Homer olhou com mais atenção, viu que se tratava de Huddie.

— Onde está Slick? E o resto dos veteranos?

— Não sei — disse Huddie. — Acho que foram levados pelo vento ou se afogaram.

— Acomode-se em um banco — aconselhou Homer, e Huddie se afastou.

Homer inclinou-se para fora a fim de procurar mais sobreviventes. O vento não parava de irritar seus olhos e ele teve de levar as mãos à frente do rosto para ver alguma coisa. Ninguém mais apareceu, então ele pegou a lanterna e a balançou. Em resposta, o trem seguiu em direção ao norte, mas só alguns metros, pois logo parou. Quando Homer espiou de novo, viu que um vagão tinha estourado o trilho. O trem não tinha como avançar.

As mulheres começaram a choramingar e os homens as acompanharam. Bebês gritavam e crianças choravam.

— Parem com isso! — gritou Homer, arrependendo-se da reação grosseira no mesmo instante.

As pessoas resgatadas olhavam para o leste horrorizadas. Homer pressionou o rosto contra uma janela. O que viu estava além de sua compreensão: uma parede d'água de pelo menos dezoito metros vinha na direção do trem. Não havia nada a fazer. Homer, entregando tudo nas mãos de Deus Todo-Poderoso, do destino, do acaso ou do que quer que determinasse a sina de todas as pessoas do mundo, sentou-se e esperou a onda bater. Quando bateu, o trem tombou. O vagão foi retirado dos trilhos e começou a rolar. A água preta entrou e prendeu Homer embaixo dos assentos arrancados da estrutura. Ele se agarrou aos bancos soltos até ver um flash de luz e perceber que o vagão tinha sido dividido ao meio.

O corpo de uma mulher passou, seus olhos mortos o acusavam. Um bebê morto veio em seguida. Ele queria pedir desculpas, dizer que tinha feito o melhor para salvá-los, mas eles seguiram em frente e, para sua vergonha, ele sentiu alívio quando os dois desapareceram na água.

Homer nadou na direção que esperava que fosse para cima e alcançou a superfície, então percebeu que o vento e a água batiam tão forte que era impossível respirar. Uma força gigantesca começou a girar a água, transformando-a num redemoinho poderoso e irresistível, e ele se sentiu sendo erguido.

Por um breve momento, teve uma vista aérea da destruição.

Todos os carros tinham sido varridos. Só a locomotiva 447 permanecia, no único pedaço de trilho que restara, até onde Homer conseguia ver.

O vento fez Homer afundar. Ele lutou por um tempo, mas, por fim, exausto, deixou as águas o levarem. Submergiu nas ondas. Foi então que Albert passou nadando e voltou. Por que Albert estava ali, Homer não sabia, mas gostou de vê-lo passar nadando enquanto corpos e pedaços de corpos apareciam. Depois de um tempo, Homer começou a pensar que talvez não fosse Albert, mas outra coisa, algo que não existia, mas que ainda assim sempre tinha existido e para sempre existiria.

Albert, ou o que parecia ser Albert, pareceu ouvir os pensamentos de Homer e meneou a cabeça, então se afastou, virando-se de vez em quando para ver se estava sendo seguido. Homer obedientemente seguiu atrás dele até, enfim, descobrir que tinha chegado à superfície. Puxando o ar, cuspindo água do mar, segurou-se a Albert. Mas não era Albert.

Era um tronco, um tronco grande que flutuava, um tronco com um galho quebrado ao redor do qual ele podia posicionar os braços. Foi o que fez, ouvindo o uivo do vento, o ronco do mar e o grito das pessoas.

42

Horas depois, quando o furacão enfim passou, Homer ergueu a cabeça e viu que estava deitado de costas em uma cama de lama fedorenta e de grama malcheirosa. Quando se esforçou para se apoiar nos cotovelos e olhou ao redor, viu o que parecia ser um campo de batalha. Destroçados e rasgados, os restos do armazém de Matecumbe se espalhavam por todos os lados.

Homer se ajoelhou e procurou o trem, mas não havia sinal dele. Quando conseguiu ficar de pé, afundou-se na lama. Sua camisa tinha sido rasgada, ele estava sem sapatos e só com uma das meias.

A lama pegajosa o arrastou enquanto ele se esforçava para vencê-la e chegar ao que percebeu ser os trilhos. Estavam cobertos por ela e não podiam ser vistos.

— Como posso ainda estar vivo? — perguntou em voz alta, mas ninguém respondeu.

Pensou brevemente em Elsie e torceu para que a tempestade não tivesse atingido Miami. Então, procurou resgatar a si mesmo. Quando encontrou um par de botas ali perto, tentou calçá-las. Serviram perfeitamente. Ele não conseguia imaginar por que havia um par de botas que serviam perfeitamente sendo que toda a ferrovia tinha sido destruída. Mesmo assim, calçou-as e olhou para o céu. As nuvens escuras se afastavam. *Preciso encontrar alguém*, disse a si mesmo e, tomando cuidado com dezenas de milhares de placas quebradas com pregos fincados e fios retorcidos com pontas tortas, seguiu pelo resto dos trilhos. Em pouco tempo, viu o primeiro vagão. Estava tombado, com lama saindo pelas janelas quebradas. Então, viu o primeiro corpo, o primeiro de muitos.

À procura de sinais de vida, Homer caminhou entre os corpos por muito tempo. Entrou nos vagões e procurou também. Só encontrou cadáveres. Tentou não olhar para os rostos, principalmente para os de crianças, mas alguns estavam virados de um jeito que ele não tinha como evitar. Uma menina, que ele imaginou ter cerca de seis anos, estava deitada em cima de um dos vagões e ele acreditava que alguém, sua mãe ou seu pai, a colocara ali. Ela estava morta, olhando para o firmamento, onde as nuvens se afastavam depressa, revelando o céu de um azul inocente.

Na locomotiva, ele entrou em um vagão, onde encontrou o sr. Haycraft sentado no chão, de olhos fechados. Jack, o bombeiro, também estava ali, de cabeça baixa.

— Vocês estão vivos? — perguntou Homer.

Os olhos de Haycraft se abriram e Jack levantou a cabeça.

— Você sobreviveu! — gritou Haycraft. — Eu tinha certeza de que você havia se afogado. — Ele pareceu pensativo. — Como conseguiu?

— Não sei — disse Homer. Ergueu uma de suas botas. — E encontrei estas botas que me servem perfeitamente. Também não sei por quê. Como vocês podem estar sentados aqui se o resto do trem foi arrancado dos trilhos?

— O velho 447 é cerca de dez vezes mais pesado do que os vagões — explicou Haycraft. Ele passou a Homer uma jarra de água cinzenta e suspirou. — Mas acho que nunca mais vai funcionar.

— Por que não? — Homer tomou um gole demorado da água quente e levemente escurecida, e percebeu que o furacão tinha até colocado água do mar dentro do jarro bem vedado. — Eles não vão reconstruir nada?

Haycraft balançou a cabeça.

— Não. Foi tolice construir esta ferrovia, para começo de conversa. O homem que a construiu se chamava Henry Morrison Flagler, sócio do próprio John D. Rockefeller. Digamos que ele tinha mais dinheiro do que noção. O sr. Flagler morreu e todo os outros como ele. Ninguém mais tem coragem de construir grandes empreendimentos. Acho que estamos todos sem emprego.

— O que devemos fazer agora? — perguntou Homer.

Haycraft deu de ombros.

— Não há nada a ser feito. Só podemos esperar até a ferrovia mandar alguém para nos resgatar. Pode ser que demore alguns dias, imagino.

— Acho que vou continuar procurando sobreviventes — disse Homer.

— Fique à vontade — disse o engenheiro, e deu de ombros. — Se encontrar alguém, grite para irmos ajudar.

Homer desceu do vagão e caminhou em meio aos destroços. Quando o cheiro de corpos em decomposição o levou à beira da água, ele ficou surpreso ao encontrar um barco pequeno preso por uma âncora. Ficou ainda mais surpreso ao ver que um dos três homens embarcados era Ernest Hemingway.

Hemingway acenou para ele. Homer acenou de volta.

— Olá, sr. Hemingway! Sou eu, Homer. Elsie e eu jantamos com o senhor uma noite dessas.

— Sim, reconheço você — disse Hemingway. — O que está fazendo aqui?

Homer fez um gesto atrás de si.

— Vim de trem para resgatar os operários da ferrovia, mas a tempestade nos pegou primeiro.

— Vocês vieram tarde demais — repreendeu-o Hemingway. — Por que não vieram mais cedo?

— Viemos assim que pudemos, senhor — respondeu Homer.

— É sempre tarde demais quando se trata de buscar nossos veteranos! — disse Hemingway. — Homer, gostaria que a polícia federal visse isso, que visse os corpos nos mangues, que sentisse o fedor como na Grande Guerra. Eu esperava não ter que sentir o cheiro da morte de novo. Aqueles malditos ricos que dão início às guerras! Eles estão alimentando as máquinas de guerra na Europa enquanto conversamos aqui, e vamos nos envolver, você pode ter certeza. Aqueles idiotas de Washington, D.C. enviam pobres para a luta e então se esquecem deles, como sempre. Quem deixou que se afogassem, Homer? E qual é o castigo para esse genocídio?

Surpreso, Homer só conseguiu responder:

— Não sei, senhor. O engenheiro disse que a ferrovia morreu aqui também.

Hemingway apoiou as mãos no quadril e olhou ao redor.

— Morreu. Morreu mesmo.

— Está indo para o norte, senhor? — perguntou Homer. — Preciso de uma carona.

— Vamos para o norte por um tempo — contou Hemingway —, mas não sei bem onde viraremos. Não quero fazer com que você se perca. Alguém virá buscá-lo. Seja paciente.

— Sim, senhor — disse Homer.

— Sou republicano, sabe? — declarou Hemingway, sem nenhum motivo aparente.

Homer ouviu passos na areia e ficou surpreso e, ao mesmo tempo, nem um pouco surpreso ao ver Slick e Huddie se aproximando. As roupas dos dois limitavam-se a trapos e o rosto deles estava vermelho.

— Como vocês dois sobreviveram? — perguntou Homer.

— Só os bons morrem cedo — disse Slick. Ele formou conchas com a mão e gritou para o barco:

— Hem, sou eu, Slick! Tomamos uma bebida no Sloppy Joe's alguns fins de semana atrás. O Huddie também está aqui. Tem espaço para alguns velhos veteranos?

— Vamos para o norte por um tempo e depois voltaremos a Key West — respondeu Hemingway.

— Isso seria bom para nós dois — disse Slick. Ele pulou na água e começou a nadar até o barco. Huddie o seguiu e os dois foram puxados para dentro. Para surpresa de Homer, Hemingway entregou-lhes garrafas de cerveja de uma caixa isopor, então puxou a âncora, virou o barco e seguiu em direção ao norte.

Por um instante, Homer pensou em acenar, gritar e insistir para ser levado, mas seu orgulho enorme e o estoicismo de gerações de mineiros foram maiores do que o ímpeto. Ele apenas observou o barco se afastar até se tornar um pontinho branco, depois voltou ao 447 para esperar pelo que aconteceria. Quando encontrou uma camisa rasgada, cheirou-a para ter certeza de que o cheiro não era tão ruim e envolveu seu rosto com ela para aliviar o máximo possível o odor horroroso dos corpos em decomposição inchando sob o sol forte.

Esperou três dias até que um barco enviado pela empresa chegasse para levar a equipe de resgate. Durante esse tempo, suas roupas, seus cabelos e a pele ficaram saturados com o fedor horroroso da morte. No barco, Homer, Haycraft e Jack tiraram suas roupas e as jogaram no mar. Em seguida, mergulharam também com uma barra de sabonete na mão. Depois de se esfregarem muito, foram recepcionados dentro do barco e receberam macacões velhos para vestir.

Levaria mais dois dias para Homer, descalço e pedindo carona na estrada, chegar ao hotel em North Miami. Ali caiu nos braços de Elsie e, depois de abraçá-la por um tempo, acariciou a cabeça de Albert e agradeceu por tê-lo salvado, ainda que tivesse sido apenas em sonho. Homer não se surpreendeu por Elsie não chorar de alívio. Ela agiu com certa indiferença, como esposas de mineiros faziam com frequência quando um temido desastre não se concretizava. O que era importante, o que importava, era que ele não tinha morrido.

Mais tarde naquele dia, Homer e Elsie se sentaram em duas cadeiras, um de frente para o outro, e só se olharam. Por fim, Homer estendeu as mãos e Elsie as pegou.

— Vai voltar a trabalhar na ferrovia? — indagou ela.

— Não tem mais ferrovia, Elsie. Acabou.

Ela olhou dentro dos olhos dele.

— Me conte o que aconteceu. Tudo.

Ele contou. No fim da história, disse:

— Senti que foi Albert quem me socorreu durante aquele furacão.

— Ele é um menino forte tanto no corpo quanto no espírito — declarou Elsie, apertando as mãos do marido um pouco mais. — Então, talvez tenha sido.

— Sabe, quando pedi ao Capitão Laird para me deixar levar o Albert para casa, ele me disse que essa viagem serviria para eu descobrir o sentido da vida. Mas ela só criou mistérios que não consigo compreender.

— Talvez a vida seja isso, mistérios em cima de mistérios. Achamos que sabemos tudo, mas, na verdade, não sabemos de nada.

— Não seria estranho se Albert soubesse? Ou se o galo soubesse? Eles sabem o que é a vida e para que serve, mas não podem nos contar, só mostrar.

— E não sabemos que estão fazendo isso, por isso não prestamos atenção — disse Elsie.

— Piadinha de Deus — falou Homer.

— Não. Piadona.

Como a filosofia costuma envolver as pessoas que se aventuram por ela, Homer e Elsie ficaram muito cansados e se calaram. Dormiram profundamente naquela noite, depois colocaram suas coisas no Buick e seguiram na única direção que lhes restava: o norte.

Enquanto dirigia, Homer sentiu um vazio no ar, como se tudo o que importava tivesse sido afastado, disperso, expelido, destruído. Fora do Buick só havia escuridão, apesar de o sol brilhar. O que Homer e Elsie queriam ver, não podiam e sabiam disso. O que queriam ver era a vida que acreditavam que teriam antes da tempestade. Queriam voltar no tempo, no calendário, fazer com que os bilhões de permutações e de perambulações da vida fossem alterados levemente para que o furacão que havia destruído tanto da Flórida tivesse sido desviado para destruir outro lugar ou para não destruir nada, só causando ventanias e espalhando água.

Mas não era para ser assim. A tempestade foi a tempestade que quis ser e nenhum ser humano podia mudar isso. Só podiam aceitar o que a tempestade queria lhes dar: o fim de um sonho.

— Destino — sussurrou Elsie.

Homer ouviu, não disse nada, mas sabia que ela estava certa. A tempestade não havia recebido nome, mas Destino seria bom. Destino, o destruidor. Destino, o torturador. Destino, o assassino, ladrão e demolidor de tudo o que era certo e sagrado, se é que alguma coisa o era.

➝ ⟵

Por capricho, Homer pegou a estrada para Silver Springs a fim de ver se o pessoal do filme do Tarzan ainda estava ali, mas as casas estavam vazias e os cenários tinham sido desmontados. O verão havia passado e o parque em si estava quase todo fechado, apesar de Chuck, o domador de répteis, estar lá. Ele ouviu a história deles e olhou para Albert.

— O que vai acontecer com ele? — perguntou.

Homer e Elsie se entreolharam e confessaram que não sabiam.

— Em pouco tempo, ele vai ficar bem maior e se interessar por garotas também — disse Chuck. — Ele precisa de um bom pântano para ser feliz.

— Poderíamos deixá-lo com você? — pediu Elsie.

O domador balançou a cabeça.

— Ele não se acostumaria com alguns dos outros jacarés velhos que tenho aqui. Eles provavelmente o matariam. O que vocês precisam fazer é encontrar um lugar onde ele seja novidade, onde haja um lago novo. Algumas das cidades que estão aparecendo para as pessoas aposentadas estão criando barragens para aumentar o espaço para a água. Procurem uma dessas.

Chuck voltou ao trabalho, deixando Elsie e Homer olhando um para o outro. Por fim, Elsie interrompeu a competição de olhar fixo.

— Você acha que devemos voltar para Coalwood?

Homer assentiu.

— Posso entrar em contato com o Capitão para saber se ele me receberia de volta. Posso perguntar também se ainda temos casa.

Elsie cobriu o rosto com as mãos e balançou a cabeça. Quando olhou para a frente, seu rosto estava tomado pelo conformismo.

— Odeio essa ideia, Homer, mas volto com você. Seja lá o que nos controla quer que voltemos para Coalwood. Não entendo, mas estou cansada de lutar. Mande a mensagem.

Homer mandou um telegrama na primeira cidade que encontrou. Eles esperaram dentro do carro, numa rua, até a resposta do Capitão chegar: "Seu emprego e sua casa continuam aqui".

— Está pronta para seguir em direção ao norte? — perguntou Homer.

— Vamos de uma vez — disse Elsie, baixando a cabeça.

Homer se sentiu péssimo por Elsie estar tão infeliz, mas acreditava que ela tinha razão. A viagem os forçava a voltar para a Virgínia Ocidental. Mesmo quando ele tentou outra coisa, houve um furacão e destruiu tudo.

Era a intenção de Homer ir para o norte o máximo que conseguissem. À meia-noite, a placa que indicava a fronteira com a Geórgia apareceu.

— Por favor, pare — pediu Elsie, então secou com fúria as lágrimas que não conseguia mais esconder.

Homer parou e esperou Elsie retomar o controle. Estava com medo de ouvir o que ela ia dizer.

— Volte — disse ela. — Não podemos levar o Albert de volta a Coalwood. Você ouviu o que o domador de répteis disse. Precisamos encontrar um lugar para ele viver.

— Onde devemos procurar? — indagou Homer.

Ela olhou para trás, para Albert, então esticou o braço e tocou o focinho dele. Em resposta, ele se esticou, fez seu "ié-ié-ié" e voltou a dormir. Ela se virou para Homer de novo.

— Para onde íamos — sussurrou ela. — Orlando.

Eu tinha sessenta anos. Minha mãe tinha noventa e um.

Um livro meu havia acabado de ser publicado com o título de *O filho do faroleiro*, que era sobre um capitão solitário da Guarda Costeira em uma ilha deserta. Também era sobre perda. O pai do capitão, um faroleiro, perdera a esposa e o filho, o que significava que o capitão perdera a mãe e o irmão. Uma mulher, recém-chegada à ilha, havia perdido toda a esperança de encontrar um amor. E, no mar, navios atravessando os mares revoltos eram atacados por um submarino alemão saqueador comandado por um capitão perdido em quase todos os modos possíveis.

— O que sabe sobre essas coisas, Sonny? — perguntou minha mãe ao colocar a mão na capa do livro que estava ao lado no sofá da casa dela na Carolina do Sul.

— Que coisas, mãe?

— Todas essas mortes em seu livro. Você ainda é novo demais para saber disso.

Em minha defesa, eu disse:

— Meu pai morreu, assim como a maioria de meus tios e tias. Perdi alguns amigos no Vietnã. E mais alguns se foram em acidentes.

Ela deu de ombros.

— Mas não todo mundo. É o que acontece quando alguém chega à minha idade, quando a perda acorda você de manhã e embala seu sono à noite. — Seus olhos cor de mel ficaram um pouco nebulosos. — Não nos acostumamos com isso.

Tive a sensação repentina de que se não perguntasse talvez nunca ouvisse o fim da história que ela e, às vezes, meu pai tinham contado ao longo dos anos.

— Mãe, você nunca me disse o que aconteceu com Albert.

Ela pareceu meio assustada.

— Bem, talvez porque seja um pouco difícil contar.

— Foi tão ruim assim?

Sua expressão ficou séria.

— Você acha que não posso contar?

— Não sei. Talvez não devesse. Depende de você.

— Certo. Depende de mim. — Ela respirou fundo. — Sempre dependeu.

PARTE IX

Como Albert foi, enfim, levado para casa

43

Eles não chegaram a Orlando naquela noite. Quando não conseguiu mais manter os olhos abertos, Homer estacionou ao lado do que acabou se revelando, ao amanhecer, ser um laranjal. As laranjas tinham sido colhidas durante o verão, mas as árvores ainda eram fragrantes e o cheiro doce e cítrico os animou.

Depois de levarem Albert para andar entre as árvores e de dar a ele um pouco de frango e também de comerem sanduíches de presunto e tomarem café de mineiro (água fervente e grãos de café na água por alguns minutos antes de beber), eles se acomodaram de novo, com o galo no ombro de Homer, Elsie fazendo o melhor que podia para não chorar pela perda iminente do jacaré e Albert enfiando a cabeça pela janela para aproveitar a paisagem como tinha feito tantas vezes na viagem. Em pouco tempo, entraram no perímetro urbano de Orlando.

Após dar uma olhada no lugar, Homer pensou que talvez entendesse um pouco do porquê Elsie gostava tanto de lá. Era uma cidade bonita com sua arquitetura espanhola, palmeiras e atmosfera pacífica, e as pessoas, a julgar pelo modo com que se vestiam e pelos sorrisos que estampavam no rosto, pareciam amigáveis e prósperas. Depois de passear pelo centro tranquilo da cidade, Elsie reconheceu várias construções e ruas e conseguiu direcionar Homer a um lugar onde havia um pequeno trailer estacionado ao lado de um lago. Atrás do trailer havia várias palmeiras. Aquela era a casa nova do seu tio rico Aubrey.

— O tio rico Aubrey mora num trailer? — perguntou Homer.

— É um trailer muito bacana, Homer. Quando vim a Orlando pela primeira vez, ele morava em uma casa grande. Agora, mora aqui.

O tio Aubrey logo se apresentou, um homem garboso de chapéu de palha, camisa de listras, short largo e xadrez de golfe e com sapatos Oxford marrom e branco. Homer achou que ele se parecia bastante com o comediante W. C. Fields.

Aubrey cumprimentou Elsie entusiasmado, com um abraço apertado, foi apresentado a Homer, a Albert e ao galo, então gesticulou para que se sentassem a uma mesa de piquenique para esperar pelos refrescos. Ele entrou no trailer, voltou com uma bandeja com uma jarra de limonada e três copos.

— Agora, minha sobrinha preferida, o que a trouxe aqui? E como se casou com esse homem robusto, onde arranjou esse jacaré sorridente, esse galo curioso e esse Buick raro, hein?

Os lábios de Elsie tremeram e seus olhos ficaram marejados.

— O que foi? — perguntou Aubrey.

Elsie tomou mais um gole de limonada e disse:

— Vim trazer o Albert para casa, tio Aubrey. O senhor se lembra do rapaz que apresentei certa vez, o rapaz cujos pais eram donos de um estúdio de dança?

— Sim, sim — respondeu Aubrey. — Os Ebsen, conheço bem a família. Ele atendia pelo apelido de Buddy, até onde me lembro. Uma boa família e ele parecia ser um bom rapaz. Ensinou alguns passos de dança para mim quando perguntei qual era a mais nova moda entre os jovens.

Elsie assentiu.

— Sim, senhor, ele mesmo. Bem, ele me deu o Albert de presente de casamento.

Aubrey arqueou uma das sobrancelhas.

— Deu a você? Não é mais comum que o presente seja para o casal? Ele disse que o jacaré era só para você?

— Achei que sim — disse Elsie. — Bem, agora, veja o senhor, ele é um garotão bonito e, bem, receio que não seria feliz em Coalwood, onde, pelo menos por enquanto, nós... — Ela parou por tempo suficiente para suspirar. — Vamos morar. — Ela olhou para o lago. — Acha que ele poderia viver aqui com o senhor?

Aubrey balançou a cabeça.

— Sinto muito, querida. Aquele lago não passa de lama. Não é adequado para jacarés. Vai ter que procurar outro lugar.

Homer disse:

— Elsie, tenho uma ideia. E se dirigíssemos por aí à procura de um novo lago como aquele que o domador de répteis sugeriu?

Elsie hesitou, sem saber ao certo se de fato queria encontrar um lugar para ele. *Talvez pudesse viver em Coalwood. Talvez...*

— Vá, Elsie — disse Aubrey. — Cuido de Albert e do galo.

⇝ ⇜

Homer bebericou a limonada e deixou Elsie resolver as coisas sozinha.

Depois de alguns minutos, ela disse:

— Acho que não há problema nenhum em dar uma olhada.

— Acho que não — disse Homer, levantando-se e abrindo a porta do passageiro do Buick para ela.

Elsie entrou e Homer dirigiu de volta ao centro. Numa rua com casas grandes e árvores frondosas, Elsie arregalou os olhos, sem acreditar.

— Homer, pare o carro!

Homer parou o carro. Elsie saiu e correu até um homem que descia a rua. Era um jovem alto, tinha pernas muito compridas e vestia um terno com colete. Também era bonito, com rosto quadrado e olhos azuis brilhantes. Ao observá-lo, Homer sabia quem Elsie estava abraçando: seu inimigo. O sr. Buddy Ebsen em pessoa.

Respirando fundo para se conformar, Homer saiu do carro e se aproximou do casal, pois eram um casal, com os braços compridos de Buddy envolvendo a cintura fina de Elsie, que pressionava seus lábios nos dele e depois se aconchegou a Ebsen.

Buddy olhou para a frente irritadiço quando Homer se aproximou. Soltou Elsie que, claramente assustada, demorou um pouco para se recompor, e então disse:

— Buddy, este é o Homer. Homer, este é o Buddy.

Os dois homens trocaram um aperto de mãos.

— O marido dela — acrescentou Homer.

Buddy era só sorrisos.

— Mas que belo rapaz! Como vocês dois estão? Elsie, por que voltou para cá?

— Elsie queria trazer seu presente de casamento para casa — disse Homer com a voz fria como gelo.

Buddy pareceu confuso, mas em seguida seu rosto se iluminou.

— O jacaré! Você gostou dele? Pensei que ele poderia morrer pelo caminho. Bom, só queria que você tivesse um pouquinho da Flórida. Sinto muito se causou problemas.

Homer percebeu que estava bravo.

— Ah, não, problema nenhum. Seu presente maravilhoso só fez com que abandonássemos nossa casa, acabássemos no meio de um assalto a banco, envolvidos com contrabandistas na Carolina do Norte, à deriva no oceano Atlântico, num filme na floresta e no meio de um furacão em Keys! Não, senhor, problema nenhum.

Buddy hesitou, pensativo, e disse:

— Elsie, posso ter uma palavrinha com Homer?

Estava claro que ela não gostou da ideia, mas concordou assentindo com a cabeça.

Segurando o braço de Homer, Buddy caminhou com ele um pouco mais para cima na rua.

— O que ela contou a você sobre nós? — perguntou Buddy.

— Ah, ela não teve que me contar muita coisa — disse Homer. — Está nos olhos e na voz dela quando o assunto é o grande Buddy Ebsen.

— É o que achei que você pensava. Olhe, Homer, nunca aconteceu nada entre Elsie e eu. Ah, acho que poderia ter acontecido, mas eu estava de olho em Nova York e em Hollywood. E quando pedi para ela ir comigo, sabe o que Elsie disse? Disse que nenhum dos dois lugares servia para ela, que não eram lugares de verdade, então falou de um rapaz em Virgínia Ocidental. Disse que, antes de ir a qualquer lugar comigo, tinha que saber o que você queria fazer e se isso a incluía.

Homer ficou surpreso.

— Bem, incluía. Eu me casei com ela e então você mandou o Albert. Foi o nome que ela deu ao jacaré.

— Albert. Belo nome. — Buddy riu. — Mas eu não o mandei só para a Elsie. Eu o mandei para vocês dois. Sim, queria que ela se lembrasse da Flórida, mas também pensei que um jacaré poderia fazer com que vocês rissem muito. A maioria das pessoas dão descarga e mandam o bicho pelo esgoto quando ele tem uma ou duas semanas, mas a Elsie... — Ele balançou a cabeça. — Então, ela ama esse animal?

— Sim, e eu também. Mas não podemos ficar com ele em Coalwood. Não é lugar para jacarés. Por isso estamos aqui. Aqui é a casa dele.

— Na verdade, eu o comprei em uma fazenda de criação de jacarés perto de Okefenokee — confessou ele —, mas compreendo seu dilema. — Ele olhou para trás e viu que Elsie os observava. — Já que causei problemas, o mínimo que posso fazer é oferecer uma solução. Vou pensar.

Homer não acreditava muito que o ator e dançarino fosse fazer alguma coisa. Mesmo assim, agradeceu e olhou para a esposa, que inclinou a cabeça como se perguntasse: *O que diabos vocês dois estão conversando?*

Essa foi, claro, a primeira pergunta que ela fez quando Homer a levou de volta ao trailer de Aubrey.

— Só conversa de homem — disse Homer.

— O que é conversa de homem?

— O preço do chá na China. Nada de mais.

— Eu me arrependi de não termos trazido o Albert conosco. Sinto saudade dele mesmo depois de algumas horas.

Homer entendia bem. O carro parecia vazio sem Albert e sem o galo. Ele gostaria de voltar ao trailer, pegar os dois e dirigir com Elsie a seu lado para sempre.

Mas era impossível. Toda viagem tem fim, e aquela não era exceção. A única pergunta era como.

44

Dois dias se passaram. Com exceção de uma noite, quando ela dormiu um sono agitado ao lado de Homer no colchão disposto no chão da minúscula cozinha do trailer, Elsie só ficava sentada numa cadeira na grama com Albert ao lado, enquanto suspirava e secava os olhos com um pano de prato velho, bebendo café forte. Ela não queria ir a lugar nenhum nem fazer nada e se recusava a conversar com Aubrey ou Homer. Apesar de saber que era loucura, tinha medo de que, se dissesse alguma coisa, apresentaria a desculpa que os dois homens precisariam para tirar Albert dela. Mesmo dormindo, ela mantinha a coleira dele presa em sua mão.

No terceiro dia, perto do anoitecer, Aubrey pegou outra cadeira e se sentou ao lado dela. Homer havia levado Albert para passear a fim de deixar que ele se refrescasse na água rasa do rio.

— Elsie... — começou Aubrey.

Ela balançou a cabeça.

— Sei que estou sendo tola, mas não sei como agir diferente. — Ela olhou para Homer de pé na grama observando Albert na água. — Albert não pode viver em Coalwood e não podemos viver em nenhum outro lugar.

— Sabe de uma coisa? — Aubrey tentou de novo — Vocês deveriam ter filhos. Se você se importa tanto assim com um jacaré, pense em como seria uma ótima mãe. Na verdade, talvez essa história toda com o Albert seja a natureza dizendo que está na hora de você começar uma família.

Elsie arregalou os olhos para o tio.

— Se isso for a natureza, não quero saber dela.

— Bem, algumas pessoas podem dizer que é como Deus faz, então.

— Apesar de não saber muito sobre Deus além dos sermões que já ouvi e de um pouco da leitura da Bíblia, ele parece grande demais para mim, nunca consegui entender bem a história de ele ter feito os israelitas percorrerem o deserto, de queimar árvores, inundar a terra e mandar seu único filho para ser crucificado. A mente dá um nó com essa história toda.

Aubrey mexeu as mãos num gesto amplo.

— Pense nisso tudo. A grama, o céu, a água, até mesmo o metal com que meu trailer é feito. De onde veio tudo isso e como tudo se encaixa? — Ele balançou a cabeça. — Parece impossível, quando paramos para pensar, tudo o que teve que acontecer para nos trazer a este momento. Ou talvez seja predestinado, instruções escritas em um livro que nossas vidas têm que seguir. — Ele se recostou, pegou um cantil do bolso do casaco, bebeu e disse: — Bem, tenha filhos, Elsie. Isso vai resolver seu problema.

Elsie balançou a cabeça.

— Nunca nada vai resolver meu problema, tio Aubrey. Nada.

Aubrey sorriu.

— Talvez você esteja certa, querida, mas talvez também esteja errada. Tem muito amor neste mundo velho que pode resolver seu problema. Pode resolver o problema de todos nós.

Elsie debruçou-se e pegou a mão do tio.

— Sinto muito. Sou um caso perdido. Vou tirar um cochilo.

— Não pode dormir para fugir de seus problemas, Elsie.

— Talvez não, mas pelo menos não terei que pensar nele por um tempinho.

Quando Homer voltou com Albert, sentou-se com Aubrey. O jacaré esticou as botas.

— Aubrey, tenho uma pergunta para você. Elsie falava sobre mim quando morava aqui?

— O tempo todo, apesar de nunca dizer seu nome. Ela o descrevia como um rapaz muito esperto com olhos azuis claros que ela conheceu no Ensino Médio e que se tornou mineiro, uma profissão que ela detestava.

— E de Buddy Ebsen?

— Até onde sei, eles eram apenas amigos. Ah, pode ser que tenham dado uns amassos, mas ela sabia que não tinha futuro com ele.

— Isso confirma o que Ebsen me disse. Não entendo por que ela pensou que fosse algo mais.

Aubrey pensou um pouco e disse:

— O tipo de homem que Buddy é, esperto, animado, pé de valsa, é o tipo de homem que ela queria e encontrou. Mas você sempre esteve no ar.

Enquanto Homer digeria as palavras de Aubrey, uma picape desceu a rua e parou à frente do trailer. O motorista, um agricultor, pelo que parecia, estendeu um pedaço de papel e disse:

— "Dia", Aubrey. Um camarada ligou no meu telefone, pediu para eu passar uma mensagem.

O pedaço de papel com a mensagem era mesmo para Homer.

Na manhã seguinte, depois do café da manhã, Homer disse:

— Elsie, o que acha de passearmos um pouco de carro?

Elsie estava desconfiada.

— Para onde?

— Um passeio. Vai ser como nos velhos tempos.

— Não está tentando me enganar, está?

— Enganar você? Como assim?

— Para me levar a Coalwood.

Homer sorriu.

— Prometo que voltaremos logo. — Ele se abaixou e acariciou as costas de Albert. — Gostaria de passear conosco, Albert? Vai ser divertido.

Albert sorriu e fez seu "ié-ié-ié" e, em pouco tempo, estava na bacia, com Homer ao volante do Buick, o galo no ombro e Elsie ao lado. Exatamente como nos velhos tempos.

Depois de dirigirem pelo centro de Orlando, Homer levou o Buick até uma parte mais rica da cidade, onde cada casa parecia uma mansão.

Na frente do portão do que parecia ser um parque, ele estacionou ao meio-fio. Elsie ficou surpresa ao ver ninguém menos que Buddy Ebsen recostado na parede de gesso ocre que circundava o parque. Usava um terno todo branco e um chapéu de palha.

— Buddy? — Ela olhou para Homer. — Você sabia que ele estaria aqui?

Homer não respondeu, só ficou olhando para a frente. Buddy se aproximou do carro e abriu a porta para Elsie.

— Bem-vinda. Este... — e fez uma reverência — é o Country Club de Orlando, do qual sou membro. Adoraria levar vocês para um passeio. O que acham?

Elsie se virou para Homer.

— Você planejou isto?

— Claro que não — disse Homer, olhando para ela, por fim. — O Buddy planejou. Ele queria falar com você.

— Traga o Albert também — pediu Buddy. — Eu adoraria conhecê-lo.

— Está tudo bem, Elsie — assegurou Homer. — Converse com o Buddy. Você ainda tem algo a dizer para ele, não tem?

— Eu... eu acho que sim.

Homer saiu e colocou a bacia de Albert sobre as rodinhas, prendeu a alça e a entregou a Buddy. Ele se virou para Elsie.

— Estarei aqui, se precisar de mim. — Ele pousou a mão na cabeça de Albert e deu um tapinha. — Divirta-se, amiguinho.

— Você nunca chamou o Albert de amigo — disse Elsie.

— E me arrependo.

Elsie percebeu, pela expressão facial, que ele estava sendo sincero. Ela sorriu, mas alguma coisa não estava bem.

Buddy estendeu a mão em direção ao portão.

— Por aqui, Elsie. — Ele puxou a alça da bacia. — Vamos, Albert.

A calçada de blocos passava por uma construção magnífica com varanda e jardins bem-cuidados.

— Aqui é lindo — disse Elsie, sentindo o cheiro doce da flora tropical. Conforme avançavam, ela ficou encantada com os jardins coloridos e outras atrações do parque.

— Gosto de todas essas praias. Para que servem?

— Pra que você acha que servem? — perguntou Buddy.

— Para se deitar ao sol?

— Sim. Aposto que o Albert gostaria de fazer isso. Viu todos os laguinhos também? São fundos e cheios de peixes e tartarugas.

— É mesmo? Aposto que o Albert adoraria mergulhar. — Elsie parou. — Não, Buddy.

— Ele iria adorar viver aqui, Elsie.

— Aquelas prainhas, esses laguinhos... não sou idiota. Isto é um campo de golfe.

— Sim, com um caseiro que é um dos melhores amigos do meu pai. Combinei com ele de pagar uma boa comissão para que cuide de um amigo de uns amigos meus.

Elsie balançou a cabeça.

— Isto é um campo de golfe — repetiu ela.

— Claro que é — respondeu Buddy. — Venha comigo.

Os dois seguiram caminhando até que, por fim, Buddy parou e acenou em direção a um lago que era maior do que os outros.

— Este é o sétimo campo. Aqui é a casa do Albert.

Elsie olhou para o lago. Era bonito, azul, reluzente e cercado, em um dos lados, por pinheiros. Palmeiras com distância perfeita umas das outras circundavam o restante do lago, exceto por uma abertura que encontrava a grama verde no campo. Perto dali, havia uma faixa ampla de areia. Ela olhou para Albert e para o rosto de Buddy. Seu estômago estava embrulhado. Ela receou passar mal.

— Vou pensar — disse a Buddy.

— Não, Elsie. Não pode pensar. Tem que fazer. — Ele soltou a alça da banheira, deu a volta e segurou o rabo de Albert. Albert olhou-o com uma expressão de curiosidade.

— Me ajude. Me ajude a levar o Albert para casa.

Elsie se ajoelhou à frente do animal e envolveu seu focinho com os braços.

— Não consigo.

— Consegue, sim — disse Buddy.

— Eu te amo, Albert — disse ela, e foi só o que conseguiu dizer por causa do nó na garganta.

Albert sorriu e fez seu "ié-ié-ié". Elsie o pegou por baixo das patas da frente e, juntos, ela e Buddy desceram a inclinação até a beira da água, onde o colocaram no chão.

Albert se virou e olhou para Elsie. Ainda estava sorrindo, disposto a participar da nova aventura que ela planejava para ele. Elsie se ajoelhou ao seu lado enquanto Buddy caminhava de volta à bacia e a puxava em direção à construção com varanda, que Elsie percebeu ser o centro de convívio do clube de golfe.

Elsie apontou o lago.

— Vá para casa, Albert — disse ela com a voz embargada. — Por favor, vá para casa.

O sorriso de Albert desapareceu. Ele olhou para ela, encosto-lhe o focinho com um resmungo questionador. Ela o empurrou.

— Não! Você precisa ir para casa. Aqui é sua casa. Não entende? Entre na água, Albert! — Apontou o lago. — Vá! Não pode mais ficar comigo. — Vá!

Albert inclinou a cabeça e parecia estar pensando. Virou-se e deu um passo hesitante em direção à água. Olhou para trás. Elsie acenou para que ele continuasse.

— Isso. Vá nadar. Vai dar tudo certo, Albert. Eu estarei aqui. Nunca vou deixá-lo.

Albert colocou uma pata na água, depois a outra, e desceu, abanou a cauda e mergulhou.

Elsie passou correndo por Buddy, pelo centro de convívio e pelo portão.

Homer estava recostado no Buick, segurando o galo. Ela se lançou na direção do marido e ele abriu os braços para ela, afastando o galo.

— Me leve para casa — gritou ela. — Homer, me leve para casa!

Epílogo

E assim, Homer levou Elsie para casa, em Coalwood.

O galo não foi com eles. Ninguém soube para onde foi.

Quanto a Albert, bem... aqui está o pouco que posso contar.

Certa vez, em Coalwood, na minha infância, meu pai leu no jornal que um jacaré enorme, na Flórida, tinha assustado uma mulher que jogava golfe ao sair de repente de um lago ao lado de um campo. Ele a assustou tanto que ela caiu e começou a gritar, certa de que estava prestes a ser atacada, mas isso não aconteceu. O jacaré se aproximou e se esfregou em suas pernas, então virou de barriga para cima como se pedisse para que ela a coçasse. A mulher se levantou e correu, e a história peculiar foi parar nos telejornais do país todo. Pelo que foi explicado na matéria, não havia planos de tirar o jacaré do lago, já que ele era considerado um animal de estimação do clube.

Com a voz embargada, meu pai disse:

— Notícias do Albert, Elsie! Notícias do Albert!

Não recebeu resposta, mas, quando entrei na cozinha, vi minha mãe, que estava lavando os pratos, olhando pela janela na escuridão, como se olhasse a quilômetros dali. Então, soltou o prato que estava lavando, secou as mãos devagar no avental e entrou na sala de estar, onde meu pai estava sentado na poltrona com o jornal no colo. Estendeu a mão e ele entregou o jornal a ela, que o leu e fez uma coisa muito surpreendente. Ela não costumava demonstrar afeto por ele, mas sentou-se em seu colo e o abraçou.

— Obrigada — disse.

E, para minha surpresa, pela primeira e única vez na história da minha vida e da dele, vi meu pai afundar o rosto nos cabelos de minha mãe e chorar.

Mais uma nota

Em outubro de 2009, minha mãe estava em seu leito de morte, claramente desapontada. Tinha noventa e sete anos e esperava viver até os cem, mas, com base na avaliação sincera de seu médico e no fato de seu segundo filho estar por perto, o que não era comum, ela sabia que provavelmente não sobreviveria. Para animá-la, eu disse que a levaria para a praia, um convite que acreditava que ela, no mínimo, acharia bom. Afinal, foi seu amor pela areia, pelo mar e pelo sal da costa da Carolina do Sul que a havia feito sair da Virgínia Ocidental muito anos antes, mas sua resposta foi um "não" decidido.

— Não quero ir para a praia — disse ela. — Estou cansada da praia. Não preciso mais dela.

Meu pai já tinha partido havia duas décadas, já que a poeira do carvão em seus pulmões por fim o levou alguns anos depois de ele ter saído de Coalwood e se unido a minha mãe na praia. Os dois pareciam ter uma vida boa ali, apesar de eu saber muito bem que meu pai só estava ali por achar que devia aquilo à esposa depois dos anos que ela havia passado em Coalwood.

Puxei uma cadeira e segurei a mão de minha mãe. Parecia tão frágil que eu pensei que, se a apertasse demais, os ossos poderiam virar pó.

Aquelas mãos já tinham sido mãos de uma batalhadora, fortes o bastante para me pegar pelo colarinho da camisa quando eu começava com minhas artes de criança, para me dar uns safanões. Agora, conforme sua vida se esvaía, seu corpo se tornava um cristal fino que poderia se quebrar ao menor sinal de estresse. Quando minha mãe disse que não queria ir para a praia, percebi que de fato ela estava partindo.

Sua cama tinha sido colocada na sala de estar para que os enfermeiros tivessem espaço para se locomover ao redor dela. Não precisavam ter se incomodado. Ela não precisava deles. Em pouco tempo, entrou num estado em que não estava nem aqui nem lá, nem agora, nem depois. Conversava com os irmãos muito antes falecidos, Charlie, Ken, Robert e Joe, e também com sua mãe e seu pai. Até conversava com Victor, o irmão que havia morrido em decorrência de uma febre quando era criança. E, claro, falava com seus gatos e cachorros, que tinham deixado o mundo muitos anos antes, e com sua raposa de estimação, Parkyacarcass, cuja morte ela lamentava muito, e com seu querido esquilo Chipper. Os cuidadores me contaram que ela gostava muito de conversar com um amigo chamado Albert, fosse lá quem fosse. Eu sorri e disse:

— Não me surpreende.

Os enfermeiros também disseram que nunca tinham ouvido minha mãe conversar com o marido. Eu disse a eles que isso também não me surpreendia, pois achava que eles tinham dito tudo o que tinham a dizer um ao outro enquanto ele era vivo.

Conforme os dias dela foram acabando, minha mãe às vezes erguia as mãos em direção ao teto como se estivesse segurando alguma coisa. Quando uma enfermeira as puxava para baixo, ela voltava a erguê-las.

— Estou lendo — explicava.

Quando terminava o livro, baixava os braços sozinha. Eu acredito que ela estava escrevendo e lendo seu próprio livro. Sempre quis ser escritora.

Em uma visita que desconfiei que seria a última, eu estava sentado ao lado dela quando sua respiração ficou mais lenta e rasa. Pensei que seria a última, mas então ela abriu os olhos para mim.

— Aquelas histórias sobre Albert eram divertidas de contar — disse ela.

— Provavelmente aprendi muito mais a respeito do papai com aquelas histórias do que com qualquer outra coisa — falei. — Mas, mãe, o que aconteceu de verdade?

Ela respirou fundo e deu de ombros, os ombros magros quase não se mexendo embaixo dos lençóis brancos.

— Fomos para a Flórida e soltamos Albert em um campo de golfe perto de onde o tio Aubrey morava, depois fomos para casa.

— E todas as outras coisas que você disse que o papai e você fizeram?

— Fizemos todas elas — disse com uma voz que eu tive dificuldade para ouvir. — Mesmo quando não as fizemos.

Segurei a mão dela, sentindo o calor desaparecer aos poucos, e acreditei, de verdade. Enquanto acreditava, ouvi um som que parecia com alguém ou algo muito distante dizendo "Ié-ié-ié!".

Era um som feliz.

— Oi, Albert — falei para a eternidade que parecia estar se abrindo para a mulher fragilizada na cama. — Prepare-se para recebê-la. Sua mãe está indo para casa.

Agradecimentos

Coalwood, na Virgínia Ocidental, foi construída para dar lugar à extração de carvão, mas as famílias fortes acabaram sendo seu produto mais importante. Tive a sorte de fazer parte de uma dessas famílias lideradas por duas pessoas muito interessantes, Homer e Elsie Lavender Hickam. Devo muito a eles por terem me criado e cuidado da minha educação e também por contarem as histórias deste livro.

A viagem de Albert não teria sido contada sem o incentivo de Frank Weimann, meu incrível agente literário. Quando propus a ideia, esperava que ele dissesse que era loucura. Mas ele logo disse que era uma história que eu precisava contar e que deveria começar logo.

A história de Albert também não teria sido contada sem a ajuda de Kate Nintzel, minha incrível editora na William Morrow. Ela o transformou no "seu livro", e grande parte do romance é resultado de suas ideias e sugestões, passadas por ela enquanto me orientava durante sua criação. Quando Kate tinha outras obrigações, a editora Margaux Weisman estava sempre por perto para ajudar a mim e a Albert.

Tenho sorte de fazer parte de outra família forte que é a da William Morrow. Correndo o risco de deixar alguém de fora, quero agradecer aos editores Liate Stehlik e Lynn Grady pelo apoio gentil e generoso. Agradeço também a Jennifer Hart (diretora de marketing do grupo), Kaitlin Harri (marketing), Kaitlyn Kennedy (assessora de imprensa), Juliette Shapland (vendas internacionais), Adam Johnson (designer de capa), Virginia Stanley (marketing acadêmico e de biblioteca), Tricia Wygal (editora de produção) e todo mundo dessa grande casa editorial.

Agradeço também a minha esposa, Linda Terry Hickam, que é minha primeira leitora e sempre tem ótimas ideias. Até encontrou um jacaré de pelúcia parecido com o real para levarmos em nosso carro para que eu pudesse ter ideia de como seria ter Albert no banco de trás. Ela não providenciou um galo, pois não entendeu por que ele entrou na história. Nem eu, mas já que ele entrou acho que é só o que importa.

Fotos da viagem

Albert, um jacaré na família é um épico de família, o que quer dizer que é uma mistura de fatos e ficção, que veio das histórias contadas por meus pais, ambos da Virgínia Ocidental, que sabiam como transformar as histórias em coisas grandes como os montes que os cercavam por todos os lados. Ainda assim, há pistas do que foi real ou não nas fotos encontradas em caixas de papelão depois do falecimento da minha mãe.

Quando terminei de escrever este livro, minha editora, a maravilhosa Kate Nintzel, me pediu para procurar por aquelas que pudessem ter algo a ver com a viagem. Peguei as caixas de minha mãe para ver o que havia.

Infelizmente, na maioria das fotografias, minha mãe achou que não seria necessário identificar as pessoas. Isso não é uma crítica. Todos nós temos fotos que outras pessoas não compreenderiam sem uma descrição. Ainda assim, foi frustrante ver as fotos antigas que ela acreditava serem importantes o bastante para guardar por décadas. Fotos e mais fotos com pessoas que olhavam para mim dizendo: *Fui importante para sua mãe, mas você não sabe por que, quando ou onde*. Algumas delas, consegui identificar, como meus avós, tios e tias e assim por diante, mas não meu tio Victor, que morreu muito tempo antes de eu nascer. Felizmente, as fotos deles foram algumas das poucas que minha mãe identificou.

No livro, temos Elsie falando sobre Victor, em quem, claramente, ela pensava muito e cuja morte a afetou profundamente. Ainda assim, fiquei surpreso com o número de fotos daquele trágico garotinho do campo de carvão que ela não conseguiu salvar. Enquanto eu escrevia, pensava que ela nunca deixou de lamentar a morte dele. Nas poucas vezes que falou sobre Victor comigo, disse que pensava que o irmão teria sido um escritor. Não sei por que ela achava isso. Algumas pessoas, quando olham para aquelas fotos antigas, acham que Victor e eu somos parecidos. Talvez, de algum modo, minha mãe tenha me colocado no lugar dele para preencher as esperanças e sonhos que tinha para o irmão. Se foi o caso, fico feliz por ela ter vivido tempo suficiente para me ver publicar muitos livros. De todas as coisas que fiz na vida, tenho certeza de que ela ficou feliz com meu sucesso como escritor.

Uma de minhas esperanças durante a busca arqueológica por fotos era encontrar uma imagem de Albert. Quando encontrei fotos dos outros animais de estimação peculiares de minha mãe, como sua raposa Parkyacarcass e o esquilo Chipper, fiquei animado. Mas infelizmente não encontrei imagens do jacaré. Mas uma pista interessante da existência dele se revelou quando encontrei uma foto feita na casa onde meus pais viveram nos anos 1930 e 1940. Nela, um gato (ou talvez fosse Parkyacarcass) pode ser visto bebendo água de um tanque de concreto. A empresa de carvão, que era dona da casa e do quintal, não costumava instalar tanques para os mineiros. Na verdade, a instalação de algo tão permanente e caro no quintal da casa de propriedade de uma empresa seria considerada tolice. Afinal, as casas eram dadas aos mineiros enquanto duravam seus contratos de trabalho. Então, por que precisavam do tanque? No período que vivi na casa, durante a infância, eu me lembro do tanque muito bem, apesar de minha mãe tê-lo enchido com plantas. Apesar de eu não ter entendido na época, ela dizia ser o tanque de um jacaré. Só quando ela começou a me contar a história da viagem de Albert entendi o porquê.

Continuando minha escavação fotográfica pelas caixas antigas dela, encontrei várias fotos que mostram minha mãe em Orlando com diversos amigos e o tio Aubrey. Nelas, ela está radiante, à vontade e feliz, muito diferente da mulher frustrada e geralmente azeda que conheci em Coalwood e descrevi em minhas memórias *Rocket Boys* (também conhecidas como *Céu de outubro*), *The Coalwood Way*, e *Sky of Stone*. Acho que ela sempre quis voltar aos dias tranquilos em Orlando, quando dançou com um rapaz engraçado, charmoso e de pernas compridas.

Das fotos que encontrei de meu pai jovem, sua expressão facial indica que ele era um rapaz sério e pensativo muito parecido com o Homer mais velho que conheci. Ao longo dos anos e em outros livros, eu me esforcei para entender quem ele foi de fato e o que o motivou a se tornar o homem que se tornou, durão e inflexível com os outros e paciente e respeitoso com a esposa frequentemente difícil. Ele assumiu os desafios apresentados a ele durante sua vida com toda a força e inteligência que conseguiu ter. Um desses desafios, certamente, até o fim de sua vida, foi Elsie Gardner Lavender.

Apesar de meus pais nunca terem dito que levaram uma máquina fotográfica na viagem, apareceram duas fotos que podem ter sido feitas durante os eventos descritos neste romance. Uma deles, de Elsie, está marcada com "KW Garden, 1935". Será que era ela no jardim em Key West dos Hemingway? Certamente teria sido do feitio de Pauline Hemingway, uma mulher agradável e gentil em todos os aspectos, enviá-la para ela. Outra está descrita com "SSprings", e mostra o jovem Homer segurando um capacete ao lado do que devia ser um barco com fundo de vidro. Será que foi feita em Silver Springs, na Flórida, durante a viagem? E seria o capacete do domador de répteis? Não há como saber. Só posso dizer que acredito que todas as imagens que aparecem nesta seção tiveram algo a ver com a época em que Albert foi levado para casa, e o amor, essa emoção estranha e maravilhosa, acabou durando no coração de Homer e de Elsie Hickam.

Elsie, após descer do ônibus vindo da Virgínia Ocidental depois da formatura do Ensino Médio, posa em Orlando, Flórida, onde foi morar com seu tio rico Aubrey. Em pouco tempo, ela conheceria Buddy Ebsen e se apaixonaria.

Homer, numa foto com a anotação "SSprings" no verso, está ao lado do que parece ser um barco de fundo de vidro em Silver Springs, Flórida. Será que isso prova que ele e Elsie realmente estiveram em um filme que estava sendo gravado ali? Percebam que ele está segurando um capacete. Seria do domador de répteis?

Elsie, usando um vestido chique, sentada em um carro chique. Foi em Orlando na sua época "Buddy". Em pouco tempo, Buddy partiria e ela voltaria para Virgínia Ocidental e se casaria com Homer.

Elsie, tranquila e relaxada, descansa à beira de um lago perto de Orlando. Ela sentiria saudade desses dias pelo resto da vida.

O tio rico Aubrey de Elsie e um amigo não identificado em uma partida de golfe. Ele tinha algum dinheiro guardado mesmo depois da Grande Depressão, o suficiente para continuar a jogar golfe em campos sofisticados na região de Orlando.

Uma das poucas fotos que Elsie marcou foi esta de seu "tio Aubrey Bouldin". Ele era irmão de sua mãe. Ao que parece, a foto foi feita em uma das poucas viagens que ele fez para ver a irmã, já que ao fundo há montanhas que não existem na Flórida. Ele se vestia muito bem!

Outra foto do tio Aubrey em uma visita a sua irmã, mãe de Elsie. Essa foto não foi feita em um campo de carvão, mas provavelmente em uma fazenda pelo caminho. Foi uma das viagens nas quais o tio rico Aubrey ofereceu a Elsie a chance de fugir das minas de carvão e viver com ele.

Victor Lee Lavender era o irmão mais novo de Elsie que morreu aos seis anos em decorrência de uma febre de origem desconhecida, provavelmente de gripe, que logo levou a uma pneumonia. Ela sofreu pela morte de Victor durante toda a vida. Achava que ele teria sido escritor. Por esse motivo, ficou feliz por seu filho mais novo ter se tornado um.

Elsie Hickam, provavelmente no início dos anos 1930, em Orlando, na Flórida. Lá, ela fez um curso de secretariado e trabalhou num restaurante.

Homer Hickam (pai), provavelmente na formatura do Ensino Médio, em 1929. Ao que parece, a família pagou para que a foto fosse colorizada. Os olhos azuis vívidos dele foi o que primeiro atraiu Elsie.

Esta foto tinha a anotação "KW Garden 1935". Poderia ser Elsie em um jardim em Key West, talvez até mesmo na casa dos Hemingway?

Foto tirada em Coalwood, Virgínia Ocidental, aproximadamente em 1949, dos irmãos Jim (esquerda) e "Sonny" (Homer Jr.) Hickam. Jim está segurando o novo cachorrinho da família. Atrás deles, à direita, está o tanque que Elsie, sua mãe, chamava de "tanque do jacaré". É o tanque que o pai dela fez para Albert.

Foto tirada em Coalwood, Virgínia Ocidental, provavelmente por volta de 1940. O gato (ou talvez fosse a raposa de Elsie) pode ser visto bebendo água no "tanque do jacaré". A casa e o quintal pertenciam à empresa de carvão, então o pai de Elsie o instalou para ela colocar Albert.

Elsie e seu tio "rico" Aubrey em sua época feliz em Orlando. Em pouco tempo, Elsie voltaria para Virgínia Ocidental.

Essa foto, tirada nos anos 1950, é da casa onde Elsie e Homer Hickam viveram enquanto tiveram Albert nos anos 1930. Uma antiga hospedaria, a empresa a transformou em um duplex, e o da direita foi ocupado pelos Hickam. As plantas ao longo da cerca ficam no local onde o tanque do jacaré foi construído. A empresa cobriu o tanque quando Elsie e Homer se mudaram para outra casa em Coalwood.

PUBLISHER
Kaíke Nanne

EDITORA EXECUTIVA
Carolina Chagas

EDITORA DE AQUISIÇÃO
Renata Sturm

COORDENAÇÃO DE PRODUÇÃO
Thalita Aragão Ramalho

PRODUÇÃO EDITORIAL
Marcela Isensee

REVISÃO DE TRADUÇÃO
Mariana Moura

REVISÃO
Flavia de Lavor
Luiz Werneck

DIAGRAMAÇÃO
Filigrana Design

CAPA
Julio Moreira

Este livro foi impresso no Rio de Janeiro, em 2016,
pela Edigráfica, para a HarperCollins Brasil.
A fonte usada no miolo é IowanOldSt BT, corpo 10,5pt/14,45pt.
O papel do miolo é Avena 80g/m², e o da capa é cartão 250g/m².